# O haicai
# das palavras
# perdidas

ANDRÉS PASCUAL

# O haicai das palavras perdidas

*Tradução de*
Luís Carlos Cabral

1ª edição

EDITORA RECORD
RIO DE JANEIRO • SÃO PAULO
2013

CIP-BRASIL. CATALOGAÇÃO NA FONTE
SINDICATO NACIONAL DOS EDITORES DE LIVROS, RJ

Pascual, Andrés, 1969-

P288h   O haicai das palavras perdidas / Andrés Pascual; tradução de Luís Carlos Cabral. – 1. ed. – Rio de Janeiro: Record, 2013.

Tradução de: El haiku de las palabras perdidas
ISBN 978-85-01-09826-9

1. Ficção espanhola. I. Cabral, Luís Carlos. II. Título.

13-03314                              CDD: 863
                                             CDU: 821.134.2-3

TÍTULO ORIGINAL:
El haiku de las palabras perdidas

Copyright © 2011, Andrés Pascual Carrillo de Albornoz

Texto revisado segundo o novo Acordo Ortográfico da Língua Portuguesa.

Todos os direitos reservados. Proibida a reprodução, no todo ou em parte, através de quaisquer meios. Os direitos morais do autor foram assegurados.

Editoração eletrônica: Abreu's System

Direitos exclusivos de publicação em língua portuguesa somente para o Brasil adquiridos pela
EDITORA RECORD LTDA.
Rua Argentina, 171 – Rio de Janeiro, RJ – 20921-380 – Tel.: 2585-2000,
que se reserva a propriedade literária desta tradução.

Impresso no Brasil

ISBN 978-85-01-09826-9

Seja um leitor preferencial Record.
Cadastre-se e receba informações sobre nossos lançamentos e nossas promoções.

Atendimento e venda direta ao leitor:
mdireto@record.com.br ou (21) 2585-2002.

*A meus pais Miguel Ángel e Raquel
e a meus irmãos Marta e Miguel,
mais além dos confins dos mapas
e do tempo dos relógios*

Nasci no mundo
e com minha morte o deixo.
A mil aldeias
as pernas me levaram,
a incontáveis lares.
O que todos são?
O reflexo da lua na água,
uma flor que flutua no céu...
Oh!

GIZAN ZENRAI

# Nota do autor

Não recordo desde quando o Japão me fascina. É como estar apaixonado: de repente você não imagina a vida sem o outro, mesmo que tenha acabado de conhecê-lo. Hipnotiza-me o ritmo cadenciado de seu povo, como a queda das flores das cerejeiras. Invejo sua capacidade de sacrifício e me espanta como ocultam as emoções por trás de seus rostos de porcelana. E sua culinária... Ah, sua culinária.

Recordo os mínimos detalhes da minha primeira viagem à Terra do Sol Nascente. Foi no verão de 2009, e eu tinha um mês pela frente para percorrer o país procurando uma história para contar. Assim que desci do avião comecei a ouvir ecos de velhos templos e slogans publicitários que me mostravam um Japão fascinante. Nem o dos intensos samurais, nem o dos neons de Tóquio. Na verdade, uma mistura delicada e harmônica, uma poção alquímica que me transportava a um universo que queria explorar, sobre o qual precisava escrever.

Depois de visitar o Museu da Bomba Atômica de Nagasaki surgiu a ideia deste romance. Duas culturas opostas e uma trágica história de amor nascida nos estertores da Segunda Guerra Mundial. Uma paixão que nem a pior explosão havia conseguido destruir. E resolvi narrá-la a partir de duas tramas paralelas, com duas gerações da mesma família como protagonistas. Desse modo, poderia apresentar um Japão mais completo e reexaminar o passado a partir de questões atuais, como a nuclear. Escolhi esse caminho por duas razões: estava intimamente ligado ao holocausto atômico, que serve de palco à trama inicial, e abordava um conflito vigente não apenas na sociedade nipônica, mas em todos os cantos do mundo. Energia nuclear ou combustíveis fósseis? Vale a pena correr o risco para reduzir as emissões poluentes?

O que eu não podia imaginar, após escrever ao longo de 16 meses, era que, quando corrigia a última versão, um terrível terremoto estaria açoitando o país que se transformara em meu verdadeiro protagonista, e que com isso ressurgia o debate nuclear que eu havia abordado a partir da mais pura ficção. Entrei em estado de choque. Tinha diante de mim quinhentas páginas e uma responsabilidade ainda maior. Até pensei em recuar, mas a história merecia ser contada. Surgira do amor por uma cultura e de um compromisso: que a lembrança das bombas não se desvanecesse em meio a desculpas e silêncios.

Tenho a esperança de que aqueles que lerem este punhado de páginas, em especial o povo japonês, percebam o carinho com que foram escritas. Desejo do fundo de meu coração que sua imensa força os ajude a superar o quanto antes esta terrível tragédia. E que as vítimas vivam uma nova existência tranquila e feliz no distante país de seus ancestrais.

A.P.

# 1

# Muitas estrelas fugazes

*Nagasaki, 5 de agosto de 1945*

Como fazia toda tarde, Kazuo passou pelo mercado do porto a caminho de seu esconderijo. A poeira dos sacos de terra tornava o ar irrespirável. A sirene de uma fragata ancorada na baía sobrevoava as barracas desconjuntadas. O lugar estava infestado de mendigos, soldados bêbados abraçados a seus fuzis e agentes do serviço secreto Kempeitai que lhe dirigiam olhares atravessados. Deu-se conta de que duas prostitutas apoiadas no parapeito da casa de chá o examinavam de cima a baixo através de suas grosseiras maquiagens de gueixa. Devolveu-lhes um meio sorriso e seguiu adiante com a cabeça erguida. Sabia que chamava a atenção. A cor dourada de seus cabelos e seus grandes olhos azuis, nos quais borbulhava a rebeldia de seus 13 anos, delatavam seus genes holandeses. Sou o único ocidental livre de Nagasaki, costumava dizer a seus amigos japoneses, afastando com um gesto estudado a franja que lhe caía sobre a testa. Sabia que era diferente e precisava demonstrar a cada momento que não se escondia por isso.

— Como está o Dr. Sato? — Ouviu às suas costas.

Virou-se. Era uma anciã que se dirigia a ele atrás de umas caixas nas quais havia apenas restos de terra e meia dúzia de cebolinhas colhidas antes da hora. Seu braço estava enfaixado.

— Bem, obrigado.

— Diga a ele que meu pulso parou de doer. E que levarei arroz à clínica assim que puder.

— Obrigado — repetiu o menino.

— Aonde vai tão sério? Nos últimos tempos vejo você andar sempre sozinho!

Não respondeu. Ia continuar quando um homem de rosto seco que estava de cócoras ao lado de uma cesta lhe jogou um kabosu, uma fruta cítrica verde que crescia nos campos de Usuki. Pegou-a no ar e lhe dirigiu uma leve reverência. Em pleno racionamento, uma única fruta era tão valiosa quanto uma pérola.

— Agradeça ao Dr. Sato — disse o homem.

Assim como a anciã, ele se referia ao médico japonês que o adotara quando seus pais morreram. Com certeza também devia tê-lo atendido em sua clínica sem lhe cobrar um único iene.

Quando deixava o mercado para trás, esteve a ponto de comer o kabosu, mas o guardou na mochila que carregava nas costas. Acelerou o passo. Para chegar a seu esconderijo secreto ainda teria de atravessar o bairro de Urakami. Era o mais povoado da cidade. Protegido por colinas de diferentes alturas, era repleto de casas de estilo tradicional e modernas fábricas de armamentos.

Passou ao lado da Mitsubishi, em cujos galpões eram construídos os aviões Zero, pilotados pelos camicases. Evitou o posto policial que checava a documentação dos trabalhadores e começou a escalar a base de uma colina próxima. No trecho mais inclinado precisava pressionar os joelhos com as mãos para se impulsionar para cima. Pouco antes de chegar, teve de rastejar para atravessar um trecho de espesso matagal que, como uma cerca de espinhos, parecia ter sido colocado ali de propósito para proteger o território. Quando chegou, finalmente, ao topo, deu meia-volta e se levantou com o rosto voltado para o vale, solitário e grandioso como um farol acariciado pelo vento.

Aquele lugar era um oásis no meio da cidade em guerra. Ficava longe do ruído, da fumaça dos carros de combate, das pequenas rações de arroz e dos prantos proibidos das viúvas. Mas o melhor de tudo era que dali se avistava grande parte da cidade e — era isso o que o tornava verdadeiramente especial para Kazuo — se tinha uma vista direta do Campo 14, a penitenciária onde estavam confinados os prisioneiros das forças aliadas.

Sentou-se em uma pedra lisa que parecia ter sido colocada no alto para simular um sofá. Pegou o binóculo que trazia na mochila, ajustou o anel de foco e começou a observar de cima a baixo os barracões, o pátio central, as celas solitárias com suas grades, os alojamentos dos carcereiros...

— Vamos ver o que vocês estão fazendo hoje — disse para si mesmo em voz alta.

No dia anterior havia chegado uma nova leva de pows, abreviatura de *prisoners of war* que era usada para denominar os prisioneiros de guerra. Eram ao todo cerca de duzentos. Salvo um punhado de britânicos e australianos, a maioria era de holandeses capturados na Indonésia. A inteligência militar japonesa construíra o campo em plena área industrial para usar os prisioneiros como escudo humano, e até o momento a estratégia dera resultado, pois a zona se mantivera incólume à voracidade dos bombardeiros B-29 do general MacArthur.

Kazuo falava com eles como se pudessem ouvi-lo. Animava-os enquanto via como emagreciam até a extenuação, deixando o pouco suor que lhes restava no caminho de ida e volta à oficina de montagem de barcos onde faziam trabalhos forçados. Quanto mais os via sofrer, mais se estreitava o vínculo que o unia a eles. Começava a considerá-los verdadeiros membros de sua família.

O que eu sou?, perguntava-se ultimamente. Holandês ou japonês?

Não era fácil responder.

Seus pais biológicos, o elegante casal Van der Veer, descendiam de duas famílias de comerciantes da colônia de Dejima, uma ilha artificial localizada na baía que durante séculos tinha sido o único porto do país onde era permitido o comércio exterior. Dirigiam uma empresa de exportação e contavam ainda com a receita extra da patente de um verniz para barcos que o sempre inquieto Sr. Van der Veer inventara. Mas a próspera trajetória da família foi interrompida de forma brusca em uma manhã de 1938. O casal morreu no cais, esmagado por um contêiner cheio de porcas de parafuso que se soltou de um guindaste, e Victor — assim se chamava Kazuo naquela época — ficou órfão. Alguns comerciantes estrangeiros procuraram as autoridades querendo tomar conta dele, mas o testamento do Sr. Van der Veer determinava que o menino deveria ser adotado por um grande amigo japonês, o Dr. Sato, também indicado para administrar seu patrimônio. Ele era um dos médicos mais respeitados da província, com clínica própria na base de uma das montanhas que, como as paliçadas de uma fortaleza, protegiam a cidade. O Sr. Van der Veer gostava de visitá-lo, sentar-se em uma das velhas espreguiçadeiras do alpendre e beber chá verde contemplando lá do alto o sol se pôr no mar. Falavam de política, comércio, religião, arte nipônica e sempre, em um momento ou outro, daquele menino risonho que mudou a vida do holandês errante, que era como o doutor chamava seu amigo.

Kazuo repassou com paciência cada canto do Campo 14. Procurava um determinado prisioneiro: um holandês — ou assim acreditava, a julgar por seu uniforme — com a patente de comandante, designado pelos outros para defender os direitos do grupo de pows diante dos guardas japoneses. Devia ter uns 40 anos, e, apesar das pancadas que lhe davam cada vez que levantava a voz, não perdia a galhardia militar. Recordava-lhe muito seu pai. Não se tratava de uma semelhança física; na verdade, personificava a ideia que com o passar dos anos construíra dele.

— Onde você se enfiou? — resmungou.

Antes de terminar a frase, percebeu uma atividade anormal no campo. Enxugou o suor da testa para que não embaçasse o binóculo e concentrou sua atenção no pátio central. Um pelotão de guardas fez todos os prisioneiros se alinharem diante de um oficial japonês que esperava, firme como uma estátua, com a katana desembainhada. Aquilo não cheirava bem para Kazuo. Logo depois trouxeram um jovem pow holandês com as mãos amarradas e o lançaram aos seus pés. Será que ele seria decapitado? Então o comandante surgiu e começou a discutir veementemente com o oficial.

Na hora certa, pensou Kazuo, suspirando.

Aquele indivíduo capaz de arriscar sua vida para defender os seus homens em um país que nem sequer assinara a Convenção de Genebra o atraía. Por que os japoneses odiavam de tal forma os prisioneiros? Alguns meses atrás fizera essa pergunta ao Dr. Sato e este lhe explicou que era devido à tradição nipônica, segundo a qual a rendição era o ato mais desonroso que um homem podia cometer. Kazuo sabia que aquela era a resposta politicamente correta, mas também que o doutor se envergonhava em silêncio pelo cruel comportamento dos guardas. Nem sequer era partidário do glorificado haraquiri. Um dia ouviu-o dizer a sua esposa que depois da rendição, depois de qualquer abismo, sempre surge outra oportunidade de fazer algo que valha a pena. Por que não era sincero com ele? Não era mais uma criança, podiam discutir qualquer assunto... Aquela falta de confiança — que talvez não passasse de uma má escolha do Dr. Sato em relação à maneira de educá-lo — não fazia nada além de aumentar a distância que de um tempo para cá os separava.

Notou um rio de folhas subindo a ladeira.

Afastou o binóculo e olhou para baixo.

Era Junko.

Junko...

Enfim havia chegado.

Subia o último tramo da colina com a elegância de uma princesa do Japão medieval. Os cabelos de azeviche em um improvisado coque com as pontas voltadas para cima, pele de pó de arroz, cílios intermináveis caindo em uma expressão sedutora. Junko significava "menina pura". Quem escolheu o nome foi a mãe dela, uma mulher jovem que fazia ikebana, a arte de confeccionar delicados arranjos florais, para as casas do bairro rico. Sabia bem que nome sua filha merecia. Junko era como uma flor de lótus que emergia do lodo em toda sua pureza, uma adolescente doce e radiante que crescia, luminosa, em meio à imundície da guerra.

O vibrante sol do ocaso delineava sua silhueta. Vestia uma calça de algodão cortada acima dos tornozelos e uma camisa sem gola com quatro botões. Kazuo sentiu um formigamento no estômago.

— Você demorou — declarou a título de boas-vindas, embora tivesse preferido dizer que estava maravilhosa e não conseguia parar de pensar nela.

Haviam se conhecido seis meses antes, em uma peça de teatro. Num evento que um grupo de professores de suas respectivas escolas montara para que os alunos se esquecessem durante alguns dias dos horrores da guerra. Era uma representação da lenda que narrava como os deuses dançaram diante da caverna onde a deusa do Sol se escondera para convencê-la a sair e livrá-los da escuridão que desabava sobre a Terra. Após os murmúrios iniciais do público, foi se fazendo silêncio até não se ouvir nada, salvo a música: o grande tambor taiko e, atrás dele, a melodia da flauta de bambu, que surgiu como uma libélula que não se vê chegar e que rodopiou pelo palco até ficar presa nos estridentes acordes do shamisen, o alaúde de cordas de seda que tecia sua teia de aranha. Foi naquele momento que Kazuo olhou a sua esquerda e a viu sentada na mesma fila. Sorria afinando ainda mais seus olhos rasgados, e tapava a boca para cochichar com suas amigas. Logo percebeu que emanava uma luz especial. Era ela a verdadeira deusa do Sol. Era ela, e não os atores, quem, com qualquer movimento do pescoço e das mãos, transportava-o a um lugar diferente, a um tempo em que tudo fluía com harmonia...

— Demorei? — respondeu Junko, recuperando o fôlego depois da escalada. — Tempo é uma coisa que temos de sobra.

— O doutor diz que é preciso viver cada segundo como se fosse o último — corrigiu-a Kazuo.

— O Dr. Sato fala como um monge. Não vá você começar a falar como ele.

— Não terei oportunidade de fazer isso.

— Por que diz isso?

— Porque morrerei nesta guerra — concluiu de forma afetada, deixando seu olhar se perder no vale. — Então você se arrependerá de ter chegado tão tarde hoje.

— Você nunca será um soldado.

— Por que diz isso?

— Você se chama Kazuo.

Kazuo significava "homem de paz". Foi ele mesmo quem, anos antes, suplicara ao Dr. Sato que trocasse seu nome Victor por um japonês. Era uma forma de se afastar de sua vida anterior e, com isso, atenuar o sofrimento.

— No posto de recrutamento não se importam com o nome.

— Além disso, você não saberia de que lado lutaria — insistiu ela.

— Você é uma boba.

— Olhe seus cabelos. São louros como os deles.

Kazuo sabia que não havia malícia naquelas palavras. Na verdade, tratava-se de solidariedade. Como ela conseguia ler com tanta exatidão os conflitos que o açoitavam sem que ele nunca os revelasse? Alegrou-se ao constatar que estavam se transformando em uma única pessoa.

— Eu sou louro como o sol nascente — respondeu.

— O doutor também lhe disse isso?

— Por que você continua pensando no doutor? Estou cansado dele!

Junko sentou-se ao seu lado. Seus ombros se roçaram.

Kazuo pegou o kabosu que o feirante lhe dera de presente. Partiu-o e deu a Junko metade. Ela sorriu agradecida.

— O que seus compatriotas holandeses estão fazendo? — perguntou ela, com o cenho franzido depois de sorver o sumo ácido da fruta.

— Alguma coisa séria está acontecendo lá embaixo — lembrou ele. — Receberam ordens para se enfileirar no pátio diante de um prisioneiro ajoelhado. — Voltou a escrutar com o binóculo, inclinando o pescoço para a frente como se assim pudesse ver mais detalhes. — O oficial japonês não para de gritar. Agora está se aproximando de novo do prisioneiro. Levantou a lâmina de sua espada! Vai decapitá-lo!

— Me deixe ver!

— Para com isso! — Ele se afastou.

Voltou a olhar.

— Seu comandante não está fazendo nada?

— Acaba de ficar entre os dois. O oficial colocou a ponta da katana no peito dele. Do que estarão falando? Quero ouvir, merda! — gritou ele em sua língua materna, sabendo qual era o efeito causado pelo simples som das blasfêmias de seu pai na população japonesa, cujo idioma era desprovido de expressões grosseiras.

— Me conte o que estão fazendo — pediu Junko ao perceber que Kazuo havia parado de relatar o que via.

Ele afastou o binóculo e aproveitou aqueles instantes de desconcerto para cravar seus olhos nos de Junko. Duas pérolas negras assomando por trás das pálpebras de algodão. Não lhe pareciam rasgados nem redondos. Ela estava acima de raças e nacionalidades.

— Parece que já se acalmaram — comentou Kazuo.

— Certamente não era para tanto.

— Estavam prestes a punir o soldado. O comandante é um herói.

— Quero mostrar uma coisa a você — anunciou ela, colocando um ponto final no impulso dele de olhar.

Enfiou a mão em sua bolsa de alças e tirou um rolinho de papel um pouco maior que um cigarro.

— Ora, um tesouro — adiantou-se ele, tentando não demonstrar que estava intrigado.

— Não sei por que me preocupo em fazer alguma coisa por você — declarou ela, balançando a cabeça. — É mais do que um tesouro. Trata-se de um jogo. E você precisa saber que, para trazê-lo, fui obrigada a enganar minha mãe.

Começou a desenrolá-lo de forma solene.

— Me deixe ver.

Tentou afastá-lo.

— Você tem que me jurar que vai tratá-lo com cuidado.

— Mesmo que eu fosse um animal!

— E você é sim.

Junko terminou de desenrolá-lo. Era um haicai. Três versos, escritos com um pincel grosso que fazia com que se assemelhasse mais a um desenho do que a um texto. Alguns traços em preto tão delicados e expressivos quanto a sombra de uma mariposa.

— Tanto mistério por causa de um poema?

— Minha mãe diz que os haicais são mais que poemas. Cada um é uma emoção que aparece e em um instante se desvanece, como tudo o que é belo na vida. Uma piscadela fugaz que nos mostra a essência das coisas.

— Agora é você quem está falando como um monge.

— São palavras da minha mãe, e ela não é uma monja. É a rainha do palácio de pétalas.

A mão de Junko se emocionava com os haicais. Assim como os arranjos florais do ikebana, a poesia japonesa era calma e solenidade, concentração no momento, no agora, em cada movimento por mais sutil que fosse, como a inclinação de uma planta procurando o sol da manhã.

— Leia agora — pediu-lhe Kazuo, surpreso com sua própria impaciência.

— Foi escrito por um filósofo chamado Banzan que viveu no período Edo — introduziu Junko de forma teatral antes de recitá-lo com perfeita cadência:

*Adeus...*
*Passo como todas as coisas,*
*orvalho na relva.*

Na verdade, uma piscadela.

— Como é triste... — conseguiu dizer Kazuo.

— É um haicai que fala da morte.

— Da morte?

— Minha mãe o chama de lampejo do último instante. Os grandes poetas escreviam versos de despedida quando pressentiam que o final se aproximava.

— Me deixe ver.

Kazuo passou o indicador nos traços de tinta.

— Você só tem este?

— É o primeiro de quatro.

— E os outros?

— O jogo é exatamente esse. Minha mãe disse que irá me mostrar um a cada dia. Assim terei tempo de pensar em sua mensagem enquanto a série vai se completando.

— E você quer que eu faça a mesma coisa.

— Isso! Eu irei trazê-los para você, um por dia, conforme ela for me mostrando.

— Pois então...

— Quando acabar de ler os quatro, verá como adquirem um significado especial.

— Quem lhe disse isso foi sua mãe?

— Sim — assentiu ela com delicadeza.

Nesse meio-tempo, o oficial do Campo 14 dispensara os prisioneiros. Deu um chute no peito daquele que estava de joelhos e se afastou com a espada desembainhada enquanto o comandante holandês lutava com três soldados que a duras penas conseguiam segurá-lo.

No dia seguinte, Kazuo só pensava no momento em que voltaria a ver Junko. À atração que sentia por ela se somava o mistério do jogo dos quatro haicais. Aonde queria chegar a desenhista de arranjos florais pedindo a sua filha que lhe levasse aqueles versos? Talvez se tratasse apenas de depositar quatro pétalas na terra minada... Kazuo nunca havia se interessado por poesia, mas queria muito conhecer a série completa de poemas. Desde que Junko recitara o primeiro, compreendeu que havia nascido um novo vínculo entre eles, íntimo e secreto.

Não parava de pensar nela. Em casa, na escola. Era sua tábua de salvação; ajudava-o a fugir de seus problemas naqueles tempos confusos. Quando ficou órfão, virou de cabeça para baixo as fotografias de seus pais, trocou seu nome por um japonês e se uniu de corpo e alma ao Dr. Sato e sua esposa. Queria ser japonês como eles, falar e se vestir como eles, enfim, fazer qualquer coisa para relegar ao esquecimento sua tragédia familiar. Mas foi crescendo, e suas diferenças em relação aos outros se aguçaram cada vez mais; sobretudo com a entrada do Japão na guerra, e mais ainda a partir do momento em que as aspirações militares nipônicas começaram a experimentar uma queda livre. A cada dia se mostrava mais distante de seus companheiros de classe, o que facilitava que fosse rejeitado. Sabia que o chamavam pelas costas de "olhos de peixe" e havia até alguns que se recusavam a cumprimentá-lo. Para compensar, tentou retomar algum vínculo com a terra de seus antepassados, e o encontrou nos pows. De repente não conseguia suportar os olhos rasgados de seus amigos, e tampouco os do Dr. Sato e de sua esposa, iguais aos daqueles que torturavam os prisioneiros aliados sem piedade. O que eu sou? Holandês ou japonês? Talvez não seja nada, desesperava-se. E era possível que fosse verdade. Talvez tivesse perdido sua identidade, e por isso as prostitutas do mercado observavam-no quando ele passava; não por seus cabelos, dourados como os dos inimigos do imperador, mas sim porque era um espectro caminhando no meio dos vivos. Um ser mutilado, como os soldados que voltavam para casa sem braços nem pernas, de quem haviam arrancado suas recordações.

Na hora de sempre correu para a colina. Subiu gotejando suor. Só conseguiu voltar a respirar normalmente quando viu Junko aparecer. Mas a sensação de paz não durou muito. Seus lábios pronunciaram as esperadas 17 sílabas — desta vez, do poeta Gansan. Kazuo entendeu seu significado e seu ritmo cardíaco se descontrolou de novo.

*Sopre se quiser,*
*vento outonal.*
*A cor das flores se foi.*

— Outro haicai que fala da morte... — sussurrou ele.

— Foi minha mãe quem me deu.

— Todos os quatro serão assim?

— Você acha mesmo que vou responder?

— Você sabe ou não?

— O que há com você?

— Comigo nada.

— Há algum tempo você está como...

— Como o quê?

— Acho estranho que os haicais afetem tanto você.

— É que ultimamente tenho pensado em muitas coisas.

— E vai me contar?

Antes que conseguisse dizer alguma coisa, Kazuo percebeu uma nova agitação no pátio do Campo 14. Tirou, nervoso, o binóculo da bolsa. Ao mesmo tempo que o levava aos olhos, seu rosto se descompunha.

— O que está acontecendo? — Junko se assustou.

— É o mesmo prisioneiro de ontem, aquele que foi levado amarrado perante o oficial...

— O que estão fazendo com ele?

— Não pode ser...

— Diga alguma coisa!

Demorou alguns segundos.

— Enfiaram ele em pé em um buraco cavado no pátio. E agora está sendo coberto de terra!

— O quê?

— Está sendo enterrado vivo!

Aguçaram a atenção. Alguns guardas lançavam pás de terra no corpo do pow, que permanecia em posição de sentido com uma serenidade espantosa.

— Não, não, não... — gemeu Kazuo, como se ele próprio estivesse sendo enterrado.

— Já foi coberto? — perguntou Junko depois de um tempo, tapando os olhos.

— É pior do que isso — respondeu com frieza.

— Pior?

— Deixaram a cabeça de fora.

— Como podem fazer uma coisa dessas?

— E eu lá vou saber? — explodiu Kazuo de novo. — Não pode se mexer! Certamente nem sequer consegue respirar!

— O que será que ele fez?

— E o que importa? Olha a cabeça dele ao nível do chão! Quem inventou essa tortura?

Junko se colocou diante de Kazuo.

— Vamos embora daqui — pediu ela, com angustiada delicadeza.

— Como posso ir embora? Não posso deixá-lo assim...

— Venha comigo, por favor — repetiu com os olhos vidrados, mostrando-se tão frágil quanto o talo de um dos arranjos de ikebana de sua mãe.

O que estava acontecendo? Por que lhe pedia que abandonasse seu posto de sentinela? Sua missão era observar, guardar na memória tudo o que acontecesse com os prisioneiros. Olhou para o Campo 14 e depois para sua princesa e por fim compreendeu. Junko lhe recordava, no silencioso idioma das flores, que era tão japonesa quanto os guardas, e por isso precisava que ele cuidasse dela mais ainda, que a impedisse de se transformar em um ser tão abominável como eles.

Guardou o binóculo na bolsa.

Quando estavam descendo a ladeira, teve de se esforçar para não voltar a olhar para o campo.

— Ao voltarmos amanhã, já o terão tirado dali — afirmou Junko.

— É uma promessa?

— É um desejo.

Cada um pegou seu caminho de volta para casa.

\* \* \*

No dia seguinte, Kazuo voltou a acelerar o passo em seu caminho para a colina. Ao sair da escola, fizera as tarefas que a esposa do doutor lhe encomendara a toda velocidade e deixou os deveres de casa para a noite. Atravessou a zona dos matagais arrastando-se com os cotovelos no chão como um soldado de infantaria, correu até o alto e subiu com o binóculo na pedra em forma de sofá para verificar se os guardas haviam se apiedado do prisioneiro.

Continuava enterrado.

Os cabelos, cobertos de poeira e terra, já mal pareciam louros; a pele do rosto lanhada, queimada pelo sol. Parecia um toco de madeira atirado no pátio.

Kazuo fechou os olhos e respirou fundo. Talvez merecesse o castigo. Mas o que estava dizendo? Malditos japoneses... Ele se sentia da mesma maneira, enterrado até o pescoço naquele país.

Junko apareceu pouco depois.

Acompanhada de um rio de folhas, semicerrando os olhos para proteger as pérolas negras.

— Como você veio depressa — comemorou Kazuo.

— Minha mãe foi procurar adubo para suas plantas e, enquanto isso, aproveitei para abrir sua caixa de bambu e pegar o haicai.

Esperava que Kazuo lhe contasse algo a respeito do pow ou lhe passasse o binóculo para verificar ela mesma se a cabeça continuava acima do chão.

— Me mostre agora. — Foi a única coisa que ele disse.

Junko imaginou o que acontecera com o prisioneiro. Desenrolou a pequena folha e surgiu um poema do mestre Benseki. Algumas linhas de tinta tão vivas que pareciam recém-derramadas do frasco. Kazuo observou-o com um nó no estômago. Mais uma vez os versos falavam de um final. Lábios, sílabas, tudo era a mesma coisa, a beleza e a tragédia fundidas:

> *Menino do caminho,*
> *já vou.*
> *Na outra margem, um chorão.*

Mal conseguia respirar. Não sabia o que pensar.

— Não gostou? — perguntou ela.

— Por que são todos assim?

— Como?

— Já falei ontem, são muito tristes.

— Você tem de ouvir os quatro para entender.

— Não quero continuar com este jogo.

— Só falta um...

— Dá no mesmo.

— O último é especial.

— Me deixe em paz.

— Você está vendo como está um pouco estranho?

Kazuo não quis reconhecer que Junko tinha razão, que seu mundo cambaleava e ele não sabia o que fazer. Voltou os olhos para o vale.

— Olhe para mim — reclamou Junko.

Abriu levemente a camisa e lhe mostrou um grande sinal que tinha sob a clavícula. Explicou-lhe que era uma marca de nascença. Tinha forma de pássaro, como se do centro saíssem duas asas abertas e uma pequena cauda. Ele olhou além do sinal, mergulhou na palidez de sua pele, quase chegou a ver seus pequenos seios. Não aguentou mais. Sua contenção veio abaixo e começou a tremer. Desde que conhecera Junko, voltara a desejar algo com todo seu coração e agora temia perdê-la. Aterrorizava-o ficar sem ela. Quando seus pais morreram, enfiou-se numa couraça forjada à base de raiva incandescente. Mas sua delicada princesa havia aberto uma nova chaga no aço, uma fissura pela qual o vento penetrava e sua alma escapava.

Só queria ler haicais que falassem da vida.

Despediu-se como sempre, com uma insuportável vontade de beijá-la.

Ao atravessar o porto a caminho de casa, sentiu-se aturdido. Percebia o que o cercava de uma forma diferente. Era como se estivesse sendo acossado pelas caixas de material militar que desembarcavam de um cargueiro, os alambrados, o cheiro de arroz fervido, os mutilados acocorados nas esquinas e os suspiros impregnados de batom que vinham das casas de chá. Nunca, até então, tinha sentido a guerra como algo tão imediato e tangível. De repente tudo desprendia um fedor de morte, começando pelos haicais de sua princesa. E se fossem sinais? No Japão, todo mundo entendia os sinais. Horrorizava-o pensar que Junko, com aqueles breves poemas, estivesse lhe apresentando diferentes visões do próprio final.

Quando entrou em casa, limitou-se a cumprimentar sua mãe adotiva da porta e se recolheu em seu quarto. Desenrolou o colchonete em cima do tatame e se deitou olhando o teto.

O Dr. Sato não demorou muito a chegar. Sua esposa lhe contou que o menino se trancara no quarto sem jantar. Ele não fazia esse tipo de coisa nem em seus mais violentos ataques de rebeldia, e por isso o doutor entrou para ver se algo estava acontecendo com ele.

— Olá. — Kazuo não respondeu. — Você está bem?

— Quero que você me conte a história dos meus pais — pediu finalmente com entonação infantil.

O doutor ficou perplexo. Havia tentado contá-la várias vezes, mas Kazuo sempre evitava a conversa. Teve que dissimular sua emoção. Queria que sua esposa estivesse presente, mas temia que, se abandonasse o quarto naquele instante ou se desse um grito para chamá-la, o feitiço se rompesse. Por isso se colocou em uma posição mais confortável, cruzando as pernas no chão, e, sem perder um segundo, começou a narrar o que bem poderia ter sido o começo de um romance.

— O Japão era um mundo à parte, uma ilha enigmática que inspirava atração e medo. E Nagasaki foi, durante séculos, sua única porta ao exterior. Uma porta pela qual os comerciantes holandeses entraram em nossas vidas, deixando-nos muitas coisas boas. A melhor de todas: você.

E voltou às origens sem esquecer um único detalhe.

— Continue — pedia Kazuo com os olhos fechados cada vez que o doutor parava para pensar.

Pouco a pouco as recordações deram lugar aos sonhos. Neles Junko aparecia. Destilava luz e lhe mostrava seu sinal em forma de pássaro.

A primeira coisa que Kazuo percebeu ao despertar foi o cheiro da sopa de missô, o feijão de soja. Sentia-se muito melhor. Enrolou o colchonete e o guardou no armário embutido. Correu a janela para ventilar o aposento, pegou a xícara de chá que a esposa do doutor lhe deixara ao lado de seu leito e foi para a cozinha. Encheu uma cuia com a sopa que borbulhava na panela. Também havia peixe caramelizado. Engoliu tudo em um instante e começou a correr para a escola, como se com isso pudesse fazer com que o tempo também passasse mais depressa.

Ao cair da tarde, na pedra no alto da colina, confirmou que a cabeça do soldado continuava acima do solo. Guardou o binóculo na mochila e tentou pensar apenas em Junko.

Por sorte, ela não demorou a chegar.

— Aí vem o quarto haicai! — exclamou ele, enquanto ela superava os últimos metros da subida.

— É a única coisa que interessa em mim?

— Vamos, mostre.

Com movimentos lentos, como um mágico mexendo no interior de sua cartola, Junko tirou da bolsa um pequeno papel enrolado. Parecia mentira que aquele papel pudesse conter algo tão intenso.

— Leia agora.

— Desta vez quem vai ler é você — pediu-lhe Junko.

— Então me dê o papel.

Esticou a mão para pegá-lo.

— Mas não agora! — disse ela, afastando-o.

— O que você está fazendo?

— O jogo é assim.

— Pare de brincar.

— Quero que você o leia hoje à noite, e depois durma pensando no significado conjunto dos quatro.

Junko entregou o papel a ele.

Kazuo não sabia o que fazer.

— Você não tem medo de sua mãe perceber que você o pegou?

Ela negou com a cabeça e acrescentou:

— O risco vale a pena.

Kazuo assentiu com um suspiro de resignação. Pegou-o com cuidado, como se pudesse rasgar, e permaneceu alguns segundos observando-o sem desenrolá-lo. Guardou-o no bolso.

Junko iluminou o vale de Urakami com seu sorriso. O coração do menino estava prestes a pular do peito.

— E agora, o que vamos fazer? — perguntou ele.

— Vamos para casa.

— Mas acabamos de chegar...

— Quero dizer muitas coisas para você, mas prefiro fazer isso depois de você ter lido o haicai.

— Não podemos falar de nada enquanto isso?

— Não — objetou Junko com sua doçura habitual.

— Nos vemos amanhã na hora de sempre?

— Melhor antes. Às onze!

— Às onze? Mas e as aulas...?

— Você não vai perder nada, não vai ficar para trás... Podemos fugir na hora do recreio.

Kazuo achou que aquela era a melhor ideia do mundo. Emocionava-se só de pensar que Junko estava imaginando um encontro especial. Pela primeira vez teve certeza de que ela também queria beijá-lo. Imaginou o que aconteceria quando o último verso do jogo ainda estivesse flutuando no ar.

Já era noite quando o doutor chegou em casa depois de terminar seu trabalho na clínica. Encontrou Kazuo sentado à mesa, com uma expressão um tanto perdida.

— Já está na hora de jantar? — Olhou o relógio. — Sinto muito ter chegado tão tarde. Tive algumas emergências.

— Pare de falar e sente-se à mesa — pediu-lhe a esposa.

Kazuo só pensava no momento de se trancar em seu quarto para ler o haicai.

— Como você está se sentindo hoje? — perguntou o doutor a ele.

Kazuo permaneceu pensativo por alguns segundos.

— Muito bem — respondeu de forma inesperada. — A única coisa...

— O que está acontecendo?

— Esta noite tem muitas estrelas cadentes.

O doutor olhou o céu pela janela.

— E desde quando isso é ruim?

— É como se estivessem nos dando a última oportunidade de fazer nossos pedidos — declarou o garoto.

— Que pedidos?

— Quando eu era pequeno, meus pais me contavam que quando você vê uma estrela cadente deve fazer um pedido.

— E o que você vai pedir? — Quis saber o doutor, aproveitando o momento de intimidade.

— Quero uma coisa, mas os desejos não devem ser revelados.

A esposa do doutor se aproximou com uma grande tigela quente, umas aletrias grossas banhadas em caldo de tofu com salsinha e pinhões.

— Que esta maldita guerra acabe — interveio enquanto enchia suas tigelas. — Isso é o que todos teríamos que pedir ao mesmo tempo, para ver se assim o imperador nos escuta.

— O Japão não depende mais do imperador — replicou o doutor, surpreso por sua esposa opinar sobre política. — Os militares é que...

— Os militares acabarão com todos os japoneses — interrompeu ela.

— Aqui estamos seguros — disse o doutor com calma.

— Por que diz isso? — questionou a mulher, levantando a voz como Kazuo nunca a vira fazer. — Porque até agora quase não fomos bombardeados? Você por acaso acha que somos diferentes das outras cidades do país?

— Talvez seja por causa dos prisioneiros aliados que estão trancafiados nos campos aqui da região — disse o doutor. — Ou pelos católicos — acrescentou, referindo-se à comunidade de japoneses da catedral de Urakami, o maior templo cristão da Ásia.

— Você acredita mesmo que o deus cristão desviará os aviões quando vierem atrás da gente?

— Fique tranquila, mulher...

— Eu lhe asseguro que estaria mais tranquila se tivessem nos bombardeado cem vezes. Entendo Kazuo quando fala das estrelas cadentes. Esta calma também me deixa inquieta.

Ela colocou a tigela de sopa na bandeja com nervosismo, derramando parte do líquido.

— Mas o que está acontecendo com você?

Ela respirou fundo.

— Hoje de manhã fui à estação para pegar o pacote de remédios que lhe enviaram de Kokura.

— E daí?

— Nunca havia visto nada igual. As caras das pessoas...

— Mas o que está acontecendo? As caras de quem?

— Das pessoas que chegavam no trem da região de Honshu. Elas disseram que Hiroshima foi destruída.

— Foi bombardeada? — reagiu Kazuo.

— Acho estranho — comentou o doutor. — Não disseram nada no rádio.

— Foi uma única bomba — declarou sua esposa em tom grave.

— Como uma única bomba?

— Todos os males do mundo dentro de uma única bomba.

— Isso é impossível — negou o doutor.

— Viram a bomba explodir com seus próprios olhos. Elas eram algumas das poucas pessoas que conseguiram sobreviver... entre mais de 100 mil.

— Cem mil? — surpreendeu-se Kazuo.

— Não quero contrariá-la — murmurou o doutor com estupor —, mas insisto que o rádio teria dito algo.

— É possível que o governo não queira que a gente saiba. Você sabe melhor do que eu que mais de uma vez nos ocultaram as derrotas do nosso exército.

O olhar do médico perdeu-se na parede.

— O que elas contaram exatamente? — interessou-se enfim o doutor.

— A princípio não queriam falar. Só pensavam em chegar à casa de seus parentes e esquecer o quanto antes o que tinham visto, mas nós que estávamos na estação os encurralamos em um círculo para que nos dessem mais detalhes. E nem sequer respeitamos a dor alheia.

— Não se torture por isso.

Alguns segundos de silêncio.

— Existe mesmo uma bomba capaz de destruir uma cidade? — interveio Kazuo.

— Nos disseram que uma grande luz tomou conta do céu. E que em instantes se transformou em um vento incandescente que varreu tudo o que estava sobre o solo: casas, árvores, veículos... pessoas.

— Aqui jamais acontecerá algo assim — afirmou o doutor.

— Esperemos que o deus cristão nos ajude, porque está claro que os nossos se esqueceram da gente.

E se afastou chorando para a cozinha.

O doutor dirigiu um olhar tranquilizador a Kazuo e foi atrás dela.

O menino tentava afastar de sua cabeça o que tinha acabado de ouvir. Não queria pensar em nada que não fosse seu encontro do dia seguinte com Junko, mas a cada momento era assaltado por uma mesma ideia: eram muitas as estrelas cadentes.

Trancou-se em seu quarto e tirou o rolinho de papel da mochila.

O quarto haicai...

E de repente o assustou lê-lo.

O dia amanheceu nublado. Junko estava tão nervosa quanto Kazuo. Despertara muito cedo; na verdade, mal havia dormido pensando em seu encontro, desejando que a campainha do recreio tocasse logo para começar a correr até a colina. Antes de sair para a escola, aproximou-se de sua mãe. Estava recortando as folhas mortas de uma flor murcha para cravá-la em um vaso junto a um botão fechado, simbolizando a morte e o renascimento. Admirava sua jovem mãe. Sabia tudo o que ela havia passado para seguir em frente desde que seu pai, a serviço na Manchúria, tombara em uma emboscada sem chegar a conhecê-la. Uma só tivera a outra... até surgir Kazuo.

Junko queria lhe pedir uma coisa, mas não sabia como fazê-lo.

— O que você está fazendo? — perguntou-lhe a mãe, percebendo que estava estranha.

— Observando você.

— Pois não me distraia.

— Para quem é esse arranjo?

— Foi encomendado pela esposa de um capitão. Querem um ikebana para meditar — disse a mãe, enquanto polvilhava algumas sementes na areia do vaso.

— Por que você fez um arranjo tão frágil? Desse jeito vai quebrar no caminho.

— O espaço vazio é tão importante quanto a forma do arranjo. Além disso, filha, a vida é cada dia mais efêmera. Espero que o capitão se dê conta disso quando meditar.

Junko caminhou ao redor do aposento. Passou a mão pelo papel das paredes. Deteve-se em um dos listéis de pinheiro e abriu a janela para que entrasse mais luz.

— Assim você enxergará melhor. E as plantas lhe agradecerão. Elas gostam do sol.

— Eu sei do que as plantas gostam ou não. Você vai me dizer logo o que está querendo?

— Vestir um quimono de seda — confessou de uma vez.

— Isso não é possível — respondeu a mãe, voltando a se concentrar no talo. — E não gosto de ver que você está começando a ter caprichos.

— Não é um capricho.

— Não me responda. Você sabe que usar quimono de seda é considerado falta de respeito desde que a guerra começou. Para que você quer ir à escola de quimono? A única coisa que conseguiria é que o Kempeitai viesse me fazer perguntas! Sua amizade com esse garoto estrangeiro já me trouxe problemas suficientes.

— Ele não é estrangeiro!

Junko correu até a porta com lágrimas nos olhos. Antes de se calçar, virou-se mais uma vez para olhar. O facho de luz que penetrava pela janela explodia no tatame ao fundo da casa. Aguçou os ouvidos para detectar algum movimento de sua mãe, mas não ouviu nada. Continuava cortando o talo com a delicadeza de um ourives polindo um diamante. Foi até o quarto com cuidado para não fazer barulho. Abriu o baú. Enfiou as mãos no meio dos tecidos e pegou um quimono de seda vermelho com desenhos de árvores em dourado. Abriu-o e ficou um tempo contemplando-o. Com ele, seus cabelos negros brilhavam ainda mais e sua pele ficava ainda mais branca. Queria vesti-lo para Kazuo. Apoiou-o na tampa do baú e tirou a calça e a blusa. Um estremecimento percorreu seu corpo, mas não era de frio. Voltou a se aprumar. A poeira permanecia suspensa no facho de luz. Sem pensar duas vezes, vestiu-o. Pegou umas agulhas de madeira para fazer um coque e então saiu depressa, separando os dedos do pé para passar a tira da sandália de madeira.

Naquele momento, Kazuo já estava chegando à escola. Sentou-se na carteira e tentou acompanhar a aula, que mais uma vez era de história. O professor falava de guerras passadas, empenhando-se em fazer com que se esquecessem de que estavam vivendo a pior de todas. Passou a manhã inteira repassando as sublevações dos senhores feudais do período Edo, a mesma época em que viveram os poetas que escreveram os haicais de Junko. Incapaz de se concentrar, deixou sua mente voar e imaginou que era o xogum, ou um dos senhores feudais que o encaravam, ou inclusive o chefe de seus samurais. O que não variava naquelas vidas fictícias era que Junko estava sempre ao seu lado.

Quando chegou a hora do recreio, escapou sem dizer nada a seus amigos; não queria que algum deles resolvesse segui-lo. Atravessou o mercado do porto, cumprimentou a feirante das cebolinhas, olhou de soslaio para as prostitutas das casas de chá, encaminhou-se ao vale de Urakami, subiu a ladeira íngreme, arrastou-se nos matagais e chegou ao alto da colina na qual só se ouvia o assobio de um vento ligeiro. O céu coberto de nuvens tinha o aspecto de uma aquarela.

Chegara antes de Junko. Não conseguia parar quieto. Leria o haicai para ela e lhe daria um beijo quando terminasse o último verso.

Entreteve-se com o binóculo. Suspirou ao constatar que haviam desenterrado o pow. Estranhou que houvesse tantos prisioneiros no pátio do campo. A essa hora deveriam estar trabalhando na fábrica.

— O que está acontecendo hoje? — murmurou para si.

Olhou para baixo. A impaciência o corroía. Por que ela não chegava logo?

Deu umas voltas na pedra em forma de sofá antes de ficar nas pontas dos pés na parte mais elevada, tentando divisar a ladeira por cima dos matagais.

Nem rastro dela.

Junko, Junko, Junko...

Venha logo. Venha logo. Venha logo.

Enfiou a mão no bolso e tirou o haicai enrolado.

Venha logo. Venha logo.

Apertou-o com força.

Nesse momento, um barulho começou a abrir caminho no céu.

Levantou a vista. O céu estava carregado.

Era um barulho de motores.

Por que os alarmes não soavam?

As nuvens se abriram o suficiente para que pudesse constatar que não se tratava de uma esquadra de bombardeiros, mas de um único avião. Não, corrigiu-se imediatamente. Dois aviões. Sem dúvida tinham se perdido. Era normal que não soassem os alarmes. Pela altura em que voavam, tampouco haviam sido ativadas as baterias antiaéreas.

Pegou de novo o binóculo e corrigiu o foco. O avião que ia à frente era um B-29 aliado. Nesse momento abriu suas comportas e deixou cair alguma coisa. O que diabos...? Era um paraquedas. Deixaram um soldado pular sozinho? Nem um verdadeiro samurai seria capaz de pular sozinho. Aos poucos o paraquedas foi ficando mais visível. O que estava pendurado nele não era um soldado, mas uma caixa. Continuou descendo. Não, tampouco era uma caixa. Uma bomba? Não pode ser, convenceu-se. Isso que está caindo é muito grande. E, além do mais, por que os aliados se incomodariam em lançar uma única bomba presa a um paraquedas no imenso vale de Urakami?

Acompanhou a lenta queda do objeto.

Os alarmes antiaéreos continuavam mudos.

Voltou a duvidar. Talvez fosse uma caixa, uma dessas que às vezes atiravam com panfletos de propaganda norte-americana.

O avião seguia seu caminho.

O paraquedas balançava à meia altura.

De repente, uma luz tomou conta do vale.

Mais intensa que o sol.

Toda a luz.

# 2

# Carbon Neutral Japan Project

*Tóquio, 24 de fevereiro de 2011*

Cada vez que Emilian Zäch ia ao Japão, era invadido por uma calma peculiar. O país nipônico era o melhor dos bálsamos para sua mente acelerada. Lá o ar parecia mais leve, inundava seus pulmões assim que o inalava pela primeira vez. Seus velhos companheiros das Nações Unidas não conseguiam acreditar que um homem com seu temperamento, sempre prestes a acender como o pavio de um explosivo, pudesse achar relaxante um lugar tão infestado de impactos visuais e auditivos. "Vocês não têm a menor ideia do que se esconde lá", costumava lhes dizer.

Recostado no assento traseiro do táxi que o levava do aeroporto ao hotel, queria acreditar que a paisagem de neons rosados e azuis lhe dava as boas-vindas. Era verdade que aquelas luzes e os jingles acabavam deixando qualquer um tonto, porém além daquele oceano enfurecido amanhecia uma sociedade conectada à natureza em idílica harmonia. Os milhões de pessoas que caminhavam pelas calçadas sem se tocar e até mesmo os trens supersônicos que deslizavam com exatidão milimétrica ajustavam seus tempos à queda das flores das cerejeiras. Lá, sua mente não enfrentava nenhum conflito. Tudo era previsível, como um bom filme já visto. Tudo era suave, como o comportamento dos funcionários das lojas ou a textura do sashimi. Por isso escolhera a Terra do Sol Nascente como moldura de seu projeto definitivo, aquele ao qual destinara tudo o que tinha: seus conhecimentos, seu capital... Sua própria vida.

Visitara o Japão pela primeira vez em dezembro de 1997, por ocasião das reuniões que culminaram na assinatura do Protocolo de Kioto. Naquela época, apesar de ser bastante jovem, Emilian já era muito respeitado como arquiteto especializado em urbanismo voltado para questões ambientais, e já fazia parte do IPCC — Painel Intergovernamental sobre Mudanças Climáticas —, um grupo de especialistas criado pela Organização das Nações Unidas para atenuar o efeito estufa. De fato, foi devido a um ousado informe de sua autoria sobre a contribuição das cidades ao aquecimento global e, mais concretamente, seu firme apoio à tese de que a energia nuclear era a melhor alternativa para mitigá-lo que havia sido convidado a participar das discussões de Kioto. Graças a isso, conquistou o respeito de muitos colegas e a inimizade de alguns figurões do setor energético. Mas, acima de tudo, ficou enfeitiçado por aquele país onde tudo transcorria ao mesmo tempo tão depressa e tão lentamente, em um equilíbrio tão sutil quanto a dança dos planetas.

O táxi o deixou na porta do Cerulean Tower Hotel, um moderno arranha-céu erguido no meio do agitado bairro de Shibuya. Enquanto esperava, apoiado no balcão da recepção, que terminassem a tramitação de papéis, deu uma olhada no restaurante do andar térreo, decorado com um belo desenho que recriava a estética dos anos 1950. Gostava de conhecer novos lugares, mas seus preferidos continuavam sendo os pequenos restaurantes de rua, onde via o cozinheiro envolver o arroz com alga no outro lado do balcão. Veio-lhe à cabeça a imagem de Veronique passeando pelo mercado de peixe de Tsukiji na viagem que fizeram juntos há alguns anos. Ela não gostava de sushi, dizia que era como morder uma carpa recém-tirada de um aquário.

Afastou-a da cabeça, e também parou de pensar em comida. Passava de uma da madrugada e a única coisa que queria era dormir. Pegou enfim sua chave e subiu ao 34º andar. Uma vez no quarto, foi diretamente à enorme janela que ocupava a parede do fundo, da qual se tinha uma vista de Tóquio semelhante à oferecida pela janelinha de um avião. Mergulhou seu olhar no vazio e percorreu a cidade como quem passa o indicador por um mapa, usando como referência os arranha-céus mais emblemáticos e os telhados dos pagodes. Quando trouxeram sua mala, abriu-a para pendurar no armário um paletó e um par de camisas, afastou da mesa de centro as revistas de cortesia para esvaziar sobre ela tudo o que levava nos bolsos e desabou na cama. A legião de almofadas e travesseiros e o edredom, tão branco a ponto de cegar, engoliram-no sem piedade.

— Dormir... — murmurou ele.

Como se fosse um pesadelo, o celular que acabara de deixar na mesinha de cabeceira começou a vibrar.

"Yozo", dizia a tela iluminada.

— Você sabe que horas são, maldito amarelo? — alfinetou Emilian ao atender.

— Ainda estou no estúdio. — O outro riu. — Por isso não se queixe. Como foi a viagem?

— Tudo correu bem. Fiquei revendo os informes e talvez por isso não tenha me parecido muito longa. E você, o que faz trabalhando numa hora dessas?

— Aprimorando seu maldito projeto.

— Será que encontrou alguma falha de última hora...?

— Ora, está tudo perfeito. Mas amanhã você tem a reunião mais importante da sua vida e vale a pena rever até o último detalhe, ou não? Estava vendo pela última vez os itens que mandaram corrigir no mês passado, mas acho que está tudo mais do que fechado. Você fez um trabalho excepcional, de verdade.

— Acho que o encontro de amanhã vai ser mais uma formalidade do que qualquer outra coisa: assinar, tirar fotografia com o governador e pronto.

— Tenho certeza de que tudo correrá bem.

— Me passe para Tomomi, gostaria de cumprimentá-la.

— Passaria se estivesse aqui. Levou a tarde repassando o capítulo dos condutores e depois foi jogar tênis para relaxar. Eu gostaria de ter uma válvula de escape como essa. Quando ela pega a raquete, se afasta deste mundo.

Emilian se colocou em uma posição melhor, olhando para o teto.

— Estou com vontade de vê-los. Vocês me ajudaram muito...

— Deixe de sentimentalismo a esta hora da noite. Vai acabar me amolecendo também. Além do mais, não trabalhamos de graça.

— Isso não tem nada a ver.

— Amanhã comemoraremos juntos seu sucesso. Tomomi está há dias falando de um novo restaurante que quer apresentar a você. Diz que servem umas verduras cozidas incríveis... Você tem sorte, eu ainda não fui convidado para conhecê-lo!

Durante alguns segundos nenhum dos dois disse nada.

— Vá para casa, ela deve estar esperando por você — retomou Emilian um pouco triste.

— Como está sua história com Veronique?

— Desde quando vocês japoneses são tão diretos?

— Ora, sinto muito — desculpou-se Yozo em tom relaxado. — Conversaremos quando quiser.

— Eu que peço desculpas — corrigiu Emilian. — Bem, vou levando. Depende da hora... À noite costuma ser pior.

— Vocês se encontram às vezes?

— Às vezes nos cruzamos nos corredores do palácio. Não vou muito à ONU, mas volta e meia tenho reuniões com o pessoal do IPCC, como você sabe.

— Então acabou resolvendo ficar em Genebra.

Emilian assentiu com a cabeça antes de responder, como se fosse difícil falar.

— Sim — disse, finalmente.

— Tomomi e eu nos lembramos bem dela, mas bem... Não dá para chover para cima.

— Como?

— Algumas coisas que desejamos são incompatíveis com outras que queremos muito.

— Claro.

— Amanhã a gente conversa. É melhor você ir dormir.

— Era o que eu estava tentando fazer quando você ligou.

— Não brigue comigo. Venha nos encontrar no novo estúdio por volta das dez. Assim você terá tempo de conhecê-lo antes da reunião.

— Combinado, mas nada de me receber com uma xícara desse seu chá. Compre um café decente; de manhã não me sinto muito zen.

Yozo desligou deixando uma risada no ar.

Emilian devolveu o celular à mesinha de cabeceira. Durante alguns segundos prendeu a respiração sem se mexer. O quarto, de tão silencioso, lhe pareceu hermético. Virou a cabeça para a janela — um quadro negro salpicado de pequenas luzes — e voltou a pensar na vez em que viajou a

Tóquio com Veronique. Foi no início da concepção do projeto e ela ainda o apoiava. Hospedaram-se no Park Hyatt. Tentaram ficar no mesmo quarto ocupado por Bill Murray no filme *Encontros e desencontros*, mas a recepcionista negou com um sorriso cativante sem chegar a especificar se o quarto não estava disponível ou se não sabia do que estavam falando. Pelo menos conseguiram jantar no bar da cobertura onde Murray afogava suas mágoas em uísque na noite em que conheceu a personagem de Scarlet Johansson. Sentaram-se nos mesmos tamboretes e brincaram de conversar como se também estivessem se conhecendo, trocando olhares enquanto um quarteto de jazz tocava "As Time Goes By".

Sentiu muito sua falta. Uma careta dura se esculpiu em seu rosto. O projeto merece qualquer sacrifício, pensou, não dá para chover para cima. Ligou a televisão. Estavam exibindo uma reportagem sobre bombas atômicas. Por conta do aniversário da entrada em vigor do Tratado de Não Proliferação Nuclear, haviam organizado em algumas cidades japonesas uma série de cerimônias em memória às vítimas de Hiroshima e Nagasaki para exigir a completa destruição dos arsenais das grandes potências. Ficou durante algum tempo assistindo, aturdido. Imagens aéreas em preto e branco, o cogumelo, fotografias de corpos carbonizados em meio aos escombros e de pessoas vivas saindo da fumaça, depoimentos emocionados de sobreviventes que haviam perdido todos os membros de sua família... Sentiu necessidade de mudar de canal, mas todos estavam inundados de publicidade vertiginosa e cenários de cores vivas. Voltou ao documentário sobre as bombas. Fechou os olhos. Era doloroso recordar, tendo o pranto dos órfãos de Nagasaki como trilha sonora, a imagem de Veronique afastando-se depois da última conversa que mantiveram no corredor do Palácio das Nações, deixando atrás de si uma esteira de mármore frio e cinza.

Quando saiu do hotel, a cidade já estava acordada havia algumas horas. Ao atravessar a passarela que levava à estação do metrô — ao ver o engarrafamento, ele desistiu de pegar um táxi —, respirou a fumaça dos veículos e se convenceu de que seu projeto era um presente para os políticos japoneses.

Aquela aventura começara vários anos antes; na realidade, era a sublimação de toda sua vida profissional. Emilian, obcecado desde criança por qualquer coisa que se referisse à proteção do meio ambiente, decidiu se dedicar a construir — na mais pura acepção do termo — um mundo melhor. Cursou arquitetura em Genebra e teve excelentes resultados. Depois, ganhou duas bolsas de estudo, uma em Massachusetts e a outra em Zurique, ambas ligadas ao urbanismo sustentável. Por isso, logo cedo choveram convites para que fosse trabalhar nos escritórios mais respeitados da Suíça. Na hora de optar, mais que o prestígio ou o salário que receberia, o que levou mesmo em conta foi o fato de seus chefes compartilharem sua visão particular de como deveriam ser as cidades do futuro. Não parava em nenhum dos escritórios e tampouco seu pulso tremia quando se despedia, e por isso foi pulando de um em outro até entender que a solução mais simples era atuar por conta própria. Foi então que começou a dar o melhor de si. Sua atitude podia ser extravagante e às vezes parecia um pouco excêntrico — seguindo o estereótipo dos gênios —, mas era verdade que, trabalhando como queria, rendia cem vezes mais. Ao mesmo tempo que desenvolvia, sob encomenda, projetos urbanísticos e prestava consultoria relacionada ao meio ambiente, colaborava com várias organizações internacionais — chegou até mesmo a participar das ações mais agressivas do Greenpeace — e ainda tinha tempo para continuar elaborando informes para o IPCC da ONU.

Essa prática de absorver e disseminar conhecimentos de forma ininterrupta culminou na sua obra mais madura: o Carbon Neutral Japan Project, como dizia a capa do portfólio arquivado no Mac que levava consigo. Tratava-se de uma ilha urbanizada que abrigaria um parque empresarial e uma zona residencial autoabastecidos por um reator nuclear submarino de última geração, com zero de emissão de $CO_2$. Zero emissão, seu sonho transformado em realidade. Sem nenhum tipo de carburante nem outras fontes energéticas poluidoras, apenas física atômica limpa e obrigada a seguir os mais modernos padrões de segurança. E, além disso, com a possibilidade de que, quando a ilha pudesse ser autoabastecida através do uso de futuras fontes energéticas cem por cento ecológicas — essa era a sua aspiração definitiva para um futuro não tão distante —, a mobilidade do pequeno reator o permitisse ser aproveitado em outro lugar.

O fato de alguém com seu perfil de ativista apoiar com tanta convicção a energia nuclear não deixava de chocar aqueles que o conheciam. Mas a verdade era que um grupo cada vez maior de cientistas considerava a fonte atômica a menos danosa das disponíveis, pois as verdadeiramente inócuas e ao mesmo tempo desprovidas de riscos eram tão caras que no momento só eram usadas no mundo das ideias. O próprio Japão, apesar de ter sofrido em seu passado recente os mais horrendos efeitos do avanço nuclear em forma de bombas atômicas, havia feito uma grande aposta na construção de novas centrais até chegar à de número 55. Sendo um arquipélago sem recursos energéticos suficientes para prover sua enorme economia, era possível afirmar que o futuro do país dependia delas: produziam um terço de sua eletricidade, liberavam-no do jugo dos exportadores de petróleo e favoreciam o plano Cool Earth 50, um ambicioso programa liderado pelo Japão no G8 que tinha o objetivo de reduzir à metade as emissões poluentes em 2050. Emilian conhecia bem aqueles dados. De fato, dispunha de toda a informação existente devido a sua colaboração com o IPCC, e por isso não hesitou em apresentar o estudo preliminar de seu inovador projeto ao Governo Metropolitano de Tóquio.

Acertou em cheio. O governador vislumbrou imediatamente a possibilidade de usar aquele projeto para reafirmar seu compromisso ecológico que, seguindo a tendência do governo central, assumira na campanha eleitoral e decidiu embarcar na ideia. Achou que marcaria um gol apoiando um protótipo que certamente terminaria se reproduzindo em outras cidades. Emilian quase não acreditou quando, poucos dias depois da primeira reunião, o governador em pessoa lhe comunicou que estava disposto a apoiar o Carbon Neutral Japan Project, chegando, inclusive, a lhe propor que o desenvolvesse em uma ilha não urbanizada situada não muito longe da baía de Tóquio, com capacidade para mil empresas e 1 milhão de pessoas.

Depois dessa reação ficou fácil chamar a atenção de algumas pessoas importantes mundialmente respeitadas, que deixaram claro seu interesse em executar as obras e ficaram à espera de o Governo Metropolitano conceder a Emilian as licenças definitivas. Quando as tivesse em mãos, comprariam seu projeto por um preço escandaloso. Não cabia em si de prazer; sabia que chegara ao topo e por isso abandonou outros trabalhos que tinha em mãos e começou a se dedicar dia e noite para adaptar o estudo inicial aos parâmetros da ilha. Investira nisso dois anos de sua vida e todas as suas economias — inclusive a modesta herança de seus pais e o que obteve hipotecando a casa de Genebra que estava paga há uma década —, mas não sentia nenhuma hesitação. Seu projeto de ilha sem emissões de $CO_2$ se transformaria numa referência em escala mundial.

Desceu na estação de Shinjuku, o bairro de escritórios invadido por arranha-céus e frios neons. Sem sair à rua, pegou um corredor subterrâneo repleto de lojas. Comprou um doce em uma confeitaria francesa — tal como dissera a Yozo algumas horas antes, a manhã era o único momento do dia em que renunciava à gastronomia nipônica em troca de um bom café e de alguma coisa doce — e caminhou por aquele mundo paralelo, vários metros sob o solo, até que se enfiou em um elevador de vidro que o levou ao céu dos grandes empresários.

As portas se abriram em um saguão do qual se subia ao novo estúdio de seus amigos. Não haviam economizado nem dinheiro nem criatividade na reforma. Parecia um grande jardim debruçado sobre o vazio, com janelas do chão ao teto que, uma vez superada a vertigem inicial, incitavam a voar. Era justamente isso, a imaginação dos projetistas deveria voar em direção a terrenos inexplorados. Se Emilian tivesse tido um estúdio próprio, gostaria que fosse assim.

Lembrou-se da primeira vez que vira seus amigos Yozo e Tomomi. Foi em Kioto, em um coquetel servido após sua apresentação. Já naquela época, o charmoso casal de arquitetos — que, além de lápis e esquadros, compartilhava sua vida sentimental — se destacava por algo além de suas boas maneiras no disputado universo do urbanismo japonês. No entanto, o que mais o atraiu neles foi o compromisso com as tecnologias limpas que, como sinal de identidade, marcava seus projetos. Começaram a trocar e-mails com frequência, a compartilhar informes e ideias, e pouco a pouco se forjou entre os três uma sincera amizade que culminou em sua colaboração profissional no Carbon Neutral Japan Project. Yozo e Tomomi haviam lhe fornecido o suporte técnico e humano necessário para elaborar os planos e a maquete de sua ideia revolucionária.

Uma funcionária do estúdio pediu que esperasse em uma pequena sala com cadeiras metálicas revestidas de couro branco e foi avisar seus chefes, que apareceram imediatamente abrindo um amplo sorriso.

— Já estava na hora de vir nos ver! — exclamou Tomomi enquanto lhe dava um abraço e dois beijos à europeia.

— Você está lindíssima. — Emilian recuou um pouco para olhá-la melhor. — Cada dia mais sofisticada. Onde vai parar assim? — brincou ele com a voz grave, acariciando um lenço de seda que ela usava no pescoço. — Está parecendo um personagem do Woody Allen.

— O *look* das arquitetas de Tóquio é muito minimalista. Prefiro o toque parisiense — disse ela, rindo e fazendo pose de artista, curvando seu corpo magro e acariciando o próprio cabelo cortado à altura do queixo.

Emilian se virou para Yozo. Trocaram um forte abraço.

— Vocês parecem saídos de um filme — afirmou Tomomi. — Vejam que homens incríveis tenho só para mim. — Abaixou a voz em tom cúmplice. — Venham dar uma volta pelo estúdio para as novas desenhistas desfrutarem o material.

Era verdade que os dois chamavam a atenção. Yozo parecia um manequim de uma butique de moda; rondava os 40, mas se vestia como universitário e exibia um corte de cabelo um tanto radical que contrastava com sua expressão serena. Emilian tampouco tinha problemas para seduzir as japonesas, devido a suas maneiras gentis e a uma delicada linguagem corporal que não diminuía nem um pouco sua masculinidade. Tinha 38 anos, um corpo que mantinha na linha graças a, quando estava em Genebra, corridas de uma hora todas as manhãs pelas margens do lago Leman e um rosto com ar de galã dos anos 1950 favorecido pela franja castanha que caía sobre sua testa e que salientava seu aspecto tranquilo. Costumava vestir roupas escuras, sempre sem gravata, mesmo quando tinha de se reunir com as autoridades que compareciam aos congressos do IPCC na ONU.

Iniciaram seu périplo pelo estúdio. Yozo e Tomomi tinham umas trinta pessoas trabalhando para eles, e quase a metade dedicada ultimamente ao Carbon Neutral Japan Project. Quando terminaram a visita, detiveram-se diante de uma vidraça da qual se tinha uma impactante vista do bairro de Shinjuku.

— Esse lugar é uma maravilha — declarou Emilian.

— É só pedir que providenciaremos um escritório para você imediatamente — disse Yozo.

— Você é extremamente generoso, mas não posso aceitar.

— Por que não? Você sabe que a partir de hoje receberemos encomendas importantes, e se estivesse aqui poderíamos trabalhar com mais fluidez. O que o mantém em Genebra agora?

— Como você pode ter tão pouco tato? — censurou-o Tomomi.

— Não se aborreça — intercedeu Emilian. — Nisso seu marido tem razão.

— Não precisa explicar nada — condescendeu ela. — Não temos razão para nos intrometer em suas coisas.

— Vocês são as minhas coisas. É que não estou em um bom momento para tomar decisões de caráter pessoal.

— Não importa o tempo que precisar — insistiu Yozo. — Seu lugar sempre estará aqui.

Emilian se virou para a janela e afundou a vista no imenso oceano de concreto e vidro.

— Está nervoso? — perguntou-lhe Tomomi com doçura.

— Eu dei tudo por isto.

Yozo dirigiu um olhar rápido a Tomomi.

— É o que se faz pelas coisas que se ama — conseguiu dizer a mulher.

— Eu também a amava.

Yozo colocou a mão em seu ombro. Emilian procurou na floresta de arranha-céus o Tokyo City Hall, um imenso edifício que abrigava a sede do Governo Metropolitano. Contemplou-o por alguns segundos.

— Vamos lá! — exclamou ele de repente, adotando uma nova atitude de júbilo. — Façamos a foto com o governador e urbanizemos a primeira ilha empresarial sem emissões da história!

— É assim que eu gosto! — Yozo riu. — Nesta manhã você terá a seus pés todos os agentes imobiliários do mundo suplicando que venda o projeto a eles. Vai ficar muito rico, querido amigo. Espero que não pare de trabalhar com a gente!

— Não seja bobo.

— Vão saindo então — determinou Tomomi, satisfeita. — Vou pegar meu celular.

Esperaram-na à porta conversando de forma relaxada sobre a iluminação do estúdio. Alguns minutos depois, achando estranho que sua mulher demorasse tanto, Yozo se virou para ir buscá-la. Avistou-a no outro lado do vidro que delimitava a sala de reunião, falando ao telefone. Preocupou-o sua postura, um tanto abatida. Viu-a deixar o telefone na mesa e se aproximar com expressão grave.

— O que está acontecendo? — perguntaram-lhe.

— Ainda não consigo acreditar...

— Em que não consegue acreditar?

Tomomi desabou em uma cadeira do vestíbulo.

— Não vai haver reunião.

Emilian recebeu aquelas palavras como uma pancada física que lhe provocou uma repentina tontura.

— Como?

— Cancelaram.

— Como assim cancelaram? Com quem você falou?

— Com o responsável pelo Departamento de Meio Ambiente.

— Etsuda?

— Sim.

— Adiaram para quando?

— Você sabe como nós, os japoneses, somos — balbuciou ela. — As formas de agir são diferentes, temos que respeitar nossos tempos...

Emilian entendeu que ela estava escondendo alguma coisa.

— Me diga logo o que ele falou, por favor.

— Que não vão lhe dar as licenças — disse por fim Tomomi.

— O quê?

— Disseram que você os enganou — concluiu ela. — Foi isso o que Etsuda disse, com todas as letras.

Emilian ficou rígido, percebendo um frio congelante paralisar cada célula de seu corpo. Todos os funcionários do estúdio pareciam também congelados em seus postos de trabalho, esticando o corpo com uma expressão de desconcerto para ver o que estava acontecendo.

— Que eu os enganei... O que quis dizer com isso?

— Ele não me explicou. No fim até encerrou a ligação.

— Não se desespere, logo saberemos o que aconteceu — interveio Yozo, tentando manter a calma.

— Mas nada pode ter acontecido. Eu os enganei... — repetia Emilian, incrédulo.

— Além disso, sempre poderemos transferir o protótipo para outro lugar.

— Como você pode dizer uma coisa dessas? — explodiu Emilian. — Nenhum político vai querer apostar em um projeto que já foi recusado uma vez, e os financiadores muito menos! Além do mais, de onde você quer que eu tire dinheiro para refazer todo o trabalho? Gastei tudo o que tinha!

— Acalme-se, Emilian.

— Como você quer que eu me acalme? Se não me derem essas licenças, estarei acabado! Não é só o dinheiro, Yozo. Eu investi tudo nisso, tudo.

Yozo ficou matutando durante alguns segundos.

— Talvez devêssemos encontrar uma forma de falar pessoalmente com o governador — comentou. — Pode ser que Etsuda tenha passado dos limites dizendo de forma tão taxativa que não...

— Vou vê-lo agora mesmo — cortou Emilian.

— Vai ver quem?

— O governador. Foi ele quem me meteu nesta história.

— Não diga besteiras. Isto aqui é o Japão, você não pode aparecer assim sem mais nem menos no Governo Metropolitano.

— E ele pode me mandar de volta à Suíça com uma mão na frente e outra atrás?

— Tentarei marcar um encontro para outro dia — resolveu Yozo. — Confie em mim, agora é melhor não fazer nada.

Emilian respirava com os olhos fechados. De repente, começou a andar em direção à saída.

— Aonde você vai? — Tomomi o deteve.

— Me deixem em paz! — gritou do fundo de sua alma, jogando o braço para trás e quase atingindo sua amiga. Levou as mãos ao rosto em um gesto de arrependimento. — Estou perdendo a cabeça — desculpou-se imediatamente.

— Não se preocupe, tudo vai se acertar.

— Só preciso ficar sozinho e pensar.

Foi ao saguão. Yozo e Tomomi se limitaram a observá-lo, calados, desaparecer depois do toque da campainha digital do elevador.

Havia pensado em voltar ao hotel para tentar relaxar e meditar sobre o que acontecera, mas, quando colocou os pés na rua, começou a ferver de novo como uma panela de pressão. Os neons, a cacofonia publicitária que inundava o bairro, as imagens delirantes de jovens rindo e os slogans em kanji, os caracteres chineses usados na escrita japonesa, que explodiam nas enormes telas das fachadas... Tudo o agredia como as visões mutantes de um pesadelo. Sentiu vontade de dar pontapés em uma lixeira. Golpeou com fúria uma coluna de cimento até que feriu a mão. Não estava disposto a esperar um único dia para falar com o governador. Havia sido ele quem o incentivara a seguir em frente, e seu futuro dependia da concessão daquelas licenças. Olhou para cima.

— Onde diabos está você? — murmurou tentando localizar acima dos edifícios circundantes as torres do Tokyo City Hall que acolhiam a sede do Governo Metropolitano.

Primeiro começou a andar a grandes passadas, atravessou calçadas driblando os carros para não perder tempo procurando as passarelas e acabou correndo através das praças que serviam de zona de pedestres no meio dos arranha-céus até que se plantou diante das portas do edifício que estava procurando. A zona de acesso estava inundada por hordas de turistas que queriam subir à Torre 1 para contemplar a vista. Abriu caminho no meio da massa aos empurrões. Os guardas da segurança, vendo-o tão agitado, mandaram que parasse.

— Tenho uma credencial especial — defendeu-se Emilian, mostrando-lhes o cartão que haviam lhe deixado no hotel na noite anterior. — Posso subir, inclusive, às salas restritas do quinto andar.

Referia-se ao andar onde ficava o gabinete do governador. Os guardas cochicharam entre eles, passaram o cartão pelo controle e pareceram se alegrar quando viram que a máquina lhe negava o acesso, apesar das várias tentativas: não autorizado, não autorizado, não autorizado. A indignação de Emilian crescia em espasmos. Pegou seu celular e discou o número direto da secretária do governador, mas só ouviu uma série de desculpas repetidas que lhe soaram extremamente artificiais. Nem sequer chegou a lhe dizer se estava ou não no edifício. Pediu aos guardas que entrassem em contato pela linha interna com os departamentos de Urbanismo ou Meio

Ambiente, onde trabalhavam as pessoas vinculadas ao projeto. Só precisava localizar algum conhecido que lhe desse permissão para subir, mas ninguém queria assumir uma responsabilidade que não lhe cabia. Os guardas, cada vez mais impacientes, insistiam em seu inglês precário que o que devia fazer era se dirigir ao escritório de atendimento a estrangeiros. Emilian começou a murmurar e a dar voltas ao redor de si mesmo diante do balcão de segurança, levando as mãos à cabeça e repetindo que não tinha sentido que tudo viesse abaixo quando o governador em pessoa dera a alma por seu projeto, tendo colocado à sua disposição a ilha e toda a documentação necessária para que, durante dois anos, dois anos!, levantasse os dados de que precisava para adaptar o estudo inicial ao desenho definitivo... Não era lógico. Fizera todas as correções que os técnicos municipais haviam pedido. O que tinha acontecido? O que significava essa história de que ele os havia enganado?

De repente se deu conta de que os guardas estavam concentrados em revistar a bolsa de uma anciã. Sem pensar duas vezes, começou a correr para um dos elevadores reservados aos funcionários. Quando se deram conta e saíram atrás dele dando gritos agudos em seus aparelhos de intercomunicação, a porta já se fechara. Lá dentro, dois empregados se afastaram como se ele fosse um terrorista suicida. Olhou o painel. O 17º andar estava iluminado. Esteve prestes a apertar o 5, mas lhe ocorreu que ali o estaria esperando toda uma legião de guardas. Não tinha tempo para pensar... Apertou o 4. O elevador só levou dois segundos para parar. Saiu deixando atrás de si os comentários atropelados de seus dois acompanhantes enquanto a porta voltava a se fechar. O segurança do andar percebeu que algo fora do comum estava acontecendo e se levantou de sua mesa. Emilian comemorou ao constatar que era o único guarda a ser driblado. Nos edifícios públicos do Japão não se respirava a atmosfera psicótica que inundava outros países desenvolvidos. Cumprimentou-o tentando parecer calmo e lhe mostrou a credencial de longe, como se fizesse parte da equipe da torre. Em um primeiro momento o guarda pareceu se conformar, mas naquele exato instante recebeu uma chamada de seus colegas da recepção. Emilian dirigiu um olhar rápido à planta pendurada na parede que apontava as saídas a serem usadas no caso de incêndio, virou em uma esquina e correu até uma escada de serviço. Subiu a grandes passadas e foi sair na ala nobre do quinto andar: madeira por tudo quanto é canto, tetos altos — eram dois andares ligados —, longos corredores... E, milagrosamente, sem qualquer vigilância. Olhou para ambos os lados. Para onde devia seguir? Em alguns segundos o guarda que o surpreendera no andar de baixo apareceria. Ao fundo reconheceu um setor de salas pelo qual havia passado nas reuniões anteriores. Foi até lá acelerando o passo. Outro agente de segurança apareceu a poucos metros de onde estava. Começou a correr e pegou um corredor após outro até que reconheceu a porta da secretária. Abriu-a de repente. A mulher, sobressaltada, levantou-se de sua cadeira com os olhos esbugalhados.

— Só quero falar um minuto com o senhor governador!

— Ele não está! — gritou ela, assustada. — Não está!

— Sei que está mentindo! Chame-o e acabaremos com isto de uma vez!

— Segurança!

O guarda surgiu a suas costas.

— Deite-se no chão! — ordenou, brandindo uma arma.

— O governador me conhece — gritou, percebendo a magnitude do que fizera. — Me chamo Emilian Zäch.

— Deite no chão!

— Pergunte a ele! — insistiu Emilian enquanto obedecia.

— Deixem-no — soou uma voz sóbria que provinha de uma porta interna.

Era o governador em pessoa, surgindo em cena com calma.

— Senhor governador, ainda bem...

— Entre, Sr. Zäch.

Abriu mais ainda a porta pela qual se assomara, tranquilizando com um gesto sua secretária e o guarda, que imediatamente levou o intercomunicador à boca para colocar seus companheiros a par do que estava acontecendo.

— Lamento ter me apresentado assim.

Atravessaram a ampla sala.

— Sente-se.

— Obrigado — aceitou, mal se apoiando na beira de uma poltrona para recuperar o fôlego. — Deve ter havido algum mal-entendido. O Sr. Etsuda ligou há pouco dizendo...

— Que não vou lhe dar as licenças — completou o prefeito, tomando posse de sua poltrona.

Emilian ficou como pedra. Sua maior esperança era que o prefeito não estivesse informado e ficasse do seu lado.

— Então o senhor sabia que...

— E o senhor? Quer me fazer acreditar, de verdade, que não sabe por que mudei de opinião? Por favor, Sr. Zäch, não finja surpresa.

— Não estou fingindo nada — objetou muito sério. — Achei que estava tudo pronto, atendi a cada um dos requisitos que seus técnicos me impuseram e havíamos acertado um encontro para hoje com o objetivo de protocolar a concessão das licenças.

— E daí?

— Senhor governador, tenho uma dúzia de investidores esperando minha ligação para comprar meu projeto e começar a construir.

— Por que não me disse que poderíamos ter problemas?

— O quê?

— Problemas de vedação em caso de avaria. Não foi sincero comigo.

— Está se referindo ao reator de abastecimento? — supôs Emilian, sem parar de se espantar.

— Não se pode brincar com a sensibilidade dos japoneses quando se trata de assuntos nucleares.

— Mas o que o senhor está dizendo? Eu não brinquei com a sensibilidade de ninguém. O reator é perfeitamente hermético! Na minha primeira reunião já lhe expliquei que se tratava de um protótipo revolucionário que...

— Não grite comigo.

Não conseguia acreditar que estivesse vivendo aquilo. Por sua mente passaram 100 mil imagens. Transportou-se mentalmente ao dia em que considerara a possibilidade de abastecer a ilha com um pequeno reator nuclear. Alguns meses antes teria sido uma ideia utópica, mas alguns engenheiros franceses deram um passo histórico ao projetar uma central submarina portátil a partir de sua experiência como construtores de submarinos atômicos. Consistia em um cilindro de cerca de 15 metros de diâmetro provido de um reator que aproveitava a água do mar como fonte de resfriamento. Era um projeto perfeito que, além do mais, superava os padrões habituais de segurança, dado que sua localização no leito marinho evitava agressões humanas, como atentados com aviões e até mesmo fenômenos climatológicos ou sísmicos. E, como Emilian havia previsto, sua mobilidade permitiria aproveitá-lo em outro lugar no dia em que o Carbon Neutral Japan Project chegasse ao seu apogeu, quando a ilha estivesse preparada para se autoabastecer com futuras fontes energéticas cem por cento ecológicas que no momento eram simples ilusões.

— Vamos acabar logo com esta brincadeira — decidiu o governador, arrancando-o de seus pensamentos. — Vocês mesmos apresentaram as dúvidas aos meus técnicos.

Emilian olhou-o nos olhos.

— O que quis dizer com isso?

— Pergunte ao seu companheiro, o arquiteto japonês.

— Yozo? — reagiu. O governador esboçou um sorriso cansado. Emilian sentiu um calafrio. — O que devo perguntar a ele?

— Então não está a par?

— Posso lhe assegurar de que não sei do que está falando.

— Seu companheiro esteve há alguns dias com o assessor técnico do Sr. Etsuda e contou a ele o risco ecológico de um reator como este que o senhor incluiu em seu projeto. Aparentemente lhe explicou com todo detalhe como seria difícil vedar um possível escapamento, além de muitas outras coisas ainda piores que não tenho motivos para reproduzir aqui. O senhor sabe perfeitamente.

— O senhor está mentindo.

— Basta — disse com irritação. — Terminamos.

— Mas...

Emilian não se mexia, mas tampouco sabia o que dizer.

— Investigamos tudo, Sr. Zäch — acrescentou o governador, retomando o tom condescendente. — Sabemos que os franceses que idealizaram o protótipo foram impedidos de fabricar o reator.

— Não, não e não! Yozo também lhe disse isso? Não se precipite! Trata-se de um estudo complementar que se comprometeram a realizar precisamente para silenciar de forma responsável as críticas de seus detratores. Posso lhe explicar. Só precisarei de alguns minutos, tenho aqui alguns gráficos...

Fez um gesto de que ia tirar o computador da bolsa.

— Não se incomode.

Dirigiu-lhe um olhar de súplica.

— O senhor não pode fazer isto comigo.

— Peço que saia.

O governador ficou em pé e foi diretamente à porta, abriu-a e permaneceu agarrado à maçaneta esperando que Emilian saísse. Ele o fez de forma arrastada, seus pés pesavam uma tonelada. Passou ao lado da secretária e encarou o corredor que levava ao elevador.

De novo na rua.

Barulho, neons, veículos, pessoas.

Yozo...

Não podia ser verdade.

Pegou seu celular. Discou com pavor o número de seu amigo. Escutou os toques de chamada como se fossem os sinos que marcam os passos que levam ao patíbulo.

— Emilian — soou neutro do outro lado —, está acontecendo alguma coisa? De onde você está ligando?

— Me diga que não é verdade.

— A que se refere? Você não está se sentindo bem?

— Me diga que não conversou com um dos técnicos de Etsuda sobre possíveis problemas de vedação do reator. — Yozo ficou em silêncio. — Deus...

— Não sei o que lhe contaram — reagiu o japonês —, mas não é o que você imagina. Conheço esse sujeito desde a faculdade. Tomamos umas cervejas e foi ele quem me perguntou sobre o assunto. Entenda, naquele exato momento estavam exibindo na televisão do bar uma reportagem sobre o vazamento de petróleo no golfo do México. Insistiu que lhe explicasse como levariam a cabo as tarefas de revestimento do núcleo do reator se acontecesse algo parecido com Chernobil...

— Chernobil? Isso aconteceu há 25 anos — disse Emilian quase sussurrando, como se estivesse consumindo suas últimas forças.

— Foi exatamente isso que eu disse a ele — balbuciou Yozo. — Além do mais...

— Você é meu amigo — interrompeu-o. — Como pôde?

— Emilian, você não vai acreditar que...

— Quanto os petroleiros pagaram a você? — perguntou com uma profunda gravidade, referindo-se aos figurões das fornecedoras de combustíveis que sempre estavam dispostos a gratificar aqueles que eliminassem qualquer ameaça para o setor.

— Você sabe tão bem quanto eu que o apoio do governo japonês aos projetos nucleares sempre foi um tema sensível! — explodiu Yozo, nervoso.

— Certamente o prefeito pensou melhor e não quis se posicionar, pois as eleições estão muito próximas. E menos ainda nestes dias! Você não viu os atos que foram organizados em memória às vítimas das bombas para exigir a eliminação dos arsenais atômicos? Talvez devêssemos ter contado com isso. Há concentrações silenciosas em cada parque do país!

— Vai se foder, Yozo... — soluçou Emilian.

Os dois ficaram calados. Parecia que nem respiravam.

— Emilian, você continua aí?

— Você nem sequer negou ter recebido dinheiro.

— Mas...

Desligou.

Permaneceu durante um tempo parado na rua com o celular na mão, aos pés das imensas torres do Tokyo City Hall, sentindo que aquele bloco de concreto armado desabava, enterrando-o sob toneladas de escombros.

# 3

# Mais intenso que o nascimento e a morte

*Nagasaki, 9 de agosto de 1945*

O binóculo o salvou de ficar cego.

    Kazuo se levantou lentamente, certificando-se de que tudo estava em seu lugar. Primeiro mexeu um braço, depois outro, o joelho na terra, um esforço a mais, para cima. Havia caído atrás da pedra na qual subia para observar o vale. Os olhos fechados. Não, abertos. Não eram capazes de distinguir formas nem distâncias, como se perdurasse na retina o efeito de um flash. Recordou a labareda entre as nuvens, projetando-se até o chão como uma torneira incandescente, e uma gigantesca coluna de fumaça negra que subia incontrolável. Lembrou algo intenso, ainda mais que o nascimento e a morte. Levou a mão à cabeça. Mal percebia os próprios dedos remexendo seus cabelos. A outra mão fechada em punho.

    Silêncio. Nem um único som.

    Estar morto é assim?

    Sentiu um primeiro estímulo externo. Uma sensação no rosto... Queimação e um sopro. Não era vento. Era mais constante, como o ar impulsionado por uma enorme turbina. Esfregou o rosto com as mãos. Tentou olhar através da poeira e da fumaça que trazia aquele cheiro desagradável de enxofre. Estava diante de um vale diferente, vazio de vida e povoado por pequenas fogueiras. Parecia a cratera de um vulcão. O que acontecera? Onde estava Nagasaki, o porto, o Campo 14 que pouco antes estava observando? Tudo aquilo tinha a ver com o flash? A luz que explodiu no céu apagara todas as criaturas da face da Terra? Isto deve ser estar morto, repetiu para si mesmo. Ainda não sabia que a morte poderia ser uma coisa tão boa se comparada ao que havia acontecido, não sabia que era como se jamais tivesse existido nada, nem criaturas nem Terra. Sua respiração começou a falhar, asfixiava-se, sentiu que uma força poderosa o aprisionava pelas costas, pelo peito, pela parte superior da cabeça, pelos peitos dos pés. Ajoelhou-se na terra. Sentia os pulmões deslocados, os intestinos perfurando a garganta. De repente se deu conta de uma coisa: não havia cor. Onde fora parar a cor? Tudo era cinza. O vale estava coberto de vigas e madeiras quebradas, pedaços de calha, entulhos e cabos, tudo cinza, cinza, coberto pela fumaça e pela cinza. Até as chamas crepitavam cinzentas. Quanto tempo passara desde a explosão da luz? Não recordava ter perdido a consciência. Teria jurado que um instante antes estava observando a descida do paraquedas, mas, à vista de como a cidade ficara, devia ter levado séculos. O que havia acontecido superava o tempo e a compreensão humana. No mundo que Kazuo conhecia teria sido necessário transcorrer toda uma era para chegar a semelhante estado de devastação.

Passou alguns minutos aprendendo a respirar de novo, a olhar, a pensar, e por fim compreendeu que o B-29 havia lançado uma bomba como a de Hiroshima. Tinha de ser isso, uma bomba como a que os sobreviventes que chegaram de trem descreveram no dia anterior. Eles são os culpados!, encolerizou-se. Eles são os portadores do azar! Por que foram para Nagasaki? Aqui estávamos muito tranquilos, soluçou, mal havíamos padecido a guerra até que eles chegaram... Praguejou o máximo que foi capaz e atirou com raiva no vale todas as pedras que encontrou ao seu redor, um arrebatamento estéril que se desvaneceu dando passagem a outro sentimento perturbador: uma compaixão que nunca antes experimentara. Pensou que aquele punhado de pessoas havia conseguido sobreviver a um castigo inenarrável e o destino o premiara com outro similar apenas três dias depois; e isso lhe deu tanta pena que decidiu que nada tão infausto poderia acontecer no mundo real.

Isto não é real.

Não é real...

Soltou uma gargalhada.

Não é real!

Mas, ao mesmo tempo que controlava a taquicardia e o enjoo, foi localizando ao longe a roda de um carro, o toldo de uma loja ainda identificável, os restos de uma ponte pela qual já havia passado, a estrutura de concreto da fábrica da Mitsubishi, algumas paredes em pé dos barracões do Campo 14... O mundo desabou em cima dele. Não era um pesadelo. Não havia se movido da colina. O que tinha diante de si era sua cidade.

Aquele descampado era Nagasaki.

De novo as batidas do coração em ritmo desenfreado, a asfixia, os olhos em branco. O ar queima, não consigo respirar... Onde estão as pessoas? Espiou como pôde em meio à nuvem que se afastava lentamente pelo fundo do vale. Muitas das madeiras queimadas eram pessoas. Corpos em posições impossíveis, como tições aderidos aos escombros.

Vomitou apoiado na pedra.

Maldito binóculo que havia protegido sua vista!

Para que ver aquilo?

Para que estar vivo?

Foi quando, de forma espontânea, recuperou a lucidez. Chegou aos poucos, enquanto freava novas ânsias de vômito. Apertou as têmporas com os punhos e pensou nos seus. O Dr. Sato, sua esposa e...

Levou à vista a mão direita. Continuava fechada, os dedos esbranquiçados pela força que fazia, apertando algo com todo seu ser. Não era capaz de abri-la, mas lembrou o que guardava: um pequeno pedaço de papel enrolado. O quarto haicai.

Três versos.

Dezessete sílabas.

Um instante de beleza retido, ela dissera.

...

Junko

O verdadeiro horror se apoderou dele. Por que você não veio antes, princesa? Por que não está comigo? Não pode ter morrido, não me deixando aqui, gritou, embora os gritos não chegassem a sair de seu peito.

Começou a correr ladeira abaixo. Atravessou a zona de matagais cortando o rosto. Onde momentos antes havia um bosque frondoso cujas árvores conversavam sobre o clima e a migração das aves, agora só restavam estacas negras cheias de farpas. O vale estava mergulhado em um estranho silêncio. Caminhou em meio a fogueiras. As casas haviam desaparecido. A bomba destruíra tudo o que estava sobre o solo. Árvores e casas, também, pensou de repente, fotografias e aparelhos de chá, altares familiares e quimonos de antepassados. Aterrorizou-o compreender que jamais voltaria a ver os retratos de seus pais, aqueles que o Sr. Van der Veer gostava de tirar em pose senhorial diante da porta da empresa, ou no cais em frente aos cargueiros, ou no jardim com sua esposa. Aquelas fotos eram a única coisa que Kazuo conservava deles. Se as perdesse, logo se esqueceria de seus rostos. Não havia mais recordações, não havia mais memória, nem história. Nagasaki nunca existira.

Finalmente conseguiu extrair do peito um verdadeiro grito, desgarrado, brutal. Junko existiu, sim! Junko era a perfeição, com seu nariz de formas arredondadas e seus dedos finos talhados pelos deuses, seus cabelos negros e suas faces de porcelana.

— Me diga que você estava longe daqui quando isto aconteceu, por favor...

Não sabia aonde ir. Tudo era descampado, poeira, cinza, fogueiras, fumaça, mais fumaça. Não sentia nenhum pulso, nenhum vestígio de vida. Tinha que abrir caminho entre as nuvens de fuligem. Suas pernas tremiam tanto que mal conseguia andar. Começou a repassar um a um os rostos dos cadáveres carbonizados que ia encontrando pelo caminho para se convencer de que suas feições não correspondiam às de Junko. Subiu em um muro para ter um ângulo de visão mais amplo. Aquele vento quente não parava de soprar e feria seus olhos. Não sabia se era dia ou noite.

— Junko não está aqui — convenceu-se. — Ela não morreu.

Pensou que o Dr. Sato e sua esposa o ajudariam a encontrá-la. Deteve-se de repente. E se eles...? Tentou se acalmar pensando que a bomba não teria atingido nem a casa nem a clínica. A casa ficava em um distrito dos arredores da cidade e a clínica, no alto de uma colina próxima do bairro rico, inclusive mais alta do que aquela sobre a qual sobrevivera. Decidiu ir primeiro a sua casa.

Começou a correr, mas logo percebeu que era impossível se orientar em meio àquele caos sem referências. Continuou avançando de forma aleatória. Talvez só se tratasse de fugir de seu próprio medo, mas nem isso conseguia. A cada passo o esperava algo ainda mais pavoroso. Esteve a ponto de se chocar contra um muro que conseguira se manter de pé. Permaneceu durante alguns segundos ofegando com os olhos cravados naquele paredão. Percebeu que a sombra era clara e o resto, escuro. Não conseguia compreender que se tratava do perfil de um transeunte cujo corpo volatilizado serviu de tela e impediu que a radiação térmica abrasasse aquela parte do muro. Deu alguns passos para trás e olhou para ambos os lados. Distinguiu mais sombras em algumas paredes não destruídas. Cada uma em sua postura, suspensas no tempo.

À medida que se afastava do epicentro foi cruzando com os primeiros sobreviventes. Sentiu alívio ao ver que não era o único, mas logo passou a considerar aquele encontro como outro elo perdido da cadeia de horror. A maioria tinha o rosto e o corpo queimados, cobertos de farrapos de pele como se fossem algas aderidas aos ossos. Avançavam nus com passos incertos, apoiando-se em estacas. Não diziam palavra. Limitavam-se a mover os lábios e a fazer gestos implorando água. Kazuo ficou plantado diante de uma mãe ajoelhada no chão que ninava um bebê carbonizado. Pedia ajuda: "Um médico, um médico", e lhe acariciava a testa negra enquanto outra nuvem de poeira cobria tudo de fuligem.

Alguém se chocou contra ele. Era um menino de uns 8 anos. Aferrou-se a sua camisa. "Onde estão meus pais?", repetia. "Diga a eles que estou bem..." Mas tinha o rosto inteiro desfigurado e as mãos em carne viva. Outra pessoa tentou agarrar seus cabelos por trás. Livrou-se deles. A claustrofobia era insuportável. Sentia-se encurralado e não podia fugir por medo de bater em algo ou alguém. Tentou se tranquilizar. Olhou através do véu cinza e achou que via a silhueta de uma jovem se aproximando.

— Junko?

Uma lufada de vento diluiu a nuvem, revelando o rosto da jovem. E o coração de Kazuo parou. Tinha os lábios rasgados até as orelhas e sua mandíbula pendia como a da kuchisakeonna, um fantasma da tradição nipônica que aparecia nos parques e perguntava: você acha que sou linda? Kazuo cravou os joelhos no chão e começou por fim a chorar.

As lágrimas acalmaram momentaneamente a ardência dos olhos. Não queria voltar a abri-los. Nunca mais olharia a luz do sol, se é que ainda existia, porque lhe recordaria a explosão. Tampouco queria voltar a ouvir. Intuía que depois do silêncio perturbador que reinava na cidade começariam os gritos... Mas o que estava dizendo? Ninguém sobrevivera. Aqueles que cambaleavam diante dele não conseguiam falar e muito menos gritar. Eram espectros vagando pelo alvorecer do inferno.

A nuvem passou e ele voltou a se ver cara a cara com a mãe do bebê carbonizado. Desabou sobre os escombros e ficou a seus pés como um cachorro ferido enquanto ela continuava pedindo ajuda com um fiozinho de voz.

Quando conseguiu se recompor, levantou-se e continuou procurando o caminho para a casa do doutor. Avançou durante muito tempo cambaleando como um bêbado no meio da névoa quente, mas em certo momento achou que reconhecia um edifício. O mercado de peixe! Estava destruído, mas ainda estavam impressas sobre os entulhos da fachada algumas letras de seu nome.

Chegara ao porto.

Enfim sabia onde estava. Agora era questão de não perder a orientação. Caminhou um tanto animado em direção ao mercado pelo qual estava acostumado a passar toda tarde, mas, ao chegar, caiu novamente. Nada mudava, apesar da distância que já o separava do ponto em que o paraquedas explodira. Estava tudo infestado de cadáveres carbonizados. Como os alarmes antiaéreos não haviam sido acionados, ninguém se protegera. Avançou até o cais, onde encontrou uma cena tão dantesca quanto as que se repetiam terra adentro. Os navios militares agonizavam meio afundados na baía, alguns literalmente partidos ao meio. Os barcos menores tinham sido reduzidos a madeiras que flutuavam sobre uma camada oleosa que ia acumulando cinza. Alguns sobreviventes se arrastavam pelo quebra-mar e se atiravam na água acreditando que assim poderiam atenuar a insuportável queimação de seus corpos. Não chegavam a chapinhar, nem sequer a gritar. A ardência do sal os paralisava e se deixavam levar ao fundo pelas correntes que formavam uma meada de ferro no atracadouro.

Kazuo retomou sua corrida para o sul da cidade tentando não fixar os olhos em nenhum lugar, evitando as chamas e os braços que lhe pediam ajuda dos escombros. O pior era que, depois de ter percorrido outro quilômetro, tudo continuava igual. Chegou um momento em que nem sequer olhava onde pisava e por isso não demorou a ferir a batata da perna em um ferro que sobressaía de uma viga caída. Deu um grito seco e sentou-se no chão para ver se era grave. Arrancou um pedaço de tecido rasgado da calça, apertou a ferida durante alguns segundos e, ao ver que o corte não chegara ao osso, continuou correndo como pôde. Com a mão esquerda continuava aprisionando o haicai, um rolinho de papel amassado, impregnado do sangue que corria entre seus dedos.

Deu voltas e mais voltas no meio da fumaça e das nuvens de poeira, cada vez mais atordoado, porém conseguiu chegar em casa. Parou diante do que fora a entrada e sentiu que as poucas forças que lhe restavam escapavam pela perna ensanguentada da calça. Desabou completamente, como os muros de madeira e papel que, até algumas horas antes, haviam sido seu lar.

Não encontrou nem rastro dos jardins contíguos, nem dos vizinhos amáveis, nem do cheiro de arroz cozido e de fritura, nem das bandeirolas com ideogramas chineses que decoravam a rua. Apenas entulho e cinza. Aproximou-se lentamente da mureta que circundava a propriedade. Caído em uma esquina jazia o grande sino de bronze que o doutor mandara instalar no jardim após resgatá-lo de um pequeno templo da montanha bombardeado em um ataque. Cruzou o pátio a passos lentos. A metade dianteira da casa estava afundada. Na traseira, parte do telhado desabara, mas as paredes continuavam em pé.

Abriu caminho a duras penas até a cozinha situada ao fundo. Impressionou-o ver, pendurada em seu lugar, a lâmina de papel de arroz que a mulher do doutor comprara antes da guerra em uma galeria do centro, com a imagem de uma concubina cujos longos cabelos se transformavam em uma torrente. Enquanto a contemplava como um desvairado, deu-se conta. Em um canto, em meio a uma montanha de entulho, algo se movia com leveza. Uma figura, uma pessoa ajoelhada, coberta de poeira e cinza...

— Doutor!

— Kazuo! — Virou-se. — Você está vivo!

Atirou-se sobre o doutor para abraçá-lo como nunca fizera. Tocou seu rosto, seus lábios, sentindo-se criança ao seu lado como anos antes, enfim protegido, livrando-se do terror.

— Kazuo... — soou outra voz.

Quem havia falado?

— Mamãe!

Até então não havia se dado conta de que estava ali, presa debaixo das vigas. Só a cabeça, os braços e a parte superior do tronco estavam do lado de fora. O doutor segurava sua mão. Ela sorriu, feliz por vê-lo e orgulhosa porque Kazuo a havia chamado de "mamãe", algo que nunca fizera antes. Um espasmo roubou sua expressão de júbilo, imprimindo em seu rosto a marca da dor extrema que estava padecendo desde a explosão.

— Agora posso ir tranquila...

— O quê? — escandalizou-se o menino.

— Está tudo bem...

— Doutor, tire ela daí!

— Kazuo — sussurrou o doutor, com os olhos inundados pela dor.

— Não se preocupe, filho — continuou ela. — O fato de você estar bem é meu prêmio, me sinto tão feliz...

— Não, não, não...

— Você sempre foi meu prêmio... — continuou, falando cada vez mais baixo.

A expressão do doutor deixava claro que não era possível fazer mais nada por ela. Tinha todos os órgãos arrebentados e a coluna vertebral fraturada. O estranho era que conseguisse mexer os braços. Só restava permanecer a seu lado. Kazuo conseguiu por fim abrir o punho que mantivera fechado desde a explosão, depositou com cuidado no chão o papel com o haicai e apertou a mão que o doutor não segurava. E assim ficaram durante um tempo, ambos lhe transmitindo energia, equilíbrio; um, as forças do céu; o outro, as da terra, fortalecendo sua viagem ao lugar aonde vão as flores murchas das cerejeiras.

Pela mente dos três, conectadas por seus dedos entrelaçados, passaram alguns momentos tão intensos e fugazes quanto as estrelas da noite anterior: a morte dos senhores Van der Veer e a adoção do pequeno Victor, a quem chamaram de Kazuo; o dia em que o doutor o levou para casa, vestido com uma calça curta de suspensórios e sapatos brilhantes que nunca voltaria a calçar; a alegria de sua esposa, que ainda muito jovem ficara estéril devido a uma tuberculose que o próprio doutor curara, depois do que a pediu em casamento ajoelhado ao lado de sua cama, mesmo sabendo que ela jamais poderia lhe dar um filho; a ânsia com a qual Kazuo engolira o desjejum de manhã para sair a toda pressa a fim de devorar o mundo.

Depois fechou os olhos. Parou de respirar docemente, como se quisesse que não notassem o momento da passagem. O doutor acariciou seus cabelos. Inclinou-se e beijou suas pálpebras, suas orelhas. Colocou a mão da mulher em seu coração e, voltando a retirá-la com delicadeza, levantou-se.

— Ela... morreu? — perguntou o garoto.

— Vamos à clínica.

— Mas...

— Tem muita gente me esperando.

— Como você pode se comportar assim, de forma tão fria? — chocou-se Kazuo.

— Confie em mim.

As lágrimas lhe afloravam aos borbotões. Não se conformava.

— Vamos mesmo deixá-la aí?

O doutor levantou a vista para o teto destruído.

— Em alguns minutos todo o bairro será devorado por incêndios.

— Não podemos abandoná-la.

— Minha esposa não está mais aqui.

— O que está dizendo?

Sua voz se tornou mais doce.

— Partiu para um templo de cristal.

— Onde fica esse templo?

O doutor se virou e olhou com cumplicidade o corpo de sua companheira.

— Ela gostava de imaginar que seria assim quando chegasse a hora: um templo de cristal, com o grande jardim crescendo em seu interior, e nele entrará para se fundir novamente ao fluxo do universo e adotar uma nova forma, um novo ciclo vital. Certamente no seu caso dela será uma árvore frutífera. Ela amava as frutas.

— Mas...

— A morte não é o fim da vida, Kazuo. Mas sou obrigado a adiar o máximo possível o momento no qual meus pacientes se encontrarão com ela.

Por isso lhe peço que me acompanhe à clínica. Nossos vizinhos precisam de mim. — Encarou a ferida na perna de Kazuo. — E preciso tratar desse seu corte.

— Não está doendo — disse ele ao mesmo tempo que sentia uma fisgada de culpa por ter se afastado do doutor e de sua esposa nos últimos meses.

— Além do mais, você sabe muito bem que o espírito de minha esposa permanecerá 49 dias entre os vivos, contemplando-os de um espaço intermediário — acrescentou suavemente, apelando à tradição. — Vamos fazer com que tenha orgulho da gente, certo?

Kazuo assentiu e saiu da casa ouvindo o crepitar das chamas cada vez mais próximo.

Durante o caminho até a clínica não disseram uma única palavra. Andaram o mais rápido possível. Era angustiante não poder parar para ajudar os feridos que iam encontrando. Pouco a pouco seu número ia aumentando nas ruas. A maioria estava queimada, mas não pela exposição direta à bomba e sim pelo fogo dos fornos, de repente avivado pela onda expansiva, nos quais cozinhavam o almoço no momento da explosão. O mais estranho era que, à medida que a quantidade de corpos errantes sobre os escombros aumentava, o silêncio que inundava a cidade se tornava mais sepulcral. Era como se a incredulidade tivesse deixado os sobreviventes mudos.

Começaram a subir para a clínica por um caminho traçado na face sul da colina que não fora submetida à onda e continuava acessível. No último tramo seu caminho foi atravessado por Suzume, uma jovem enfermeira que o doutor contratara havia pouco mais de um ano.

— Doutor, ainda bem que o senhor voltou!

Parou ao seu lado e fez três reverências consecutivas. Era uma mulher pequena, mal tinha seios e seus ombros tendiam a cair para a frente, mas esbanjava tanta energia em cada uma de suas ações — inclusive ao caminhar — que, quando entrava em uma sala, todos se viravam para olhá-la. Não era feia, mas escondia seus traços mais delicados, as faces e as sobrancelhas, por trás de óculos redondos de metal que não lhe favoreciam. Costumava ter seus abundantes cabelos castanhos recolhidos em um rabo de cavalo. Kazuo notou que estavam cobertos de cinza e, sobre esta, restos de sangue. Não parava de alisá-los de forma compulsiva. A Suzume que ele conhecia nunca teria feito uma coisa tão pouco higiênica. Nada era como antes da explosão.

— Já estou aqui — tranquilizou-a o doutor.

— Há muitos feridos, Dr. Sato. A sala de espera está cheia e não param de chegar. Todos imploram... Estão... Estão...

— Se acalme.

— Estão todos...

— Queimados, eu sei. Vamos ver o que podemos fazer.

— Coloquei no armário do consultório todas as doses de morfina que tínhamos no depósito.

— Você é uma boa enfermeira. Fico feliz em trabalhar com você.

— Cheiram como sépias secas colocadas na chapa...

Começou a chorar de puro esgotamento. Era um pranto contido, trêmulo, como se fosse um esquilo que chorasse. O doutor se interpôs entre ela e a clínica, que já aparecia depois de uma curva no final do caminho, e segurou com firmeza seus braços.

— Chore agora tudo o que for necessário, mas me prometa que não o fará diante deles.

A enfermeira tentou se acalmar entre suspiros cheios de angústia.

— Encontrou sua esposa? — perguntou de repente.

O doutor negou com a cabeça.

A enfermeira começou a chorar de novo.

— Prometa! — repetiu ele, agitando-a com certa violência.

Suzume sabia bem o quanto amava o doutor e sua mulher. Seus olhos avermelhados pareciam estar prestes a explodir, mas ele sim era capaz de aguentar sem derramar uma lágrima. Compreendeu que nesse momento tinham de ser mais fortes que nunca. Deviam isso aos pacientes.

— Eu prometo, doutor — aceitou ela finalmente.

— É assim que eu gosto. Honre seu nome — Suzume significava pardal — e voe muito alto, acima deste deserto queimado. Faça com que os feridos a sigam e planem ao seu lado entre as nuvens. As nuvens são úmidas, isso lhes fará bem.

— Eu prometo.

Os três se encaminharam com passo firme à clínica. Era um edifício simples de dois andares. No térreo ficavam a sala de espera, o escritório particular do doutor, que servia de consultório, uma sala de cirurgia onde era possível fazer pequenas intervenções e um depósito. O andar de cima, quase diáfano, era ocupado por algumas camas que raramente eram usadas, pois o doutor não tinha pessoal suficiente para atender a convalescentes. Com ele só trabalhavam Suzume e outra enfermeira de mais idade a quem a bomba surpreendera na casa do bairro de Urakami que compartilhava com seu marido, funcionário da Mitsubishi. Nem Suzume nem o doutor a haviam mencionado. Na fachada que dava para a ladeira sobressaíam as varandinhas do andar superior. Embaixo delas ficava o alpendre onde o doutor sentava-se tempos atrás com o pai de Kazuo para desfrutar os entardeceres sobre a baía. Agora, qualquer um que contemplasse o panorama daquele mirante improvisado só conseguiria enlouquecer. O vale continuava inundado de fumaça. Os incêndios perduravam na zona do epicentro e se estendiam cada vez mais densos pelos bairros adjacentes. Os sobreviventes se encaminhavam, como minhocas, em pequenas filas para a montanha a fim de escapar das chamas.

Quando cruzaram o umbral da porta, todos os feridos se viraram em silêncio ao mesmo tempo. Durante alguns segundos, Kazuo e Suzume não conseguiram mais do que permanecer ancorados às lajotas do chão, como estátuas de sal condenadas por terem se aproximado do proibido. O que tinham na sua frente não eram corpos, mas carne viva misturada com fuligem, roupa aderida aos braços e ao peito, olhos ensanguentados afundados nas cabeças sem cabelo. Por sorte não podiam ver o que passava pela mente do doutor. Sentia falta de sua esposa a ponto de ter dificuldade de dar cada passo e sabia que seus conhecimentos pouco serviriam naquelas circunstâncias.

Sentia-se incapaz de reagir. Uma mulher grávida com o rosto em brasa se atirou aos seus pés e lhe disse que sabia que ia morrer, mas sentia os pontapés de seu filho em seu ventre, que, por favor, o tirasse dali, que o tirasse... Suzume, em pé em um canto, esperava instruções. Por onde começar? Pensou nas doses de morfina. Devia ter cerca de 160 acumuladas ao longo dos últimos meses para o caso de um severo bombardeio. Mas aquilo era diferente. Cento e sessenta unidades eram pouco mais que nada. Mil vezes mil unidades teriam sido pouco mais que nada.

— Quero ajudar — disse Kazuo.

O doutor se virou para ele.

— Talvez eu tenha uma missão para você — disse o doutor, pensativo.

— O que for.

— Quero que você vá ao bairro alto verificar se o hospital continua em pé e se meus colegas estão trabalhando. Talvez possamos transferir alguns pacientes para lá.

Referia-se a um centro médico de grande porte que não ficava muito longe dali. Estava localizado na zona mais nobre da cidade, mais ou menos à mesma altura e idêntica posição de sua pequena clínica. Talvez tivesse tido a mesma sorte.

— Vou agora mesmo!

— Dê uma olhada nas casas dos ricos — acrescentou o doutor, retendo-o. — Se ainda estiverem em pé, também poderão acolher os feridos.

Saiu como uma bala. Emocionava-o que lhe confiasse aquela tarefa em vez de protegê-lo como se fosse um bebê indefeso. Pensou que, se fizesse tudo direito, o doutor aceitaria acompanhá-lo ao vale para procurar Junko.

Enquanto isso, o doutor tentou organizar os feridos. Por que continuavam mudos? Por que não começavam a gritar? Aquele queixume pesaroso atingia cada nervo de seu cérebro. Durante meus anos de exercício, curei uma infinidade de queimaduras, dizia a si mesmo. Para aliviar a dor das bolhas era suficiente colocar a parte queimada em água gelada, deter a abrasão do tecido sob a pele... Mas o que tinha diante de si era diferente. Todo o tecido estava queimado. Aquelas pessoas respiravam, mas já haviam morrido. Por isso mal se queixavam. A mulher grávida jazia em um canto, abraçando seu próprio ventre calada.

Respirou fundo. Terminaram as contemplações. Havia prometido a sua esposa. Não a abandonara sob uma montanha de escombros para perder tempo se lamentando. Mandou Suzume ferver quantos litros de água conseguisse e preparar soro com bicarbonato. Logo começariam a supurar, os gânglios linfáticos se inflamariam, e ele precisaria de trapinhos de água morna com sal para fazer compressas. Dedicou-se a arrancar dos corpos queimados os fragmentos de vidro grandes e a afastar a carne morta e o sangue seco. Um paciente depois do outro.

— Por que você está demorando tanto, Kazuo? — perguntou ao vento depois de um gesto de preocupação.

Suzume olhou-o e, sem dizer nada, depositou o último trapo fervido nas costas de uma anciã que segurava em suas mãos dois palitos de comer arroz.

# 4
# As quinze pedras do jardim zen

*Tóquio, 25 de fevereiro de 2011*

Não devia escrever aquele artigo.

Sabia que não era uma boa ideia, como poderia não saber? Era claro que teria sido melhor esperar que seus ânimos se acalmassem antes de cozinhar aquela sopa de letras envenenadas, mas seus dedos se enfureciam de forma frenética no teclado. Parecia estar possuído. Estava-o, na verdade, pela imprudência de quem não tem mais nada a perder.

Emilian conhecia bem a linha editorial daquela revista on-line. Ninguém iria lhe dizer que o artigo era excessivamente agressivo, que beirava a ilegalidade. Mas já haviam se passado 24 horas desde que o governador o expulsara de seu gabinete e não fizera outra coisa além de vomitar e tentar infrutiferamente dormir. Precisava dar um passo em alguma direção, mesmo que fosse apenas escrever alguns parágrafos carregados de ressentimento e raiva.

Dediquei-me durante anos a um projeto inútil, pensava enquanto redigia. Enganado pelo governador. Usado, que era um adjetivo ainda mais difícil de digerir. Todo meu dinheiro investido em um estudo que jamais seria transformado em realidade. Toda minha vida entregue a uma grosseira fantasia. Perdi Veronique em troca de quê? Em troca de nada.

Estava sozinho e não tinha nada.

Intitulou o artigo de *É tudo mentira* e acabou com tudo. Falou da hipocrisia em torno das centrais nucleares por parte dos governos e das próprias organizações de detratores; da falta de preparação da sociedade, que se deixava levar por slogans propagandísticos a um extremo ou outro do debate segundo a conveniência dos agentes econômicos e políticos; da corrupção que cercava qualquer decisão em torno da energia atômica, atingindo inclusive alguns de seus companheiros do IPCC que, afirmava sem rodeios, tinham sido capazes de alterar estudos em troca de subornos. Por um momento hesitou se devia entrar nessa guerra, mas seguiu em frente. Os grandes negociantes de combustíveis não tremiam quando compravam cientistas para que assinassem informes favoráveis a seus interesses; não há destruição da camada de ozônio, não há mudança climática, não há nada com que se preocupar. É tudo mentira.

Quando terminou, nem sequer releu o texto. Em outras circunstâncias o teria revisado cem vezes. As palavras equivocadas são espertas e se escondem onde ninguém consegue vê-las, costumava dizer. Mas não queria cair na tentação de repensar de forma racional o que escrevera. Se o fizesse, provavelmente o mandaria à lixeira ou, o que seria tão triste quanto, a uma pasta da qual ninguém o resgataria jamais. E não queria fraquejar. Haviam-no enterrado na fossa mais funda de um panteão bolorento e queria se dar ao luxo de gritar aos quatro ventos o que pensava.

Preparou um e-mail dirigido ao diretor da revista. Conheciam-se há muitos anos. Normalmente era ele quem pedia a Emilian artigos de pesquisa ou crônicas sobre temas da atualidade relacionados à sua atividade profissional. Sem dúvida ficaria encantado em receber aquele libelo, pois costumava criticá-lo por se comprometer pouco. Não era verdade. Emilian sempre defendera com convicção sua postura favorável à energia nuclear, o que não era incompatível a chamá-la de degrau transitório. Considerava-a a solução menos poluidora até ser possível usar de forma massiva as ainda impagáveis energias cem por cento limpas e desprovidas de riscos.

Anexou o arquivo ao e-mail.

Levou o cursor até o ícone correspondente.

Ergueu o dedo indicador sobre o mouse. Um par de segundos, apenas dois, para pensar pela última vez...

"Enviar."

O clique foi como a consumação de uma daquelas inflamadas sessões de sexo que costumava ter com Veronique depois de suas brigas, quando se entregavam a uma luta encarniçada com o objetivo de exaurir o outro sabendo que a paixão não era verdadeira, que só tentavam liberar ansiedade e que logo voltariam a explodir em xingamentos e reprovações. Assim foi aquele clique, uma falaciosa baforada de ópio.

Alguns segundos depois, o telefone começou a vibrar.

Não é possível que já o tenham lido, sobressaltou-se.

Olhou para a tela. Era Tomomi.

O que poderia querer? Yozo estaria com ela? Precisava odiá-lo, mas, em vez disso, sentiu uma vontade incontrolável de chorar. Fora seu amigo íntimo durante anos. Tomomi estaria a par de sua traição? O celular vibrava com insistência, arrastando-se na mesa. Será que queriam perdão, absolvição, ou pretendiam lhe propor a divisão do suborno?

O telefone finalmente se acalmou. Emilian também. Desabou na cama. Seu corpo estava empapado. Na rua fazia frio, mas o climatizador há horas estava despejando ar quente.

O telefone tocou de novo.

— Porra! — gritou.

Desligou-o com nervosismo, atirou-o na mesa e foi para a rua tentando procurar outra via de escape onde ninguém pudesse encontrá-lo.

A maré humana do bairro de Shibuya o conduziu como se fosse um barril à deriva até a zona boêmia. Vagou hipnotizado pela música ferina dos caça-níqueis Pachinko e se deixou acariciar pelas dançarinas que, em pleno dia e apesar da baixa temperatura, fumavam em roupa de baixo nas portas dos bordéis. Por um momento esteve prestes a deixar que uma delas o levasse para o interior de um deles, aos quais se chegava por uma estreita escada. Tinha os cabelos tingidos de vermelho sobre o rosto salpicado de sardas e peitos operados que explodiam por trás de um biquíni da Hello Kitty. No último momento, afastou-se com repulsa e seguiu em frente.

Penetrou em uma teia de ruas limpas com o chão recém-lavado. De repente, era possível respirar tranquilidade e ordem, um ambiente semelhante ao das famílias burguesas da província. Tóquio era assim. Só havia mudado de quarteirão e parecia estar a mil quilômetros de distância da música e dos neons, e se continuasse caminhando até a rua seguinte talvez encontrasse casas tradicionais e aromas de incenso de altares xintoístas. A ausência de ruído fez com que começasse a pensar. Pensar... Era o que menos precisava naquele momento.

Resolveu voltar ao bairro boêmio, mas um detalhe quase imperceptível chamou sua atenção na outra calçada: uma mulher que se despedia de um casal na porta de um estabelecimento inclinou a cabeça em sinal de respeito, e seus cabelos negros e lisos tamparam seu rosto. Era mais alta que a média das japonesas. No entanto, seus movimentos em câmera lenta pareciam os passos milimetricamente precisos de uma dança kabuki. Vestia uma blusa branca estrategicamente desabotoada para revelar a curva de seus pequenos seios, minissaia cinza jaspeada e elegantes sapatos de salto alto. Emilian se deteve na parede de mármore branco: Dark&Light, galeria de arte, diziam pequenas letras cromadas. Após o casal se afastar, a mulher deu meia-volta com a suavidade de um campo de arroz agitado por uma leve brisa e voltou a entrar.

Emilian atravessou a rua e foi atrás dela. Sentiu curiosidade de ver o estabelecimento que administrava. De fora já era possível perceber a amplitude dos espaços imaculados e certa estética industrial nos condutores de ventilação aparentes no teto. Pelo menos se distrairia durante algum tempo e, se tivesse sorte, voltaria a vê-la.

Um segurança particular observou-o de cima a baixo. Havia bastante gente. Estavam apresentando uma exposição monográfica, segundo informavam os folhetos que eram oferecidos em leque em uma mesa de ferro na qual também havia potes com pequenos cubos de frutas. Emilian se deteve diante de uma tela que ocupava toda uma parede. Causou-lhe desassossego. O pintor derramara baldes de óleo para criar a textura mutável de uma escarpa.

— Você gosta de Kisho? — Ouviu a suas costas.

Era ela. Pareceu-lhe ainda mais jovem. Vinte e cinco anos? Talvez 30. As japonesas sempre aparentam menos idade. Além de gostar de sua forma de se movimentar, era extremamente bela. Tinha um rosto de porcelana, um pouco arredondado, sobrancelhas pequenas, com uma curva um tanto melancólica, e lábios grossos, mas não avultados, integrados no rosto como se estivessem desenhados sobre uma tela.

— Tinha ouvido falar dele, mas nunca cheguei a examinar seus quadros — respondeu ele, voltando a olhar a pintura como se estivesse interessado.

— Contemplado.

— Como?

— Os quadros são contemplados e não examinados — corrigiu a mulher, sorrindo.

— Mania de técnico.

— Que tipo de técnico?

A boca de seu estômago se contraiu. Naquele maldito momento tinha dificuldade de responder a essa ingênua pergunta que talvez levasse a outras mais comprometedoras sobre o motivo de estar em Tóquio. Mas intuía que, se não fosse sincero, a mulher perceberia e iria atender a outro cliente. E o que na verdade tinha claro era que lhe apetecia desfrutar um pouco mais dela. Sua aura, o que quer que desprendesse, causava nele um efeito terapêutico sedativo. Pensou que o instante em que a avistara na rua alguns minutos antes havia sido uma experiência similar àquela que alguém prestes a morrer de sede no deserto vivencia ao avistar um oásis.

— Estudei arquitetura.

Sentiu uma última pontada, mas não tinha mais jeito, já dissera.

— Construir uma casa é como pintar um quadro — comentou ela. — Em ambos os casos se procura o equilíbrio.

— Na verdade me dedico ao urbanismo sustentável e loucuras semelhantes.

— Onde está o umbral da loucura? Alguns ingênuos acham que um visionário como Kisho é um demente — disse ela, desviando o olhar do quadro, assumindo de novo seu papel de gerente da galeria. — É verdade que leva uma vida de anacoreta, mas se *examinar* seus quadros verá que ele honra seu próprio nome. Kisho significa "Aquele que conhece sua própria mente".

— E suponho que ele a conheça bem.

— Ele considera o seu cérebro como um sofisticado wok, a tradicional panela de origem chinesa, na qual se cozinham todas as tendências artísticas da história do Japão, transmitidas de geração em geração. Isso inclui desde as cerâmicas neolíticas até a mais delicada pintura a tinta.

— E mangá de temática sexual — atacou Emilian, apontando outra tela que parecia inspirada nas histórias em quadrinhos japonesas mais radicais. Ela permaneceu calada. Por que dissera aquela estupidez? — Não queria incomodá-la.

— Não me incomodou. O sexo explícito já estava presente nos romances ilustrados do feudalismo nipônico. Você precisa ver as histórias que os antigos mestres desenhavam tendo como tema ansiosos samurais e princesas submissas. Na verdade, tudo o que nós, japoneses, somos e fazemos se sustenta em nossas tradições.

— Você não tem o aspecto de quem se deixa submeter como as princesas feudais.

— Por que está dizendo isso?

— Me chamo Emilian Zäch — apresentou-se, cortando pela raiz aquele jogo de malabares.

— Mei Morimoto — respondeu ela.

Apertaram-se as mãos.

— Um lindo nome, Mei.

— Significa broto. Ou começo, como você preferir.

— Eu gosto do fato de todos os nomes japoneses significarem alguma coisa.

— Foi sempre assim neste país. Você está aqui de férias?

— Não.

— Então deve ter sido enviado por sua empresa.

Haviam chegado ao momento fatídico da conversa. O que devia responder? Não queria enganá-la e muito menos falar de seu projeto falido.

— Costumo colaborar com o IPCC das Nações Unidas — ocorreu-lhe dizer. — Um comitê de especialistas em mudanças climáticas.

— Então estou diante de um especialista.

— Não queria parecer pedante — desculpou-se. — Estudamos literatura científica sobre o tema e elaboramos informes para que os governos saibam qual é a *verdadeira* situação.

— Você vive em Genebra? Pergunto isso porque é lá que fica a sede da ONU, não é mesmo?

— A sede central fica em Nova York — corrigiu Emilian. — Mas é verdade que vivo em Genebra. Já esteve na Suíça?

Negou com a cabeça, começando a andar devagar pela galeria. Emilian a seguiu de perto. Aquela mulher emanava certo halo de arrogância, mas também o fazia se sentir imerso em uma bolha à qual o restante dos presentes não tinha acesso. Sem perder em nenhum momento a prudência nipônica, mostrava-se aberta e fazia perguntas diretas; inclusive segurava as rédeas da conversa. Tendo em vista essa forma de se comportar, Emilian teria apostado que ela havia vivido algum tempo fora do país; pelo menos tinha certeza de que saía com frequência do Japão.

— Seu nome também é especial — sussurrou ela pouco depois com sensualidade, confirmando ainda mais suas impressões. Jogou o cabelo para um lado e fechou os olhos por um instante, coroando a linguagem gestual. — Emilian... Nunca o ouvi.

Ouvir seu nome de batismo ser pronunciado por aqueles lábios grossos e senti-lo impregnado pela palidez daquele rosto perfeito — que parecia de talco — lhe provocou um vislumbre de excitação.

— Não posso lhe dizer o que significa — brincou ele. — Suponho que meu pai o escolheu para seguir a tradição familiar de nomes pouco habituais em meu país. Ele se chama Ezequiel, como um profeta bíblico.

— Eu o conheço.

— Conhece a Bíblia?

— Profetizar é uma tarefa difícil — declarou ela, interrompendo de repente o passeio. — Imagine por um momento que encomendassem a você lançar ao mundo uma mensagem como a que Ezequiel transmitiu ao povo de Jerusalém: sois impuros aos olhos de Javé, a cidade há de ser destruída... — Atravessou-o com o olhar. — Você, que se dedica ao urbanismo, acredita que as coisas se ajeitam destruindo cidades?

Ela o pegou desprevenido, embora fosse óbvio que se referia às bombas atômicas.

— Não creio na violência reparadora — respondeu ele, diplomático.

— Me desculpe — reagiu ela, imediatamente. — Não devia perguntar isso. Devido às solenidades em memória das vítimas de Hiroshima e Nagasaki, as informações nos meios de comunicação se multiplicaram, fazendo com que fiquemos mais sensíveis a este tema.

— Aposto que você é sempre muito sensível.

— Antes disse que não pareço uma princesa submissa e agora afirma que sou sensível. Sem me conhecer, tem uma ideia muito clara a meu respeito.

Ainda não lhe disse que você me parece um pouco pedante, pensou ele, mas lhe perdoo por ser tão bonita. Deixou escapar um meio sorriso.

— Só estou tentando estar a sua altura em nossa primeira conversa.

Ver-se flertando naquelas circunstâncias o levou a sentir certa pena de si mesmo, mas pelo menos conseguia relaxar por algum tempo. Não havia nada de errado em prolongar a conversa um pouco mais.

— Você acha que voltaremos a conversar? — perguntou ela, diretamente.

— Não estou em meu momento mais lúcido e é difícil saber o que uma japonesa pensa. — Ela deu uma gargalhada espontânea, quebrando por completo sua contenção. — O que está acontecendo?

— Os japoneses não fazem essas coisas.

— Que coisas?

— Revelar suas dúvidas a um desconhecido.

— Para que serve encarcerar os sentimentos? — sussurrou Emilian, enquanto se dava conta de quantas vezes evitara conversar com Veronique a respeito dos conflitos que estavam destruindo sua relação. Pensou no paradoxo rotineiro que era se abrir mais a um desconhecido do que à pessoa com quem se compartilha a vida.

— Isso é verdade — assentiu ela, com firmeza.

Uma funcionária da galeria a chamou do outro extremo da exposição de forma nada discreta.

— Estou monopolizando você — antecipou-se Emilian, fazendo um gesto para lhe indicar que já estava indo embora.

— Sinto muito, hoje é um dia de muito trabalho.

— Posso convidá-la para tomar alguma coisa quando fechar?

— Não acredito que seja possível — resolveu ela, educadamente.

— Como quiser. — Permaneceram alguns segundos se olhando nos olhos sem dizer nada. — No que está pensando?

— Estou examinando você, como faz com meus quadros. Conhece o parque Yoyogi?

— Sim.

— Acabo de decidir que quero mostrar uma coisa a você. Me espere ao lado da ponte que fica na entrada amanhã às nove. É possível?

Um encontro... Esteve prestes a recuar e fugir, mas o que tinha a perder?

— Naturalmente.

Deu meia-volta e se aproximou de um grupo de clientes que a recebeu com trejeitos.

Emilian saiu da galeria confuso, porém muito mais tranquilo do que quando entrara. Uma vez na rua só pensava em uma coisa: encontrar depressa um restaurante de sushi. A comida japonesa o ajudava a se sentir limpo de corpo e alma, era como um antídoto contra o ácido que nas últimas 24 horas o corroía por dentro. Não demorou a encontrar um que tinha boa aparência. Sentou-se no balcão diante do cozinheiro, abriu espaço entre os jarrinhos de molho de soja para que lhe pudessem acomodar os pratinhos com seus pedidos e respirou o aroma do gelo sobre o qual repousavam os peixes.

Cerveja Asahi.

Sopa de missô.

Quatro temakis de abacate.

Uma porção completa de sashimi de salmão.

Dois temakis de ouriço-do-mar.

Chá.

A noite, assim como a anterior, foi mais dura. À medida que o feitiço de Mei se esfumava, voltavam a golpeá-lo sem compaixão tanto a cena vivida na sede do Governo Metropolitano quanto as posteriores palavras de Yozo ao telefone. Passou horas dando voltas na cama. Chegou a fantasiar se suicidar atirando-se pela janela do quarto — que nem sequer podia abrir. Amanheceu acocorado ao lado do vidro. Abatido. A única coisa que podia fazer era esperar por uma mudança de ideia do governador que, pensando bem, nunca aconteceria.

Também havia o encontro com Mei.

Vou ou não vou?, perguntou-se três ou quatro vezes.

Chegou à conclusão de que não lhe faria mal. Talvez uma manhã no parque fosse exatamente o que precisava para não enlouquecer. Sair para pegar um ar, misturar-se com os turistas, esquecer tudo durante um tempo... Soava um tanto patético, mas que outras opções se apresentavam?

Chegou com tempo de sobra. O parque Yoyogi era um inesperado pulmão no centro de Tóquio, uma ilhota no mar de neon. Em seu interior, as árvores se abraçavam ocultando o céu para dar abrigo a paixões sem idade e ensaios de teatro sobre a relva macia. As folhas se movimentavam agitadas pelo vento ao ritmo das sequências de Tai Chi, cadenciada e silenciosamente. Parou no meio da ponte que conduzia à entrada principal, ali onde nos fins de semana se reuniam as cosplay-zoku, as tribos urbanas de adolescentes cuja estética associada aos personagens de desenho animado admitia desde o gótico mais sinistro até a pulcritude das bonecas de porcelana. O olhar descarado daquelas meninas, somado à falta de sono que o arrastava, voltou a mergulhá-lo no profundo desassossego do qual tentava fugir com sua visita ao parque. Fixou-se em uns olhos entocados atrás de lentes de gato e um par de cílios postiços que traçavam uma violenta curva para cima.

— Está gostando? — disse alguém a suas costas.

Virou-se, sobressaltado. Era um jovem japonês de traços muito marcados, com o cabelo cortado à escovinha, as sobrancelhas depiladas e um cavanhaque delineado com exatidão milimétrica. Quase tão alto quanto ele, o que não era muito habitual, e um pouco mais robusto. Sob o casaco pesado vestia uma chamativa camisa havaiana, desabotoada até a metade, deixando ver a enorme tatuagem de um demônio abraçado a um peixe que cobria seu peito. Os óculos espelhados com certo ar retrô se ajustavam às últimas tendências, mas, combinados com o restante de sua indumentária, tornavam-no semelhante a um membro da Yakuza, a máfia japonesa. A postura que adotou ao se reclinar de forma arrogante sobre a balaustrada da ponte também reforçava essa imagem.

— O que disse?

— Me refiro aos disfarces — esclareceu o rapaz. — Não vá imaginar outra coisa.

— Usam disfarces para fugir da realidade — murmurou Emilian, sem saber por que lhe dava atenção. — Às vezes é difícil se sentir bem dentro de si mesmo.

— Eu gosto muito de ser eu mesmo.

— Não duvido — ironizou, tentando demarcar uma fronteira a tempo de cortar a conversa pela raiz.

Um instante de silêncio. Algumas cosplay-zoku aproveitaram para passear a poucos centímetros deles.

— Por que não me acompanha? — pediu-lhe de repente o japonês.

— Como?

— Venha comigo...

Esticou o braço como se fosse agarrá-lo. Ao fazer aquele gesto, seu casaco se abriu um pouco mais, deixando ver durante um segundo uma pistola automática que pendia de um coldre colocado debaixo do braço.

Emilian se desvencilhou do sujeito e começou a correr sem pensar para dentro do parque. Avançaram sobre ele mil pensamentos em cascata: a revista publicou o artigo, e o governador me enviou um capanga; ou terão sido as petroleiras; não podem me eliminar assim sem mais nem menos, não valho a pena; não o farão em plena luz do dia; só querem me assustar; exagerei no artigo, perdi a mão... Tentava ganhar vantagem, mas o seu perseguidor não se afastava de suas costas. Por que não havia se dirigido à rua? O parque estava quase deserto. Apertou o passo, colocando à prova suas pernas bem-treinadas. Após subir uma leve ladeira que terminava em um lago, de detrás dos arbustos recortados surgiu um dos policiais que patrulhavam a zona a cavalo. Emilian soltou uma gargalhada nervosa enquanto, sem reduzir a velocidade da corrida, fazia gestos para chamar sua atenção. O policial puxou o bridão na sua direção e Emilian se virou para apontar para o capanga. Ficou petrificado. Onde se metera? Procurou entre os labirintos de troncos. Não eram tão grossos que pudessem esconder uma pessoa. Quando tinha dado meia-volta?

O policial falou com ele da montaria. Emilian recuperou o fôlego a duras penas e, desculpando-se, pediu-lhe que o escoltasse até a saída do parque. Marcharam ao passo por um caminho de cascalho.

Já estavam chegando quando avistou ao fundo, observando-o como se fosse uma fada do bosque sobre as folhas, a perturbadora figura de Mei. Vestia jeans justos cinza e um blusão de estilo marinheiro. Tinha os cabelos recolhidos em uma trança alta, ressaltando ainda mais sua franja, e uma grande bolsa de couro. Apesar de sua indumentária mais informal, mantinha um indiscutível toque elegante que a fazia parecer uma escultura.

O cavaleiro se afastou trotando, mas permaneceu a uma distância prudente para não perdê-los de vista.

Pararam frente a frente. Hesitou se devia beijá-la ou lhe dar a mão. Ela não se moveu um milímetro, envolvendo-o com seu halo de mistério e o mesmo aroma do dia anterior, uma colônia fresca com um toque de sândalo ou alguma outra madeira exótica.

— Você surgiu do nada — disse ele.

Custava-lhe falar sem que sua agitação ficasse patente em cada sílaba.

— Como um espírito? — perguntou ela com doçura.

— Mais como uma flor silvestre.

— Você é muito intuitivo.

— Por que diz isso?

— As mulheres da minha família se dedicaram durante décadas à arte floral do ikebana. Minha avó se movimenta com a suavidade das plantas.

— Certamente foi ela quem lhe deu o nome Mei.

Quase sem terminar a frase, tentou respirar profundamente, mas o gesto foi entrecortado na metade do caminho.

— Você está nervoso?

— Não, não. O que acontece... — Olhou para todos os lados. Ia lhe dizer que tinham de se afastar dali a toda pressa, que ao lado dele ela corria perigo. Mas havia bastante gente ao redor e continuavam vigiados pelo policial, e por isso era improvável que aquele indivíduo da camisa havaiana se atrevesse a aparecer de novo. Inclusive pensou que tudo havia sido fruto de sua imaginação devido ao estresse. Decidiu não falar sobre aquilo. — Não tinha certeza de que você viesse. — Foi o que disse.

— Você voltou a fazer isso. — Sorriu.

— O quê?

— O que um japonês jamais faria: revelar suas dúvidas.

— Você acha ruim?

— Eu gosto.

Mal tivera tempo de desfrutar por um segundo aquelas duas palavras, Emilian sentiu uma presença. Virou-se de novo para o arvoredo. O capanga surgiu detrás de uma gelosia, a um passo de onde estavam.

— Corre! — gritou.

Agarrou Mei pelo braço e a puxou até a saída do parque.

— O que está acontecendo?

— Me leve a sério!

Ela se desvencilhou dele com um movimento brusco.

— Você está louco?

— Corre, pelo amor de Deus! Aquele homem tem uma pistola!

Mei se virou e o viu.

— É meu irmão Taro!

Emilian parou de repente. Não conseguia acreditar.

— Seu irmão?

O capanga-irmão se aproximou lentamente, sem abdicar do porte arrogante.

— Vai fugir de novo, europeu maldito?

— O que diabos está acontecendo com você? — encarou-o Emilian. — Por que não me disse antes quem era?

— Você não me deu tempo! Quase jogou o policial em cima de mim.

— Você está armado! O que queria que eu fizesse?

— Se acalmem de uma vez por todas — pediu Mei, e dirigiu um olhar de desaprovação ao irmão.

— Então vai me explicar como quer que a proteja sem estar preparado — justificou-se Taro.

Ela engoliu uma resposta, lhe dirigiu outra careta austera e se virou para Emilian.

— Você me acompanha? Meu irmão já está indo embora.

— Claro que vou — alfinetou ele, enquanto voltava por onde viera —, mas ficarei vigiando vocês. Pelo seu bem!

Onde estou me metendo?, perguntou-se Emilian. Já tinha problemas suficientes e não precisava mergulhar em um meio que, naturalmente, não era o seu. No entanto a aura hipnotizante daquela mulher conseguia fazer com que seus enormes problemas fossem reduzidos a simples contrariedades. Talvez estivesse supervalorizando-a; era lógico que agia sob a pressão da dramática situação que atravessava, mas a verdade era que, quando estava com ela, sentia-se bem. Tinha a impressão de que era imprevisível, mas, ao mesmo tempo, lhe parecia uma antiga gueixa que criava beleza ao seu redor com cada movimento de suas mãos, de suas pálpebras, envolvendo *seu* homem em um universo de perfeição. Um universo talvez irreal, mas, sem dúvida alguma, perfeito, ao qual queria ser levado.

— Não é real — disse ela. Emilian se assustou. Era como se tivesse lido seu pensamento. — Estou me referindo à pistola, é uma réplica inofensiva.

— O quê?

— Peço desculpas pelo comportamento dele.

— Não posso acreditar. O que diabo faz com...?

— Meu irmão é uma pessoa especial.

— Não tenho dúvidas a respeito — respondeu Emilian, sarcástico.

— Quero dizer que a mente dele não é como a sua ou a minha. Vaga por nosso mundo tão perdido quanto um porquinho-da-índia enviado ao espaço.

— Ora, sinto muito.

Emilian pensou que até sentia mais medo do sujeito depois dessa confidência.

— Gosta de achar que é membro da Yakuza. Se veste como eles, e tem essa maldita tatuagem... Foi feita à moda antiga, com uma varinha de bambu terminada em uma lâmina de aço. Só de pensar eu fico mal.

— Não acho que os verdadeiros membros da Yakuza achem muito engraçado ter um imitador andando por aí.

— Qualquer dia desses vai nos dar um desgosto muito sério.

De repente ela estava muito afetada.

— Minha reação foi desproporcional — desculpou-se ele.

— Vendo meu irmão assim, tão charmoso e jovem, é difícil entender. Mas sua mente... É como se tivesse 13 anos. Minha avó diz que é culpa da...

Não terminou a frase.

— Culpa da...?

— Não importa. — Mei olhou o relógio. — Não vamos nos distrair. Falta pouco para abrirem as portas.

— Aonde vamos?

— Ao Meiji-Jingü — respondeu ela, começando a andar. Referia-se ao santuário xintoísta que ficava escondido no meio dos gigantescos ciprestes no coração do parque, ao qual os fiéis iam todos os dias para pedir pelos recém-nascidos, os casamentos ou o bom andamento de seus negócios. — A associação de apoio às famílias afetadas pelas bombas atômicas montou um jardim zen no pátio do templo. Um jardim de pedras e areia que durante alguns dias ajudará seus visitantes a meditar e depois se desvanecerá levado pelo vento, como acontece com a vida.

— Este país é curioso.

— Por que nos recusamos a esquecer os horrores do passado?

— Não me refiro a isso. É invejável que vocês olhem para trás com intenção de meditar, não com ressentimento.

— E o que chama sua atenção?

— Que se monte um jardim budista em um santuário xintoísta. Nunca deixou de me surpreender que os japoneses pratiquem ao mesmo tempo mais de uma religião.

— Eu não acho que elas sejam incompatíveis. O xintoísmo me ajuda em vida a resolver questões deste mundo, enquanto o budismo cuida da alma e me prepara para encarar a morte.

Mei disse aquilo com uma adorável ingenuidade que de algum modo era capaz de conviver com sua sofisticação. Emilian pensou que lhe cairia bem uma porção das duas religiões para continuar em pé e, como acontecia toda vez que se lembrava de sua dramática situação, sentiu um aperto no peito. Continuaram caminhando em direção ao santuário. À medida que se aproximavam, cruzavam com mais gente. Alguns se limitavam a passear com bandeirinhas ou camisetas com frases em homenagem às vítimas; outros se agrupavam ao lado de cartazes que mostravam as fotografias mais cruas dos dramáticos efeitos da radiação, dispostos em barraquinhas instaladas por associações ecológicas antinucleares, cujos membros liam manifestos e distribuíam panfletos. Aquilo não era algo de que Emilian precisasse, mas não podia, nem queria fugir.

Quando chegaram à porta, Mei se desculpou e foi cumprir o ritual dos deuses da chuva e do arroz. Emilian, feliz por ter um motivo para contemplá-la sem necessidade de dissimular, sentou-se na borda de uma pedra e acompanhou-a com o olhar até que chegou à fonte. Mei pegou uma das grandes colheres de madeira disponíveis, encheu-a com a água que fluía dos canos e verteu um pouco em cada mão; depois enxaguou a boca e cuspiu em um lado; aproximou-se do vestíbulo do santuário, depositou uma moeda na caixa de oferendas, puxou a corda que fazia soar o gongo que servia para convocar deus e rezou suas orações. Ao terminar, bateu palmas duas vezes, fez uma reverência e se retirou com uma serena expressão de satisfação.

Emilian pensou que aquela gueixa moderna lhe parecia sensual mesmo quando fechava os olhos para rezar.

— Vamos ver o jardim — determinou ela.

Tratava-se de um grande retângulo de tijolo recheado de areia branca alisada à perfeição. Da areia emergiam 15 pedras de diferentes tamanhos. Lembrava o jardim mais importante de estilo Kare Sansui — paisagem seca — que repousava em um famoso templo de Kioto. Sem plantas, sem flores, só com areia e pedras, suas formas nem sequer eram originais, pensou Emilian, mas destilava uma harmonia tão sublime...

Procuraram um espaço livre entre as pessoas que se apinhavam ao lado da cerca de separação. Era verdade que induzia à meditação. Como na noite anterior, Emilian sentiu que avançavam sobre ele as imagens de todos e cada um dos anos, meses, semanas e dias investidos em seu projeto definitivo e frustrado, mas pouco a pouco foram se transformando em algo... passado. Era estranho. Passado? De repente, sentiu como se as pedras, imersas em um pesado silêncio, chamassem sua atenção. Quinze pedras, quinze palavras em um idioma sem sons:

Se

quiser

saber

o

que

será

no

futuro,

olhe

o

que

está

fazendo

neste

momento.

Ficou durante algum tempo com a vista submersa na areia do jardim. O que serei no futuro? Estão me pedindo que reaja? Não tinha forças para reagir, não, nem sequer sabia se queria sair daquele poço... O golpe tinha sido muito duro. Deixara de ser ele mesmo.

— Por que escolheram um jardim de pedras para recordar as vítimas das bombas? — conseguiu perguntar, evitando continuar pensando na sua situação.

— Observe a disposição delas na areia — explicou-lhe no mesmo tom que usara no dia anterior para falar dos quadros. — Poderia ter sido qualquer outra. É uma forma de representar o aleatório. Kioto, a cidade onde fica o jardim original, era o destino inicial da bomba atômica que acabou sendo lançada em Nagasaki.

— Por que mudaram de objetivo?

— Os assessores do presidente norte-americano acharam que seria uma atrocidade destruir os 2 mil templos de Kioto.

— Mais até do que matar milhares de pessoas?

— Responda você mesmo, que estudou a arte de construir edifícios.

Emilian mordeu a língua. A julgar pela expressão de Mei, não era uma resposta cáustica. Não era fácil conversar normalmente com uma japonesa. Seu cérebro havia sido forjado a partir de diferentes parâmetros, as palavras mudavam de intenção quando flertavam com uma cultura tão distante.

— É curioso que uma decisão de gabinete possa mudar o destino de tantas pessoas — disse ele por fim, evitando uma resposta.

— Foi coisa de um secretário de Defesa chamado Henry L. Stimson. Alguns anos antes do conflito ele havia passado a lua de mel em Kioto e por isso fez tudo o que estava ao seu alcance para convencer o comitê de que esta cidade merecia ser preservada.

— Acho difícil acreditar que essa tivesse sido a razão mais decisiva.

— Algo tão leve quanto as nuvens decidiu qual seria o alvo final.

— Não sei a que você se refere.

— Ninguém sabe nada sobre as bombas, só que explodiram e ponto.

Ela se afastou da cerca e começou a andar pelo pátio. Emilian se aproximou por trás.

— Se você me contasse, eu também poderia contar a outras pessoas.

— Uma vez descartada a cidade de Kioto — retomou ela, sem mais réplicas —, os americanos optaram pelo arsenal de Kokura. Na data prevista, os aviões de reconhecimento informaram que o céu estava claro e foi dada a ordem para atacar. Mas o B-29 que transportava a bomba passou quarenta minutos fazendo círculos no ar esperando um outro bombardeiro que devia escoltá-lo e, quando chegaram aonde queriam, as nuvens haviam ocultado tudo, impedindo-os de avistar o alvo.

— E foi então que se dirigiram a Nagasaki — supôs Emilian.

— Triste assim. Um mero plano B. Escolheram a cidade como objetivo secundário porque hospedava a Mitsubishi, que fabricava os aviões Zero. Você sabe, aqueles pilotados pelos camicases. Azar.

— Nossas decisões são condicionadas por um milhão de fatores, mas não acredito que o destino final de uma pessoa esteja na mão da sorte.

— Não?

— Sempre há uma alternativa, por menor que seja, para mudar o nosso destino.

Emilian estremeceu assim que fez aquela declaração. Por que dissera aquilo? Era como se tentasse convencer a si mesmo. Malditas pedras do jardim zen que falavam por sua boca.

— Podemos mudar o curso das nuvens? — reagiu Mei. — Também estiveram a ponto de salvar Nagasaki! Quando o B-29 chegou, a cidade estava tão coberta como Kokura e por isso o comandante resolveu seguir até Okinawa para lançar a bomba no mar. Mas no último momento abriu-se uma pequena clareira que permitiu a ele ter contato visual com a fábrica, e ele não pensou duas vezes. Deu a ordem e...

A cena se congelou durante alguns segundos.

— Por que você é tão obcecada pelas bombas atômicas? — perguntou Emilian sem rodeios.

Mei olhou em seus olhos. Abriu os lábios e aspirou como se fosse dizer alguma coisa, mas um dos agentes de segurança do templo se aproximou para repreendê-los por estarem conversando na zona de meditação.

— Vamos sair daqui.

Atravessaram o templo e saíram por uma porta lateral.

— Você ainda não me respondeu — retomou ele, com delicadeza, enquanto pegavam um caminho sinuoso.

Mei parou.

— É melhor deixar para lá.

— Deixar para lá? O que temos que deixar?

— Tudo.

Um nervosismo repentino apagou seu brilho.

— Não compreendo.

— Foi uma má ideia.

— Por que você me trouxe a esse lugar?

Tentou segurar seu braço suavemente, mas o simples fato de tocá-la produziu um espasmo em Mei. De repente, seus olhos ficaram vidrados.

Emilian intuiu que a oportunidade de dar a sua vida um mínimo de sentido naquele momento infeliz escorria entre seus dedos.

— Vou embora.

— Sei que você quer que eu faça alguma coisa por você, Mei. O que queria me pedir?

Mas ela, levando todas as respostas acorrentadas, começou a correr em direção a uma zona do parque que, de tão espesso, parecia abrigar uma noite eterna.

# 5
# Sob a chuva negra

*Nagasaki, 10 de agosto de 1945*

A madrugada já estava bem avançada, e o Dr. Sato se torturava pensando em coisas que não devia. Quase todos os seus pacientes queimados morreriam em poucas horas, talvez em um ou dois dias. Mesmo que conseguissem superar as primeiras investidas, não dispunham das proteínas necessárias à regeneração dos tecidos. E aqueles que conseguissem sobreviver, como ficariam? Mesmo que viessem a se curar, as cicatrizes os impediriam de voltar a se esticar. Estavam condenados a viver enrugados como lagartas das quais o exército aliado aproximara um cigarro aceso.

Havia outro grupo de pacientes, cada vez mais numeroso, que passou a chamar de infectados. Sua sintomatologia não era semelhante à de nenhum quadro médico que tivesse tratado até aquela data. Todos eles eram sobreviventes que no começo acharam que estavam ilesos e, de repente, começaram a sofrer violentos ataques de vômito e diarreias. Se continuassem se esvaziando em ritmo semelhante, em algumas horas não restaria nada do ser humano que haviam sido.

O Dr. Sato esteve a ponto de desmaiar. Suzume, a enfermeira, suplicou-lhe que fosse descansar um pouco.

— Vinte minutos — consentiu ele.

Entrou na sua sala. Era o único lugar da clínica que reservara para ele e Kazuo. O restante dos dois andares, incluídos os corredores e a escada, estava apinhado de pacientes. Ao fechar a porta, achou que estava mergulhando em águas termais. Enfim um pouco de silêncio e intimidade. Era um aposento de cerca de 10 metros quadrados. Na parede pintada de branco se destacavam o diploma da faculdade de medicina e um relógio de parede. Além de sua poltrona, da mesa e de um par de cadeiras, o restante do mobiliário era composto por uma maca, uma estante com seus livros e compêndios médicos e um armário metálico onde guardava os instrumentos e os históricos clínicos.

Desabou na poltrona e perdeu o olhar em um pequeno vaso de aloé que tinha sobre o armário. Era paradoxal: aloé, uma planta para curar queimaduras... Havia ganhado de presente em um congresso, pouco antes da guerra, depois de um tal de Dr. Collins ter comprovado sua extraordinária eficácia para curar as queimaduras que os raios X causavam nos médicos. Deu uma risada nervosa que o pegou desprevenido.

Nesse momento alguém abriu a porta.

— Doutor!

— Kazuo, você voltou!

Quis se levantar para não lhe dar a impressão de estar esgotado, mas foi incapaz.

— O hospital do bairro alto está quase inteiro e funcionando — disse o menino, empolgado. — E muitos médicos e enfermeiros estão trabalhando!

— Você conversou com eles?

— Claro! Até dei uma ajuda arrastando camas e outros móveis para abrir espaço. Me desculpe ter demorado tanto, mas íamos passando de uma coisa a outra...

— Fico feliz por você ter sido útil.

— Eu disse a eles que você também estava aqui, cuidando dos feridos, e que não dava conta, mas me suplicaram que não enviemos ninguém para lá. Estão tão sobrecarregados como a gente.

— Ora...

— O melhor de tudo é que quase todas as casas da região estão de pé!

— Finalmente uma boa notícia.

— Me explicaram que em Hiroshima foi diferente — continuou Kazuo, relatando, demonstrando que aprendera bem a lição. — Lá o terreno é plano e por isso a explosão e a tormenta arrasaram a cidade por completo. Aqui a onda expansiva se deslocou ao rés do chão pelo vale. As montanhas salvaram nossas vidas.

O doutor pensou nos feridos. Era mesmo uma sorte que tivessem sobrevivido? Mesmo que fosse possível transferi-los, tinha certeza de que antes do amanhecer também acabariam os medicamentos do hospital e seria impossível repô-los nos próximos dias.

— Vamos aproveitar que estamos bem e continuar fazendo o nosso trabalho — disse o doutor, sucintamente.

Levantou-se da cadeira, decidido, mas parou de repente.

— Esse sangue é do corte que você recebeu no primeiro dia?

— Sim — respondeu Kazuo, dando-se conta.

— Suba na maca e arregace a calça.

Quando o doutor estava se agachando para pegar as ataduras, seus joelhos se dobraram e quase caiu no chão.

— Doutor!

Kazuo pulou da maca e chegou a tempo de segurá-lo e levá-lo a uma cadeira. O doutor sofreu mais duas convulsões, conseguiu superar uma ânsia de vômito e respirou.

— Não é nada.

— Como não?

— É apenas esgotamento.

Seu rosto não era o mesmo, parecia coberto por um véu invisível.

— Por que você não se deita um pouco? — sugeriu Kazuo. — Eu o substituirei enquanto isso.

O doutor sorriu e acariciou seus cabelos, que pareciam um campo de trigo depois de uma cheia.

Kazuo abriu os olhos. Olhou para o relógio de parede. Estavam na metade da manhã. Pouco a pouco foi tomando consciência de onde estava: os gemidos dos pacientes mais além da porta, a textura da manta do Exército que cobria suas pernas, o mobiliário do doutor, iluminado de forma tênue pela luz mortiça que penetrava pelas fendas do papel da janela. Passara grande parte da noite ajudando o doutor e Suzume a fazer curativos. Nem sequer sabia quando havia se deitado. Parecia ter dormido uma eternidade e, no entanto, continuava esgotado.

A primeira coisa que fez foi pegar a pequena folha enrolada do haicai que ainda estava no bolso de sua calça. Contemplou-o durante alguns segundos. Não fora capaz de lê-lo. Em mais de uma ocasião tentou fazê-lo, mas havia prometido a Junko que o leriam juntos. Guardou-o no armário do material médico, dentro de uma caixinha de metal. Assegurou-se de que deixara tudo fechado e saiu lentamente da sala.

Teve a impressão de que havia muito mais pacientes que na noite anterior. Um cheiro hediondo inundava o ar, tornando-o irrespirável. Percebeu que a maioria, os infectados e também os queimados, tinham se sujado com seu próprio vômito ou fezes líquidas, que também estavam espalhadas pelo chão. Duas mulheres do bairro alto que haviam se oferecido como voluntárias para ajudar se esforçavam para mantê-lo limpo com trapos que umedeciam na água de uma caldeira.

Quis ir ao lado de fora da clínica. No chão do vestíbulo havia um grupo numeroso que esperava sua vez de ser atendido. Era comovente ver a paciência e a serenidade que exibiam, apesar de seu estado pavoroso. Alguns estavam acompanhados de seus familiares. Outros vieram sozinhos, talvez porque tivessem perdido todos os seus entes queridos. Caminhou até a beira do barranco com passos cautelosos e ficou durante um tempo contemplando o vale com a expressão congelada. Muitos incêndios persistiam. A fumaça acumulada vagava órfã entre o entulho e os troncos carbonizados... E entre as pessoas. Vinte quatro horas antes, o vale estava deserto, salvo pelos mortos-vivos que se arrastavam até a água. Agora, muitos moradores dos bairros mais afastados do epicentro, afligidos pela sensação de culpa que sentiam por ter sobrevivido, circulavam como formigas fazendo a única coisa que estava ao seu alcance: recolher os cadáveres impossíveis de identificar e amontoá-los em enormes pirâmides.

Kazuo pensou em Junko. Seria uma daquelas pessoas que vagavam por aí? Imaginou-a ajudando a mãe a recompor sua casa. Também pensou nos pows holandeses. O Campo 14 ficava muito perto do epicentro, ao lado das fábricas da Mitsubishi. O que teria acontecido com eles? O comandante aliado, os soldados magros... Sentiu-se estranho. Procurou em seu âmago algum sinal de ódio, de desconcerto, mas sua alma estava calada. Era como se o que acontecera o tivesse provido de uma nova couraça, intacta, reparado as fendas que Junko conseguira abrir no aço. De novo fechado ao mundo. De novo seu coração silencioso.

O doutor saiu pouco depois, aproximou-se dele pelas costas e o apertou com extremo carinho contra seu peito. Antes da bomba nunca se mostrara tão afetuoso. Ou talvez sim, mas de forma diferente, menos física. Ouviu as batidas de seu coração através do jaleco branco e sentiu-se bem. Mal reconhecia aquela sensação de amparo, de se saber protegido, como quando o doutor e sua esposa lhe abriram pela primeira vez sua casa e sua vida. O que tinha acontecido? Por que aquele homem bom havia se transformado em um estranho? A mera ideia de voltar a amar alguém lhe provocava um profundo desassossego.

— Você não sabe como fico feliz vendo que você está bem — disse o doutor com sua nipônica contenção verbal.

— O senhor vai voltar ao vale? — perguntou Kazuo, diretamente.

— Você está me perguntando se vou tirar minha esposa de debaixo das vigas?

— Sim.

— Você acha mesmo que ela gostaria de estar em uma dessas montanhas de cadáveres?

— Não.

— Eu também não acho que gostaria.

— E o que vamos fazer?

— Olhe para o nosso bairro.

Apontou uma zona que naquele momento estava sendo arrasada por um dos incêndios mais ativos.

— Está queimando... — murmurou o menino.

— Deixaremos seu corpo se consumir naquele que foi nosso lar, com as tigelas e os tatames. E não pense que estamos fazendo algo errado. Dentro de algum tempo, quando suas últimas partículas forem incineradas e deixarem de ter conexão com este mundo, ela se incorporará a outra dimensão na qual tudo é possível. Por fim será livre para escolher, e sem dúvida resolverá se transformar em um punhado de recordações que nos acompanharão aonde formos.

— Ela me censurava porque não eu mastigava o arroz do café da manhã.

— Também me repreendia por isso. — O doutor sorriu.

— Um momento...

— O que houve?

— O sino de ferro. Eu o vi caído em um canto do jardim. É impossível que aquele sino enorme seja consumido pelo fogo.

— Pesava uma tonelada! — O doutor o abraçou ainda com mais força. Kazuo não ofereceu resistência. — Vamos trazê-lo para cá quando pudermos. Servirá para enfeitar a entrada da clínica.

Kazuo permaneceu durante alguns segundos com o olhar perdido no vale.

— Eu poderia descer para ajudar.

— É uma má ideia — objetou o doutor.

— Recolher os cadáveres é uma má ideia?

— Me refiro a caminhar pela zona arrasada.

— Por quê?

— Acredito que o solo esteja envenenado — revelou o doutor sem eufemismos, pensando nos infectados que volta e meia eram vítimas de crises de vômito e diarreias.

— O solo? — exclamou Kazuo, afastando-se dele.

O solo e todo o resto, pensou o doutor, desviando o olhar para a chuva enegrecida que não havia parado de ir e vir à mercê do vento desde o primeiro minuto e de novo salpicava o vale, lenta porém implacável. Não era água, era como se chovesse fuligem, cobrindo tudo como uma mortalha. Fixou-se em seus braços, em sua roupa, tocou seus cabelos.

— Vamos voltar para dentro — determinou.

— Espere — deteve-o Kazuo, virando ele também os olhos para cima. — O que é isso que está caindo?

— Suponho que os resíduos do cogumelo. Vamos nos proteger o quanto antes — apressou-o.

Pressentia que não era bom inalar aquele ar que condensava tanto os resíduos da arma como uma infinidade de partículas de todo o material orgânico volatilizado no momento da explosão. Não deixava de ser um mero pressentimento, embora talvez fosse melhor assim. Se tivesse tido meios de constatar que cada uma daquelas partículas carregava o mesmo tipo de radioatividade que matara Marie Curie em seu laboratório e que o mero contato com a pele poderia ser letal, teria ficado louco de impotência.

Kazuo esticou a mão com a palma voltada para cima e ficou durante alguns segundos olhando como ia sendo coberta por aquele material estranho. Sua boca desenhou um gesto de repulsa.

— É pó dos mortos...

— Eu disse que devemos voltar para dentro.

Tentou puxar Kazuo, mas este se desvencilhou violentamente.

— Quando o senhor vai me acompanhar para procurar Junko?

— Procurar quem? — perguntou o doutor. No mesmo instante detectou uma expressão inclassificável no rosto de seu filho. — Claro que o acompanharei — corrigiu-se. — Mas agora não podemos ir a lugar nenhum. E menos ainda descer ao vale. É arriscado. Enquanto não soubermos exatamente o que está acontecendo não...

— Quando poderemos? — cortou-o Kazuo.

— Ainda não sei.

Kazuo observou a chuva negra e pensou em sua princesa. Imaginou-a caminhando sozinha pelas ruínas envenenadas, morta de fome, procurando, entre os escombros, alguma coisa para levar à boca. Tinha que encontrá-la e tirá-la dali o quanto antes. Dirigiu-se de novo ao doutor.

— Nunca, desde que meus pais morreram, pedi nada a você.

O doutor sentiu que qualquer sinal de reconciliação estava prestes a se esfumar. Compreendia como era torturante para seu filho saber que a menina, seu primeiro amor, estava exposta a infecções letais a um passo de onde ele estava são e salvo. Cortava-lhe a alma, mas não podia ajudá-lo. Quantas provações mais teriam de superar?, desesperou-se. Gostaria de chorar, gritar, atirar-se no chão. Estava querendo fazer isso desde a morte de sua esposa, mas não podia se permitir.

— Aproveite que esta clínica nos dá a oportunidade de encontrar um sentido para a tortuosa tarefa de viver depois do que aconteceu — disse o doutor, aparentando serenidade. — Considere os pacientes como um presente e trate de estar à altura deles.

— Se não me acompanhar, irei sozinho — sentenciou o menino, fingindo não ouvir o sermão do médico.

— Não vou permitir.

— E como vai fazer isso?

O médico respirou fundo.

— Se você morrer, eu não vou conseguir suportar.

Kazuo deu uns passos pela beira do barranco e perdeu o olhar no vale sobre o qual continuava caindo, cada vez com mais força, a chuva negra.

— Você acredita mesmo que a zona do epicentro esteja envenenada ou é apenas uma desculpa para me manter aqui?

— Tenho certeza de que descer até lá é arriscar a vida.

— Não tenho medo — resolveu Kazuo sem se virar.

O doutor sentiu um estremecimento. Gostaria de se compadecer de Kazuo por sua ingenuidade, mas na verdade invejava a paixão que impulsionava seu filho a se lançar às cegas contra telas de fogo e fumaça envenenada. Sentia que havia perdido tudo: sua esposa debaixo das vigas e agora também aquele menino maravilhoso. Seu filho! O que esperava? Por que continuava considerando-se seu pai? Era apenas um médico provinciano a cargo de um jovem ocidental que, subjugado por seus genes, logo iria querer se juntar àqueles — de cabelos louros como ele — que foram capazes de subjugar todo o povo nipônico com apenas duas bombas.

— Me dê um pouco de tempo e descerei com você. — Aquilo saiu de sua boca sem que tivesse pensado.

Aquelas palavras retumbaram no chão como a espada caída de um samurai que, mortalmente ferido, nem sequer consegue suportar o peso do aço.

Kazuo foi procurar Suzume. Não queria ficar com o doutor, e muito menos parar para pensar em tudo o que lhe dissera. Foi ao andar de cima. A enfermeira continuava repartindo o calor de suas asas aos pacientes. Encontrou-a ajoelhada ao lado de um homem coberto até o pescoço com uma manta. Depois de confirmar que não respirava, cobriu-lhe a cabeça e verteu uma oração sobre ele como se se tratasse de um óleo sagrado. Kazuo notou que havia outros corpos igualmente cobertos. Um deles não devia medir mais de meio metro.

Ao vê-lo, Suzume se aproximou e pediu que a acompanhasse a uma janela para respirar um pouco. No parapeito havia um prato com um par de bolas de arroz. Deviam estar esperando há horas. Ofereceu uma a Kazuo e ficou com a outra.

— Estou prestes a chegar ao fundo do poço — confessou ela, enquanto mordiscava. Aquilo não era exatamente o que Kazuo esperava ouvir, mas gostou que falasse com tanta franqueza. — Preste atenção naquela coreana, como é linda...

Apontou uma jovem imigrante que repousava de lado sobre uma esteira deixando à vista as costas marcadas por uns estranhos quadros.

— De que são essas marcas?

— Os tecidos coloridos arderam mais depressa que os brancos, deixando uma espécie de tatuagem na pele com o desenho do estampado. — informou ela. — As feridas dependem muito do tecido que cada um estava usando quando foram alcançados pela onda de fogo. Aqueles que vestiam roupas de lã estão em estado menos grave do que os que usavam roupas de algodão ou linho.

— Suzume...

— O que você quer me perguntar?

Hesitou alguns segundos, mas finalmente se decidiu:

— Você não tem ninguém?

Suzume negou com a cabeça.

— Bem, sim — corrigiu-se a tempo —, tenho você.

Kazuo pensou que se tivesse tido uma irmã mais velha gostaria que fosse como ela. Sentia necessidade de se atirar e abraçá-la. Nunca o haviam feito, nem sequer tinham se dado a mão. Não era necessário esse tipo de contato segundo a forma nipônica de entender as emoções. Contemplaram-se em silêncio durante um tempo, acabaram de comer seu arroz e, abrindo suas asas, continuaram atendendo aos queimados mais graves com o pouco material que lhes restava.

No dia seguinte Kazuo acordou mais lúcido, porém logo afundou naquela desesperança que parecia destinada a se transformar em algo crônico. Assim que saiu do escritório deu de cara com o fedor, o soluço dos queimados e os estalidos produzidos pelos vômitos dos infectados ao cair no chão. Disposto a começar a trabalhar imediatamente, procurou Suzume para que lhe desse alguma tarefa. Foi à antiga sala de espera ocupada pelos doentes terminais. Como dissera o doutor, pioravam a uma velocidade espantosa. Contorciam-se como horripilantes larvas trocando sua pele viscosa, deixando à vista manchas de pústulas e marcas vermelhas. Aferrado à moldura da porta, ficou observando um paciente de cerca de 50 anos que levava a mão à cabeça e puxava sem fazer força seu próprio cabelo. Desprendeu-se uma mecha grossa. Kazuo franziu o cenho. Antes que tivesse conseguido reagir, viu outra pessoa repetir a mesma operação. O enfermo ficou de lado e puxou seu cabelo até que ficou com uma mecha na mão.

Com movimentos lentos, ele também agarrou seus cabelos louros e puxou. Não aconteceu nada. Talvez tivesse puxado com muita suavidade. Engoliu em seco e deu outro puxão, muito mais enérgico. Os olhos fechados, a boca aberta...

Respirou aliviado ao ver que não acontecia com ele o mesmo que com os outros. Deu meia-volta de forma apressada e se chocou contra o peito do doutor, que nesse momento se aproximava por trás. Deu um grito agudo.

— Não queria assustá-lo — disse ele.

Kazuo prestou atenção em seu rosto. Não tinha bom aspecto. Achou que, de forma leve, sua pele estava adquirindo a tonalidade púrpura dos infectados. Talvez fosse pura intumescência por ter ficado agachado durante tanto tempo cuidando dos pacientes. Mas o desfalecimento do dia anterior... Procurou em seus lábios queimaduras de ácidos expulsos ou qualquer outro sintoma que o delatasse. Talvez estivesse ficando obcecado.

— Por que está me olhando desse jeito?

Depois de reunir a coragem de que precisava, o menino avançou um passo na sua direção, ficou na ponta dos pés e lhe deu um puxão na parte alta do couro cabeludo. O doutor deixou que o fizesse sem reclamar.

— Está vendo que estou bem, não se preocupe.

— Dr. Sato! — Ouviu-se na entrada.

Era a voz de Suzume. Saíram a toda velocidade. Ela estava no vestíbulo, acompanhada de um militar.

— O que está acontecendo? — disse o doutor sem se deixar intimidar pelo uniforme.

— É o Sr. Nishimura, oficial médico.

Era um homem alto e de ombros estreitos. Seu corpo esticado parecia o reflexo de um espelho deformador. Apesar da fuligem e da fumaça, ainda era capaz de manter as unhas limpas. Aquele detalhe foi suficiente para que o doutor o considerasse um colega merecedor de sua confiança.

— Fui enviado pelo general de divisão Tanikoetjie — adiantou-se ele, explicando com cordialidade, referindo-se ao oficial que estava no comando do distrito. — Devo informar sobre o estado de sua clínica e dos feridos. E também lhe transmitir o agradecimento do general. Sabemos do grande trabalho que está fazendo aqui. A armada imperial teve a sorte de poder contar com um médico como o senhor.

— Obrigado — assentiu cordialmente o doutor, sem fazer nenhum comentário.

— Confiamos que muito em breve poderemos lhe fornecer medicamentos.

— Preciso deles com urgência.

— Estamos abrindo os caminhos de acesso tão rápido quanto podemos. Esta manhã os primeiros veículos militares conseguiram entrar na zona destruída. Nossos soldados estão participando da incineração dos cadáveres e em breve serão montados os primeiros hospitais de campanha.

— Venha comigo — convidou-o o Dr. Sato, apontando o interior da clínica.

Caminharam lentamente em meio aos pacientes. Kazuo os acompanhava em silêncio, como se fosse um especialista fazendo um estágio. O oficial médico sabia o que ia encontrar, mas não podia evitar que seus lábios se apertassem com força sem cessar diante das cenas mais horrendas.

— É terrível — comentou na metade da visita, balançando a cabeça em sinal de impotência.

— Alguma coisa está matando seus glóbulos brancos — explicou o Dr. Sato. — Queimados ou não, são atingidos sem piedade pelas infecções. Muitos chegam a urinar sangue. E depois temos essas hemorragias internas que afloram por todos os poros.

— Nossos colegas do hospital do bairro alto estão experimentando um tratamento com óleo branco de zinco — disse o Sr. Nishimura com ar esperançoso.

O Dr. Sato dirigiu a ele um olhar de receio.

— Está falando do pigmento usado pelos aquarelistas?

— Também foi usado como unguento na velha China.

— Eu sei, mas isso não é... Esperemos que dê resultado. — Suspirou sem nenhuma convicção.

— Nunca vi uma sinergia semelhante — acrescentou o Sr. Nishimura, categórico. — A radiação infectou as feridas causadas pela explosão, debilitou os feridos e os submeteu a outras enfermidades derivadas das insalubres condições provocadas pela destruição das infraestruturas de emergência.

— A radiação... — murmurou o Dr. Sato, confirmando suas piores suspeitas.

— É um plano maligno — continuou o outro.

— O pior é que a maioria dos meus pacientes não tem nenhum motivo para continuar vivendo — lamentou-se o Dr. Sato. — A única coisa que me pedem é que apazigue sua sede.

Aproximou uma tigela daquele que estava mais próximo, que conseguiu engolir algumas gotas com muita dificuldade.

— Vamos superar — afirmou o Sr. Nishimura, resoluto. — Sempre o fizemos.

— O que mais me preocupa...

— O que o senhor quer me dizer?

— Começaram a chegar uns infectados cujas casas ficam nas encostas da montanha.

— E daí? — instou-o a continuar o oficial médico, percebendo que por trás daquela observação havia algo que valia a pena comentar.

O Dr. Sato o conduziu a um lugar afastado. Kazuo os seguiu.

— Tenho uma teoria.

— Uma teoria? A respeito de quê?

— A respeito da forma como a infecção está se espalhando.

— Suplico-lhe que me revele qual — pediu o Sr. Nishimura, adotando imediatamente um acentuado tom militar.

O Dr. Sato olhou para Kazuo, que, por sua vez, o observava cheio de expectativa, e finalmente falou:

— Acredito que estejamos sendo engolidos pelos círculos da morte.

— O que quer dizer com isso? — perguntou o Sr. Nishimura.

— Fico desconcertado diante do fato de que nem todos os sobreviventes adoecem ao mesmo tempo. Primeiro chegaram os que foram consumidos pela infecção no momento da explosão; mas pouco a pouco foram aparecendo outros que inicialmente pareciam incólumes. Depois de refletir muito, acredito ter encontrado um padrão.

— Qual é?

— A radiação afetou primeiro aqueles que estavam no fundo do vale e desde então está subindo, lenta mas implacavelmente, infectando os que vivem nas colinas.

— Em forma de ondas...

— Isso mesmo, em círculos concêntricos de radiação que, nascidos no epicentro, em vez de se extinguir vão se tornando cada vez mais amplos, abrangendo mais e mais extensão e altura.

Kazuo sentiu a clínica emudecer durante um segundo. Notou um calafrio subindo por suas pernas, como as ondas pela encosta.

— O senhor sabe se em Hiroshima aconteceu a mesma coisa? — perguntou muito sério o Sr. Nishimura.

— Lá o terreno é plano e toda a cidade foi varrida sem perdão em três segundos — disse, recordando o que Kazuo lhe contara após sua visita ao hospital vizinho. — A orografia de Nagasaki é peculiar. Nossas montanhas protegeram os bairros altos da explosão, mas agora não podem deter os impiedosos círculos da morte encarregados de terminar o trabalho.

— Quando esses círculos chegarão aqui? — interveio Kazuo.

— Não sei, filho. E não deixa de ser uma teoria. Ainda é cedo para...

— É irônico — interrompeu-o o Sr. Nishimura. — A pessoa acredita que foi uma das poucas que sobreviveram ao horror e de repente acaba tombando como os outros.

— Não é irônico. É sádico.

O menino pensou que o primeiro círculo talvez tivesse afetado o doutor durante as horas em que permanecera nas ruínas de sua casa segurando a mão da esposa. E a ele próprio, horrorizou-se.

— Estamos condenados... — murmurou.

— Quando os círculos chegarem aqui, meus colegas do hospital já terão descoberto uma cura — prometeu o doutor, inundando o lugar com uma luz momentânea, como se o aumento da tensão tivesse sobrecarregado as lâmpadas.

Acompanharam o Sr. Nishimura até a entrada e observaram-no se distanciar pelo caminho em direção ao quartel-general que, construído no alto da montanha, mantinha um olho vigilante no vale coberto de fumaça.

O dia transcorreu para Kazuo da mesma forma que o anterior. Trabalhava até ficar extenuado, tentando se concentrar em tudo, menos em sua trágica situação. Já tarde da noite, foi trocar as ataduras de um homem mais velho que ninguém havia reclamado. Tinha muita pena dele; nem sequer recordava seu próprio nome. Quando estava no meio da tarefa, a fina capa de pele das bolhas de seu abdômen arrebentou, deixando um buraco pelo qual aflorou uma legião de vermes brancos. Kazuo pulou para trás com nojo e observou outros pacientes. O calor incessante de agosto e a falta de higiene permitiram que aquelas larvas asquerosas se aninhassem nas queimaduras. Não aguentava mais. Precisava descansar imediatamente, embora soubesse que, quando o fizesse, sua cabeça começaria a ferver como a água dos emplastos...

Foi até o escritório e fechou a porta. A luz estava apagada. Ouviu alguma coisa. Era o rádio do doutor. Por trás dos zumbidos da péssima sintonia se ouvia um dueto de música tradicional. Ficou quieto durante alguns segundos, deixando seus ouvidos serem penetrados pela obstinada flauta e pelo koto, uma espécie de cítara japonesa de 13 cordas e caixa de ressonância, que plangia a cada toque das unhas de marfim. Sentiu-se estranho. Recordou o dia em que conhecera Junko durante a representação colegial de uma peça do teatro No. Como a música tinha soado diferente então! Achou que estava escutando os tambores taiko e os alaúdes que engrandeceram como uma exata trilha sonora o momento em que a viu pela primeira vez, sorrindo e cochichando com suas amigas. Desligou o rádio depressa.

O doutor, que estava recostado em sua poltrona no outro lado da mesa do escritório, se sacudiu. Kazuo se assustou. Não havia percebido que estava ali. Foi devagar até ele, tateando na escuridão. Continuava adormecido.

Achou estranho que não estivesse trabalhando — nas noites anteriores mal havia se deitado por algumas horas. Mas então viu aquela poça aos seus pés. E sentiu o fedor.

— Não...

Levou as mãos à cabeça e o contemplou aterrorizado. Tinha o queixo manchado por um fio esverdeado que lhe saía por um extremo da boca e terminava no jaleco. Aproximou-se um pouco mais, o mais devagar que pôde para não despertá-lo. Acima da gola da camisa brotava um feixe de marcas púrpuras que se estendia até a orelha.

Não hesitou. Correu até o armário de remédios em que guardava a única coisa que naquele momento podia lhe dar forças: o haicai de sua princesa. Tirou-o da caixa de metal com nervosismo e saiu disparado para fora da clínica, cruzando o vestíbulo e parando à beira do barranco.

Chegara o momento de lê-lo.

Desenrolou-o lentamente.

Três versos, dezessete sílabas, um instante de beleza retido, como lhe explicara Junko...

*Gotas de chuva,*
*dissolvidas na terra*
*nos abraçamos.*

Era a voz de sua princesa.

Sentiu como aquelas palavras se juntavam no céu em perfeita harmonia, como as pétalas de uma orquídea.

Durante alguns segundos percebeu-a dentro de si.

Estava feliz.

Mas logo começou a formular perguntas. O que Junko queria dizer com "dissolvidas na terra". Teria adivinhado que iria morrer? Eram eles as duas gotas de chuva do poema? Parecia lhe falar de um amor além da morte. Isso podia ser uma coisa bela, mas ele queria um amor em vida. Certamente estava interpretando-o de forma equivocada. O apocalipse brincava à vontade com o sentido das palavras. Desde a explosão só se via morte, só se lia morte.

— Preciso procurá-la.

E sem pensar duas vezes começou a correr vereda abaixo. Sem olhar para trás. Sabia que não podia se despedir do doutor. Se o tivesse feito, ele teria lhe dado um abraço e o convencido a ficar. Sabia que estava fazendo uma loucura atirando-se no foco da infecção, mas foi o próprio Dr. Sato quem escolhera seu nome japonês, há muito tempo. Chamava-se Kazuo, homem de paz, e por isso não devia ter medo de enfrentar a pior das guerras manejando como única arma o coração feroz de um samurai apaixonado.

# 6

# A máscara de Nagasaki

*Tóquio, 28 de fevereiro de 2011*

Ouviu um ruído que vinha da entrada. Virou a cabeça e viu o papel no chão. Era outra vez a encarregada da limpeza. Estava indignada porque o aviso de "não perturbe" continuava pendurado na maçaneta e não podia fazer seu trabalho. Emilian aproveitou para esfregar os olhos e esticar os braços. Desde que Mei o deixara plantado no santuário do parque dois dias antes, não parara de trabalhar em um informe para dissipar a confusão e o medo que Yozo, o traidor Yozo!, havia despertado no governador em torno do Carbon Neutral Japan Project. Explicara tudo de forma tão didática que não era possível ter dúvidas sobre a absoluta confiabilidade do reator nuclear que havia sugerido como fonte energética para sua ilha sem emissões. Tinha certeza de que quando o governador o lesse resolveria imediatamente conceder as licenças. Era uma questão de não desistir. As pedras do jardim zen tinham razão: devia agir, levantar-se e seguir em frente, dar sempre mais um passo, apesar dos golpes e das decepções.

Virou-se para a janela. Ainda faltava algum tempo para que a noite pairasse sobre Tóquio, acendendo os neons. Dirigiu um olhar furtivo ao celular, que continuava desterrado na mesinha. Tomomi tinha parado de insistir. No primeiro dia, quando voltou da galeria, eram 13 as chamadas que ela fizera inutilmente. No seguinte, apenas cinco. E naquele último, nenhuma. Talvez ela e Yozo tivessem decidido que não precisavam de seu perdão. Haviam bastado 48 malditas horas para se autorredimir. Decidiu que chegara o momento de dar por terminado o informe e voltar a Genebra. Anexou o arquivo a um e-mail escrito com extrema formalidade e clicou no botão "enviar" enquanto fechava os olhos e dirigia uma súplica a qualquer um dos 8 milhões de deuses do xintoísmo que andasse naquele momento por ali.

Seu paladar parecia coberto por uma áspera camada de borracha. Deu-se conta de que sobrevivera dois dias à base de água e chocolatinhos do minibar e por isso merecia peixe frio e chá quente. Saiu para procurá-los imediatamente. A um passo do hotel, ao final da passarela que o unia ao núcleo lúdico de Shibuya, escondia-se um pequeno restaurante de madeira de bordo e bandeirolas com símbolos kanji. Dirigiu-se para lá sem pensar duas vezes.

Antes de entrar parou por um instante na porta. Acompanhou com a vista o curso da rua até a zona onde ficava a galeria de Mei. Em algum momento chegara a acreditar que aquela mulher e tudo o que a cercava eram meros desvarios, fruto de seu estado de espírito — ou das pílulas para dormir que havia comprado na véspera em uma loja de remédios naturais. Mas a verdade era que não conseguia tirá-la da cabeça. Quando tinha a intuição de que uma zona do rio abrigava uma pepita de ouro, costumava perfurá-la até encontrá-la, e desde que Mei falara com ele pela primeira vez soube que ocultava um filão a descobrir. Pensou com certa pena que não era o melhor momento para se envolver em descobertas desse tipo, mas o mínimo que podia fazer era lhe agradecer. Por alguma razão, a visita ao santuário xintoísta do parque Yoyogi tinha lhe servido de purgante no pior momento de sua vida.

Largou a maçaneta da porta do restaurante e se encaminhou com passo firme à galeria de arte. Dark&Light, ia pensando, um nome perfeito para batizar a luz que o ajudara a tirar a cabeça do buraco. Não demorou muito a se ver diante da grande vidraça junto a qual contemplara Mei pela primeira vez. No interior se viam manchas de cor sobre o branco: as telas de Kisho dispostas nas impecáveis paredes de pintura clássica, um par de homens comentando a exposição enquanto traçavam pinceladas no ar, uma funcionária com saia lápis organizando com exatidão obsessiva os folhetos em uma mesa de mármore preto...

Entrou e perguntou por ela.

— Não está — respondeu a garota dos folhetos.

— Poderia avisá-la?

— Como?

— Peço que ligue para ela e diga que vim procurá-la.

A funcionária sustentou durante alguns segundos uma expressão entre risonha e surpresa, semelhante à das bonecas. Mesmo tentando se vestir com sobriedade centro-europeia, não podia evitar carregar os mangás nas veias.

— Quem é o senhor?

— Emilian Zäch. A Srta. Morimoto me conhece — afirmou ele, recordando seu sobrenome.

De novo uma careta.

A funcionária pegou o telefone, discou um número previamente selecionado e começou a falar abaixando a cabeça. Pouco depois, esticou o braço e ofereceu o telefone a Emilian, que o pegou ao mesmo tempo que lhe dirigia um assentimento. Afastou-se alguns passos até o quadro de Kisho que contemplara com ela no primeiro dia, como uma maneira de senti-la mais próxima enquanto conversavam.

— Olá.

— Por que você voltou à galeria? — soou sua voz no outro lado, mais firme que agressiva.

— Queria agradecer — respondeu Emilian.

— Agradecer? Por quê?

— É uma longa história. Talvez na próxima vez em que nos encontrarmos você me dê tempo de explicar. — Ela permaneceu calada. Emilian se arrependeu de ter dito essa última frase. Havia soado como uma crítica a sua repentina fuga no primeiro dia. — Só quero que você saiba que gostaria muito de ajudá-la no que quer que seja.

— Eu lhe suplico para não ser condescendente.

— Não pretendia.

— ...

— Você ainda está aí? — perguntou Emilian.

— Peça papel e lápis a ela.

— Como?

— À minha funcionária, peça a ela algo para escrever.

— O que você quer que eu escreva?

— Foi você quem me convidou no outro dia para ir beber alguma coisa, não? Me deixe retribuir.

Emilian hesitou alguns segundos antes de pegar sua própria caderneta e a esferográfica do hotel que carregava no bolso.

— Pode dizer.

Mei ditou um endereço do bairro de Ueno, ao noroeste da cidade.

— É uma pequena casa tradicional que fica perto da Universidade Nacional de Belas-Artes.

— É sua casa? — estranhou Emilian.

— Você não terá dificuldade de encontrá-la — disse ela. — Fica a um passo de um conhecido riokan chamado Sawanoya — concluiu, referindo-se a uma das luxuosas hospedarias de estilo japonês antigo que aparecia em todos os guias da cidade.

— Você quer que eu vá agora?

—Você decide.

Desligou sem se despedir, recuperando o tom de mistério do primeiro dia.

Emilian saiu da galeria e parou o primeiro táxi. O motorista coçou a cabeça e ficou olhando o papel onde estava escrito o endereço. Ao perceber que não entendia os caracteres ocidentais, Emilian cantou de viva voz as referências que Mei havia lhe dado. "O senhor vai ao riokan!", exclamou o taxista. "É isso, ao riokan", respondeu-lhe para não dar mais explicações e se recostou no assento traseiro. Durante o trajeto reencontrou aquela cidade de videogame futurista que, por magia, à medida que se afastavam do centro, ia se transformando em um Japão diferente, com becos estreitos e jardins de juníperos e azaleias na entrada das casas; um Japão de entre guerras, com bicicletas abandonadas e barraquinhas nas calçadas, de peixe trazido do mercado e papeizinhos com velhos poemas. Quando desceu do táxi, inalou aquele ar que no verão cheirava a tufões próximos. Olhou para cima. As luminárias de papel pendiam das cornijas como crisálidas. Ideogramas chineses tatuavam a rua.

Enquanto procurava aonde se dirigir percebeu que seu celular vibrava. Levou a mão rapidamente ao bolso. Era um e-mail. Reconheceu logo o endereço do Governo Metropolitano. Abriu-o emocionado, e o mundo desabou em cima dele quando constatou que se tratava apenas de uma desculpa mecânica da secretária do governador. Dizia que seu chefe não estava na cidade. Como não? Escreveu uma resposta pedindo que lhe enviasse imediatamente seu informe de onde estivesse. Ainda não havia guardado o celular quando recebeu uma nova mensagem que dizia: "resposta automática: o destinatário está fora do escritório." Mas acabaram de me escrever! Via que estavam simplesmente evitando-o. Não quis ficar nervoso. Àquela hora da noite não podia fazer nada. Tranquilidade. Tranquilidade. Amanhã será outro dia.

Esteve prestes a parar outro táxi que o levasse ao hotel, mas não achou boa a ideia de ficar trancado em seu quarto até o dia seguinte. Tinha pavor de enfrentar de forma obsessiva as palavras de Yozo ricocheteando nas paredes e ressoando em sua cabeça como um martelo hidráulico. Não podia se deixar levar por suas euforias e disforias como uma montanha-russa e por isso resolveu seguir em frente e esquecer tudo durante um tempo. Não foi difícil encontrar a casa de Mei. Como lhe dissera, mantinha intacto o estilo tradicional: painéis externos de madeira escura, janelas com barras formando quadrados — algumas com papel no lugar de vidro — e telhas de cerâmica preta na coberta.

Na frente havia um pequeno jardim; na verdade, canteiros de cores berrantes em cascata que, em todo caso, eram um luxo para uma casa do centro. Emilian recordou que a avó de Mei se dedicava a fazer arranjos florais ikebana. A porta da grade estava aberta; não achou a campainha e por isso entrou lentamente. Não viu nenhuma luz. Entre a casa e a residência contígua havia um espaço de uns 70 centímetros. Assomou-se para checar se saía algum som das janelas laterais.

— Chamamos isso aqui de "a passagem do gato". — Ouviu a suas costas.

Era Mei, que estava na porta.

Emilian se virou sem demonstrar nenhum espanto.

— Olá.

— Era meu canto secreto. Quando menina, passava horas nesse corredor com minhas vizinhas, brincando com as larvas do bambu e os sapos que apareciam na temporada das monções.

— Não queria espionar — desculpou-se ele. — A porta estava aberta.

— No Japão elas sempre estão.

Convidou-o a entrar. Emilian deixou os sapatos no vestíbulo.

— Você prefere chá ou cerveja gelada?

— Cerveja.

Mei se dirigiu à cozinha. Seus cabelos negros estavam recolhidos em uma trança jogada para um lado. Sem nenhuma maquiagem, parecia até mais jovem. Vestia uma camiseta fina com o rosto impresso de David Bowie — da fase Stardust — que pousava em seus seios erguidos e jeans de cintura muito baixa que revelavam parte de seus quadris. Emilian, evitando olhá-la como um tarado, girou sobre si mesmo, soltando as rédeas de sua curiosidade de arquiteto. O corredor levava à cozinha, a um pequeno lavabo — como sempre separado do banheiro — e a dois espaçosos aposentos com tatames que, seguindo os usos do Japão antigo, se destinavam à sala de estar, dormitório ou sala de jantar, dependendo dos móveis que fossem tirados do oshiire, um pequeno depósito. Podiam até mudar de tamanho conforme fossem colocados os fusuma, separadores móveis, na verdade biombos, que serviam de parede interna. Não havia camas. Os futons, finos colchões japoneses, deviam estar guardados nos armários. Além de algumas almofadas espalhadas pelos cantos, descansavam no chão um iPad, um monitor ultrafino e um equipamento de som. Emilian examinou a pilha de discos que estava ao seu lado, solitária como uma pequena montanha de pedras erguida por um peregrino do Himalaia: pop internacional, trilhas sonoras de filmes assinadas por Philip Glass, concertos de piano de Michael Nyman... Ela gosta, pensou.

— Sua cerveja.

— Gostei muito da casa — declarou ele com sinceridade, dando um primeiro gole.

Ela bebeu de um copo de vidro colorido que impossibilitava reconhecer seu conteúdo.

— Fica um pouco longe do meu trabalho.

— Mas é ampla. Nos apartamentos do centro uma pessoa mal pode se mexer.

— Nós, japoneses, não precisamos de muito espaço para viver. Sabemos que o solo é o nosso bem mais escasso.

— E muito. — Ele sorriu. — Uma vez estive em um local do bairro de Ikebukuro onde criavam gatos para que aqueles que não podiam ter um animalzinho em casa por não terem espaço nem para uma caixinha de areia fossem lá acariciá-los.

— É uma questão de dar à mente e ao coração o que precisam. E, se nos falta algo que não podemos conseguir, procuramos outra coisa que o substitua.

Ele estaria tentando substituir Veronique?, pensou.

— Do que você sente falta? — perguntou ele para tirar aquela ideia da cabeça.

Mei abaixou os olhos e sentou-se lentamente no tatame. Colocou seu copo com cuidado no chão e pôs para tocar uma antologia de Wim Mertens. Os primeiros acordes inundaram o aposento, transformando-o em um espaço vivo.

— Por que você acha que me falta alguma coisa?

— Já lhe disse no primeiro dia que sou um especialista — brincou ele, enquanto se sentava em uma das almofadas. — E nós, os especialistas, sabemos tudo.

— Mas só conhecem bem um determinado assunto.

— *Touché*! Você poderia me contar a seu respeito para ampliar meu leque de conhecimentos.

— Não me considero muito interessante.

— Pois garanto a você que é sim, e não se trata de um elogio para ficar bem com você.

— Deve ser por causa da galeria de arte. Administrar um local desses dá à pessoa um toque sofisticado.

— Algo me diz que atrás da *marchande* há muito mais.

— Mais o quê?

— Ainda não sei — respondeu Emilian. — Olhe ao seu redor. É preciso estar muito plena dentro de si para não se perder neste tatame vazio. Me fale desta casa. Pertencia a seus pais?

— É da minha avó. Viveu aqui sessenta anos.

— Sem dúvida você é muito ligada a ela.

Mei assentiu.

— Passei muito mais tempo nesta casa que na minha. Adorava ouvir suas histórias. Minha avó conseguiu superar um passado terrível.

— Coube a ela viver a guerra.

— Como ela costuma dizer, coube a ela morrer na guerra.

— Mas depois teve uma família, uma neta como você. Deve ter sido feliz...

— Se dedicou a nos fazer felizes. Suponho que seja difícil encontrar a própria felicidade vivendo sozinho com meio coração. Nessas circunstâncias é difícil até manter a sensatez. Às vezes acho que sou a única pessoa que a entende.

— O que quer dizer com meio coração? E seu avô? — aventurou-se a perguntar.

— É complicado explicar.

A maneira de falar de Mei lhe indicou que não devia continuar perguntando sobre esse assunto.

— Como sua avó está agora?

— Suas sequelas físicas estão se complicando. Por isso passou a viver com meus pais. A verdade é que sua saúde nunca foi muito boa. É tudo consequência da...

Parou. Emilian recordou que no parque Yoyogi, ao mencionar o problema mental de seu irmão Taro, ela fizera uma pausa semelhante. Era como se um vírus informático desligasse seu cérebro cada vez que abordava certos temas.

— E você se mudou para cá — recomeçou.

— Minha avó não teria suportado ver esta casa fechada. Pensa obsessivamente que *alguém* poderá vir procurá-la e, ao vê-la desabitada, acredite que morreu.

Ambos se calaram. O primeiro tema do CD foi se apagando. Durante alguns segundos permaneceu o ressoar do piano e depois sobreveio um silêncio total até a peça seguinte. O rumor que provinha das casas vizinhas aproveitou para se infiltrar pelo papel das janelas. Pessoas falando, o repicar de uma faca cortando verdura sobre uma tábua, crianças imitando vozes de desenhos animados...

Mei soltou o elástico da trança para prendê-la melhor.

— Como sua vida continuou quando você parou de procurar larvas e perseguir sapos no vão do jardim? — retomou ele.

— Como alguém se transforma em um especialista em mudança climática? — contra-atacou ela.

Pegou de novo seu copo e o examinou por cima da borda de vidro, entrefechando ainda mais seus olhos já naturalmente rasgados enquanto dava um gole lento.

— Estudei arquitetura na Universidade de Genebra — decidiu contar; de repente, falar de si mesmo deixara de angustiá-lo para se tornar libertador. — Me especializei em urbanismo sustentável e quando pude saí do país.

— Eu achava que, com seu entorno natural — interrompeu-o ela —, a Suíça seria uma meca para alguém como você.

— O fato de carregar o respeito ao meio ambiente no DNA não impede que nós, os suíços, continuemos um pouco provincianos. Para chegar a ter uma visão global dos problemas é necessário sair. Passei três anos como bolsista no Instituto Tecnológico de Massachusetts e, antes de voltar a Genebra, ainda trabalhei mais um ano como pesquisador na Politécnica de Zurique. Depois tudo foi fácil. Comecei a trabalhar com pessoas da escola de Peter Zumthor.

— Quem é?

— Um dos poucos arquitetos que não se venderam ao grande mercado. Ganhou um Pritzker, que é uma espécie de Nobel de Arquitetura, mas vive isolado em uma casinha nos Alpes. Acredita que ainda é possível desenhar um mundo mais racional.

— Você não gostaria de viver em uma casinha na montanha.

— Aqueles que me conhecem também dizem isso — continuou ele, confessando. — Só veem meu lado mais enérgico, sempre acelerado...

— E como você é realmente?

— Meu verdadeiro eu surge quando empunho o lápis e me debruço sobre o papel para iniciar um projeto. Amo esse momento, branco, sem poluição, e a possibilidade de moldar ideias novas, linhas transgressoras... É muito emocionante. Poderia dizer a você que parece com o que se sente quando se está sentado entre paredes móveis. Você pode adaptá-las, elas o incentivam a se revelar... Pelo menos é o que estou fazendo hoje, e garanto a você que não estou muito habituado.

Ela o contemplou com uma tranquila expressão de admiração.

— E a história da colaboração com a ONU que você me contou no primeiro dia?

— Com o IPCC — lembrou ele.

— Me conte mais alguma coisa.

— O nome completo é Painel Intergovernamental sobre a Mudança Climática, IPCC é a sigla em inglês — explicou. — Foi criado em 1988 pela Organização Meteorológica Mundial e pelo Programa Ambiental das Nações Unidas. Nosso papel é apenas o de analisar as informações científicas e socioeconômicas mais relevantes que circulam por aí com o objetivo de atenuar a mudança climática de origem antropogênica, que é a produzida pela ação do homem. Não fazemos pesquisas nem controlamos dados climáticos — enfatizou. — Só nos dedicamos a estudar para depois divulgar o que pensamos e sugerir medidas a governos e organizações. Eu sou especializado na influência das cidades no efeito estufa.

— Então deve ter boas relações no Palácio das Nações de Genebra.

— Mais ou menos. Leve em conta que estou nisso há muitos anos. Por que se interessa?

— Me acompanhe — disse ela, levantando-se.

— Estamos saindo?

— Vou levá-lo a um lugar.

— Na última vez em que você fez turismo comigo saiu correndo logo no começo.

Tirou a cerveja de sua mão.

— Mas agora não terei escapatória — disse ela enquanto entrava na cozinha para deixar a garrafinha e seu copo. — Toda minha família estará presente.

— Sua família? — Levantou-se de repente e foi atrás dela. — O que eu vou fazer em uma reunião da sua família?

Mei saiu da cozinha e atravessou-o com o olhar, deixando claro que não admitiria uma recusa.

— Considere-se um presente exótico — disse ela, sorrindo. — É o aniversário da minha avó Junko.

O lugar ao qual se dirigiam ficava a apenas cinco minutos de distância de táxi da casa. Era ao lado do grande cemitério de Yanaka. Emilian pensou que não era o entorno ideal para comemorar o aniversário de uma anciã, embora talvez ela mesma o tivesse escolhido por ficar perto de seu antigo lar. Tratava-se de um restaurante tradicional de kaiseki, alta cozinha nipônica integrada por uma interminável sucessão de pequenos pratos que, em seu conjunto, executam uma delicada sinfonia gastronômica.

No interior se respirava uma formalidade deliciosa. Uma garçonete se aproximou. Enquanto Mei conversava com ela, Emilian percebeu que o celular recebia um novo e-mail.

— Desculpe minha falta de educação — desculpou-se, nervoso, mostrando o telefone —, mas vou sair um minuto.

Uma vez na rua pressionou o ícone que abria sua caixa de entrada. Não era lógico que fosse o governador assim tão depressa... A mensagem tinha a sigla do IPCC. Que coisa estranha, pensou. Estava sendo chamado para participar de uma reunião de trabalho, mas ainda faltavam duas semanas para que acontecesse e, além do mais, não iria fazer nenhuma apresentação. Abriu-o. Era assinada pelo coordenador do grupo. Começou a ler. A cada palavra seu cenho se franzia mais. Continuou lendo, desconcertado. Estava sendo expulso do painel de especialistas! Tudo por causa do artigo que enviara à revista on-line. Já devia ter sido publicado, pois o coordenador mencionava algumas afirmações que Emilian fizera sobre a falta de independência de alguns cientistas, a quem acusava de apoiar de forma interessada as teses sobre o aquecimento global que favoreciam seus governos. Não tinham o direito de expulsá-lo! Tudo o que dissera era verdade! Aquilo era seu fim. Sempre fizera parte do IPCC e, o que era mais importante, naquele momento era seu balão de oxigênio, o único elo com uma vida dedicada por inteiro a um trabalho ao qual havia entregado tudo...

Parado diante da porta do restaurante, notou como a energia que conseguira recuperar após o golpe do Carbon Neutral Japan Project se esvaía como o ar de um balão de gás. Esgotava-o o simples fato de pensar que tinha de voltar ao hotel e começar a ligar para sua gente de confiança do Painel do IPCC para... Se justificar? Pedir desculpas? Não sabia como consertar aquela situação. Decidiu ir passo a passo. A primeira coisa era entrar e pedir desculpas a Mei, como cabia.

Uma garçonete o levou a uma sala fechada com divisórias móveis. Mei e o restante dos comensais estavam sentados no chão ao redor de uma mesa baixa. Eram sete no total. Viraram-se ao mesmo tempo.

— Boa noite — saudou Emilian, sobrevoando todos com o olhar. — É um prazer conhecê-los, mas não posso ficar. Surgiu uma coisa importante...

— Não a envergonhe — interveio uma mulher de meia-idade com o cabelo recolhido em um coque. — Minha filha Mei nos disse que viria e lhe reservamos um lugar. Estamos felizes de conhecê-lo.

— Me sentirei muito honrada de compartilhar meu aniversário com você — acrescentou a mulher que era sem dúvida a avó. Tinha toda a vida no rosto, cuja metade esquerda estava contraída por uma enorme cicatriz. — Talvez seja minha última comemoração.

Por que diabos lhe dissera isso? Emilian, atordoado tanto pela mensagem que acabara de receber como pelo ambiente um tanto opressivo do restaurante, sentou-se sem reclamar. Talvez estivesse aproveitando de forma inconsciente aquela bolha nipônica para continuar evitando temporariamente sua própria realidade, como pretendera antes ao ir à procura de Mei. Prometeu a si mesmo que se levantaria assim que surgisse uma oportunidade.

Começaram as apresentações. Mei se encarregou de lhe explicar quem era quem. Emilian teve a sensação de que seus anfitriões formavam, todos, um único quadro. Como *A última ceia*, pensou. Ou como um dos arranjos florais ikebana feitos pelas mulheres da família. A primeira à esquerda era a mãe de Mei, espevitada e tagarela. Seu marido, um japonês miúdo, segurava sua mão em cima da mesa. Taro, o inquietante irmão, estava vestido com uma camisa tão chamativa quanto a do primeiro dia e exibia a tatuagem. A sua direita estavam sentados uma amiga íntima da homenageada, um pouco mais jovem que ela, e seu esposo. Estava claro que não se consideravam convidados, e sim mais uma parte do arranjo. Por fim, no fundo da mesa, a Sra. Junko brilhava como aquela flor de lótus com a qual meio século atrás já a comparava sua mãe, a primeira mestra de ikebana, quando a via correr pelas ruas de Nagasaki apinhadas de soldados, desenvolvendo uma beleza exuberante em meio ao lamaçal da guerra. Pedira a sua neta Mei, a quem considerava seu novo broto, que presidisse com ela o arranjo, a mesa, a família.

Vovó Junko se virou para Emilian, permitindo que ele visse claramente a metade queimada de seu rosto, coberta de pigmentação escura. O traçado perfeito das feições da outra metade, que não perdera a suavidade apesar da idade, fazia com que a deformação fosse ainda mais estrondosa. Temendo parecer descarado, afastou a vista e se concentrou nas garçonetes que depositavam na mesa a abertura do kaiseki. Uma série interminável de recipientes de cerâmica e madeira laqueada que continham os acepipes mais heterogêneos iluminou a sala como a gargalhada de um bebê: espinafre em caldo e sésamo moído, amêijoas com cogumelos enfeitadas com pimenta, salmão curtido em molho Yuan e sushi variado, todos eles decorados com pétalas e agulhas de pinho.

— Desfrute esta comida — disse-lhe a mãe de Mei. — É uma delícia tanto para o paladar quanto para a vista.

— Experimentei-a uma vez em Kioto, há bastante tempo.

Em Kioto... Foi na primeira vez em que estivera na cidade como membro do IPCC. Sentiu o impulso de pegar o celular e voltar a ler a mensagem em uma espécie de exercício masoquista. Em vez disso, pegou uma peça de louça e a examinou, simulando interesse.

— Todas as tigelas e pratinhos são desenhados especialmente para a comida que vão abrigar — continuou explicando-lhe a mãe. — Esta refeição poderia ser comparada ao teatro kabuki: os ingredientes são os atores; a louça, o vestuário... E o saquê, a música de fundo. — Riu de forma contida. — Tudo segue pautas definidas. As tonalidades de cada alimento determinam o momento em que vai à mesa, seguindo o curso das estações. Hoje começaremos pelo inverno.

— Me fascina tamanha ordem — murmurou Emilian, perguntando-se por que não o transportavam também a um universo em que tudo se harmonizasse.

— Mais do que ordem, trata-se de harmonia, como a cerimônia do chá. O kaiseki era a comida dos monges zen. "Kai" se refere ao bolso da túnica e "seki" significa "pedra". Os monges carregavam uma pedra quente na cintura para se proteger do frio e atenuar a fome entre a refeição matinal e a vespertina. Mas vamos deixar de lado as velhas histórias que me tornam ainda mais velha do que sou e começar a comer.

Emilian tentava não parecer ausente. Aquelas pessoas lhe demonstravam um afeto sincero — algo de que necessitava muito e por isso se alegrava por ter ficado mais um tempo. Conhecia bem as normas da educação. Encheu de saquê o copo de Mei e lhe passou o jarrinho para que ela fizesse o mesmo com o seu.

— *Itadakimasu* — disse, levantando o primeiro bocado, recordando uma formalidade que significava "receberei" e que a avó celebrou com um assentimento.

— Não se esforce para parecer integrado — ruminou o irmão.

— O que você acha da minha filha? — interferiu a mãe, encobrindo a descortesia de Taro.

— Desculpe?

— Minha filha — repetiu ela, sorrindo. — O que você acha dela?

Não podia imaginar que tipo de resposta esperava. Virou-se para olhar Mei. Desde que haviam chegado permanecia concentrada em seu prato, rearranjando de forma sistemática o recipiente da soja e os palitos como se estivesse esperando o momento adequado para anunciar alguma coisa.

— Por ora me parece um mistério.

— Como?

— Um atraente mistério que qualquer homem gostaria de desvendar — completou ele.

As três mulheres mais velhas da família se uniram em um único sorriso de satisfação.

— Mei é daquelas que não hesita em vestir um quimono vermelho de seda e desafiar o que é proibido se achar que está fazendo o que é correto — interveio a avó Junko.

— Vovó...

— O que quer dizer com essa história de quimono vermelho?

A anciã sorriu para sua neta, evitando responder.

— Minha sobrinha contou que você é de Genebra — interferiu a amiga, considerada tia embora não existisse nenhum laço de sangue entre elas.

— É mesmo, da distante Genebra — respondeu Emilian, resfolegando sem querer.

— Eu e meu marido estivemos na Europa há nove anos, mas não visitamos a Suíça.

— Talvez na próxima vez.

— Sim. — Riu, assentindo com a cabeça. — Quando conheci Junko, ela era uma jovenzinha sonhadora que só pensava em viajar para a Europa. — Virou-se para a avó. — Você se lembra?

Olhou-a com carinho, estendendo na mesa uma película de nostalgia.

— Você vem muito ao Japão? — interveio o pai de Mei, enquanto mastigava um espetinho de peixe amanteigado.

— De vez em quando — respondeu ele lacônico para não se ver obrigado a entrar em detalhes.

— E a comida? Não lhe agrada? Coma! Coma!

Levou à boca um caracol e fava verde. Assim que engoliu, pegou uma lâmina de gengibre.

— Não acha o gengibre duro? Os estrangeiros dizem que tem cheiro de colônia.

— Vale a pena suportá-lo. A porção seguinte é saboreada em todos os seus matizes.

— Você acredita que é necessário experimentar coisas horríveis para perceber com intensidade as coisas boas que a vida nos oferece? — participou a avó.

Emilian pensou durante alguns segundos antes de responder.

— Mais do que necessário, acho que é habitual.

— Depois da guerra senti um ódio atroz — confessou ela. — Mas aquele sentimento se transformou em um premente senso de responsabilidade.

— Ela passou a vida conscientizando todos que a cercam sobre a grandeza da paz — esclareceu a mãe de Mei, orgulhosa, mas ao mesmo tempo com um ligeiro toque de reprovação, talvez por ter se sentido relegada a um segundo plano em algum momento. — Uma vez, inclusive, a entrevistaram para a televisão! Foi no programa *Universos*, de Hitonari Sada. Precisava vê-la, conversando com ele sobre a bomba como se não tivesse acontecido nada.

— A senhora estava lá quando uma das bombas caiu? — surpreendeu-se Emilian.

A anciã aproximou sua mão da parte esquerda do rosto.

— É chamada de "máscara de Nagasaki" — explicou Mei, que mal havia participado da conversa.

Emilian entendeu sua exaltada reação ao falar das bombas tanto na galeria quanto no dia seguinte, no santuário do parque Yoyogi. Deu-se conta de que não lhe dissera que era um firme defensor da energia nuclear. Talvez fosse melhor assim. É provável que Mei fosse uma opositora radical, mesmo quando se tratava de seu uso para fins pacíficos.

— O admirável é que tenha conseguido canalizar positivamente esse sofrimento — disse ele.

— Em Nagasaki havia mestres muito inspiradores — explicou Mei, mostrando-se menos tensa à medida que participava da conversa. — Um médico chamado Takashi Nagai escreveu muito contra a guerra antes de morrer pela radiação, e o fez sem deixar se levar pelo antiamericanismo que caracterizou outros pacifistas. Dizia que os movimentos a favor da paz são necessários, mas só se forem liderados por corações em paz.

A anciã assentiu, satisfeita.

— Está claro que o seu está — dirigiu-se Emilian a ela.

— Tudo requer um período de aprendizagem — disse com sua voz profunda. — Depois de superar algo assim, o mais difícil é continuar vivendo.

— Acredito que saiba a que se refere.

A avó desviou o olhar entre as tigelas do kaiseki.

— A perda — murmurou.

— Como?

— A perda. Isso é o pior. Não a explosão, nem o fogo, nem o silêncio, nem a poeira, nem os vermes, nem o fedor. O pior são as palavras perdidas, o vazio que fica e a procura que começa.

— A procura... — repetiu Emilian com tanta intimidade que parecia que o resto dos comensais não estava ali.

— Ele se chamava Kazuo — acrescentou ela de forma sucinta. Fez uma longa pausa que ninguém ousou quebrar, respirou e continuou falando muito lentamente. — Parece mentira que tenha passado mais de sessenta anos. Foi às onze horas e dois minutos do dia 9 de agosto de 1945...

Reclinou-se para trás e fechou os olhos, apoiando-se com as duas mãos no chão.

— Quem é Kazuo? — perguntou Emilian a Mei em voz baixa.

Esta olhou para a avó, que lhe fez um gesto quase imperceptível, instando-a a responder.

— O filho de um casal de empresários holandeses radicados em Nagasaki. Minha avó e ele haviam combinado de se ver na manhã em que lançaram a bomba. Iam se beijar.

— Beijar? — surpresa, a mãe de Mei pulou.

— Estavam em plena adolescência e não viam nada além dos olhos do outro.

— De onde surgiu essa história? — perguntou alternadamente para a mãe e a filha, sentindo-se de fora.

— A única coisa com que nos importávamos era aquele beijo — completou a avó sem levantar os olhos.

— Mas a bomba o impediu — supôs Emilian.

— Sim.

Fez-se um silêncio sepulcral. Mei derramou uma lágrima que caiu sobre uma das pequenas bandejas laqueadas. Os outros permaneceram imóveis, sem se atrever sequer a pestanejar. Nunca haviam ouvido falar daquele menino ocidental. A avó Junko preservara suas recordações para não incomodar a filha; afinal era uma velha história de amor com um homem que não era seu pai, embora se tratasse de uma paixão adolescente. Mas naquele aniversário, talvez o último, não tinha mais lugar para segredos sobre alguns dias de maravilhosa inocência, tão distantes e, paradoxalmente, mais vivos à medida que o fim se aproximava.

— É uma história muito triste — disse Emilian.

De repente, como se a anciã tivesse lhe transmitido seu estado de espírito, sentiu-se esgotado. Diversos sentimentos colidiam uns contra os outros em seu coração como os elétrons e os nêutrons de uma fissão atômica. Pela primeira vez teve consciência de que ele, o grande Emilian Zäch, estava acabado. Rejeitado por Veronique, por seus amigos, pelo governador, por seus companheiros do IPCC. Porém o que mais o desconcertava era que sua tragédia pessoal parecia insignificante perto do sofrimento da anciã. Sentiu um repentino enjoo, como se tivesse sido drogado. A chama trêmula de uma vela fazia lampejar os adornos que pendiam do teto e giravam sobre si mesmos como o pêndulo de um hipnotizador. Precisava sair dali.

— Aonde você vai? — deteve-o Mei.

— *Gochiso-sama deshita* — conseguiu dizer, retomando no último momento o protocolo com essa frase que significava "foi um banquete" ao mesmo tempo que dirigia à avó uma reverência. — Peço que me perdoe, mas preciso ir.

Atravessou a cortininha de pano da sala sem esperar que ela aquiescesse. Saiu na rua e foi direto ao asfalto. Olhou para os dois lados e fez sinal para um táxi solitário que localizou ao longe.

— Espere, por favor! — Ouviu a suas costas.

Era Mei, que vinha atrás dele.

— Eu imploro que me deixe voltar para o meu hotel.

— Antes tenho de lhe contar uma coisa.

Emilian a segurou pelos braços e falou com extrema gravidade.

— Você não tem a menor ideia da dimensão dos problemas que estou atravessando.

— Me deixe ajudá-lo.

— Você não me conhece, Mei. Como pretende me ajudar?

— Convencendo você a me ajudar.

Emilian ficou pensativo. Era esperta. A glamorosa dona da galeria de arte acreditava nele exatamente quando todos lhe davam as costas... O táxi parou ao seu lado. O motorista desceu o vidro e esticou o pescoço. Emilian lhe dirigiu um gesto vago, e o homem, vendo que não se decidia, acelerou e seguiu seu caminho.

— Você está vendo? — gritou ele irritado. — Agora terei de esperar até que passe outro!

— Preciso encontrar esse menino holandês — afirmou ela.

A rua emudeceu.

— O quê?

Mei respirou fundo e ali mesmo, entre a calçada e o asfalto, lhe contou a história de Victor Van der Veer, depois chamado de Kazuo, uma história que só a própria Junko e ela conheciam. Contou-lhe como ele ia à colina para observar o movimento dos pows e também como aceitou mergulhar no jogo dos quatro haicais, todos sobre a morte que espera no final, sem saber que talvez estivessem convocando-a com aquele ingênuo cerimonial, e como na véspera da explosão sua avó lhe entregara o quarto para dotar os outros três de seu verdadeiro sentido. E como Kazuo deve tê-lo lido em sua casa na noite das estrelas cadentes, mas nunca puderam compartilhá-lo, tampouco ela pôde lhe dizer que não fora sua mãe a artífice do jogo. E como havia mentido no primeiro dia para que ele a levasse a sério, mas sim que era ela mesma quem ia tirando cada haicai de um velho livro sem capa, uma antologia de poetas zen do Japão antigo que havia lido centenas de vezes e centenas de vezes a emocionara.

— Minha avó está há mais de sessenta anos esperando por ele — concluiu ela.

— Não quero parecer insensível, mas é um amor adolescente.

— Não é só isso — respondeu Mei com firmeza. — Estou falando da frustração produzida pela irrevogabilidade do destino. Você não pode imaginar o que é viver tanto tempo com a incerteza de não saber o que teria acontecido se a bomba não tivesse explodido.

— Mas são tão velhos...

— O que menos importa é o tempo que lhes resta neste mundo. O que há de mais relativo que o tempo, e mais ainda quando se trata de amor? Foram arrancados um do outro. Tenho que encontrá-lo antes que ela morra.

— É ele quem está morto — irritou-se Emilian, lutando contra o desassossego que lhe causavam tanto a própria história como a absurda pretensão de Mei. — Volatilizado pela explosão ou em uma sepultura coletiva!

Mei pegou um papel que levava dobrado em quatro no bolso de sua calça e ofereceu-o a ele de forma enérgica.

— Vamos ver o que você vai me dizer agora.

— O que é isto?

Emilian o pegou e o examinou com cansaço. Era um texto tirado da página oficial da Organização das Nações Unidas, da sede de Genebra da OIEA, a Agência Internacional de Energia Atômica. Mei imprimira o regulamento de um concurso em torno de protótipos para transporte e armazenamento de material radioativo resultante do desarmamento nuclear das grandes potências, com especificações sobre o revestimento e o sepultamento dos contêineres e outras questões técnicas. Era lógico que, dado o perfil familiar, estivessem a par desses temas, mas o que aquele edital tinha a ver com o amor adolescente de sua avó?

— Quando li o prefácio, não pude acreditar — adiantou-se Mei. — Meu coração parou ao ver aquilo escrito.

— A que você se refere?

— Ao quarto haicai.

— O poema que sua avó entregou ao menino holandês?

— O próprio. Uma após a outra, todas as palavras que Kazuo levou para casa na última vez que minha avó e ele se encontraram na colina.

Apontou um parágrafo para que Emilian o lesse. Ele aceitou.

*Nós que vivemos neste paraíso natural que é a Suíça sabemos desde pequenos que o planeta não nos pertence e sim que pertencemos a ele. Mas ainda resta muito trabalho a fazer. Como dizia um velho haicai japonês, "Gotas de chuva, dissolvidas na terra nos abraçamos". Devemos investir todos os nossos esforços em manter a Terra limpa para que, quando chegar o momento de voltar às origens, não haja nada que possa adulterar o abraço que nos fundirá para sempre com aqueles que amamos além dos confins dos mapas e do tempo dos relógios.*

— Você viu — conclui Mei. — O patrocinador usou o haicai para definir o espírito do concurso. Mas está claro que, antes de tudo, trata-se de uma mensagem dirigida à minha avó, um pedido de auxílio mútuo que diz: "Aqui estou, aqui continuo, ainda estou vivo, continuo esperando por você."

Calou-se, aguardando a reação de Emilian.

— Não quero decepcioná-la — raciocinou o suíço —, mas, sem dúvida, o redator destas regras também leu a antologia de poetas zen da qual sua avó tirou os haicais. E o fato de ter escolhido o mesmo que ela não deixa de ser uma casualidade.

— Não é possível — replicou Mei categoricamente.

— Por que não é possível?

— Porque o quarto haicai foi escrito pela minha avó Junko.

Emilian sentiu um estremecimento.

— Sua avó?

Mei assentiu.

— Esse haicai não estava na antologia, Emilian. Fluiu palavra por palavra das profundezas do coração dela, fruto do amor que sentia por Kazuo, diretamente para o papel que entregou a ele na véspera da bomba.

Emilian releu o texto enquanto assimilava o que Mei estava lhe contando.

*Gotas de chuva...*

— Então é a mesma pessoa...

— Não há dúvida.

— É uma história impactante — reconheceu ele. — Mas para que você precisa de mim, então? Localize seu telefone e acabe com isto.

— Não há ninguém na Suíça com esse nome.

— Você se refere a Kazuo? Tente com seu nome original.

— Também não existe ninguém que se chame Victor Van der Veer. Deve ter adotado um sobrenome diferente quando voltou para a Europa.

Emilian continuou improvisando.

— Pergunte na OIEA. Se ele patrocinou um de seus concursos, a agência tem que ter todos os seus dados atualizados.

— Falei várias vezes com a sede de Genebra — disse ela, animada, vendo que o ganhava pouco a pouco —, mas o silêncio é absoluto. Dizem que é um benfeitor que só impõe uma única condição: a discrição total sobre sua pessoa. Por isso pensei que talvez você, conhecendo tanta gente na qualidade de membro do IPCC...

O IPCC... Como poderia lhe dizer que acabara de ser expulso do painel de especialistas? Todos os seus fantasmas aproveitaram a oportunidade para atacá-lo de novo. E, para arrematar, sentiu mais uma vez que estava sendo usado.

— Se você queria me pedir para usar meus contatos não precisava me comover me trazendo para conhecer sua avó.

— Não tentei jogar sujo, as coisas foram saindo assim.

Disse aquilo com extrema suavidade, tamanha que conseguiu que Emilian a olhasse como até então não fizera: percebendo sua pele tão próxima, tão branca, de repente arrepiada, como se estivesse lhe pedindo que acariciasse seu rosto, o pescoço, os braços, para que a tensão evaporasse. Por um momento sentiu uma atração comovente e pensou com tristeza que em outras circunstâncias poderia ter surgido algo entre eles.

Olhou-a fixamente nos olhos e disse com gravidade:

— Sua avó sabe que você está fazendo isso? — Mei ficou calada tempo suficiente para que não fosse necessário responder. — Não posso acreditar...

Virou-se para ir embora.

— Emilian, espere...

Virou-se.

— O mínimo que você pode fazer depois de tudo que ela sofreu é respeitá-la! E se encontrar esse homem e ela não quiser vê-lo?

— Claro que quer, ela precisa! Mas não pode me pedir diretamente, seria como trair sua família. Você não imagina como ela teve de se esforçar para me contar toda a história no dia em que resolveu fazê-lo. Não me faça explicar a você tudo o que passou por sua cabeça durante esses sessenta anos... Você tem que confiar em mim — voltou a sussurrar no mesmo tom infalível.

Emilian cedeu por fim ao desejo de acariciar aquele rosto impoluto, mas não passou de um toque tímido.

— Eu garanto que você está me supervalorizando.

— Você pelo menos está lá dentro, poderá entrar nos arquivos. Certamente conhece alguém que...

— Não, Mei.

Ela respirou fundo.

— No outro dia, quando disse a você que ninguém poderia ter mudado o curso das nuvens que se abriram sobre Nagasaki e permitiram ao piloto avistar seu alvo, você disse que sempre há uma possibilidade de intervir no destino.

— E eu não tenho mais destino, Mei. O que havia forjado desabou pedra por pedra. Como poderia intervir no de vocês?

— Mas...

— Sinto muito, de verdade, mas não posso ajudá-la.

Devolveu-lhe o papel e começou a caminhar rua abaixo acompanhado por um inquietante sussurro que chegava do cemitério de Yanaka. Talvez fossem as folhas deslizando sobre as lápides; talvez os mortos decepcionados.

— Aquelas palavras perdidas... — murmurou nesse momento a avó no interior do restaurante, e continuou removendo com os pauzinhos um molho de tonalidades alaranjadas que condensava em cada gota as noites tênues do velho Japão.

# 7

# Procure-a nos bunkers

*Nagasaki, 12 de agosto de 1945*

Quando chegou ao sopé da montanha, parou e olhou por um instante para cima. Disse adeus à clínica. Renunciava à proteção das alturas, pisava a terra onde germinavam os círculos da morte, mas Junko merecia mil vezes todos os riscos. Tentou se orientar na escuridão. A poeira ressecava seus olhos e cheirava como se alguém estivesse queimando carne podre em um braseiro. E depois havia aquelas imensas nuvens de moscas que inundavam o ar corrompido, bêbadas de prazer depois de terem manchado os corpos descompostos.

— *Ganbaru*! — gritou para se animar, como faziam os japoneses quando amarravam na testa o pano branco que simbolizava a capacidade de fazer esforços sobre-humanos.

Começou a andar entre as ruínas em direção ao bairro onde Junko vivia com sua mãe. Não sabia até que ponto teria sido afetado pela explosão. Procurou uma vereda afastada dos incêndios que ainda serpenteavam pelo vale. Outra vez vigas, poeira, calor, cabos, fumaça, farpas negras de árvores centenárias. Passou ao lado de uma pirâmide de cadáveres. Os veículos militares tinham conseguido chegar às zonas mais próximas do epicentro, e os soldados participavam dos trabalhos de incineração. Por isso havia cada vez mais pirâmides espalhadas pela cidade.

Acelerou o passo. Era difícil se abstrair; a cada passo sucumbia à tortura de reconhecer lugares que haviam sido habitados pelas marcas que ficaram impressas no solo. Algumas famílias de sobreviventes permaneciam no terreno em que antes estiveram suas casas, deitados sobre precárias esteiras. Notou uma mulher e um menino que teria mais ou menos sua idade.

Pareceu-lhe familiar. Tinha cabeça chata, orelhas de abano e dois dentes de coelho. Ao lado deles, em um canto de um pedaço de tatame, haviam depositado com cuidado dois crânios e um montinho de ossos.

O menino japonês percebeu que os observava.

— Olho de peixe! — gritou ele. — Você está vivo!

O menino se levantou da esteira e foi até Kazuo. Então o reconheceu. Era aluno de seu colégio, estava um ano à frente.

— Olá!

Não sabia o nome dele, mas se animou por encontrá-lo tanto quanto se fosse seu melhor amigo. Pararam um em frente ao outro e se inspecionaram de cima a baixo.

— Sou Hatayama! Não se lembra de mim?

— Claro que sim. Você queria ser lutador de sumô.

De fato se lembrava disso. Hatayama tinha a musculatura dos braços e das pernas mais desenvolvida que o normal para sua idade.

— Você não tem um arranhão!

— No momento da explosão eu estava em uma das colinas.

— Eu estava debaixo de uma mesa.

— E o que estava fazendo debaixo de uma mesa?

— Pegando o caderno que Otake tinha derrubado! Fiquei acocorado no meio de um amontoado de ferros.

Arregalou os olhos e suspirou.

— Fico feliz de que esteja vivo.

— Morreram quase todos — disse Hatayama com certa naturalidade. Kazuo assentiu. — O que você está fazendo aqui de madrugada? Por que não está na clínica do seu padrasto?

— Estou procurando uma pessoa. — O outro o olhou desconfiado. — Junko, uma amiga.

— Sei quem é — disse com ar esperto.

— É mesmo?

— O que você acha, olho de peixe?

Riram. Primeiro de maneira contida, depois com vontade e mais tarde como se estivessem ficando loucos. Era a primeira vez que riam desde a explosão.

— É a sua mãe? — perguntou Kazuo quando se acalmaram, apontando a mulher na esteira.

— Sim.

— E as caveiras...

— São do meu pai e da minha avó. Estamos colocando ali os ossos que encontramos sob os escombros da nossa casa.

— Sinto muito.

— Obrigado.

Permaneceram calados durante alguns segundos.

— Bem, estou indo.

— Procure-a nos bunkers — disse Hatayama de repente.

— Como você sabe que posso encontrá-la nos bunkers?

— Alguém disse para minha mãe que as meninas da nossa idade estão vivendo neles.

O nervosismo começou a tomar conta de Kazuo.

— A que bunkers você se refere? Aos da Mitsubishi?

— Esses eram mais instáveis do que as galerias de um formigueiro. Estou falando dos túneis do edifício de escritórios cinza grudado na loja de saquê, aquele que tem uma estátua de sereia no telhado. — Fez uma careta. — Não sei como, mas ainda está inteiro...

Kazuo sabia bem qual era o edifício a que ele se referia. Saiu em disparada enquanto lhe agradecia, ouvindo as risadas das caveiras.

A zona pela qual precisava passar era vítima de um novo incêndio. Resolveu dar uma volta atravessando os terrenos baldios que circundavam o campo de prisioneiros. O Campo 14... Teve uma sensação de culpa. Durante aqueles dias mal havia pensado nos pows. Ainda não conseguia entender como os aliados puderam lançar a bomba sabendo que seus compatriotas estavam presos naquele cárcere. Passou ao lado dos muros externos. Nunca estivera tão perto. Não percebia movimento algum no outro lado. Estariam todos mortos? Deixou a pergunta se dissipar na fumaça. Em sua cabeça só havia lugar para uma pessoa.

Quando chegou, finalmente, ao edifício de escritórios, constatou que, como Hatayama lhe dissera, a construção estava milagrosamente de pé e até conservava a sereia no telhado. Parecia a boca do trem fantasma de um parque de diversões. A porta de metal, cujas dobradiças tinham sido arrancadas pela raiz, jazia amassada como uma folha de papel em um escritório. Os armários e as impressoras com suas peças derretidas pareciam enormes bolos que ficaram muito tempo no forno. Entre uns e outros, os corpos carbonizados mantinham a mesma postura em que foram surpreendidos pelo furacão de fogo que explodira as janelas.

Ao fundo, outra porta de ferro.

Estava aberta. E levava ao bunker.

Kazuo desceu lentamente a escada de pedra. Quando chegou ao final e deu uma primeira olhada na galeria, sua alma caiu aos seus pés. Estaria mesmo no único bunker da cidade que cumprira seu papel? Não passava de um porão com um banco ao longo de sua parede esquerda, iluminado por um punhado de velas que projetavam sombras bruxuleantes no cimento. Os sobreviventes permaneciam sentados em fileira, esperando como bonecos de cera que a situação se estabilizasse lá fora. Eram muito menos do que esperava encontrar. Certamente a maioria de seus companheiros, assim como devia ter acontecido em outros escritórios e fábricas da cidade, desistiu de se proteger apostando que os bombardeiros solitários que foram avistados entre as nuvens estavam em missão de reconhecimento.

Desde o primeiro momento soube que Junko não estava ali. Mesmo assim examinou um a um os rostos das meninas mais jovens. Além de ter muito mais idade do que sua pequena princesa, não se pareciam com ela nem um pouco. Olhos diferentes, pele diferente, orelhas diferentes. Maldito aprendiz de samurai..., reprovava a si mesmo. Como havia deixado que a arrebatassem na primeira batalha?

Prestou atenção no restante dos sobreviventes. Seguravam os amuletos mais medonhos, objetos pessoais que escondiam em uma gaveta de suas mesas de trabalho e que carregavam para que os protegessem dos eventuais bombardeios: uma pequena jaula com um rato branco que mordiscava uma folha — Kazuo pensou que nunca voltaria a ver uma folha; uma boneca de pano com um vestido de teatro No; uma fotografia partida em dois que seu dono tentava de forma obsessiva unir com exatidão pela parte rasgada. Parou diante de uma mulher de expressão ausente que segurava o pequeno espelho que tirara de um nécessaire e pintava o rosto como uma gueixa, a face branca, os lábios vermelhos. Era a primeira pincelada de cor que Kazuo recordava ter visto desde o clarão.

— Alguém conhece uma menina chamada Junko? — perguntou ele. Não obteve resposta. O homem da foto rasgada lhe dirigiu um olhar de cumplicidade dos confins mais profundos da desgraça. — Junko — repetiu, olhando de um lado a outro a fileira de sobreviventes — tem essa altura — fez um gesto com a mão —, cabelos pretos brilhantes, olhos negros. Ninguém a viu? Alguém sabe se esteve aqui?

Ninguém respondeu. Até haviam parado de olhar para ele. Deu meia-volta e começou a refazer o caminho em direção à escada arrastando os pés.

— Garoto... — Ouviu a suas costas.

— Quem me chamou? — Virou-se.

Quem havia falado era a mulher maquiada de gueixa. Reteve suas palavras durante alguns segundos, como se estivesse dando tempo para seus pensamentos se reorganizarem.

— Você está falando da filha daquela jovem que faz arranjos florais?

— Sim — respondeu ele, enquanto uma onda de calor corria por suas veias.

— Usava um quimono vermelho belíssimo.

— Um quimono?

— De seda bordada, tão fino quanto as obras da sua mãe.

Estava claro que aquela mulher perdera o juízo.

— Ela nunca usa quimono... — lamentou Kazuo.

— Outro dia estava usando sim — afirmou ela com uma certeza esmagadora.

— Faz tempo que é proibido usar quimono — interveio a mulher que tinha em suas mãos a boneca, agitando-a no ar com violência.

Proibido? Kazuo, paradoxalmente, se encheu de esperanças. Pensou em Junko lhe propondo fugir do colégio durante o recreio, querendo transformar seu encontro em algo especial...

— Onde a viu? — perguntou à primeira.

— Hoje de manhã, em pé diante da catedral de Urakami. Eu tinha saído do escritório para levar uma caixa de impressos ao sacerdote cristão e me chamou a atenção que se vestisse daquela maneira. Já sei que é proibido — acrescentou, dirigindo-se à outra mulher sem chegar a olhá-la —, mas deviam ter permitido a essa garota. Era uma maravilha vê-la.

Assim que terminou a frase, voltou a contemplar o espelhinho de penteadeira.

— O que ela estava fazendo na catedral de Urakami? — estranhou Kazuo, não conseguindo digerir a informação. — Você falou com ela?

— Suponho que esperava — disse a mulher, retocando a linha do batom. — Há pessoas que pressentem a chegada da morte.

Kazuo levou a mão ao bolso onde guardara o papel com o haicai, e um calafrio percorreu seu corpo. Saiu em disparada, subiu os degraus de três em três, passou ao lado dos rolinhos em forma de bolo queimado e saiu para a rua. De novo o vento quente, os sussurros de espíritos suspensos na neblina. A desolação tentou cegá-lo, mas ele, provido de uma couraça, correu com a renovada fé de um cruzado através da escuridão em direção a catedral cristã.

O que você estava fazendo na catedral?

O que você estava fazendo na catedral?

Kazuo não parava de repetir a frase enquanto atravessava a fumaça dos incêndios próximos e evitava as esteiras dos sobreviventes e as montanhas de gesso que restavam depois que as madeiras das casas tinham sido queimadas.

Nagasaki era uma das cidades mais devotas da Ásia, e a catedral de Urakami, o resultado de vários séculos de luta pela liberdade religiosa. Kazuo, educado pelo Dr. Sato nos dogmas do budismo e do xintoísmo, não tinha contato com os católicos que viviam no vale, mas conhecia os aspectos básicos de sua religião por tê-los estudado no colégio. Não era para menos, pois os primeiros cristãos que desembarcaram em Nagasaki em nome de são Francisco Xavier influenciaram de forma transcendental o desenvolvimento da cidade. No começo, o xogum e o imperador acharam que era conveniente lhes dar permissão para fundar uma missão, acreditando que dessa maneira favoreceriam as relações comerciais e reduziriam o poder dos monges budistas. Mas com o tempo foram considerados uma ameaça colonialista e teve início uma impiedosa perseguição que terminou com a crucificação de 16 fiéis, entre eles três crianças. Aquele castigo exemplar sublevou o povo e teve um efeito contrário ao desejado, pois veio reforçar a fé de uma comunidade que, apesar das proibições e do isolamento do Japão, nunca chegou a se extinguir. Mais: tornou-se tão forte que no começo do século XX lutou para construir em Nagasaki o maior templo cristão da Ásia.

Quando já estava correndo há algum tempo, Kazuo se viu perdido. Subiu no chassi calcinado de um bonde para ampliar seu ângulo de visão, agarrando-se aos trilhos que, de tão retorcidos, traçavam terríveis formas de serpentina.

— O rio — disse para si. — Tenho que chegar perto do rio.

Referia-se ao rio Urakami, que dava nome ao vale e ao templo cristão. Se conseguisse chegar a sua margem, poderia segui-la na direção norte até um enclave em forma de curva que marcava com exatidão o lugar onde, terra adentro, fora construída a catedral. Tentou traçar em um mapa imaginário o caminho que percorrera até então. Esquadrinhou a escuridão. Tem de estar por aqui, a bomba não conseguiu apagar o rio, repetia sem cessar, agarrado, imóvel, aos ferros do bonde que, de repente, como uma fortaleza, lhe oferecia uma tranquilizadora proteção. Nesse momento, os primeiros raios do amanhecer abriram caminho através do guarda-chuva de fuligem e lhe permitiram ver a água.

Em seu rosto se desenhou um sorriso. Era água corrente, a natureza piscava um olho para lhe mostrar que nem tudo sucumbira à bomba, que talvez houvesse vida mais além do vale. Com a fumaça se espalhando sobre o leito, parecia uma daquelas fontes naturais às quais iam em excursão para tomar banhos de vapor. Fechou os olhos por um instante: recordações de árvores altas e de água transparente... A miragem durou pouco. Logo constatou que o rio tampouco ficara livre do caos. Da mesma forma que horas antes havia visto na baía, alguns sobreviventes se aproximavam desesperados para beber e, dada a gravidade de suas queimaduras, morriam ao ingerir os primeiros goles. Como podia ser tão ingênuo a ponto de acreditar que ainda existiam árvores e água transparente? A ribeira estava povoada de cadáveres e membros soltos. Algum daqueles braços sem dono seria de Junko?

Pulou da barriga rachada do bonde e andou devagar em meio ao desfile de fantasmas. Seguiu o curso do rio até que chegou ao enclave em curva a partir do qual devia voltar a penetrar no vale. À medida que se aproximava da catedral aumentavam suas dúvidas a respeito de se a encontraria ali. Começou a fazer conjecturas sobre o estado em que teria ficado depois da explosão e sobre se os sacerdotes cristãos disporiam de abrigo antiaéreo, imaginando sua princesa encolhida no interior de uma daquelas casinhas de madeira nas quais os fiéis iam confessar seus pecados. Soube que estava chegando quando percebeu o murmúrio das rezas dos poucos católicos que haviam sobrevivido e procurado o templo. Por que o faziam? Que deus merecedor de uma oração teria permitido algo assim? Por um momento pensou que talvez as bombas dos aliados não destruíssem as catedrais cristãs, mas logo se viu diante de uma enorme montanha de escombros igual às outras que povoavam a cidade. A parte esquerda da fachada principal permanecera em pé, desafiando o poder destruidor do cogumelo, mas o restante do edifício estava destroçado. Entrou com cuidado no lugar que fora a nave principal. No centro se agitava uma fogueira alimentada pelas farpas das madeiras dos bancos. Não restava nada inteiro, salvo a imensa cúpula que, desabada sobre os restos do altar, jazia no chão com sua parte côncava virada para cima como uma grande boca agonizante.

Mais de trezentos anos de história,

trinta anos de sacrifício para erguer a catedral,

relegados ao esquecimento em menos de três segundos.

um
dois
três

Rodeou-a lentamente ao mesmo tempo que examinava tudo o que encontrava pelo caminho: cabeças de santos que o contemplavam do chão com expressão melancólica, a lancheira de um colegial com arroz carbonizado dentro dela, uma cruz com seu Jesus Cristo decapitado... Mas não parava de ouvir as rezas, a cansativa melodia suspensa a pouca altura que ligava aqueles objetos como se fossem contas de um rosário.

Esteve a ponto de pisar em algo que, no último momento, chamou sua atenção.

Era o relógio da catedral.

Continuava marcando onze horas e dois minutos.

A hora da luz, interrompendo o tempo do homem, dando início ao do purgatório preconizado pelos cristãos.

Onze e dois...

Decidiu que Junko nunca estivera ali, que a menina vista pela mulher vestida de gueixa não era ela. As rezas perfuravam seu cérebro. Levou as mãos às têmporas e, nesse mesmo instante, sofreu um violento puxão que arrancou seus pés do chão. Primeiro pensou que se tratava de uma nova explosão, mas logo compreendeu que era apenas alguém que o havia agarrado por trás.

— Me solte...!

Uma grande mão cheia de calos tapou sua boca. Kazuo tentou se safar, mas mal conseguia agitar as pernas. Quem quer que fosse, estava apertando seu pescoço com tanta força que parecia querer lhe incrustar o pomo de adão na garganta. O menino soltou um grito agudo e desesperado.

— Como você tem coragem de vir até aqui? — espicaçou-o o agressor, como se o conhecesse.

Kazuo lhe deu uma mordida e se abriu um espaço na mordaça dos dedos.

— Me solte!

— Assassino! — acusou-o outro homem.

Conseguiu se virar a duras penas. Nunca o tinha visto na vida. Era um japonês de meia-idade, não muito robusto, mas musculoso e forte o suficiente para mantê-lo no ar sem se esforçar. Tinha grande parte do rosto queimada. O olho direito se dissolvera e parecia uma caverna vulcânica; as bordas eram negras e o interior, vermelho.

Alguns fiéis se aproximaram.

— Solte-o, por favor — suplicou um de tronco desnudo. — Já vivemos violência suficiente...

— Cale-se você também!

— É pouco mais de uma criança — insistiu de forma um tanto pusilânime.

— É um dos que nos fizeram isto! Você não viu o cabelo dele! É dourado, como o dos assassinos de nossas famílias!

Apertou ainda mais seu pescoço. Kazuo, vendo que não conseguia respirar, jogou de repente a cabeça para trás e teve a sorte de se chocar contra o nariz do agressor. Pelo barulho que fez pressupôs que o tinha quebrado. O homem levou as mãos ao rosto, e Kazuo aproveitou para deslizar para baixo e se afastar de gatinhas sobre os entulhos. Tentou ficar em pé, mas tropeçou em um ferro e deu de cara com o lugar onde estava o relógio semienterrado. Continuava marcando onze horas e dois minutos, como em um pesadelo no qual o tempo não passa jamais. O agressor, que não parava de despejar sangue pelo nariz, avançou sobre ele. O menino fez uma finta e conseguiu evitá-lo. O outro homem se estatelou no chão, mas reagiu depressa e se esticou o suficiente para agarrá-lo pelo tornozelo.

— Agora sim vou matá-lo!

Virou-o com facilidade e o colocou sobre seu peito, aprisionando seus braços com os joelhos e o pescoço com as duas mãos.

— Não pode condená-lo por ter cabelos dourados! — continuou defendendo-o o de tronco desnudo.

— Sou agente do Kempeitai e posso condenar quem eu quiser!

Essas palavras causaram um efeito imediato no cristão, que parou de repente, guardando uma distância prudente. Aquela besta era um dos policiais militares que se dedicavam a caçar os opositores do governo imperial.

— Tenha piedade...

— Que piedade merece um espião? — arengou.

Kazuo não entendia nada.

— Um espião? — surpreendeu-se também o cristão.

— Há semanas vai à colina que fica perto da fábrica da Mitsubishi levando um binóculo! — alfinetou o agente. — Tem como tarefa informar aos seus o que acontece no Campo 14!

Kazuo sentiu um estremecimento. Eles sabiam... Havia sido controlado... Por um momento, de forma absurda, se sentiu importante, um verdadeiro espião merecedor de qualquer castigo. Fez uma última tentativa de se safar que só conseguiu aumentar a sensação de enjoo que ia se apoderando dele.

— Não é ver-da-de, não...

O japonês que tentara defendê-lo limitava-se a suplicar ao kempeitai de forma submissa, amedrontado por seu tamanho ou, melhor, pela aura de terror que envolvia todos os membros do serviço secreto desde o começo da guerra. Que poder imenso tiveram para que um deles, meio queimado e sozinho naquele holocausto, continuasse impondo sua autoridade servindo-se de uns gritos afônicos! Iam mesmo deixá-lo continuar até o final? É muito jovem, repetia o cristão de maneira cada vez mais apagada. Não sou, pensava Kazuo sem chegar a pronunciar uma palavra, com a língua para fora da boca. Pelo menos queria morrer como o que era: um samurai à procura de sua princesa. Sentiu o apelo do haicai em seu bolso, quis aproximar a mão e se aferrar a ele, mas não conseguiu nem movê-la, pois estava aprisionada contra o chão pelo joelho do agente. Ela é japonesa!, gostaria de poder gritar. Vocês não se dão conta de que me matando vão matá-la também?, pensou, perdendo a consciência...

De repente se sentiu diferente. Em um primeiro momento achou que tinha morrido, mas logo se deu conta de que continuava ali: a borda cortante dos entulhos, a atmosfera ácida. Uma brisa de ar voltava a correr por sua garganta. O kempeitai tinha se levantado, acreditando sem dúvida que terminara com sua vida. Não se atrevia a mover um músculo. Abriu um olho apenas o suficiente para ver que aquele animal estava cravado no que fora a nave central do tempo, com o olhar fixo na entrada. Quem havia chegado para que os outros cristãos também o contemplassem absortos?

Então o viu. Uma silhueta iluminada pelas fogueiras e o resplendor do sol recém-nascido. Reconheceu-o imediatamente. Era o comandante holandês do Campo 14, aquele que lembrava seu pai. Vivo. Vivo! E livre! Com suas botas e suas polainas e a camisa desabotoada, negro de fuligem como todos os que o cercavam. O que estava fazendo ali? Teria ido agradecer a seu deus?

O kempeitai levou a mão à parte traseira de seu cinturão e puxou uma pistola. Kazuo congelou. Aquele homem não podia morrer assim, depois de ter resistido à bomba! Viu com terror o japonês levantar a arma, apontar para o peito do comandante aliado e começar a andar em sua direção.

Uns 20 metros os separavam.

— Não faça isso — disse o holandês com serenidade, levantando as mãos com movimentos pausados. — Não sou um inimigo — acrescentou em um precário mas inteligível japonês. — Não mais...

Porém o kempeitai continuava avançando, empunhando a arma com tensão, abrindo o olho são de forma desmedida, como se desfrutasse da visão do cano alinhado com o coração do ocidental.

— Não faça isso... — repetiu o holandês em voz baixa, mantendo as mãos no alto ao mesmo tempo que procurava de soslaio alguma solução urgente.

— Não luto pela minha própria honra, mas pela do meu senhor! — gritou o kempeitai sem parar, iniciando o que parecia uma pregação samurai. — Não luto pela minha própria glória, mas pela de Sua Majestade e dos ancestrais que me observam!

Estava completamente enlouquecido.

Os olhos do comandante se cravaram no gatilho. A mão do samurai começou a tremer, o percussor...

Nesse exato momento, Kazuo, que se levantara sem que ninguém reparasse nele, atirou-se sobre o kempeitai e, com todas as suas forças, lhe deu um golpe nas costas com o encosto destroçado de um dos bancos da igreja. O corpo do agente arqueou, soltou um grito de dor e fincou os joelhos no chão enquanto a arma caía e se perdia entre os entulhos. Kazuo, arrastado pelo peso da madeira, também desabou, indo bater a têmpora em uma pedra que sobressaía como a ponta de um iceberg.

O mundo retumbou surdo em seu cérebro. Ouvia, deformados e cada vez mais distantes, os gritos nervosos do comandante aliado, que aproveitou para se atirar no kempeitai, pegar uma pedra e atacá-lo com uma fúria brutal até esmagar seu crânio. Havia salvado sua vida... Ele, Victor Van der Veer, depois chamado Kazuo, era o herói... Inclusive seus próprios pensamentos já soavam distantes; era como se todo seu ser estivesse sendo atraído para fora de seu corpo de forma estranha: não se dirigia para fora — como sempre havia pensado que seria o trânsito —, mas para dentro, por um pequeno canal que o transportava a um mundo desconhecido que se abria nas profundezas de seu coração.

Talvez você esteja lá me esperando, Junko...

Talvez possa finalmente beijá-la...

# 8

# Concentric Circles

*Genebra, 4 de março de 2011*

Os 9 mil espectadores da Arena de Genebra pulavam em seus assentos e entoavam cantos de guerra cada vez que o número um fazia um ponto. Estavam acostumados a vê-lo em quase todas as finais da ATP, mas desta vez vestia a camiseta da Suíça e não lutava para garantir sua posição no ranking, mas com o objetivo de conquistar a Copa Davis para um país ansioso por vitórias esportivas. Ninguém queria perder o acontecimento. Os camarotes ao pé da quadra estavam repletos de rostos conhecidos, não só da Federação de Tênis mas também os mais ilustres da política e da vida pública. Em um deles, situado junto ao camarote em que se aglomeravam os repórteres fotográficos, vibrou um celular.

Emilian levou a mão ao bolso interno do paletó. Acionou-o mantendo um olho na quadra, embora, na verdade, não estivesse ali porque gostasse de tênis, mas para simular um encontro casual com determinadas pessoas que lhe interessava ver naquele momento nefasto, para pelo menos tentar retomar sua vida profissional. Leu a mensagem e seu rosto ficou mais sério. Olhou para os dois lados. Seus companheiros de camarote estavam mudos. O placar marcava 40 a 0. Se o suíço conseguisse fazer aquele ponto, ficaria com um 5 a 2 quase impossível de reverter. O primeiro saque foi para fora por alguns centímetros. Virou-se para trás.

— Posso sair? — perguntou ele em voz baixa ao assistente engravatado que controlava os acessos.

— Quando o jogo terminar, senhor — sussurrou o assistente.

Não foi necessário esperar muito. O segundo serviço voou com ousadia e acertou a linha de um canto da quadra. Emilian se levantou como uma mola e saiu do camarote despercebido entre as palmas e o estrondo dos chocalhos que uns animadores com bonés de chifres de vaca faziam soar. O suíço estava a um set da vitória.

Atravessou a porta da área VIP em direção ao setor que ficava sob as arquibancadas. Pegou o corredor que levava à área de negócios onde ficavam o bar e os restaurantes dos sócios. Estava deserta, salvo por alguns policiais que guardavam as entradas. Dirigiu-se ao setor de catering. Dali mal se escutava o burburinho que ia e vinha ao ritmo marcado pelos erros e acertos dos tenistas. Não demorou a localizar a pessoa que lhe enviara a mensagem. Estava em pé ao lado do balcão.

— Olá, Veronique.

Ao se aproximar para beijá-la, sentiu uma torrente de sensações conhecidas: frio no olhar, calor em suas pernas apesar da saia curta, acima dos sapatos Louboutin — denunciados pelas solas vermelhas — cujos saltos acentuavam em suas panturrilhas uma tensão que seu rosto também refletia.

— Vejo que você está bem — disse ela.

— Vejo que você é muito precisa. A final está prestes a terminar.

— Mas você não gosta de tênis.

— É claro que gosto. O fato de nunca termos ido juntos a uma partida não quer dizer que não goste.

— Está bem, agora estou lembrando. Seus amigos de Tóquio eram grandes aficionados.

— Tomomi é federada, participa de competições — respondeu ele, acentuando o nome para combater o desprezo que pudesse estar presente na frase anterior.

Não pôde evitar baixar os olhos por alguns segundos. Não pronunciara aquele nome desde que se despedira dela em seu estúdio, antes de sair correndo para o gabinete do governador e ficar sabendo da traição de seu amigo Yozo. Veronique aproveitou para suspirar com calma.

— Parece mentira como sabíamos pouco um do outro.

— Por que você me ligou?

— Vi você no outro lado da quadra. Como conseguiu um camarote? — Deu um sorriso um pouco forçado.

— Ainda me restam alguns contatos decentes.

— Pois será melhor que os conserve bem — alfinetou-o. — Fiquei sabendo da história do projeto.

— Da história do *não* projeto, está querendo dizer.

— E também da história do IPCC. Como você pôde publicar aquele artigo? Estiveram prestes a processá-lo por difamação.

Um novo clamor chegou da quadra. Emilian, sentindo-se salvo pelo gongo, desviou o olhar para o monitor de televisão que, em um canto da sala, transmitia a partida. Um dos juízes de pista havia determinado que uma bola duvidosa do suíço tinha caído fora da quadra e o jogador se aproximava da rede enquanto seu oponente riscava com a raquete o lugar onde ela havia batido.

— Não tinha outra opção além de espernear — respondeu ele. — De qualquer forma, tudo o que eu disse é verdade.

— O importante não é que seja verdade ou não. Havia, sim, outras opções. Você é um especialista em encontrá-las onde ninguém as vê. Se tivesse voltado a Genebra sem fazer tanto barulho, talvez agora pudéssemos encontrar uma forma de convencer o governador de Tóquio de que...

Emilian levantou a mão para cortá-la ao mesmo tempo que franzia o cenho.

— Mesmo agora você vai me dizer o que tenho de fazer?

— Não se irrite.

— Como não vou me irritar? — Ele fechou os olhos por um instante e, recuperando a compostura, falou de forma tranquila: — Diga logo por que me ligou e voltemos à quadra.

— Não pretendo lhe dar lições — insistiu ela com o mesmo tom apaziguador. — Aliás, nunca pretendi.

— Concordo — cedeu ele um pouco condescendente.

— É só que nestes dias não tenho parado de me lembrar de você. Sofro por você, embora não acredite.

— Acredito sim. Obrigado, Veronique.

— Sei melhor do que ninguém o que significava para você o Carbon Neutral Japan Project. Só queria dizer isso.

— Poderia ter me dito com a mesma clareza um pouco antes.

— Sim, poderia.

Permaneceram uns segundos olhando-se em silêncio, alheios aos garçons que preparavam o catering. O ruído das taças batendo umas nas outras aproveitou para tomar conta do espaço. Emilian aceitou um vinho branco que uma jovem loura com um avental preto lhe ofereceu e o bebeu de um gole antes de se afastar até uma janela situada no outro extremo da sala. Dali se desfrutava uma vista panorâmica do aeroporto. Veronique logo o seguiu.

— Essa coisa que eu disse agora há pouco não era uma reprovação — disse ele.

— Tudo bem.

— Já nos atiramos muitos dardos no passado.

Aquela última palavra retumbou em sua mente como se tivesse sido pronunciada dentro de uma caverna. O passado... Estava tão distante a relação que os levara do tormento à paixão, das agressões permanentes a uma sexualidade maníaca? Emilian se lembrou de sua língua lambendo as gotas de suor que se condensavam nas omoplatas de Veronique; primeiros planos das marcas que suas unhas deixavam em seu pescoço, quando se aferrava a ele para não cair no vazio depois de atingir o clímax. Ela deve ter adivinhado o que pensava, pois se animou de repente.

— Talvez você não seja o único que age de forma impulsiva.

— Você está tentando me dizer alguma coisa?

— Às vezes me pergunto se...

Hesitou. Nesse momento as arquibancadas da Arena de Genebra explodiram em uma única e estrondosa ovação. O chão do bar e a grande janela vibraram como se um dos aviões que decolavam do aeroporto estivesse passando por cima. A partida havia terminado.

— Você se pergunta se... — repetiu Emilian, instando-a a terminar a frase.

— Acredito que devemos ir. Ligue se precisar de qualquer coisa.

— Agradeço a oferta.

— Ora...

— O que foi?

— Isso soou muito protocolar.

Emilian acariciou a mão dela apenas por um instante e se encaminhou à saída do estádio.

\* \* \*

Foi diretamente para casa. Vivia em uma água-furtada perto do rio, em pleno centro da cidade. O edifício era antigo, com fachada de tijolo bolorento e a madeira das portas e janelas um tanto abaulada pela umidade, mas tinha charme. Emilian gostava do elevador, encerrado em uma grade com portas carcerárias e engrenagens dos tempos da revolução industrial. Gostava até do carpete da caixa da escada. Nós, os centro-europeus, somos assim, brincava quando algum amigo estrangeiro aparecia para visitá-lo.

Desabou no sofá, deixou os sapatos no chão e cobriu o rosto com o braço. Por que diabos Veronique tinha reaparecido em sua vida? E por que havia dito aquilo de que talvez ela também tivesse agido de forma impulsiva? Referia-se a deixá-lo? Horrorizou-o pensar que aquelas palavras pudessem revelar um ataque de tristeza. As coisas não poderiam ir melhor para ela. Haviam acabado de nomeá-la diretora de projetos do Comitê de Direito Internacional das Nações Unidas e tinha a sua disposição um quadro de executivos que a adoravam como se fosse a Grande Sacerdotisa do Tarô: uma mulher madura, de rigorosa beleza, que chegara ao poder em um mundo essencialmente masculino. E havia também suas pernas. Malditos joelhos e malditas coxas pálidas que ela exibia sem meias, como se estivesse desafiando o tempo. Ele também fora objeto de suas exigências e desafios, aqueles que não pôde satisfazer e destruíram sua relação. Naqueles tempos precisava se dedicar por inteiro ao Carbon Neutral Japan Project... Quanta ironia! Achava humilhante o simples fato de pensar que Veronique ainda podia sentir alguma coisa por ele. Talvez seu comentário no bar da Arena de Genebra tivesse sido uma forma sutil de vingança, uma delicada tortura. Maldita Veronique...

Levantou-se e ligou o celular. Desde seu retorno a Genebra, salvo a ida à final da Copa Davis esperando encontrar alguém que pudesse lhe abrir uma porta, não fizera outra coisa além de enviar e-mails. Escrevera a todos em quem confiava no IPCC esperando reunir apoio suficiente para que os responsáveis pelo Painel pensassem em readmiti-lo. E também a todos os funcionários e executivos de Tóquio que tinham alguma relação com seu projeto, em uma tentativa desesperada de reabilitar algo que, como ia assimilando dia após dia, afundara nas profundezas abissais do mar do Japão.

Folheou um jornal virtual. Correu o cursor pela seção internacional e se deteve em uma das manchetes:

"INTERPOL lança um alerta mundial contra Khadafi."

Leu todo o artigo e voltou à primeira página. Pouco antes de fechar viu, na seção de cultura, uma curiosa notícia que havia ignorado:

"Cientistas japoneses descobrem a causa da morte de Hachiko."

Depois do que acontecera em Tóquio tinha certo receio de ler uma notícia que viesse de lá, mas acessou o conteúdo. Falava de um cão japonês que se tornara famoso nos anos 1930 por sua lendária lealdade. Emilian havia visto sua estátua na estação de Shibuya e sabia que inspirara dois filmes: um japonês e outro, bem mais recente, norte-americano. Durante anos tinha esperado todos os dias na porta da estação ferroviária que seu dono, um professor universitário, voltasse do trabalho. Mas o mais fascinante era que, depois do falecimento deste, o animal continuou indo até lá todos os dias, durante uma década, para esperá-lo. O cientista Kazuyuki Uchida havia descoberto, após examinar os órgãos do animal — preservados como os de um santo —, que a causa de sua morte fora um câncer e não a perfuração de seu estômago por um osso de frango yakitori, como até então se acreditara.

Aqueles parágrafos lhe arrancaram um sorriso. Contemplou a fotografia. Mostrava uma multidão ao redor da estátua do cachorro. Tratavam-no como se fosse um herói, e talvez não fosse para menos. Um ser humano poderia ser tão fiel? No Japão sim, respondeu a si mesmo. O casamento nipônico tinha como base um senso extremo de fidelidade, que era uma opção e um ato de entrega, e deixava de lado a paixão, considerada uma ficção psicológica passageira. E nem por isso era menos romântico. Os japoneses se emocionavam ao ver que um casal era capaz de manter intacta essa devoção.

De repente se sentiu como se o vento tivesse aberto uma janela em sua cabeça e estivesse enchendo seu cérebro de folhas, removidas nos momentos que antecediam uma tempestade. Era Mei. Mei, suas folhas e suas flores secas, sua pele de porcelana e sua presença volátil.

Esforçara-se para não pensar nela durante toda a semana, mas agora aproveitava a primeira fresta aberta para escapar de sua prisão. Os odores do jantar kaiseki invadiram o aposento, e Emilian se sentiu de novo vagando entre as tigelas laqueadas, mareado pelo cromatismo da comida e a conversa de sua família heterogênea, magnetizado pela cadência que a avó imprimia às palavras. Aquela anciã transformava o horror em poesia. O horror...

Depois de pensar alguns segundos, abriu o site de buscas e, querendo acreditar que uma mera curiosidade o movia, teclou "Junko+Nagasaki".

Deprimiu-o descobrir que havia dezenas de milhares de resultados. A lista era encabeçada por um perfil de rede social que, sem dúvida, não correspondia ao da anciã. Aquele nome, Junko, era mais comum do que supusera; e o pior é que não sabia seu sobrenome. Morimoto — o de Mei — provinha da família de seu pai, o outro ramo do clã. Moveu o mouse até o botão de fechar, mas as folhas desenharam novos redemoinhos no interior de sua cabeça. Mais uma tentativa, disse a si mesmo. Reiniciou a busca acrescentando outras palavras. Tentou sem êxito com "afetados bomba atômica", "órfãos" e outros vocábulos inerentes a tragédias, os quais continuavam sugerindo um sem-fim de links. Buscou na memória e se lembrou do comentário da mãe de Mei sobre a entrevista da anciã para a televisão. O programa se chamava *Universos*, e pelo tom que usara devia ser muito conhecido no Japão. Teclou "Universos+Junko+Nagasaki".

— Aqui está você... — comemorou diante do primeiro link da nova lista que se abriu na tela.

Era uma síntese da entrevista da anciã ao programa, uma evidente réplica nipônica de *Cosmos*, a série de documentários de divulgação científica de Carl Sagan. Fora exibida em agosto de 1995. Não havia dúvida. O fotograma congelado que fazia as vezes de capa mostrava um primeiro plano da Sra. Junko, muito mais jovem, mas com a imutável máscara de Nagasaki estampada no rosto. O título: "Sobreviver a um holocausto nuclear."

A gravação começava com ela e o apresentador sentados no tatame de um quarto vazio. Sem almofadas, com as pernas cruzadas no chão. Emilian se deu conta imediatamente de que era a casa em que agora vivia sua neta Mei. A pessoa que operava a câmera brincou com o zoom para captar o melhor ângulo de Hitonari Sada, um famoso doutor em física com espaço próprio na NHK, a rede estatal.

"Dizem que o primeiro erro de quem nunca sofreu os efeitos de uma bomba atômica é pensar que se trata de um explosivo convencional, embora mais potente", disse por fim o apresentador, iniciando a conversa.

"Quando você viveu ambos os tipos, compreende bem a diferença", continuou a anciã no mesmo tom que hipnotizara Emilian no restaurante.

"Os explosivos convencionais provocam uma onda similar a um som, uma repentina expansão do ar que golpeia o que encontra ao seu redor como se fosse um soco", explicou Hitonari Sada à câmera com ar professoral, introduzindo os espectadores no tema. "No entanto, a onda de uma bomba atômica é, ao contrário, uma mão gigante que aparece de repente e espreme uma cidade como se fosse um papel. Espreme-a, extraindo até a última gota de vida. Depois da explosão de uma bomba atômica, o ar do epicentro se aquece em nanossegundos até mais de 100 milhões de graus centígrados, e por isso sua expansão se prolonga de forma insólita. Tanto que lhe dá tempo de envolver todo ser vivo e construção que esteja em seu caminho ao longo de vários quilômetros." Dirigiu-se à anciã. "Esta é a teoria, mas como se percebe algo assim na realidade?"

"O senhor explicou muito bem", respondeu a anciã. "Espreme todo ser vivo e qualquer construção: soldados, cerejeiras, triciclos e os grandes peixes alaranjados dos jardins. Bebês, garças, universidades e barrinhas de incenso recém-cravadas na areia dos santuários. Tritura todos eles e os desterra deste mundo, expulsando seus restos até o infinito."

A imagem da gravação vibrou durante alguns segundos devido à má qualidade da cópia. Emilian achou que era um efeito colateral da explosão.

"E depois da destruição vem o cogumelo", continuou o apresentador, virando-se de novo para a câmera, modulando as palavras com delicadeza para não parecer insensível. "O ar incandescente do epicentro se eleva, deixando um vazio que, uma vez passada a onda expansiva, se enche de repente de ar frio. É então que se forma o refluxo, um novo furacão que aviva as chamas dos incêndios e acaba de destruir as construções que ainda permanecem em pé enquanto a corrente arrasta até o céu quantidades enormes de poeira e cinza."

Entregou a palavra novamente à anciã.

Emilian permanecia com os olhos cravados na tela.

"O cogumelo trouxe a escuridão", completou ela com profundidade, como se o tivesse de novo diante de si, tapando o sol, apesar das décadas transcorridas. "A negrura no exterior, ocultando os campos e o mar sob uma camada desprovida de cor, mas também a negrura dentro da própria pessoa. Os incêndios serviam de tocha para marcar o caminho das almas ao além-mundo."

Durante os segundos seguintes pareceu que o vídeo havia parado, mas na verdade era Emilian quem havia escapulido momentaneamente da roda do tempo, paralisado por um testemunho que invadia seus cinco sentidos. Assim deviam ser percebidos os efeitos de uma bomba atômica, de forma simultânea por todos os sentidos e ao mesmo tempo por nenhum deles. Semelhante espanto transcendia toda dimensão humana.

O apresentador reagiu e se dirigiu aos telespectadores:

"Antes falei a vocês de 100 milhões de graus. E levem em conta que o sol de nossa bandeira alcança apenas os 20 milhões! Pois bem: ainda assim, por mais altos que sejam os graus alcançados, isso não está nem perto do zênite da bomba. A maior parte de sua energia é liberada em forma de radiação." Virou-se de novo para a Sra. Junko. "A maior parte de sua energia é também a maior parte de seu veneno."

Ela abaixou os olhos, tentando dissimular sob uma extrema seriedade as primeiras emoções furtivas, e começou a falar mais depressa.

"A radiação penetrou em nossos corpos. Nos primeiros dias assassinou os que estiveram mais expostos à explosão e provocou leucemias e outros cânceres horrendos no restante. Às vezes me pergunto se não teria sido melhor..."

Parou. O apresentador tomou a palavra.

"Vocês estão vendo que nossa convidada é uma lutadora que conseguiu sobreviver para poder contar a história hoje. Como reza o ditado, quem esquece seu passado está condenado a repeti-lo."

"Uma lutadora?", perguntou-lhe ela.

Um silêncio desconfortável.

"Conforme entendi, a senhora perdeu tudo e mesmo assim seguiu em frente. Formou uma família", conseguiu dizer Hitonari Sada fazendo uso de sua experiência televisiva.

"O senhor sabe quantas vezes me arrependi disso?"

O apresentador ajeitou, abalado, seu microfone de lapela.

"Sentiu-se assim de verdade?"

"As células reprodutoras são as que sofrem as mutações mais severas, passadas para a carga genética que se transmite a sua descendência. Eu lhe garanto que passei muitos anos sem conseguir olhar minha filha nos olhos."

minha filha

nos olhos

Neste instante o vídeo foi cortado. De repente, sem despedidas. Talvez tivessem se despedido, ou talvez tivessem conversado antes durante muito tempo, ou talvez o apresentador tivesse se levantado lentamente naquele mesmo instante e voltado aos estúdios da NHK para editar a entrevista sem pronunciar uma única palavra.

Emilian se reclinou na cadeira.

O horror..., voltou a pensar. Como dissera a Sra. Junko, o pior horror estava dentro da própria pessoa, revivido a cada dia.

Pensou na conversa que tivera com Mei após ter fugido do jantar kaiseki. O destino irrevogável... Ela pedira sua ajuda para mudar o da anciã e ele a negou. Já começava a se arrepender. Se não tivesse sido ela, jamais teria ouvido o conselho das 15 pedras do jardim zen: aja, confie em que mais cedo ou mais tarde os resultados virão. Era óbvio que não estava dando importância àquilo, pelo menos como devia. Começava a achar que Mei aparecera em sua vida por algum motivo. Não chegava a compreendê-lo, mas estava ali, latente... como se o estivesse testando. Lembrou-se da história do haicai publicado no prefácio do concurso da OIEA. Mei havia encontrado aquele menino de Nagasaki transformado em mecenas? Certamente não. Se seus dados estavam classificados como confidenciais na Agência de Energia Atômica, ninguém que não pertencesse à organização poderia ter acesso a eles.

Abriu o site de busca para ver se encontrava alguma coisa a respeito do concurso. De acordo com o que Mei lhe mostrara, versava sobre o transporte de resíduos radioativos e a vedação dos contêineres. Em um minuto encontrou o PDF com o mesmo texto preliminar que havia lido em Tóquio na noite do aniversário da anciã. Ali estava o haicai escrito pela avó na véspera da bomba atômica. Leu-o de novo e estremeceu.

Hesitou.

Pegou o celular.

Hesitou de novo.

O que diabos ia fazer?

Discou um número que tinha anotado na agenda.

2-2-9-1-7-4...

— Organização Internacional de Energia Atômica das Nações Unidas — responderam no outro lado.

— Gostaria de falar com o Sr. Baunmann.

— O senhor tem o ramal?

Passou a informação. Ouviu uma música tranquila.

Se havia alguém a quem recorrer para se inteirar de qualquer coisa relacionada à energia atômica, esse era Marek Baunmann, que trabalhava havia anos como técnico na sede da OIEA, em Genebra. A agência funcionava no Palácio das Nações e se dedicava a potencializar o uso dessa fonte energética com fins de paz e prosperidade, como dizia seu termo de compromisso, evitando qualquer ingerência militar e concentrando-se em fazer cumprir um complexo protocolo de segurança e proteção ambiental. Marek também havia trabalhado um dia para o IPCC — foi onde se conheceram. Fiscalizava os programas de assessoramento aos governos interessados em fomentar programas nucleares com o objetivo de reduzir as emissões poluentes.

— Marek Baunmann — surpreendeu-o outra voz.

— Olá, Marek, tinha certeza de que o encontraria trabalhando em uma noite de sexta. Certas coisas nunca mudam.

— Quem é?

— Emilian.

— Que surpresa! Estava mesmo achando que era você — disse imediatamente em tom festivo. — Como vai?

— Bem, já vivi épocas melhores.

— Sinto muito pelo que aconteceu. Estou defendendo você diante dos membros do Painel.

— Eu sei. — Suspirou. — Preciso pedir um favor. Você está podendo falar agora?

— Sim, sim, diga.

— Preciso que você localize alguns dados nos arquivos da Agência. Mas só se não for tomar muito tempo.

— Do que se trata?

— De dados pessoais de um mecenas.

— Como?

— O patrocinador de um dos seus concursos. Os dados dele estão protegidos.

— Você está interessado em alguma das nossas propostas?

— Não é para mim, e na verdade o que procuro não tem a ver com o prêmio em si. É um pouco estranho... Não estou querendo isso para algo irregular, não se assuste.

— Nem havia me passado pela cabeça.

— É para uma amiga.

— Ora... então terei de me esmerar.

— Não vou apresentá-la, não fique com ilusões.

Marek riu.

— Como se chama esse mecenas?

— Victor Van der Veer, mas atualmente deve estar usando outro nome. É exatamente isso o que preciso saber. A mulher de que estou falando está tentando entrar em contato com ele, mas não encontra uma maneira de localizá-lo. Se você pudesse me dar seu nome atual e um telefone, endereço... O que puder.

— Não se preocupe, tentarei conseguir tudo. Qual é o concurso?

— O do transporte de resíduos radioativos e vedação de contêineres.

Deu-lhe a referência que aparecia na página da Agência.

— Sei qual é — confirmou Marek.

— Perfeito. Sei que você me dirá alguma coisa quando puder. O seu e-mail continua o mesmo?

— Na verdade, não. Fui promovido, você sabe.

— Não, não sabia.

— Agora coordeno os programas de proteção ambiental.

Emilian engoliu em seco. Parecia que sua queda havia favorecido, em justa compensação cósmica, todos aqueles que o cercavam.

— Muito melhor — parabenizou-o. — Assim ninguém irá recriminá-lo quando meter a mão para averiguar o que estou pedindo.

— Ok. Neste exato momento estou mandado para você uma mensagem com meus novos dados — disse Marek, enquanto digitava. — Mas vá pensando em me apresentar essa garota. Vindo de você, certamente é uma gracinha!

— Obrigado por sua ajuda, Marek.

— Já falei: conte comigo, hoje e sempre.

— Obrigado — repetiu.

Antes de deixar o celular sobre a mesa já estava se perguntando por que se intrometia naquele assunto que nada poderia lhe trazer... Ou talvez aí estivesse a chave. Talvez fosse o momento de fazer algo pelos sonhos de alguém que não fosse ele mesmo. Na verdade não importa, pensou, despedindo-se mentalmente de Mei e de sua avó. Tinha certeza de que em pouco tempo deixaria sua particular intriga nipônica de lado para concentrar-se em quebra-cabeças muito mais próximos.

No dia seguinte Emilian não saiu de casa. Não largou o celular. De repente achou que a solução era trabalhar para alguém — uma coisa da qual sempre fugira — e resolveu escrever um currículo detalhado. Nunca examinara de forma analítica sua vida profissional. Enumerar seus muitos trabalhos e êxitos passados, longe de ser uma coisa agradável, acentuava sua dor. Sentia uma mistura de humilhação, rejeição e decepção que lhe davam a sensação de um grande vazio e também uma vertigem que jamais experimentara. Já era de madrugada quando adormeceu no sofá com um punhado de papéis que acabaram no chão como pétalas desfolhadas de uma margarida murcha.

Quando acordou de manhã, estava diferente. Precisava de ar fresco. Resolveu passar pela biblioteca do Palácio das Nações para procurar referências em alguns estudos que fizera para o IPCC logo depois de ser admitido. Queria incluir um link no currículo, mas não o encontrava na internet;

nem sequer sabia onde era mencionado. Tinha certo constrangimento de encontrar alguns de seus companheiros do Painel, mas não tinha motivos para se envergonhar. Olhou a hora. Passava das onze. Fez suas flexões no meio das pilhas de livros e documentos que ocupavam cada metro quadrado do apartamento, tomou uma ducha fria e foi à padaria que meses antes haviam aberto no outro lado da rua, transformando-o em um viciado em doces recém-preparados. Quando saía do prédio, ligou o celular e encontrou um e-mail de seu amigo Marek. Leu-o parado na calçada, saboreando o cheiro de farinha que saía do forno.

De: Marek Baunmann.
Para: Emilian Zäch.
Enviado: 5 de março de 2011 às 00h17.
Assunto: INFO.

Querido amigo,
já tenho o que me pediu. Ou, melhor dizendo, o pouco que consegui. A pessoa que você procura é um mecenas habitual da OIEA; financia há anos prêmios de pesquisa e programas de estudos aplicados relacionados com a radioatividade, mas, paradoxalmente, não há nenhuma informação a seu respeito em nossos arquivos. Aparentemente, a única condição que impõe para continuar fazendo suas contribuições é a confidencialidade, e esta inclui até os membros da nossa organização. Não obstante, perguntei aos rapazes do departamento e, embora ninguém nunca o tenha visto e nem saiba seu nome, me disseram que atua através de uma sociedade anônima chamada Concentric Circles, que, por sua vez, pertence a outras empresas estrangeiras. Acho estranho que "círculos concêntricos" não me diga nada, porque sua sede social, a exemplo de muitas grandes empresas, fica em Rolle. O endereço: Caminho do Sol, sem número. Suponho que se trate de um edifício fácil de localizar. Escreva-me se precisar de mais alguma coisa e, sobretudo, me apresente essa garota. Se foi ela o motivo que o levou a me ligar, deve, realmente, valer a pena. Imagino que já caiu na sua rede, mas é provável que tenha uma amiga que esteja livre, não é mesmo? Você me deve isso ☺.

Estava claro que tudo o que Mei lhe dissera em Tóquio era verdade: aquele mecenas, o antigo amor da Sra. Junko, chegara a publicar seu haicai no edital de um concurso público para lhe dirigir uma mensagem, mas, ao mesmo tempo, tinha uma obsessão: a de impedir que alguém soubesse sua identidade. Não seria uma tarefa fácil. Pelo menos Marek obtivera uma coisa tangível: o nome e o endereço da empresa que lhe dava cobertura para agir. Mas se, como se supunha, contava com a participação de outras empresas estrangeiras, seria complicado ter acesso aos dados pessoais dos acionistas, que, por sua vez, poderiam ser meros representantes ou até mesmo laranjas. Era lógico pensar que, se queria passar despercebido — e aparentemente dispunha de recursos financeiros suficientes para isso —, teria montado, conscientemente, uma estrutura jurídica cheia de emaranhados.

— Concentric Circles... — repetiu Emilian, tentando descobrir o significado do nome.

Enquanto comprava os doces começou a se fazer perguntas. Qual diabos seria sua atividade? E com sede em Rolle... Conhecia bem aquela pitoresca aldeiazinha de vinicultores à margem do lago Leman, a cerca de 30 quilômetros de Genebra. Apesar de ser muito pequena, era cercada de escolas internacionais onde haviam estudado muitos membros das monarquias europeias e, como Marek havia apontado, abrigava as sedes de várias empresas de renome internacional, como Cisco Systems, Nissan ou Yahoo, e esta, segundo havia lido alguns dias antes, acabara de anunciar que construiria ali mesmo um novo banco de dados ecológico dotado da última tecnologia de baixo consumo.

Foi para casa e tomou o café da manhã em pé na bancada da cozinha. Mas, para sua infelicidade, não conseguia parar de pensar no assunto. Estava intrigado com o mistério que cercava aquela estranha empresa. Concentric Circles, até o próprio nome o inquietava... Ligou o computador, conectou-se à internet, digitou aquelas palavras e inseriu outras referências que pudessem facilitar a busca. Um tempo depois não avançara um milímetro. Não tinha página própria e nem compartilhada com outras marcas na internet. Só encontrou links para diretórios genéricos de empresas, e quando o nome aparecia não havia nenhuma informação específica.

Não pensou duas vezes. Adiou a visita à biblioteca para o dia seguinte, pegou as chaves de seu velho Golf e saiu de casa como quem foge de um incêndio.

Saiu de Genebra contornando o parque das Nações Unidas — o caminho menos engarrafado àquela hora — e se sentiu como quando matava aula na infância. Evitou olhar para o palácio e se concentrou em seu destino: Rolle. Fosse outro dia qualquer, teria usado a tranquila estrada que unia, como se fossem as pérolas de um colar, as aldeias que se espalhavam ao redor do lago Leman, mas preferiu optar pela autoestrada que levava ao cantão de Vaud. Queria chegar o quanto antes.

Antes de se dar conta já estava pegando a saída 13. O sol ainda não chegara ao seu apogeu e extraía tonalidades tênues das flores das fazendolas restauradas às margens do lago. A maioria servira de mero refúgio de pescadores, mas com o tempo muitas delas se transformaram em algumas das propriedades mais cobiçadas do país. Sua invejável localização se misturava com o estilo rústico próprio dos Alpes que, como uma aquarela romântica, se alçavam mais além dos campos de vinhedos.

O centro da aldeia estava tomado por bandeirolas que tingiam tudo de intenso vermelho e cruzes brancas. O aparelho de GPS que levava no porta-luvas não localizava a rua que Marek lhe indicara. Abriu a janela e perguntou a um homem de rosto rosado que continuou a andar sem responder. Estacionou ao lado de dois ônibus de agências de turismo e caminhou pela rua de pedestres que saía da fortaleza. Quase todas as pessoas que encontrava pelo caminho eram turistas aposentados. Tentou se informar com um casal de cabelos grisalhos, mas nenhum dos dois soube indicar aonde devia se dirigir. Uma mulher com enormes óculos escuros redondos cor de cereja que carregava uma bolsa de compras com tanta altivez que até parecia que pendia de seu braço o último modelo Louis Vuitton se aproximou.

— Desculpe — abordou-o com amabilidade. — O senhor estava perguntando pelo Caminho do Meio-Dia?

— Não, pelo Caminho do Sol.

— É a mesma coisa. Aqui quase todos os caminhos têm dois ou três nomes.

— Tem certeza?

— Vivi em Rolle toda minha vida — declarou orgulhosa. — Fica um pouco longe para você.

— Tenho uma coisa que se assemelha a um carro no estacionamento.

— Como disse?

— Estava brincando.

— Já tinha entendido. Volte uns 500 metros por onde veio e pegue a primeira estrada de terra à direita.

— O Caminho do Sol é de terra?

— E o que você esperava? Não vá se perder! Na entrada há uma castanheira centenária.

Emilian ficou pensativo durante alguns segundos. Não conseguia entender direito aquelas indicações.

— Estamos falando da área onde ficam as empresas, não é mesmo?

A senhora lhe devolveu um olhar desconfiado.

— O que o senhor procura exatamente?

— Agradeço sua amabilidade — despediu-se. — Vou procurar a castanheira.

Voltar 500 metros, a primeira entrada à direita... Era um caminho para tratores. Como pode estar em um lugar desses a sede da empresa do mecenas? Mas ali estava a árvore. Centenária, sem dúvida. Virou e se enfiou no meio dos vinhedos, deixando para trás uma esteira de poeira.

Concentric Circles... viu de relance o nome escrito em uma placa metálica. Era tão pequena que precisou semicerrar os olhos para vê-la. Freou de repente.

— Mas o que é isto? — perguntou ao vento.

A placa estava aparafusada em uma caixa de correio descascada. Indicava a entrada de outra trilha ainda mais estreita. Um par de alambrados mal-sustentados por estacas impedia a passagem de veículos. Emilian encostou o carro no canal de irrigação que delimitava o terreno para não obstruir a passagem e continuou a pé. Logo percebeu que se tratava de um velho galpão. No fundo da trilha havia um casarão de pedra que outrora devia ter servido de escritório; de um lado, um imenso armazém de madeira que, sem dúvida, abrigava depósitos e tanques e, ao redor, cobrindo os campos adjacentes como os raios de uma roda de bicicleta abandonada em uma lixeira, centenas de fileiras de videiras expostas à inclemência do tempo, necessitadas de cuidados e sem nenhuma uva. Emilian achou estranho que nenhum dos proprietários dos prósperos vinhedos vizinhos a tivesse comprado para replantar, pois se sabia que aquela região vendia cem por cento do que engarrafasse. Era óbvio que o mecenas, um homem que financiava projetos de pesquisa, tinha dinheiro de sobra. Mas para que manter um punhado de velhas videiras se seu verdadeiro interesse era o transporte de material radioativo?

A porta do casarão estava fechada a chave. Parecia que não era aberta havia muito tempo. Deu uma volta procurando algum buraco que lhe permitisse entrar, mas as janelas de madeira também estavam trancadas com correntes enferrujadas. Resolveu tentar a sorte no armazém. Quando estava se aproximando, deu-se conta de que o enorme portão de madeira tinha algo entalhado em suas duas folhas. Apalpou aquilo com curiosidade. Era uma espécie de símbolo gravado com uma ferramenta tosca. Recuou alguns passos para vê-lo com mais perspectiva e constatou que era uma série de círculos concêntricos. Dez ou doze. O maior devia ter quase 3 metros de diâmetro e o central era pouco maior que o buraco de uma bala.

Concentric Circles, um galpão abandonado, radioatividade.

Ainda não lhe ocorria nada.

O portão também estava fechado, mas o cadeado parecia novo. Emilian sentiu uma sede repentina. Talvez precisasse engolir a poeira do caminho que se depositara nas paredes de sua garganta; na verdade, sua boca estava ficando ressecada diante da percepção do que estava prestes a fazer. Balançou inutilmente a corrente e contornou o armazém assim como antes fizera com o casarão. Desta vez teve mais sorte. Em um dos lados, na altura do andar superior, viu um alçapão entreaberto. Aproximou, rodando, um barril chamuscado que encontrou ao lado dos restos de uma fogueira — outro indício de que alguém estivera ali recentemente — e subiu como pôde. Quase rasgou a calça em um prego que despontava na madeira.

— Alguém pode me explicar o que estou fazendo aqui? — perguntou com sarcasmo em voz alta, apoiando-se na moldura de madeira como um ladrão vulgar.

Hesitou. Não sabia se devia dar meia-volta e esquecer tudo aquilo para sempre ou dar um último empurrão e enfiar o corpo no buraco. Escolheu a segunda opção. Perguntou-se se aquele não seria um daqueles momentos em que você faz algo que parece irrelevante, mas, no final, tem um papel decisivo em sua vida.

Uma vez lá dentro, seus olhos tiveram de se acostumar à tênue luminosidade que se infiltrava pelas tábuas da parede. Estava agora em uma passarela elevada e dali podia tocar grandes reservatórios metálicos que se espalhavam ao redor. Pareciam bastante modernos, assim como o restante das máquinas distribuídas em diferentes níveis entre um pequeno laboratório e o setor de engarrafamento e etiquetagem. Tudo estava coberto de poeira. A falta de uso era evidente, mas Emilian continuava sentindo que aquele armazém guardava algo além do aroma perene da fermentação. Desceu ao nível do chão e foi até uma escada escavada na terra. Desceu alguns metros, se agachando para não roçar a cabeça no grosseiro reboque de gesso, e entrou em um porão escuro. Apalpou a parede e, como esperava, encontrou um interruptor. Uma luz amarelada revelou a estrutura de pedra da construção, uma rede de velhas galerias onde se empilhavam barris destinados ao envelhecimento de vinho. Entrou devagar na nave principal e golpeou aleatoriamente com os nós dos dedos uma tampa de carvalho. O barril não parecia estar vazio. O que fazia ali, abandonado, todo aquele vinho? Caminhou por uma das vias perpendiculares do porão e chegou a uma luminária estilo tocha acesa ao fundo. Apoiou as costas na pedra e parou para pensar por alguns segundos. Sentiu frio. Esfregou os braços. Viu, então, escondida em um buraco que ficava no meio dos barris da primeira fileira, uma pilha de grandes caixotes. Por sua forma retangular, era óbvio que não continham vinho.

Aproximou-se para examiná-los mais detalhadamente, mas mal conseguiu distinguir alguma coisa, salvo que estavam tão novos quanto o cadeado do lado de fora. O cadeado... Nesse momento achou que ouvira um ruído à distância. Aguçou os ouvidos na tenebrosa ressonância do porão e ficou aterrorizado ao perceber que alguém estava afastando a corrente e abrindo o portão.

Correu para a entrada e subiu os degraus de três em três para sair o quanto antes dali, mas quando chegou ao térreo deu de cara com um homem magro que o olhava de maneira desafiadora. Vestia uma camisa polo e calças com vinco. Não era, evidentemente, um agricultor da região.

— O que diabos você está fazendo aqui? — perguntou o homem com um sotaque de origem duvidosa.

Não cabia outra pergunta, nem havia uma resposta adequada.

— Fique tranquilo. — Emilian fez um gesto apaziguador com as mãos. — Não estou roubando nem fazendo nada parecido. Só estava olhando o galpão. Suponho que deve estar à venda.

— À venda?

— Quem me mandou aqui foi um vinicultor da região — improvisou Emilian. — Me perdoe, mas não posso revelar seu nome, por uma simples questão de discrição...

— O que estava fazendo lá embaixo? — interrompeu-o.

— Como já lhe disse, dando uma olhada no porão. É impressionante! E constatei que o senhor tem muitos barris em bom estado. O carvalho é francês ou americano?

— Por onde entrou?

Percorreu o armazém com os olhos procurando uma entrada que fosse mais digna do que aquela que havia usado, mas não encontrou nenhuma.

— Me envergonha dizer isto, mas entrei por aquele alçapão — confessou, apontando a passarela de ferro. — Mas posso lhe afirmar que só queria xeretar...

O homem dirigiu os olhos a uma ferramenta pontiaguda que pendia de uma parede. Emilian temeu que fosse feri-lo e não hesitou. Aproveitou para lhe dar um empurrão antes que tivesse tempo de pegá-la e começou a correr para fora. O outro tentou se manter em pé, mas tropeçou nos tubos de um dos tanques e caiu no chão batendo a cabeça em uma chave. Emilian ficou estático, temendo que tivesse se machucado gravemente. Constatou que não sangrava e até se mexia e, aí sim, continuou até seu carro depressa como quem rouba. Quando achava que saíra daquele lamaceiro absurdo, viu um utilitário preto ao lado do Golf e um homem muito mais forte do que o anterior xeretando pelo vidro da janela de seu carro. Parou de correr antes que se desse conta e se aproximou com aparente tranquilidade.

— Sinto muito mesmo — desculpou-se Emilian, assustado, fazendo-o acreditar que o tremor de sua voz advinha do fato de estar obstruindo a passagem. — Vou tirá-lo agora mesmo.

— O carro é seu?

A mesma pronúncia. De onde vinham? Do Oriente, certamente.

— Agora mesmo vou deixar o caminho livre — insistiu.

O outro olhou para o galpão sem afastar a mão do vidro, como se estivesse impedindo-o de subir enquanto procurava seu comparsa. Emilian notou o Rolex de aço e ouro.

— De onde você saiu?

— Estou procurando vinhedos para comprar — afirmou, insistindo na mesma versão que improvisara um pouco antes. Respirou fundo tentando manter a calma. — Será que o senhor não é, por acaso, o proprietário?

— Não.

— Estava examinando essas videiras abandonadas. É uma pena que estejam assim, não é mesmo? Bem, vou continuar dando uma volta pela região. — Fez um gesto sutil pedindo-lhe que se afastasse. — O senhor se importaria de...?

O outro se afastou apenas o suficiente para que Emilian pudesse entrar em seu carro, mas segurou a porta e não permitiu que partisse. Emilian ligou o motor.

— Se me permite... — insistiu, procurando ser respeitoso ao máximo, ao mesmo tempo que se esticava para fechar a porta de uma vez por todas.

Nesse momento, o homem magro surgiu ao longe. Emilian o viu antes do outro, engatou a marcha a ré, deu uma acelerada que levantou uma grande nuvem de poeira, percorreu boa parte do caminho de terra pisando fundo no pedal, com a porta aberta e o estômago saindo pela boca, fez uma manobra arriscada quando achou que se afastara o suficiente e evitando, no último momento, cair em uma vala, continuou acelerando até a autoestrada, arriscando a vida em um cruzamento que atravessou deixando para trás buzinadas de um caminhão-tanque e os insultos de um casal de ciclistas.

A caminho de Genebra não conseguia acreditar no que fizera. Batia sem parar a cabeça no apoio perguntando-se em que diabos estava pensando, tentando expulsar da mente imagens recorrentes das misteriosas caixas de madeira cujo conteúdo não lhe importava nem um pouco, e temendo, principalmente, que tivessem anotado sua placa. O que podia temer? Fora ele quem se enfiara em uma propriedade alheia sem permissão e agredira o sujeito que devia ser seu dono. Voltou a se sentir como quando fugira do irmão de Mei no parque Yoyogi de Tóquio: estava envolvido em uma guerra alheia na qual se metera de forma desatinada.

Voltou diretamente a seu apartamento, deu meia-volta na chave por dentro, jogou as do carro em uma mesa e desabou no sofá levando as mãos ao rosto.

Pegou o telefone para ligar para Veronique. Não era isso o que queria fazer? Para que resistir mais? Era necessário colocar um ponto final na sucessão de atitudes erráticas que vinham se acumulando de forma incontrolável desde que se separaram. O que diria a ela? Parou para pensar. Então você precisa se preparar? Não aguentava mais situações forçadas. Começou a discar, mas parou na metade, a tempo de um pensamento se infiltrar em sua mente: tinha coragem suficiente para amá-la? Nunca tinha se feito essa pergunta; pelo menos não com aquela frieza de terapeuta. Podia ir ainda mais fundo: alguma vez a havia amado? Sentiu um frio repentino nos dedos que sustentavam o celular. Se fosse assim, não teria trocado Veronique pelo seu projeto, pelo seu sonho. Se fosse assim, ela teria sido o sonho de sua vida.

Nesse momento alguém tocou a campainha.

Ficou paralisado por alguns segundos. Eles o haviam encontrado! Era impossível. Mesmo que tivessem anotado a placa de seu carro, demorariam muito para saber onde morava. Tentou se acalmar. Tinha de ser Veronique. Acontecera várias vezes: quando um ia ligar para o outro, este se adiantava ou até aparecia.

— Veronique? — disse do sofá.

Nenhuma resposta.

De novo a campainha.

Levantou-se lentamente e foi até a porta de entrada. Girou a chave e, quando estava abrindo, um vento como o que agita as plantas nas margens dos lagos inundou a casa.

Era Mei.

# 9

# O fogo purificador

*Nagasaki, 13 de agosto de 1945*

Kazuo atravessava o céu a bordo de um Zero. Ainda era o mesmo adolescente do dia anterior, mas isso não o impedia de pilotar um caça recém-saído da fábrica: as mãos aferradas ao manche, as costas grudadas no encosto de couro, o ferro da cabine quente, as agulhas descontroladas do painel. As nuvens se desfaziam como bolhas de sabão. Virou-se para trás. A linda Junko, vestindo seu quimono vermelho, estava encolhida no banco do copiloto e observava o mundo pela janela. O samurai e a princesa em velocidade vertiginosa. Ele também observou. Estavam sobrevoando a baía de Nagasaki. Milhares de pessoas saudavam-nos lá de baixo. Fez uma manobra e deixou o avião cair em parafuso, tentando fazer uma pirueta que lhe arrancou uma risada nervosa. Quando parecia impossível evitar a colisão, retomou o controle com maestria e iniciou um voo rasante sobre o mar de cabeças. O que viu então lhe causou uma perturbação indescritível, como se uma lufada de fumaça negra do motor tivesse penetrado na cabine e inundasse nariz, boca, orelhas. Todos os que estavam lá eram cadáveres. Cadáveres agitando os braços? Corpos calcinados pedindo ajuda. Gritou para Junko, pedindo que ficasse calma. Puxou a alavanca, e o caça subiu verticalmente, em direção ao sol. Então se deu conta... Os aviões Zero só tinham um assento. Não se atrevia a olhar. Junko, me diga que você está aí... Virou-se depressa, retesando os braços para suportar a pressão da subida e constatou com horror que a metade traseira da fuselagem se soltara. O motor ficou em chamas. Tinha que pular, mas continuou puxando a alavanca contra seu corpo, subindo, subindo. De súbito, uma mão agarrou seu pescoço por trás e no mesmo instante outra fez o mesmo com seu rosto. Era

Junko, que permanecera agarrada às correias do assento e agora se aferrava a ele com desespero. Esteve prestes a soltar a alavanca e se deixar arrastar ao vazio abraçado a ela, mas viu que sua princesa já não usava o quimono, que seu rosto não era o dela, que era a própria morte, como a daqueles que gemiam na baía: calcinada, desfigurada.

Fique tranquilo!

mutilada,

Fique tranquilo, garoto!

o avião subia mais que o imaginável, a pressão era insuportável.

Abriu os olhos.

Calma, calma.

Havia chegado ao céu?

Uma luz.

— Acordou — disse alguém.

A luz de uma fogueira.

A primeira coisa que viu foi um relógio de pulso. Um relógio nacarado com correia de couro que marcava uma e vinte. Pertencia a alguém que estava colocando alguma coisa em sua cabeça. Uma faixa. Estavam enrolando um lenço em sua testa. Lembrou outro relógio. Aquele marcava onze e dois e estava coberto de entulhos da catedral de Urakami. A catedral, a explosão, sua mãe japonesa, o bunker da sereia...

— Onde estou? — conseguiu dizer.

Levou as mãos às têmporas.

— Fique tranquilo, já passou — disse o dono do relógio.

— O agente do Kempeitai tinha uma arma... Ia disparar...

— Shhh.

Quando voltou a abrir os olhos, levou instintivamente a mão ao lenço. Notou o sangue seco. Estava caído no chão. Forçou-se a ficar sentado e, depois de reunir energia, ficou em pé. Estava sozinho, no centro de uma grande estrutura de concreto. Os pilares estavam tão rachados que davam a impressão de que desabariam a qualquer momento. A seus pés crepitavam os restos de uma fogueira. Pelas frestas das janelas penetrava a luz mortiça do amanhecer. Passara um dia inteiro inconsciente... Começou a andar para fora. A cada passo sentia que seu cérebro se agitava no interior do crânio.

Chegou a um grande pátio. A mesma cor cinza. A mesma peste hedionda. Ao fundo havia um enorme amontoado de ferros que logo reconheceu como os restos da torre de vigilância do Campo 14. Deu uma volta sobre si mesmo e se deu conta. Estava na penitenciária! Grande parte de seus grossos muros ainda permanecia em pé. Dormira em um dos barracões dos pows. Não era o único que conservava sua estrutura intacta. As casas dos guardas japoneses, mais frágeis, tinham tido menos sorte. Também via os restos da grade que circundava as solitárias, um monte de madeira queimada que devia ter sido o depósito de armas onde os guardas entravam antes de começar a ronda, o fosso... Saber que estava pisando naquele reduto que tantas vezes percorrera com o binóculo fez com que se sentisse como um velho conquistador desembarcando em território inexplorado.

— Menino! — surpreendeu-o uma voz aguda.

Era um pow. Estava saindo de outro barracão e se aproximava com determinação. Quis pegá-lo pelo braço, mas Kazuo se afastou dando um pulo para trás. Mais que medo, sentia nojo. Estava débil até a extenuação, parecia que seus cabelos iam se desprender da cabeça, que era pouco mais que uma caveira, com os olhos enterrados em um rosto desprovido de expressão.

— Deixa comigo — disse outra voz rotunda saindo do mesmo barracão.

— É o garoto do templo.

Era o comandante dos pows. Ali mesmo, a um passo. Contemplou-o de cima a baixo com certa decepção. Ao vê-lo pela primeira vez na catedral de Urakami, achou que era mais distinto. Talvez porque tivesse chegado em seu halo de anjo salvador. De qualquer forma, constrangia-o a largura de seus ombros que, apesar da desnutrição, transformava-o em pouco menos que um cavalo se comparado ao Dr. Sato, frágil como seus instrumentos médicos. E era verdade que, apesar de tudo o que aquele holandês havia sofrido, mantinha intacto seu porte marcial, o poderoso carisma que o levara a ser eleito para liderar os prisioneiros do campo. Vestia uniforme completo: calças militares, botas de cadarço até o meio da perna e uma camisa desabotoada pela metade, mas bem enfiada nas calças. Tinha bigode; as mãos fortes, como os antebraços, com as veias marcadas.

— O senhor é o homem que me salvou — disse Kazuo, falando em holandês de forma instintiva. — Eu sou muito grato.

Terminou com uma leve reverência. Sua educação japonesa lhe impôs não revelar em público que havia sido ele que, primeiro, salvara a vida do comandante. Temia que, devido a sua idade, o homem achasse aquilo uma humilhação. Mostrou-lhe as marcas, ainda presentes, que o agente do Kempeitai deixara em seu pescoço, como se fosse necessário lhe recordar sua façanha.

— O comandante Kramer é um verdadeiro herói! — brincou o pow.

Outros prisioneiros foram saindo ao pátio. Formaram uma roda em volta do garoto. Tinham as costelas marcadas no peito e estavam cobertos até as sobrancelhas de fuligem negra, sob a qual apareciam as erupções das queimaduras.

— Como você se chama? — perguntou o comandante.

— Kazuo.

— Que tipo de nome é esse?

— Significa "homem de paz".

— Poderiam ter chamado assim o filho da mãe do Hiroito! — exclamou um soldado desdentado.

— Ou o próprio Hitler! — disse outro. — Malditos safados!

— Quem me deu esse nome foi o Dr. Sato depois da morte de meus pais — justificou Kazuo.

— Você viveu com japoneses?

— Foi meu pai quem quis assim.

— Qual é seu verdadeiro nome? — perguntou seriamente o comandante.

Kazuo ia responder, mas as palavras se detiveram por um instante em sua boca. Quanto tempo havia passado desde a última vez que o pronunciara? Respirou fundo.

— Victor Van der Veer.

— Gosto mais deste. Então você é um jovem compatriota...

— Meus antepassados foram comerciantes em Dejima, a antiga colônia da baía.

— Agora você está em casa! — exclamou com ironia um recruta que tinha a perna enfaixada. — Não terá mais que viver com esses japas fodidos.

— Tenha um pouco de respeito! — gritou alguém lá atrás.

A roda se abriu para lhe dar passagem. Era um pow alto e moreno que chegava se apoiando em um pedaço de madeira. Tinha uma ferida no joelho. Kazuo se deu conta de que seus olhos estavam queimados. Devia estar completamente cego, mas avançava sem medo pelo pátio. O comandante Kramer se aproximou para segurar seu braço. Não se tratava apenas de cordialidade. Desde o primeiro instante, o menino percebeu que ambos mantinham uma relação mais próxima que com o resto dos prisioneiros.

— Acho estranho que seja justamente você quem exija respeito, depois do que lhe fizeram — censurou-o Kramer.

— Essa bomba só deixou duas coisas em Nagasaki: vivos e mortos — replicou, gravemente, o entrevado. — As outras diferenças que antes dividiam os homens se esvaíram para sempre. E não se esqueça de quem a lançou.

— Não venha de novo com essa história — pediu-lhe em voz baixa o comandante, tentando evitar a polêmica que vinha minando a pouca resistência de seus homens desde a explosão.

— Onde está esse menino?

Levantou o braço, como se quisesse tocá-lo sem poder vê-lo. Kazuo se aproximou, solícito.

— Sou o tenente Groot, ou o que resta dele — disse, acariciando sua cabeça. — Antes de vestir este uniforme escrevia crônicas sobre acidentes cotidianos para um jornal e agora estou pior que seus personagens. Meu Deus, quanto me alegra que tenha vindo.

— Por quê?

— Um menino holandês vivendo na casa de uns japas... Não dê a menor atenção a este bando de ignorantes. Para mim você personifica a pouca esperança que pode restar no mundo.

Kazuo tentou compreender o alcance daquelas palavras.

— Você tem um rádio? — perguntou um soldado muito jovem que acabara de se incorporar à roda, interrompendo seus pensamentos.

— Como?

— Quero saber se nas casas do Japão tem aparelhos de rádio.

— Mas é claro que tem, idiota — respondeu outro antes de o menino dizer qualquer coisa.

— O que você sabe a respeito do que tem ou não nas casas desta gente!

— Temos rádio sim — confirmou.

— Então me diga quem ganhou a liga norte-americana de beisebol no ano passado!

— Beisebol?

— Você acha que os japas estão por dentro da liga? — voltou a interromper o de antes.

— Morra.

— Já morri. — O soldado riu — Você também! Ora, vá se olhar no espelho: está parecendo um esqueleto!

— Garoto, você sabe ou não quem ganhou a liga?

— Quem ganhou o Oscar de melhor atriz? — acrescentou o da perna enfaixada.

— E Olivia de Havilland? — continuou um quarto. — Por favor, me diga que foi viver em Eindhoven, perto da casa de meus pais!

Todos explodiram em uma gargalhada.

— Venha comigo — pediu o comandante.

Caminharam lentamente pelo pátio até um monte de escombros nos quais Kramer ajudou o tenente Groot a se sentar. Os outros se dispersaram. A maioria voltou para o barracão. Kazuo olhou descaradamente para o comandante. A curta distância, atraía a atenção de uma forma quase física. Permaneceram durante um tempo em silêncio, desfrutando o fato de terem se livrado do grupo.

— O que aconteceu com seus olhos? — perguntou Kazuo a Groot sem rodeios, imaginando a resposta.

— Olhei para a explosão. De repente surgiu do nada um segundo sol, muito mais luminoso que o real.

— Nesse momento eu estava olhando por um binóculo — contou Kazuo. — O Dr. Sato me disse que protegeu meus olhos.

— Me consolo pensando que pelo menos jogaram a bomba em plena luz do dia.

— Por que diz isso?

— Porque a essa hora estávamos com as pupilas contraídas. Se tivesse explodido à noite, todos os sobreviventes da região estariam cegos como eu. — Teve uma ânsia de vômito. — Embora o pior sejam os malditos vômitos...

Não pôde evitar uma segunda ânsia. Contraiu-se de forma violenta, arqueou as costas e expeliu um jorro de líquido esverdeado que foi cair aos pés de Kazuo sem lhe dar tempo de se afastar. Recordou a infecção do Dr. Sato e estremeceu.

— Como o senhor sobreviveu à bomba? — perguntou a Kramer para afastar seu pai japonês da cabeça.

— Naquela manhã aconteceu algo estranho na Mitsubishi. Começaram a circular boatos sobre o que havia acontecido em Hiroshima; os chefes da fábrica se reuniram a portas fechadas e mandaram o pelotão de prisioneiros de volta ao campo. Estávamos no pátio quando vimos o paraquedas cair e tivemos tempo de nos proteger de possíveis bombardeios convencionais. A onda e o fogo passaram por cima da gente e muitos de nós conseguiram sair vivos.

— E agora quem os vigia?

— Não há mais guerra, filho — respondeu Kramer. — Pelo menos não para os habitantes desta cidade. Quando vimos que tudo havia passado, só pensamos em tirar de debaixo dos escombros aqueles que haviam ficado presos, fossem prisioneiros ou guardas. Como já disse o tenente Groot, depois de algo tão espantoso passou a reinar um sentimento de solidariedade que faz emudecer qualquer inimizade. Alguns inclusive resolveram ultrapassar estes muros e vagaram em meio à destruição com a mesma perplexidade que os japas, ou até mais. Não conseguíamos compreender como os aliados foram capazes de atirar a bomba sabendo que havia prisioneiros aqui embaixo. O fato é que cheguei caminhando à catedral e... O resto você já sabe.

— Desde quando se conhecem? — perguntou Kazuo.

— Groot *também* salvou a minha vida arriscando a dele — disse Kramer. Kazuo não deixou de perceber que havia dito *também*. Foi invadido por uma sensação de orgulho ao ver que o comandante se lembrava de sua atitude na catedral. — Foi em Bornéu. Caminhávamos agachados entre os arbustos daquela selva maldita seguindo um esquadrão de japas e caí em uma armadilha dos aborígenes dayak feita para caçar macacos. Descobriram nossa posição e todo o esquadrão fugiu, menos Groot. — Parou um instante. — Desejo a você uma mulher que valha a pena, mas desejo ainda mais que tenha por perto um amigo como o tenente.

Groot não fez restrições ao elogio de seu companheiro.

— Eu já tenho mulher — declarou Kazuo —, e, além disso, é minha amiga.

— Mas que menino! — exclamou Groot. — Onde você a deixou?

— Não a vejo desde a véspera da bomba.

— Ela estava na cidade no dia da explosão?

— Sim.

— E não teve nenhuma notícia dela?

Assentiu de novo. Os holandeses ficaram calados.

— O senhor poderia me ajudar a procurá-la? — Ele aproveitou para pedir a Kramer.

— Como?

— Tem experiência, lutou na selva de Bornéu...

— Filho...

— Estou há meses observando da colina tudo o que acontece neste campo. — Ocorreu-lhe dizer para conquistar sua confiança.

— Do que você está falando?

Apontou com determinação a colina, que mal se distinguia ao longe no meio da bruma.

— De lá. Todos os dias. Poderia escrever um diário com cada um dos seus movimentos.

Os holandeses deram uma risada.

— Deveria levá-lo com você a Karuizawa, Kramer.

— Groot...

— Esse garoto vale mais que nós dois juntos. E, além do mais, deve isso a ele! Vai deixá-lo neste cemitério? Certamente alguma das famílias europeias ficaria encantada de...

— Cala a boca.

— O senhor vai embora?

— Assim que puder.

— E isso vai ser logo?

Fascinava-o a ideia de que o levasse a qualquer lugar distante daquele inferno, mas antes tinha de encontrar sua princesa. Não viajaria a nenhum lugar sem ela.

— Por ora é mais prudente ficar aqui — disse Kramer de forma pausada. O menino se sentiu mais tranquilo. — Nesta cidade fantasma ainda passamos despercebidos, mas se colocássemos um pé mais além da zona devastada nossa cabeça voaria assim que chegássemos perto de qualquer esquadrão dos aquartelamentos vizinhos. Além disso, não irei embora antes de saber se meus homens estão sendo tratados como merecem — resolveu.

Aquela atitude de entrega fascinou o menino. Alheio ao que o comandante Kramer estivesse pretendendo, reafirmou sua vontade de procurar Junko.

— Só nos resta esperar que Hiroito se renda — completou Groot, adotando um tom mais derrotista que o que vinha exibindo até então. — E é melhor que o faça logo ou os sobreviventes se atirarão em cima da gente. Chegará o dia em que vão querer se vingar e voltarão a nos ver como o que somos: o inimigo.

— Onde fica Karuizawa? — retomou o menino.

Kramer lançou um olhar severo a Groot por tê-lo metido naquele aperto.

— É uma aldeia dos Alpes japoneses, não muito longe de Tóquio.

– E o que precisa fazer lá?

– Vou buscar uma pessoa antes de voltar para casa.

— Uma mulher?

— Sim, uma mulher.

— Uma japonesa? — supôs, e começou a falar de maneira atropelada. — A garota que estou procurando também é japonesa. Se chama Junko. Tem os cabelos lisos e muito brilhantes, a pele branca como uma gueixa e usa um quimono vermelho. Bem, eu não vi o quimono, mas me disseram que no dia da explosão estava usando um quimono vermelho de seda. Devia estar perto da catedral quando tudo aconteceu. Por isso fui até lá quando...

— Fique tranquilo, filho.

— Vai me ajudar a procurá-la?

— Fique calmo, por favor! — gritou Kramer.

Seu semblante estava cada vez mais sério.

— O que está acontecendo? — aventurou-se o menino.

— Acontece que a catedral estava em pleno epicentro.

Fez-se um silêncio tão profundo que deu a impressão de que seus corações tinham parado de bater em sinal de dor.

— Eu vi sobreviventes — disse Kazuo.

De novo o silêncio.

— Conte a ele a história de Elizabeth — interveio Groot.

Kramer lhe lançou um novo olhar de reprovação. Seu amigo o devolveu, ainda mais grave.

— Não quero falar disso.

— Não acha que merece um pouco de esperança? Ele também está indo atrás da pessoa que ama.

Kazuo ficou com a alma inchada.

— Que tipo de esperança posso oferecer a você? Nem sei se Elizabeth ainda estará em Karuizawa quando eu chegar. Se é que conseguirei chegar lá algum dia.

— Não diga besteiras.

— A mulher que o senhor vai procurar se chama Elizabeth? — interveio Kazuo.

Kramer respirou fundo, com desânimo.

— Sim.

— Então não é japonesa — murmurou com pena, constatando que sua história e a do comandante não eram inteiramente semelhantes.

— Não, não é japonesa. Nasceu na Suíça. Vamos acabar com esta conversa de uma vez por todas — cortou pela raiz.

— E o que sua namorada suíça está fazendo no Japão em plena guerra? — continuou interrogando-o Kazuo.

— Você não ouviu o que eu disse? — gritou mal-humorado. — A conversa acabou!

Kramer deu meia-volta e se dirigiu ao barracão sem admitir réplicas.

Kazuo e Groot permaneceram em silêncio durante alguns segundos.

— Não se preocupe — disse enfim o tenente, temendo, diante da reação do comandante, que o garoto fosse embora.

— Está tudo bem.

— Na verdade, ele tem motivos para estar assim.

— Que motivos?

Groot suspirou, ajeitou a perna ferida e tirou com cuidado do bolso uma minúscula guimba. Acendeu-a e aspirou com força, como se quisesse extrair sua essência.

— A namorada se chama Elizabeth Ulrich — começou a contar, atravessando com cada sílaba os anéis de fumaça recém-formados —, e é uma grande violinista. Kramer era agente de músicos e a conheceu no primeiro concerto que ela deu no Concertgebouw de Amsterdã com a sinfônica nacional.

— O comandante fazia isso antes da guerra? — exclamou o menino, franzindo a testa.

— Desde que a ouviu tocar ficou fascinado. É óbvio que o fato de que fosse tão bela também influenciou. E não economizou esforços até que por fim a conquistou. Durante meses, aonde quer que ela fosse tocar encontrava seu camarim inundado de ramos de flores e outros presentes. Nosso comandante era muito insistente — conseguiu brincar. — Não demoraram muito a começar a se encontrar.

— Mas viviam em países diferentes...

— Marcavam encontros nas cidades onde ela ia se apresentar e por isso durante alguns meses desfrutaram uma espécie de lua de mel ininterrupta: sempre em hotéis, com românticas noitadas à base de champanhe e morangos. Você sabe como são essas coisas.

Kazuo podia imaginar, pois havia lido histórias semelhantes nos romances de sua mãe.

— E o que não deu certo?

— O de sempre — suspirou Groot.

— O que é o de sempre?

— Kramer a convenceu a abandonar seu antigo agente e começou ele mesmo a administrar os contratos de seus concertos. Até aí tudo bem. Mas um dia ela quis lhe fazer uma surpresa e apareceu em Amsterdã sem avisar. Imagine com que cara deve ter ficado quando a porta foi aberta por uma dançarina de cabaré que queria virar cantora de ópera e naquele momento vestia roupa de baixo.

— Não...

— Ele pediu perdão a ela mil vezes, jurou que a amava e todas aquelas coisas que são ditas nesses momentos. E ao que parece era verdade que a amava e estava arrependido, mas Elizabeth foi embora convencida de que só a havia usado para ganhar dinheiro. Ficou tão destroçada que veio ao Japão para passar uma temporada com seus pais e se esquecer de tudo.

— E o que eles faziam aqui?

— O pai dela, Beat Ulrich, trabalhava na embaixada da Suíça. Viveu em Tóquio durante quase uma década com a mãe e o irmão menor de Elizabeth, um menino mais ou menos da sua idade chamado Stefan. O casal era muito bem-relacionado e por isso conseguiu logo que uns produtores japoneses organizassem uma turnê para Elizabeth. Foi quando a guerra começou... E seus verdadeiros problemas. Foi acusada de espionagem.

— Como?

— Os capangas do Kempeitai ficaram sabendo de suas viagens constantes por toda a Europa, da repentina turnê pelo Japão pouco antes do conflito... Ninguém sabe o que os organizadores dos concertos disseram ao serviço secreto para se livrar do problema. Talvez até a própria Elizabeth tenha improvisado alguma confissão para que interrompessem as torturas a que foi submetida antes de ser confinada com seus pais em Karuizawa.

Kazuo pensou inconscientemente em Junko. Estava consternado.

— Não posso acreditar que alguém seja capaz de torturar uma garota...

— Então imagine a reação de Kramer. Quando soube, ficou louco. Alistou-se como voluntário nas tropas do Pacífico e participou de uma missão depois da outra até que conseguiu acabar nesta maldita ilha. Chegou a ficar feliz no dia em que o prenderam. Dizia que uma vez aqui daria um jeito de chegar até ela.

Kazuo passou da incredulidade à admiração. Apesar de todos os erros que o comandante poderia ter cometido no passado, aquele empenho de seguir sua amada até o fim do mundo não podia lhe parecer mais inspirador.

— Por que está detida em uma aldeia da montanha?

Groot jogou fora a guimba quando percebeu que estava queimando seus dedos.

— Karuizawa é um lugar paradisíaco cujos hotéis foram transformados em prisão para diplomatas. Um jardim de bosques e cascatas — retomou ele, como se pensar naquela paisagem o oxigenasse. — Quando o Japão entrou na guerra, o Serviço Secreto confinou lá todos os membros das representações diplomáticas e os poucos empresários europeus que se recusaram a abandonar o país.

— Como se fossem prisões de luxo?

— Algo assim. Mas agora vamos ao barracão. Esta maldita chuva de poeira...

Groot sacudiu os cabelos. Kazuo nem sequer se dera conta de que estavam sendo cobertos por aquela fuligem já havia algum tempo. Quando pararia de cair? Segurou o braço do tenente e o acompanhou ao barracão. Ao entrar, sentiu de novo o golpe da putrefação. Muitos dos soldados jaziam adormecidos formando uma massa única de braços ulcerados, pernas esquálidas e cabeças sem cabelos. Para não falar dos que haviam sofrido queimaduras graves, que se consumiam em um canto ao qual a luz nunca chegava. Kazuo encostou Groot em um espaço livre da parede e saiu a toda velocidade com cuidado para não pisar em ninguém. Uma mão forte segurou seu tornozelo. Olhou para baixo assustado. Era o comandante Kramer, que se deitara e cobrira o rosto com um braço.

— Aonde você vai?

— Não se preocupe comigo.

O comandante parou alguns segundos para pensar na frase seguinte.

— Vou ajudá-lo a encontrar a garota.

— Está falando sério? — perguntou Kazuo, emocionado.

— Sou um soldado. O que você esperava?

Kazuo saiu do barracão e caminhou até o meio do pátio. Kramer apareceu logo depois.

— Você sabe chegar ao bairro onde sua amiga vivia? — perguntou com decisão, evitando a irritação de momentos antes. Kazuo assentiu. Não podia evitar sorrir de pura alegria. — A primeira coisa que temos de fazer é perguntar aos vizinhos se a viram por lá depois da explosão. Não há tempo a perder.

Era exatamente a frase que queria ouvir.

Subiram em umas pedras caídas para evitar o largo muro que, paradoxalmente, havia protegido o Campo 14 da devastação e adentraram as ruínas próximas do epicentro. No caminho cruzaram com esquadrões militares enviados para participar das tarefas humanitárias, caminhões de bombeiros vindos de outras aldeias da província e as primeiras unidades de salvamento. A voracidade da bomba e os quatro dias posteriores de incêndios faziam com que mal restasse algo a salvar.

Chegaram ao bairro onde ficava o humilde lar de madeira e papel que Junko ocupava com sua mãe. Havia sido varrido totalmente pela explosão. Kazuo teve a sensação de que estava em um cemitério japonês, tomado por estreitas lápides verticais. Na verdade, eram toscos cartazes que os sobreviventes pregavam no lugar onde antes estavam suas casas. Aproximou-se de um e o leu com certa desconfiança: "Papai e mamãe, ainda estamos vivas; tentaremos chegar a Shimabara. Aomame e Ayumi." O mais provável é que os familiares a quem a mensagem era dirigida estivessem sepultados sob os escombros. Mas pensou que, se seus pais e irmãos tivessem desaparecido, ele também teria preferido não escavar e continuar acreditando que vagavam perdidos pela cidade fantasma.

Kramer o incentivou a interrogar as pessoas que estavam por ali. Mal se via em meio aos cartazes um punhado de figuras com as costas encurvadas, procurando pelo chão como cachorros um sapato, um amuleto familiar, qualquer coisa reconhecível que arrancasse os seus entes queridos das goelas do esquecimento. Chegou mais perto daqueles que estavam mais próximos e perguntou pela professora de ikebana e sua filha Junko. Deviam conhecê-las, claro que sim, respondiam todos deixando por um momento o que estavam fazendo; a rainha das flores, aquela mulher de longos silêncios, e sua filha, a menina que quando sorria parecia fazê-lo do fundo do rio, como um peixe sagrado separado do resto dos mortais por um véu de água cristalina. Onde estão? Quem sabe? Ninguém as viu? Só vemos sombras, disse um dos monges que buscavam entre os entulhos pequenas pedras do santuário do bairro. Olhe lá, e apontou uma nuvem de cinza removida pelo vento. Isso é tudo o que nos resta: a memória de nossa aldeia tingida de fuligem.

O que podiam esperar?

Passaram várias horas fazendo as mesmas perguntas em um círculo cada vez maior, mas igualmente estéril. Mal obtinham olhares de compaixão, olhares perturbados, alguns de desprezo, muitos perdidos, calcinados, apenas olhares vazios como crateras lunares.

E à tarde, enquanto resolviam para onde se encaminhar, passou um caminhão do Exército. A caçamba estava carregada de corpos queimados, jogados uns em cima dos outros como se fossem pedaços de madeira. Kazuo, levado por um impulso repentino, correu atrás dele.

— Aonde você vai? — gritou Kramer.

Soltou um impropério, mas terminou seguindo-o, engolindo aos borbotões a cinza que o caminhão levantava. Parecia se dirigir à baía. Desviou-se por um caminho que subia uma colina próxima ao mar. Kramer maldisse a ladeira, sobretudo o último tramo mais inclinado. Havia outro caminhão parado com o reboque inclinado, coberto por uma tempestade de moscas.

Kazuo achou que o lugar lhe era familiar. Depois reconheceu a escarpa a qual sua mãe o levava algumas tardes para contemplar o pôr do sol. Fazia um calor insuportável, não só por estarem em pleno agosto. Assomou-se e viu que os corpos que atiravam do caminhão iam parar em um buraco onde um grupo de soldados os incinerava.

Contemplou absorto a enorme fogueira com o mar ao fundo. Kramer chegou pouco depois e o abraçou por trás, como teria feito com um companheiro aturdido depois da explosão próxima de uma granada. Mas o menino se remexeu e se aproximou do caminhão levado por uma atração mórbida. Alguns corpos não chegavam a cair. Ficavam na borda e os soldados tinham que empurrá-los no vazio usando umas varas compridas que terminavam em um gancho de ferro. No primeiro dia haviam recolhido os cadáveres com as mãos, mas depois fabricaram aquelas ferramentas porque temiam se infectar ao tocá-los. E assim também evitavam reter pedaços da pele queimada do morto.

Kazuo observou um corpo que havia se enganchado em um ferro do reboque. Achou que estava se mexendo, mas resolveu que se tratava de uma alucinação. Mesmo assim suas pernas começaram a tremer. Era um corpo pequeno, sem cabelos, certamente de uma mulher pelos seios pequenos, queimados. Junko, podia ser Junko... Está se mexendo! Tentava levantar um braço e abria a mandíbula para dizer alguma coisa!

— Está viva! — gritou.

Ele subiu na lateral do reboque e apontou-a, escandalizado. Um dos soldados se aproximou a toda velocidade, mas em vez de ajudar aquela menina lançou seu gancho com inusitada perícia e com um único puxão atirou-a escarpa abaixo.

— Não! — horrorizou-se Kazuo. Foi até a borda e viu o corpo ser engolido pelas chamas. — Por que fez isso?

Atirou-se enlouquecido no soldado.

— Kazuo, não! — gritou o comandante Kramer.

O japonês se livrou dele com um soco que esteve a ponto de fazer com que Kazuo despenhasse atrás do corpo.

— Ocidentais imundos.

— Você nem sabe quem era! — esgoelou o menino.

O soldado o encarou mantendo o pedaço de madeira levantado para o comandante, como se quisesse detê-lo.

— Você acha que teria feito um favor a ela deixando-a aqui para que morresse lentamente? — gritou. Kramer sabia que não tinha intenção de agredi-los. Fez um gesto pedindo calma, tanto a ele quanto a outros soldados que se aproximaram correndo para ver o que estava acontecendo. — Perdi toda minha família, nem sequer cheguei a ver seus cadáveres, e asseguro a você que isto é exatamente o que queria para eles! — Apontou por um instante o fundo do barranco e voltou a cravar neles seu olhar de louco. — O fogo purificador...

Atirou a vara no chão e se dirigiu à cabine do caminhão para recolher a caçamba. Os demais também se dispersaram, voltando a se concentrar em seu trabalho. O comandante respirou fundo.

O fogo purificador... Kazuo teve vontade de pular e acabar com tudo de uma vez, mas aquela menina não era Junko. Ainda não havia chegado a hora de se fundir na terra, como duas gotas de chuva, e dar o abraço eterno que o haicai profetizava.

Deu meia-volta e pegou o caminho de descida.

— Aonde você vai agora? — queixou-se Kramer, esgotado por uma incomum sensação de impotência que não conseguia evitar.

— Continuar procurando.

— Pois então faça isso sozinho — murmurou Kramer, aborrecido, sentando-se no chão com o olhar voltado para a baía.

Kazuo recuou e se plantou diante do holandês em atitude desafiadora.

— O que há com o senhor?

— Estou cansado, garoto.

— Vocês, soldados, suportam tudo.

— Cala a boca, porra!

— Por que está gritando comigo?

— Nem sequer me sinto um verdadeiro soldado — confessou o comandante Kramer, pausadamente. Kazuo ficou mudo. — Você acha mesmo que nasci com este capacete na cabeça?

— Sei que não.

— Como você sabe?

— Groot me contou. Sei que o senhor é agente de artistas.

Kramer enxugou com a manga o suor enegrecido de sua testa.

— Maldito Groot... — sussurrou.

— Tive uma ideia — reagiu Kazuo com ar renovado enquanto o caminhão arrancava e voltava a envolvê-los em uma nova nuvem de cinzas. Kramer ficou fascinado com sua energia, ou melhor, com sua indestrutível esperança. — Poderíamos ir aos escritórios da NKB para que transmitissem uma mensagem no programa de pessoas desaparecidas.

— O que é NKB?

— A rádio do governo.

— Não acho que nesses dias estejam colocando esse programa no ar. Acredito que a emissora nem esteja funcionando.

— Está sim. O doutor a ouve em seu escritório todos os dias às...

— Deixa para lá, Kazuo. Não estamos falando de alguém que se perdeu em uma excursão escolar.

— Então é assim? — perguntou o menino sem tom de reprovação. — Aqui termina tudo?

O holandês observou-o com uma expressão desprovida de alma. Quando ia assentir, algo o impediu de fazê-lo: percebeu clara e categoricamente o perfume de sua namorada. Uma sofisticada fragrância chamada "o bosque depois de uma tormenta". Então a paixão daquele menino o levava a evocar as melhores coisas de seu próprio passado? Acreditou sentir seu cheiro de verdade; a água limpa sobre o musgo, um perfume fresco que, durante um instante, conseguiu superar o fedor da putrefação.

— Elizabeth — murmurou —, onde estará você?

— Com quem está falando?

— Naturalmente tudo não terminou — exclamou com uma decisão que o fez se levantar como se o tivessem acionado com uma mola. — Precisamos variar o lugar da procura.

O menino, satisfeito, olhou ao seu redor.

— Tudo está igual.

Kramer pensou durante alguns instantes.

— Onde você me disse que haviam ficado de se encontrar?

— Na colina...

— Sim, a colina da qual você e sua amiga nos observavam com o binóculo. Como se chega lá?

Kazuo lembrou que não voltara ao seu esconderijo desde a explosão. Havia sido lá que fora golpeado pela luz, sentia pânico ao lembrar, mas também era o lugar onde haviam combinado se encontrar. Talvez Junko tivesse chegado pouco depois de ele ter ido embora e ainda estava esperando. Estremeceu ao imaginá-la de cócoras sobre a pedra, contemplando o vale lá do alto, morta de fome e de sede.

Envolta em seu quimono vermelho listrado.

# 10

# Mei, na porta

*Genebra, 6 de março de 2011*

Mei, na porta.

Emilian não podia acreditar que fosse ela. Tinha medo de tocá-la, temia que se desvanecesse como uma imagem refletida em um lago. Fez um gesto convidando-a a entrar — e ela entrou, envolta no vento de folhas que a acompanhava, tomando posse do apartamento, como se o conhecesse.

— Mas que surpresa... — conseguiu dizer Emilian, finalmente. — Você está bem?

Ela assentiu, embora estivesse claro que alguma coisa havia acontecido. Não fosse assim, conhecendo sua mentalidade japonesa, nunca voltaria a insistir depois daquela abrupta despedida em Tóquio. Teria sido um prazer para seu ego ouvi-la dizer que viajara até a Suíça só para vê-lo, mas aquela visita sem dúvida tinha a ver com sua avó. Afrouxou a mão que ainda segurava a mala. Emilian a pegou gentilmente e a colocou ao lado do sofá.

— Obrigada.

De novo sua voz balsâmica. O ar de seus pulmões parecia não roçar as cordas vocais. Seguiu-a com o olhar enquanto pendurava no espaldar de uma cadeira giratória uma bolsa grande e a capa com duas filas de botões ao estilo militar. Tinha um aspecto esplêndido. Vestia um suéter de caxemira preta que cobria por completo seu pescoço de bailarina — que ainda parecia mais belo por ter os cabelos azeviche recolhidos em um coque improvisado — e jeans apertados enfiados em botas negras de montaria que chegavam aos seus joelhos. Os complementos também ressaltavam sua beleza sem fazer com que parecesse uma típica *fashion-victim* japonesa: óculos de sol retrô e brincos vintage de botão com cristais verdes. Ao seu lado,

Emilian se sentiu mais descuidado que nunca, com camisa esportiva Munich e as calças cheias de poeira depois de sua incursão no galpão e da fuga entre os vinhedos que protagonizara como se fosse um reles delinquente. Alisou de forma instintiva a camisa que usava para fora.

— Me perdoe a expressão de alucinado que devo ter feito. É que...

— Se estou incomodando, prefiro ir embora — reagiu ela um tanto bruscamente.

— Não, não. Só fiquei surpreso. Como soube onde eu moro?

— Sinto muito ter aparecido assim. — Voltou a se desculpar.

— Perguntei só por curiosidade. Fico feliz em vê-la.

— Eu também — respondeu ela, mais relaxada.

Emilian arqueou as sobrancelhas e sorriu, cordialmente.

— Além do mais posso aproveitar para dizer a você que estou arrependido do meu comportamento em Tóquio. Nos conhecemos em um momento ruim.

— As coisas estão indo melhor?

— Ainda é cedo.

— Eu tampouco passo por uma boa fase — disse Mei, em tom cúmplice. — Não devia ter envolvido você em algo tão pessoal.

Parecia estar recuperando sua compostura. Parada no meio do apartamento, percorria cada canto com o olhar. A porta de entrada se abria diretamente à sala. Estava cercado por estantes apinhadas de livros e pastas, com várias fotos emolduradas em vidro apoiadas no chão e, em uma esquina, a mesa de projeção sob a qual se embolava uma engrenagem de tubos para guardar projetos. Tinha o aspecto de uma água-furtada boêmia cuja desordem é o ponto central de seu charme. De lá se chegava a outros três espaços: um banheiro com azulejos cinza, uma cozinha com uma janela pela qual entrava o sol e um quarto com a cama desfeita.

— Está tudo de pernas para o ar — desculpou-se ele.

— Eu gosto.

— Não tem muito a ver com sua casa de Tóquio.

— O bairro é maravilhoso, fica tão perto do lago...

— E o vinho? Você gosta de vinho?

Fez um gesto de surpresa.

— Sim.

— Abrirei uma garrafa de boas-vindas.

Mei foi ao banheiro. Pouco depois saiu desfazendo o coque e quase se chocou com Emilian, que voltava da cozinha com uma garrafa em uma das mãos e duas taças grandes na outra. O ondulante tilintar produzido pelo finíssimo cristal permaneceu durante alguns segundos suspenso no ar como o sininho de um hipnotizador. Parecia uma cena, um truque de magia, uma alucinação.

Emilian repousou as taças na mesa e olhou o rótulo da garrafa.

— Taro cuidou disso — disse ela.

— Como?

— Foi ele quem localizou sua casa. Apesar de suas limitações, sabe se virar muito bem na internet.

— Seu irmão é curioso — comentou Emilian, diplomático, enquanto manejava o saca-rolhas.

— Minha avó sempre achou que seus problemas mentais provêm da má formação genética que a bomba lhe causou — confiou-lhe, suspirando. — Queria ter contado a você no dia em que esteve em minha casa.

— Não acho que essa seja a causa — contrariou ele. — Estudos a que sobreviventes foram submetidos não confirmaram essas consequências genéticas. Seria diferente se Taro tivesse sido exposto à radiação durante a gestação.

— Por que está dizendo isso?

O saca-rolhas fez um ruído seco quando a garrafa foi, finalmente, aberta.

— Porque o verdadeiro impacto no sistema nervoso central afetava os fetos e é óbvio que não é o caso. Sua avó era uma menina e sua mãe nem havia nascido.

— Como você sabe tanto a respeito desse assunto? — espantou-se Mei.

Poderia ter lhe explicado que justamente por ser um defensor da energia nuclear estudara a fundo o impacto da radiação no ser humano e no meio ambiente. Mas resolveu que não era o momento de entrar em polêmicas.

— Curiosidade científica — mentiu.

Serviu um pouco de vinho em uma taça. Balançou-a liberando matizes de cor e textura e contemplou a lágrima que deixava no cristal. Era uma sorte poder executar um ritual tão minucioso quando precisava ganhar tempo para assimilar a situação. Ainda se perguntava se não estaria sonhando.

— Prove-o — pediu a Mei.

— Eu?

— É um Rioja de 2004, uma joia espanhola. Comprei na Espanha há alguns anos, em um tour organizado pela Politécnica de Zurique por algumas adegas projetadas por Gehry, Hadid, Calatrava... Você sabe, essas estrelas da arquitetura com as quais não tenho a menor semelhança.

— E estava guardando para uma ocasião especial. — Ela sorriu.

— Você teve a sorte de eu ter aguentado até agora — ironizou ele. Mei deu um gole breve, tanto que pareceu que bebia por simples cortesia. — Vamos sentar?

Apontou o sofá, mas ela tinha uma alternativa.

— Podemos ir lá para fora? — perguntou ela, decidindo-se pelo terraço. — Ainda estou um pouco sufocada de ficar carregando a mala de um lugar a outro.

O sol do meio da tarde coloria o céu com um azul tão límpido que parecia transparente. A água projetada pela pressão do emblemático chafariz do lago Leman ultrapassava a altura dos telhados. Mei se apoiou no parapeito.

— Você precisa me recomendar um hotel. Saí de Tóquio sem tempo de reservar nada.

— Você pode ficar aqui o tempo que quiser.

— Não é necessário...

— Eu durmo no sofá — esclareceu.

Ela olhou-o durante alguns segundos.

— Obrigada. Mas só por esta noite — decidiu, tomando outro gole de vinho.

Surpreendeu-o que aceitasse. Tinha chegado o momento de ir ao ponto.

— Por que você veio?

— Não vou parar até encontrar Kazuo. E compreendi que precisava estar aqui se quisesse que alguém me levasse a sério.

Emilian segurou um sorriso. A bela mulher da galeria de arte estava em seu terraço. Gostava daquele rosto arredondado de porcelana, do melancólico desenho das sobrancelhas que contrastava com seus lábios sensuais.

Notou que sua pele branca estava um pouco rosada, talvez pelo cansaço da viagem. Embora ela se esforçasse em aparentar o contrário, fora de seu meio parecia menos segura.

— Me referia a como você apareceu aqui, levando em conta que a deixei plantada.

— Você mesmo já disse: era possível perceber que não estava em seu melhor momento. Mas não se preocupe — atropelou-o. — Queria aproveitar para cumprimentá-lo e fazer algumas perguntas sobre a estrutura e os sistemas de financiamento da OIEA — disse ela, denominando por sua sigla oficial a Agência de Energia Atômica. — E nem é necessário que você me responda. Estou apenas tentando fazer o que está ao meu alcance. Pelo menos não passarei o resto da minha vida me recriminando por não ter tentado.

— Mei, na verdade...

Parou por um instante para pensar como lhe contaria que havia iniciado as investigações por iniciativa própria. Nem sequer tivera tempo de perguntar a si mesmo por que o tinha feito. Entretanto, Mei concentrou o olhar na ponta do chafariz e respirou para dizer algo que parecia estar guardado.

— Minha avó vai morrer.

Morrer...

A anciã Junko, com sua máscara de Nagasaki, a sobrevivente de uma bomba atômica, tanto padecimento, a memória incandescente... Até aqueles que são como ela morrem, pensou Emilian; primeiro saem disparados em direção ao céu como a água sob pressão do chafariz, mas chega um dia em que voltam ao lago, à água calma.

— Sinto muito.

— É por causa de seus cânceres. A princípio ela venceu o da tireoide, depois viveu muitos anos com um linfoma, mas agora...

— O que ela tem?

— Câncer do pâncreas com metástase hepática.

— Humm... Quanto tempo resta?

— Não sabemos exatamente, muito pouco.

— E como ela está?

— Por fora, muito bem, você viu como ela é. Os médicos dizem que este tipo de tumor deveria estar provocando uma depressão aguda, mas se é assim nem sequer se nota. Se não fosse por aquele beijo que não foi dado...

— Você acredita mesmo que ela precisa disso para partir tranquila ao outro mundo?

Ela negou com a cabeça como se estivesse irritada e voltou a entrar no apartamento. Emilian respirou profundamente, como se precisasse armazenar reservas de ar puro antes de ir atrás dela. Encontrou-a pensativa junto às estantes.

— A serenidade da minha avó é apenas aparência — declarou ela, enquanto ele se aproximava. — Está presa no relógio da catedral.

— O quê?

Depositou o copo no único espaço livre daquela prateleira cheia de livros e trançou os cabelos. Ainda estava nervosa; cada um de seus movimentos parecia inspirado em uma coreografia de balé, delicado e seguro como o movimento de uma garça no início de um voo.

— Quando a bomba caiu, os ponteiros do relógio da catedral de Urakami ficaram parados nas onze horas e dois minutos. E minha avó, assim como esses ponteiros, jamais passou para o minuto seguinte, e sua reação foi idealizar aquele garoto holandês. Nem sequer tinha idade para viver uma paixão verdadeira e talvez até seus destinos os tivessem levado por caminhos diferentes, mas, por ter vivido o que viveu, aquele amor adolescente se transformou no reflexo de todos os seus desejos perdidos. Durante muito tempo tentou se convencer de que não precisava procurá-lo, de que o amor que sentiram um pelo outro durante aquele breve período havia sido mais do que o amor que a maioria consegue sentir ao longo de toda a vida. Mas... Se você conhecesse toda a história acabaria entendendo.

— Então por que você não me conta tudo?

— Eu sei que ela precisa encontrá-lo e beijá-lo antes de morrer — reiterou Mei, evitando seu pedido. — Só assim poderá partir livre de amarras. Não quero que fique vagando entre a gente como uma alma penada, ela não merece... Tenho que livrá-la do relógio.

Na mente de Emilian retumbou o eco intenso do ponteiro dos minutos, arrastado pelas engrenagens do carrilhão até a hora fatídica.

— Mas eu não fiquei parado — disse, finalmente.

Mei o fitou surpresa.

— Quer dizer que...?

— Que fiz algumas perguntas por minha conta.

— Por que você não me disse isso até agora? — conseguiu articular ela com um esgar de intensa emoção.

— Tudo é um pouco estranho. E não tenho notícias muito boas.

— Ele não está...

— Deixe eu me trocar e convidá-la para jantar — sugeriu. — Assim poderei contar tudo lentamente.

Pegaram a ponte que levava ao outro lado do lago, deixando para trás o seleto Bar des Bergues e os luxuosos restaurantes do Muelle de Mont-Blanc e chegaram a uma pracinha situada entre a prefeitura e a Catedral de São Pedro. Era o lugar que Emilian costumava escolher para ler um bom livro quando queria se esquecer de tudo. Optaram por um café acolhedor que cheirava a torta de maçã. Sentaram-se no terraço, aquecido por estufas externas a querosene, e pediram uma garrafa de vinho branco e uma *raclette*. A partir daí conversaram com a naturalidade de dois velhos amigos da universidade que se encontram no 25º aniversário da formatura, com mil coisas para colocar em dia, mas com a sensação de que o tempo não havia passado.

Emilian começou pelo início. Contou-lhe que sua estadia em Tóquio se devia a um projeto profissional falido, e não teve problemas em lhe confessar que seu calvário se agravou com sua expulsão do IPCC. Depois contou com todos os detalhes o que seu amigo Marek Baunmann averiguara: a existência da Concentric Circles, a empresa que Kazuo, transformado em mecenas, usava para fazer as doações para os concursos da OIEA e que, por sua vez, era proprietária daquele misterioso galpão abandonado em que tinha sua sede social. Não esqueceu o capítulo dos homens que o surpreenderam xeretando no interior de suas instalações.

— Você fez isso por ela ou por mim? — perguntou Mei.

Emilian amadureceu a resposta com paciência. Não se tratava apenas de se sentir atraído por seu rosto, sua forma de falar um tanto mística ou, em geral, seu tato incomum. Analisando o assunto com seriedade, devia se reportar a alcovas muito mais recônditas de sua alma.

— Suponho que o que menos importa seja o destinatário das minhas ações — aventurou-se a confessar. — A verdade é que estava há muito tempo me dedicando a construir um mundo melhor em abstrato e precisava poder dizer: pelo menos uma vez ajudei alguém de maneira concreta.

— Tenho certeza de que você é daqueles que vivem ajudando as pessoas.

— Não se engane — corrigiu-a. — Você está diante de um grande egoísta que durante anos afastou de sua vida tudo o que não servia a seu maldito projeto. Você mal me conhece, Mei.

— Conheço o que vai ser.

— O que você quer dizer?

— Quem disse isso foi Buda: se você quiser saber o que foi no passado, olhe o que é agora; mas, se quiser saber o que será no futuro, olhe o que *está fazendo* agora. O fato de ter resolvido dar esse passo por nós duas me faz muito feliz. E minha felicidade o transforma em uma pessoa melhor. — Abriu um sorriso. — E você não é tão ruim como imagina.

Emilian estremeceu. Mei acabara de recitar as palavras que as pedras do jardim zen lhe deram de presente no dia de seu primeiro encontro. Contemplou-a fascinado. Aquela mulher destilava Japão por cada poro. Sua avó também devia ser assim. Tentou imaginar o que o jovem Kazuo sentia toda tarde quando a via se aproximar de seu esconderijo pela colina, e quando depois roçava seu braço enquanto contemplavam juntos o ocaso que explodia na baía. Ele também levantou a vista ao céu. Nem sequer havia se dado conta de que quase anoitecera. As velas acesas sobre as mesinhas da pracinha formavam uma teia de aranha na qual ficavam presas conversas e risos.

— Vamos embora? — sugeriu ele. — Amanhã, na primeira hora, podemos ir ver Marek Baunmann na Agência de Energia Atômica.

— Você vai continuar me ajudando?

— Passou mesmo por sua cabeça que vou deixá-la sozinha? — perguntou ele por sua vez, sorrindo.

— Como você tinha dito que não faz mais parte do IPCC...

— Mas ainda tenho amigos na ONU. Marek é um deles. O mínimo que posso fazer é contar a ele que a sede da empresa de seu mecenas é um galpão abandonado protegido por capangas do Oriente — concluiu, meio sério e meio rindo de si mesmo lembrando o que tinha acontecido. — E aproveitaremos para perguntar se descobriu mais alguma coisa a respeito de Kazuo.

Um vento frio se infiltrou entre sua roupa e a pele advertindo-o de que embarcara em uma aventura sem volta. Levantaram-se e voltaram para casa ouvindo o som de seus próprios passos nos paralelepípedos. Entraram na portaria em silêncio, quebrado pelas engrenagens do velho elevador, cruzaram o umbral com a calma de um casal acostumado a fazer aquilo todos os dias e se despediram com um adorável "até amanhã" que na verdade significava o desejo de voltar a se ver.

Emilian acompanhou com o olhar o movimento da porta do quarto enquanto se fechava. Respirou fundo e mexeu no celular para fazer qualquer coisa. Não estava com sono e por isso era melhor se manter ocupado para não ficar rodando pelo apartamento ou, o que seria ainda pior, cair na tentação de atravessar aquela maldita porta e se atirar sobre a cama para beijá-la...

Os basculantes estavam abertos. O sol da manhã se livrou de umas nuvens baixas e explodiu no interior do apartamento. Emilian levou alguns minutos para se dar conta de que havia amanhecido no sofá por uma razão diferente da habitual, a preguiça que sentia de se locomover até a cama quando ficava com sono lendo informes.

Ouviu um ruído. Despertou, afastou os documentos que tinha sobre o peito como um jornal que serve de lençol a um mendigo e olhou por cima do encosto. A porta do banheiro se abriu lentamente. Centímetro a centímetro, foi revelando o corpo de Mei, ligeiramente arqueado com a sensualidade que havia aprendido nos quadros do Japão clássico. Emilian ficou olhando-a com descaramento, em parte porque nem sequer estava seguro de estar acordado e, sobretudo, pelo incontrolável desejo que sentiu ao encarar aquela porcelana que ocultava os mamilos e o púbis com infalíveis braços de bailarina. Gotas de água brilhavam sobre seu corpo.

— Saí para procurar uma toalha. Lá dentro não tinha nenhuma...

Pulou do sofá e foi correndo até um armário embutido do qual tirou um par de diferentes tamanhos. Entregou-as afastando com dificuldade o olhar, fixando-se em última instância em um sinal em forma de pássaro que Mei tinha sob a clavícula.

— Sinto muito — desculpou-se ela, enrolando-se na maior.

— Sou eu quem deve pedir desculpas. Deveria ter dado as toalhas ontem.

— Você já está fazendo muito por mim.

Caminhou para o quarto.

— Mei...

Ela se virou, mas apenas o suficiente para olhá-lo.

— Sim.

Quer que eu a acompanhe, soou na cabeça de Emilian.

— Pode me pedir qualquer coisa que precisar — Foi o que disse.

Desapareceu atrás da porta.

Emilian começou a recolher seus papéis do chão, mas logo sentou-se no sofá e levou as mãos ao rosto. Estava confuso. Decidiu imitar Mei e tomar uma ducha. Escolheu uma calça e uma camisa e entrou no banheiro. Quando voltou à sala, encontrou-a xeretando na estante onde arquivava seus projetos e as revistas que haviam publicado seus trabalhos de pesquisa.

Ficou contemplando-a durante alguns segundos. Usava um vestido muito curto de lã ajustado ao corpo, de listras brancas e pretas, com meias grossas e sapatos de salto. Teve a impressão de que não usava nada debaixo do vestido, nem mesmo sutiã. Os lábios intensamente vermelhos e os cabelos soltos e lisos como uma tábua. A franja cobria sua testa, destacando ainda mais os olhos rematados de preto. Emilian achou-a mais japonesa que nunca e não pôde reprimir um sorriso. Ela se virou.

— Por que está me olhando assim?

— Você está muito bonita — respondeu sem rodeios.

— Você não tinha me dito que participou da Cúpula de Kioto — comentou ela, lendo a capa de um documento. — Fez uma apresentação...

Emilian ficou gelado quando viu que tinha nas mãos o informe do Protocolo sobre os benefícios da energia nuclear de cuja elaboração participara ativamente. Era verdade que aquele trabalho significara uma divisão em sua carreira, mas preferia não falar dele para não se arriscar a entrar em uma discussão que poderia abrir, prematuramente, um abismo entre os dois. Não tinha nenhum problema em lhe revelar sua simpatia por essa fonte energética, mas tinha consciência de que sua posição era bastante censurável, e mais ainda por alguém nas circunstâncias pessoais de Mei. Na verdade, muitos japoneses viam com especial receio tudo o que lhes recordava a bomba, embora seu governo fosse um dos líderes mundiais da corrida nuclear e continuasse apostando na construção de novas usinas. Como sempre acontece, não havia uma verdade única, e nenhuma era totalmente correta. Foi até Mei e quase arrancou a pasta de suas mãos.

— Não se chateie com isto.

— Mas eu quero ver, de verdade.

— Se quisermos encontrar Marek livre, é melhor que saiamos imediatamente — insistiu um tanto condescendente, voltando a colocar a pasta no lugar de onde Mei a havia tirado.

Caminharam até a praça de Cornavin para pegar o bonde. Em vinte minutos chegaram ao parque Ariana, onde ficava o Palácio das Nações. Cada vez que Emilian pisava em seus extensos gramados sentia-se invadido por um duplo sentimento. Por um lado, tirava-o do sério a falta de operacionalidade da ONU, uma estátua de pedra que a maioria dos governos só queria ter por perto por questões de imagem, mas, por outro, sabia que valia a pena apostar no espírito de irmanação que propunha. De um ponto de vista mais superficial, gostava muito daquele jardim aberto, limpo, com seus edifícios de estilo clássico, perfeitos como maquetes de cortiça, espalhados por suaves colinas das quais era possível contemplar o lago Leman e os Alpes próximos. Fizera parte do IPCC durante tanto tempo que sentia aquele cenário como se fosse um pouco seu. Por isso, agora que o haviam expulsado do Painel, ver-se cruzando as portas de vidro do palácio como um cidadão qualquer lhe causou uma dor imensa.

Perguntaram por Marek Baunmann no balcão da entrada e esperaram que descesse para buscá-los. Não paravam de entrar e sair homens e mulheres de todas as nacionalidades, falando diferentes idiomas e formando uma colagem de roupas tradicionais: túnicas pesadas, guayaberas, camisas floridas, gravatas de caxemira e saias com estampas de tigre exibindo as goelas. Mei se fixou na escultura pela não proliferação de armas nucleares que o governo alemão havia doado. Haviam-na colocado no saguão, como se soubessem que ela um dia visitaria o edifício.

— Este lugar é enorme — disse Mei.

— Leve em conta que aglutina quase todas as agências internacionais: UNICEF, ACNUR, OMS... São realizadas cerca de 10 mil reuniões e mais de quinhentas conferências todos os anos.

— Quantas pessoas trabalham na Agência de Energia Atômica?

— A sede fica em Viena, aqui só há um pequeno escritório. Mas mesmo assim administra programas importantes. Quase todos os países do mundo participam.

— Mas nem todos — observou ela.

— A Agência foi criada exatamente por isso. Para controlar o uso militar da energia nuclear e defender... — hesitou por alguns instantes — seu uso pacífico.

— Suponho que por isso lhe deram o Nobel da Paz — disse Mei, referindo-se ao prêmio que a OIEA havia recebido em 2005.

Emilian não detectou se havia alguma ironia em suas palavras.

— Foi merecido. Os programas de desarmamento e não proliferação estavam em ponto morto e começavam a surgir novas ameaças de grupos terroristas. — Apontou um dos elevadores. — Aí vem Marek.

Trocaram um forte aperto de mãos.

— Querido amigo, esta é Mei.

Marek a cumprimentou cordialmente, mas estava muito mais sério do que era de se esperar.

— Está acontecendo alguma coisa? — suspeitou Emilian.

— Precisamos conversar. — Olhou para ambos os lados. — Não quero levá-los à Agência. É melhor ir à Sala dos Delegados.

Referia-se a um pequeno bar de estilo inglês, de acesso restrito ao pessoal e aos diplomatas, localizado em uma esquina do corredor que levava à grande Sala do Conselho. Lá, entre a fumaça do café com doces que um garçom solitário servia, costumavam ser costurados mais acordos do que em qualquer espaço oficial de reuniões do palácio. Eles se sentaram nas poltronas de couro diante da mesinha situada mais ao fundo e pediram sucos.

Marek deixou que Emilian falasse de forma sucinta de Mei e lhe contasse tudo o que acontecera no galpão da Concentric Circles que tinha encontrado em Rolle. Quando terminou, ele começou a falar.

— Me deram um toque — confiou-lhe com gravidade.

— Como?

— Você sabe que a primeira coisa que fiz quando você me pediu informações sobre aquele mecenas foi perguntar aos rapazes do departamento. Qualquer um deles pode ter falado com... Eu sei lá com quem! O fato é que me deram uma bronca por tentar levantar informações sobre um doador habitual que exige em troca apenas o anonimato.

Mei observava-os em silêncio.

— Acredito que deve ter sido depois de terem me surpreendido no galpão.

— Por Deus, Emilian, não acho que isso tenha alguma coisa a ver. Meus chefes chamaram minha atenção só porque têm medo de perder uma fonte de financiamento. Como iriam saber que sua visita a Rolle tinha alguma relação comigo?

— É possível que aqueles dois tenham anotado a placa do meu carro — interrompeu-o, preocupado.

— Você está paranoico. Não transforme uma questão de proteção de dados em um filme de gângsteres.

— Quem chamou sua atenção? — perguntou Emilian diretamente.

— Não vou dizer.

— Marek...

— Estou colocando em risco meu novo cargo, Emilian. Você está tranquilo porque não tem mais nada a perder aqui.

— Obrigado por me lembrar.

— Não queria que soasse assim. Mas a verdade é que saber o nome do mensageiro não adiantaria para nada. Nestes casos é sempre igual: vai se formando uma cadeia cujo elo original é impossível de localizar.

O garçom se aproximou oferecendo mais suco. Marek recusou com um gesto.

— Não se preocupe — concluiu Emilian. — E sinto muito pelo que aconteceu. Você sabe que a última coisa que eu pretendia era prejudicá-lo.

Marek contemplou-o por alguns segundos.

— É assim tão importante para você?

Os dois olharam para Mei.

— Podem esquecer — interveio ela. — Eu sou muito grata a vocês.

* * *

Depois das despedidas, Emilian pediu a Mei que o acompanhasse à biblioteca do palácio. Como estava ali, aproveitaria para pegar as referências dos informes do IPCC que queria incluir em seu currículo. E, enquanto isso, talvez lhe ocorresse onde poderia continuar procurando o misterioso Kazuo. Pegaram um longo corredor sem conversar. Mei se limitou a segui-lo virando a cabeça em todas as direções, como se quisesse memorizar as 34 salas de conferência e os 3 mil escritórios que inundavam o complexo para reiniciar as investigações sozinha.

Quando saíram da biblioteca, meia hora depois, deram de cara com uma excursão organizada. Sempre havia turistas no palácio. Na verdade, turista era o que não faltava em todo o parque Ariana. O Sr. De la Rive, antigo proprietário do terreno onde foram construídos os edifícios institucionais, antes de doá-los à cidade impôs a condição de que sempre estivessem abertos ao público... Além de outras exigências mais pessoais: que lhe fosse permitido ser enterrado ali e que seu pavão real tivesse liberdade de passear pelos jardins, prerrogativa que se estendera aos seus alados sucessores, como testemunhavam os gritos que se ouviam à distância.

Emilian se afastou para deixar passar os turistas quando ouviu alguém o chamando. Era Sabrina, a guia do grupo, uma jovem italiana com os olhos de Sofia Loren e a desenvoltura de Marcello Mastroiani.

— Você voltou do Japão e não me avisou? — exclamou ela, correndo para abraçá-lo.

Deram-se três beijos.

— Tive uns dias um pouco complicados.

Sabrina lançou um olhar para Mei, que ficara um passo atrás para não incomodar.

— E, além disso, trouxe uma recordação — brincou a italiana, descaradamente.

— Você não tem jeito. — Emilian sorriu. Fez um gesto a Mei para que se aproximasse. — Me deixe apresentá-las. Mei é uma amiga; Sabrina, meu motor de ação verde.

Era assim que a chamava. Haviam se conhecido dois anos antes em uma palestra sobre urbanismo responsável de Emilian para os membros de um grupo ecológico. Entre eles estava Sabrina, uma ativista jovem e comprometida que ficou admirada com a bagagem de Emilian, que havia colaborado com quase todas as organizações verdes do planeta. Embora nos últimos tempos tivesse abandonado sua face mais beligerante, Emilian aceitou lhe dar uma ajuda nas campanhas de conscientização social de sua pequena ONG. Gostava de seu jeito latino, apaixonado. Por isso também não hesitou em ajudá-la quando, meses atrás, Sabina lhe pediu que mexesse os pauzinhos para que a contratassem como guia no palácio. Estava se preparando para um concurso de intérprete das Nações Unidas que não era feito todos os anos e assim pelo menos poderia ir conhecendo os bastidores da casa.

Deu a cada uma algumas informações sobre a outra sem se aprofundar muito.

— Senti sua falta — ronronou Sabrina, apoiando seu rosto no ombro dele. — Ultimamente você não tem me ligado, mandado mensagens...

— Eu também senti sua falta. Não teria me feito mal tê-la por perto nas últimas semanas.

Ela olhou-o nos olhos teatralizando uma expressão de surpresa.

— Você não está dando em cima de mim a esta altura, está?

Riram.

— Justamente o contrário. Preciso de uma pessoa que se dedique exclusivamente a me dar umas pancadas sempre que eu fizer besteira. Se quiser, o emprego é seu.

— Certamente não é para tanto, ou não? — perguntou Mei, dirigindo-se a ela como se a conhecesse desde sempre.

Emilian ficou pensativo. De repente ficou alheio à conversa, com o olhar perdido.

— Venha aqui um momento — pediu de repente a Sabrina, afastando-se a uma das janelas. — Você também, Mei, por favor.

Sabrina pediu desculpas ao responsável pelo grupo de turistas e foi atrás deles. Apoiaram-se no parapeito de mármore que refletia o sol.

— Você continua saindo com aquele rapaz do departamento orçamentário? — perguntou Emilian em tom de conspiração.

Ela olhou-o com estranheza.

— São águas passadas — respondeu ela. — Agora estou namorando um belga do FMI. Você sabe, quando está em Bruxelas fazemos sexo à distância, mas é tão fofinho... Sempre nos resta o Skype.

Dirigiu um olhar de cumplicidade a Mei.

— E o outro, nem sequer o vê?

— Por que isto agora? — Ela se remexeu, dando-se conta de que Emilian estava falando sério.

— Preciso que entre em contato com ele e pergunte uma coisa.

— Que coisa?

— Se bem me lembro, administrava depósitos, transferências dos orçamentos independentes das Agências e todos esses trâmites bancários com as contas gerais da ONU, não é mesmo?

— Sim, mas...

— Tente saber se em seus papéis aparece alguma coisa relacionada com esta empresa — murmurou Emilian, enquanto pegava uma caderneta e uma lapiseira e anotava o nome e o endereço da Concentric Circles de Kazuo.

— Você acredita mesmo que ele vai me dizer? Certamente isso é ilegal.

— Sabrina — Emilian sorriu —, com esses seus olhos...

Ela deu uma palmada em seu braço.

— Vai à merda! — Ela riu e voltou a olhar para Mei. — Como você consegue aguentar por mais de um minuto uma pessoa tão desprezível?

— Você vai fazer o que estou pedindo, não vai?

Ficou pensativa durante alguns segundos.

— Sim, mas, em troca, você me acompanhará amanhã à manifestação contra o trem alemão que carrega resíduos radioativos — sugeriu ela, satisfeita. — Ah! Não! — corrigiu-se imediatamente em tom cáustico. — Você é um maldito defensor da energia atômica! Não sei por que continuo falando com você. — Deu-lhe outros três beijos e se despediu de Mei cochichando. — Tenho que voltar para o grupo ou vão me despedir. Eu e você estaremos algum dia longe deste mala!

E levou o grupo de turistas à Sala XX, coroada pela cúpula de Barceló.

Mei não escondeu sua surpresa.

— O que sua amiga quis dizer quando afirmou que você é um defensor da energia atômica?

Ele respirou.

— Defendo que ela seja usada em vez das consumidas habitualmente — declarou ele de uma vez. — Como comecei a explicar ontem, meu projeto se baseava em uma ilha não poluente, livre de emissões, e a única forma de conseguir isso é...

— Não posso acreditar — interrompeu-o.

— É uma forma legítima de encarar o problema — defendeu-se ele.

— O que não posso acreditar é que tenha ocultado isso de mim.

— Em nenhum momento ocultei. Vou contando as coisas de maneira natural, como vão fluindo.

— Não seja cínico. Agora entendo por que você sabia de tanta coisa quando conversamos sobre meu irmão Taro e a influência da radiação nos fetos. E certamente o informe de Kioto que você tirou das minhas mãos hoje de manhã também tinha algo a ver com isso. Você até conhecia um dos chefes da OIEA. E nossas conversas em Tóquio... Não entendo como pude ser tão cega.

— Mei, por favor, o que eu queria evitar era justamente este tipo de discussão. É óbvio que o que eu faço não tem nada a ver com a bomba lançada sobre Nagasaki, mas tinha medo de que...

— Para você, naturalmente, não tem nada a ver — voltou a interrompê-lo com um tom gélido. — Diga isso aos sobreviventes japoneses cancerosos, diga isso à minha avó.

— O melhor presidente que a OIEA teve era japonês, porra! E a Agência está há mais de cinquenta anos evitando que a energia atômica seja usada com fins militares e assessorando os governos sobre seus benefícios para outros usos. São coisas diferentes, pelo amor de Deus! Você nem imagina os protocolos de segurança e de proteção ambiental que os programas são obrigados a cumprir. É este o trabalho de Marek. E por isso organizaram o concurso sobre o projeto de transporte de material radioativo. Graças à Agência você descobriu o haicai que Kazuo publicou; por isso não me venha agora com demagogia!

— Terminou?

— Como já falei, isto é exatamente o que não queria.

— E o que você quer, Emilian? Será que você soube alguma vez?

Ficou calado, vendo Mei começar a andar em direção à saída do edifício.

# 11

# Isto não é morrer com honra

*Nagasaki, 13 de agosto de 1945*

Junko estaria esperando por ele na colina?

Como não tinha pensado nisso antes?

Kazuo queria começar a correr, mas Kramer lhe pediu calma. Poderia parecer que estavam fugindo de alguma coisa e não era conveniente continuar chamando a atenção. Qualquer movimento seu era ampliado pelos seus cabelos louros e seus olhos de peixe. Traçaram a rota que Kazuo havia percorrido tantas vezes para ir ao seu encontro diário. Iniciaram a subida pela zona mais íngreme, como ele sempre fazia, empurrando com as mãos os joelhos para se impulsionar para cima. Resfolegava pelo cansaço — quando comera pela última vez? — e pela ansiedade que, como uma trepadeira parasita, aferrava-se ao seu peito. Parecia que estava subindo uma ladeira diferente. Nada era mais como antes da explosão. As odiosas moscas grudavam em seu rosto e chupavam seu suor e também atacavam a ferida da cabeça.

Quando chegaram ao topo, constatou, desolado, que não havia ninguém. Nem ninguém nem nada, apenas oxigênio, apenas um asfixiante silêncio funesto tão diferente daquele que, quando aquela colina era o refúgio dos adolescentes, lhes parecia uma paradisíaca ilha deserta.

Subiu na pedra da qual podia observar o Campo 14. Ficou um tempo parado lá, com os ombros caídos e uma inquietante expressão de derrota. Sentiu um novo tipo de angústia. Estava no lugar do qual havia presenciado a luz. Até acreditou que revivia os instantes que a antecederam, quando ouviu o barulho do bombardeiro.

Franziu o cenho.

Era muito claro para ser um eco da memória.

Levantou a vista ao céu. Uma luminosidade espectral perfurava as nuvens escuras. Mas havia algo mais.

— O que é isso?

De novo o queixo erguido, como cinco dias antes.

Kramer também levantou a vista entrecerrando os olhos.

Outra vez não...

Outro paraquedas?

Outra bomba?

Não eram capazes de dizer nada. Não cabia mais morte. Até se permitiram uma súplica muda e conjunta: morrer no primeiro instante, com a gênese da luz. Mas logo descobriram que o que caía era uma espécie de chuva, e não de partículas de poeira e cinza dos mortos como a que cobrira o vale depois da queda do cogumelo.

— São panfletos... — murmurou Kramer, controlando um tremor da voz que o delatava, referindo-se às mensagens que os aliados lançavam para minar o moral da população civil.

Em meio ao confete inesperado, Kazuo conseguiu avistar um avião se afastar. Os primeiros panfletos que caíram acariciaram seu rosto com a delicadeza de um pai que volta para casa depois de uma longa viagem de trabalho.

Agachou-se para pegar um. Estava escrito em japonês.

— Você entende o que diz? — perguntou Kramer.

— Claro que sim — respondeu sem parar de olhar o papel.

— Leia para mim.

Kazuo voltou ao começo e traduziu palavra por palavra.

— O povo japonês enfrenta um outono extremamente importante. Nós, os aliados, apresentamos ao governo 13 artigos de rendição para pôr fim a esta guerra infrutífera, uma proposta que foi ignorada pelos líderes do Exército japonês... — Parou por uns instantes e, pulando algumas frases, foi direto ao final. — Os Estados Unidos desenvolveram uma bomba atômica, algo que não foi feito por nenhuma outra nação anteriormente, uma arma terrível que tem o poder de destruição de mil aviões B-29.

Kramer sabia que, nesse mesmo instante e seguindo os ditames do comitê de especialistas em operações psicológicas, centenas desses mesmos B-29 estariam espalhando aquela mensagem por todo o país.

Murmurou algo ao mesmo tempo que fazia um gesto de vitória condensado em um punho apertado.

Kazuo olhou-o confuso.

— Por que você se alegrou?

— Esta guerra terminará logo, você vai ver.

Que guerra?, pensou Kazuo. Onde está Junko? Eu perdi minha única batalha. Junko, me perdoe...

Sentou-se no chão em meio aos panfletos que haviam pousado na colina. E então viu um papel diferente do resto. Pegou-o lentamente e permaneceu um tempo com os olhos cravados nele.

— O que é isso? — perguntou Kramer.

— Um vale do centro de racionamento.

— E como chegou aqui?

— Talvez tenha sido trazido por Junko — respondeu Kazuo.

Disse-o sem trejeitos, com toda naturalidade.

— Pode ser de qualquer um.

O comandante Kramer apertou os lábios, arrependendo-se imediatamente de pensar com racionalidade naquele mundo absolutamente irracional.

Kazuo fez um gesto de ir embora.

— Aonde vai?

— Ao centro de racionamento.

— Está ficando tarde, garoto, e passamos o dia inteiro andando de um lado a outro. Seria melhor deixar para lá e continuar amanhã.

— Não preciso que você me acompanhe.

Começou a andar colina a baixo.

— Espere — deteve-o o comandante. — Onde fica esse lugar?

O menino parou de repente e respondeu devagar.

— Ao lado da estação de trem.

Kramer se debateu em silêncio. Temia continuar decepcionando-o. Por um lado, tinha certeza de que no centro de racionamento tampouco encontrariam alguma pista; e o fato de se ver ao lado da estação implicava o risco de ceder ao impulso de abandonar seus homens e pular no vagão de qualquer trem que se dirigisse ao leste. Mas, ao mesmo tempo, aterrorizava-o pensar que a história daquele menino com seu amor adolescente fosse um reflexo de sua própria história com Elizabeth. Será que precisaria encontrar essa Junko para manter vivas suas próprias esperanças de reencontrar seu amor em Karuizawa? Maldito garoto... Lembrou-se da cena da catedral, quando Kazuo não hesitou em se atirar nas costas do agente do Kempeitai com aquela madeira destroçada que mal conseguia sustentar.

— Deus me recompensará algum dia — disse Kramer com ironia, enquanto se encaminhava para baixo.

Quando chegaram à estação já havia anoitecido. Ao cruzar a plataforma viram que, apesar da considerável distância que os separava do epicentro, muitos dos pilares de ferro haviam se arqueado devido ao calor até que o teto desabou. No entanto, os trilhos continuavam no lugar, e os horários de chegada e partida dos trens se reestabeleceram. No edifício de escritórios, uma barafunda de pessoas vindas de outras cidades tentava obter qualquer informação sobre seus familiares. Os funcionários se esforçavam para classificar por bairros os pouquíssimos dados de que dispunham, embora, na maioria das vezes, respondessem de forma mecânica com um sintético "todos mortos ou desaparecidos" que provocava ondas de histeria que precisavam ser aplacadas pelos soldados do posto de controle.

— É ali — apontou Kazuo alheio a tudo, e começou a correr para uma zona ladeada por uma barricada de sacos terrosos e barris queimados.

O que chamavam de centro de racionamento não passava de um grande pátio circundado por uma grade. Ao fundo ficava o galpão onde eram feitos os preparativos, e pelos fundos entravam os caminhões. Na frente havia um grande portão através do qual as patrulhas civis distribuíam arroz. Quando chegava a hora, subiam em umas caixas que lhes serviam de parapeito e distribuíam rações seguindo a ordem imposta pelos próprios sobreviventes, que esperavam sua vez com espantosa paciência.

Naquele momento havia apenas algumas pessoas dispersas pelo pátio. Kazuo se aproximou de um homem magro que jazia feito um novelo e lhe perguntou quando começaria a distribuição de comida, mas não obteve resposta. Ficou paralisado ao constatar que tinha a pele púrpura dos infectados. Kramer o afastou dele e foram até outros dois que, recostados na parede do galpão, os observavam com apatia.

— Pergunte a eles onde podemos encontrar a pessoa que distribui os vales de comida.

— Antes das dez de amanhã não virá ninguém — respondeu o mais velho, quando Kazuo acabou de traduzir.

— Merda...

— E garanto a vocês que não vai ser fácil falar com o encarregado.

— Por quê?

— Vocês não sabem como funciona! Daqui a pouco vai começar o desfile dos que vêm garantir seu lugar. Eu estou esperando desde de manhã e ainda me resta toda a noite, mas pelo menos garantirei uma ração.

— Pergunte a eles se dão algum tratamento especial a mulheres e crianças — ocorreu a Kramer, pensando que talvez Junko tivesse tido acesso por uma fila menos concorrida e por isso poderia ter chamado mais a atenção.

— Vocês acreditam mesmo que do jeito que as coisas estão é possível fazer distinção de idade ou sexo? — respondeu o outro, bastante mais jovem, quando Kazuo traduziu a pergunta para o japonês. Parecia um homem instruído; estava nu, a não ser por um calção e uma faixa cruzada por cima do ombro que lhe cobria o tronco, mas sua voz tinha o tom dos professores da escola primária. — Este mundo de trevas não foi feito para os fracos.

– Junko não é fraca.

— Quem é Junko?

— Uma menina de 12 anos que veste um quimono vermelho.

— Que curioso...

— Você a viu?

— Eu não, mas se uma pequena gueixa atravessou mesmo este inferno, vocês farão bem em perguntar ao encarregado dos vales. Nesta cidade cinza, qualquer pincelada de cor chamaria tanto a atenção quanto o primeiro broto das cerejeiras depois de um longo inverno.

— Esperaremos na entrada traseira do galpão a chegada desse encarregado e o abordaremos antes que comece a distribuição — declarou Kramer. — Não se preocupe.

Procuraram um lugar recolhido. Kazuo se recostou ao lado do esqueleto carbonizado de um veículo militar. Sabia que precisava dormir se não quisesse ficar louco, mas temia fechar os olhos, não acordar a tempo e perder a oportunidade de falar com a única pessoa que poderia lhe dar a próxima pista de Junko. Enfiou a mão no bolso, apertou o papel enrolado do haicai e ficou alerta, diante da presença escrutadora dos mortos recentes, mimetizado às sombras que o convidavam a entrar no coma daquela noite sem fim.

O estrondo dos caminhões que traziam os sacos de arroz o tirou de sua letargia. Ficou em pé e foi correndo sacudir Kramer. Viram o comboio entrar no galpão. O portão estava custodiado por dois soldados que voltaram a fechá-lo após a passagem dos veículos. Já tinham sido avisados de que não ia ser fácil ter acesso àquele homem. Kramer se grudou na cerca de arame para observar como iam as coisas no pátio. Estava apinhado de gente. As longas filas de sobreviventes que tentavam garantir uma ração se misturavam com a massa de viajantes que, depois de descer de um trem vindo do norte, esperavam que o destacamento militar lhes desse qualquer informação sobre os seus entes queridos. Kazuo, que tinha brincado muitas vezes na estação com seus companheiros de colégio, puxou o comandante pela manga até a malha de trilhos, entre a multidão e a fumaça da locomotiva, e escorregou sob alguns vagões até chegar a uma gare deserta. Ali se abria uma portinha metálica lateral do galpão pela qual costumavam carregar as mercadorias pequenas sem necessidade de dar a volta até o portão da frente.

Enfiaram-se por ela com cautela e foram se esconder atrás de uma pilastra. Ao fundo, uma equipe da defesa civil já empilhava sacas de arroz. Logo localizaram o chefe, um japonês redondo de cara tão inchada que parecia ter comido tudo o que devia repartir. Kazuo fez um gesto de que ia até ele, mas Kramer o reteve para analisar primeiro a situação. O chefe, a quem os demais chamavam sem nenhum pudor de Baiacu — certamente por sua semelhança com o cobiçado peixe fugu —, discutia de maneira acalorada com dois homens. Um deles tinha um caroço no cotovelo direito. O outro segurava um pequeno aparelho de rádio que vomitava vigorosos informes da NHK, a emissora governamental.

Kazuo aguçou os ouvidos para entender o que diziam. Mas pouco depois, como se tivesse escutado sua própria sentença de morte, sua expressão mudou: ficou ainda mais branco, com os olhos arregalados e a boca bem aberta.

— O que está acontecendo? — perguntou Kramer. — Do que estão falando?

Kazuo fez um gesto enérgico pedindo silêncio. A discussão dos japoneses subia de tom. Kramer começou a achar que haviam chegado longe demais. Estava prestes a pegar o menino e sair por onde haviam entrado quando este, muito mais tranquilo, virou-se e lhe cravou um olhar carregado de luz. Abria a boca, mas não conseguia falar. O comandante então o sacudiu.

— Reaja, porra!

— O Japão se rendeu, comandante.

— O quê?

— O imperador está prestes a comunicar a seu povo que aceita a rendição incondicional. Vão transmitir um discurso para todo o país.

— Sim!

Abraçou o menino com força, contendo-se para não revelar onde estava.

— Por isso estão tão alterados. Baiacu não faz nada além de repetir que não suporta semelhante desonra.

— Louvado Hiroito! — agradeceu Kramer, fechando os olhos, celebrando que o imperador, sem dúvida farto da ação errática de seu gabinete, tivesse decidido assumir a gestão da crise e cortar o mal pela raiz antes que não restasse um único japonês a ser salvo.

No galpão, Baiacu continuava se lamentando com as mãos erguidas e o rosto roxo de raiva enquanto esperava a mensagem oficial.

— Era claro que isso ia acontecer! — gritava.

— É claro que ia acontecer — comentou o que segurava o rádio. — Nosso erro foi não termos nos rendido há um mês.

— Você também é daqueles que abaixam a cabeça antes de morrer com honra?

— Olhe a sua volta! Você acredita que o povo japonês está disposto a passar de novo por algo assim? Isto não é morrer com honra.

— Traidor!

— Traidor? — Riu, o que deixou Baiacu ainda mais enfurecido. — Qual é o bando que se supõe que estaria traindo? Dizem que o próprio ministro da Marinha chegou a insinuar ao imperador que as bombas atômicas foram um presente caído do céu. Que melhor desculpa do que esta para não admitir a ineficácia do povo japonês para vencer esta guerra? Está claro que nos metemos nisto sem calcular nem os riscos nem as nossas possibilidades.

Baiacu, incapaz de digerir aquelas afirmações que alguns dias antes teriam sido consideradas uma afronta punida com o cárcere, atirou-se em cima dele de forma brutal e tentou lhe dar um soco com movimentos cruzados de seus robustos braços. Seu oponente se desvencilhou dele com facilidade, mas o rádio escapou de suas mãos e teve de se agachar em uma pirueta de felino para pegá-lo no ar antes que se espatifasse no chão.

— Largue-o já! — gritou o do caroço. — Desse jeito acabaremos não podendo ouvir o discurso!

Kramer continuava sem acreditar. Apoiara-se na pilastra com uma expressão de prazer que também deixava transparecer a agonia vivida naquela maldita guerra. Foi reagindo pouco a pouco. Agora que tudo terminara, não queria colocar em risco, sem necessidade, sua própria segurança e a do menino. Repassou cada canto do galpão, o rosto dos membros daquela patrulha de civis armados — que lhe inspiravam muito mais receio que os militares —, a confusão ao fundo, separada deles apenas por uma grade frágil e algumas caixas. Cada vez lhe parecia mais imprudente estar ali. Uma coisa era ter optado por permanecer no Campo 14 em vez de fugir de forma infrutífera para a montanha e outra, muito diferente, era se enfiar em um foco de tensão política que podia explodir a qualquer momento atingindo-os em cheio e transformando-os em apetecíveis bonecos a quem linchar.

— Não posso esperar mais. — Ouviu Kazuo dizer ao seu lado.

Mas quando reagiu, o menino já havia saído de detrás da pilastra e se expunha aos olhares da patrulha.

— Espere...

Kazuo se deteve.

— O que foi?

Não sabia o que responder. Baiacu, que apesar de já ter se tranquilizado continuava resmungando, agora porque o outro não o deixava aproximar a orelha do rádio, que tentava sintonizar sem êxito, virou-se para eles e os contemplou perplexo. Kramer se deu conta de que não tinham como recuar e por isso acompanhou o menino a passo lento até o centro do galpão.

— Quem são vocês? — perguntou Baiacu quando estavam bem perto.

Kramer levantou oportunamente as mãos em um gesto de paz e deixou que Kazuo falasse.

— Me perdoe por interromper sua tarefa, mas há uma coisa muito importante que só o senhor pode fazer — disse em perfeito japonês, deixando de lado sua impaciência e exibindo um bem-aprendido protocolo que implicava não pedir ajuda a seu interlocutor na primeira pessoa, mas lhe dando a entender que aquilo que suplicava era legítimo em si mesmo.

— De onde você saiu? E por que fala tão bem meu idioma?

— Quando os meus pais morreram, fui adotado por um cidadão de Nagasaki.

— Por quem?

— Pelo Dr. Sato.

— Hum... O médico que tem uma clínica na encosta? — Kazuo assentiu. — E esse que está com você quem é?

Apontou para Kramer de forma depreciativa.

— Desde que a bomba explodiu não parou de ajudar nossos vizinhos. Se não fosse ele, eu não estaria vivo.

— Você é um prisioneiro do Campo 14?

— Sim.

— Este país não tem jeito — resmungou, dirigindo-lhe um olhar de ódio. — O inimigo acampa à vontade no meio da gente como se tudo tivesse acabado. O estranho é que não exija que eu entregue minha arma.

Passou a mão pelo coldre que sobressaía por cima do cinturão, quase oculto entre as dobras de sua barriga.

— O que está acontecendo? — perguntou Kramer em voz baixa.

— Deixe comigo — interrompeu Kazuo com determinação.

Baiacu continuou pressionando o holandês. Os outros membros da patrulha da defesa civil permaneciam congelados; alguns, trepados no caminhão; o resto, ao redor de seu chefe, como se estivessem esperando o próximo movimento.

— E você precisa de mim para quê? — concedeu por fim, dirigindo uma última careta de desprezo a Kramer.

Kazuo controlou a ansiedade como pôde e continuou no mesmo tom cortês.

— Minha namorada seria a mulher mais afortunada do mundo se o senhor me ajudasse a encontrá-la.

— Sua namorada? — exclamou Baiacu, zombando. O próprio Kazuo se surpreendeu de tê-la denominado assim, mas em vez de se envergonhar se sentiu ainda mais forte. — E como posso ajudá-lo a encontrar *sua namorada*?

— Sei que esteve aqui.

— Olhe para o fundo do galpão. — Apontou a confusão com ar cansado. — Tem estado abarrotado desse jeito desde o primeiro dia.

— Ela é diferente.

— É normal que você ache isso! — disse, rindo.

— Vestia um quimono vermelho — informou o menino.

O japonês teve uma reação aceitável.

— Como uma pequena gueixa?

— É proibido vestir quimonos de seda! — interveio o do caroço.

— Cala a boca! Acho que já sei a quem se refere.

— O senhor a viu mesmo? — empolgou-se Kazuo, emocionado.

Baiacu abandonou ainda mais o tom hostil, enxugou o suor da testa e murmurou algo para si.

— Quando foi...?

— Chefe! — chamou o do rádio.

— Agora me lembro, sim, o quimono... — continuou, pensativo.

— Ouçam! — insistiu o outro. — O discurso vai começar!

— Quando a viu? — desesperou-se Kazuo. — Disse algo a ela?

Baiacu fez um gesto com a mão pedindo paciência e se concentrou de novo no pequeno aparelho de rádio. Kazuo quis se ajoelhar a seus pés para suplicar que lhe desse mais alguns segundos de atenção; só precisava de uma frase, uma única, mas Kramer segurou-o por trás.

— O que está fazendo? Me largue!

— Você vai estragar tudo.

— Me solte!

— Espere o maldito discurso terminar — implorou-lhe ao ouvido, enquanto o mantinha preso ao seu peito. — O que importa ser agora ou esperar mais alguns minutos?

Kazuo apertou os dentes para não gritar de pura raiva enquanto o do caroço pedia ao dono do rádio que aumentasse o volume. Logo se percebeu a voz de Hiroito em meio ao nefasto zumbido do transistor:

*"Apesar de todos terem dado o melhor de si, da luta corajosa do exército e das forças navais, da diligência e da dedicação de nossos servidores do Estado e da colaboração firme de nossos 100 milhões de súditos, a situação da guerra não se desenvolveu de modo a favorecer o Japão, e as tendências gerais do mundo se voltaram contra nossos interesses..."*

Era uma gravação de má qualidade; além do mais, o imperador havia optado por usar o japonês arcaico próprio da corte e por isso os membros da equipe da defesa civil tinham dificuldade de acompanhar o texto.

*"Como se não bastasse, o inimigo começou a usar uma bomba nova e cruel de incalculável capacidade de provocar estragos e acabar com vidas inocentes. Se continuássemos lutando, não apenas teríamos como resultado o colapso e a destruição da nação japonesa, como conduziríamos a civilização humana a sua completa extinção..."*

Enquanto a roda se estreitava ao redor do rádio, o mais erudito do grupo se esforçava para responder às perguntas de seus ansiosos companheiros e interpretar cada palavra como se fosse um tradutor simultâneo, formando um emaranhado de vozes que, somadas à patética mensagem, foram aquecendo o ambiente de forma quase física.

*"Sendo assim, como vamos salvar nossos milhões de súditos ou expiar-nos diante dos espíritos benditos de nossos ancestrais imperiais?"*, continuava Hiroito, com seu afetado plural majestático. *"Esta é a razão pela qual determinamos a aceitação das disposições da Declaração Conjunta das Potências."*

— Não! — protestou Baiacu.

— Silêncio!

— Para que ouvir isto? É o fim!

— Shhh! — Ouviu-se no galpão.

*"É verdade que as dificuldades e os sofrimentos aos quais nossa nação ficará sujeita de agora em diante serão enormes"*, foi concluindo. *"Temos plena*

*consciência dos sentimentos mais profundos de todos vocês, nossos súditos. No entanto, de acordo com os ditames do tempo e do destino, resolvemos preparar o terreno com vistas a uma paz duradoura para todas as gerações que estão por chegar, suportando o insuportável, sofrendo o insofrível."*

— Já era hora! — comemorou o dono do rádio. — Viva o imperador!

— Suportar o insuportável, que vergonha! — esgoelou Baiacu, dando um soco no ar e quase atingindo a cabeça de Kazuo.

— Vá embora deste país se não está feliz! — encarou o do caroço. — Você encheu o saco de todos nós com suas queixas intermináveis!

— E não tenho razão?

— É uma falta de respeito com os que morreram!

— O que você quer dizer? Nessas pilhas de cadáveres também há amigos meus!

— Você nunca teve amigos!

Aquilo foi demais. Baiacu se agachou, levantou acima da cabeça uma saca com a pose de macho dominador de uma família de gorilas e atirou-a em seu companheiro, que mal teve tempo de se afastar, esparramando o arroz pelo chão e provocando um alvoroço entre as pessoas que esperavam sua ração no outro lado da pilha de caixas. Seus subordinados caíram em cima dele, mas parecia ter perdido a cabeça, mal conseguiam segurá-lo. Junko..., sussurrava Kazuo com a incredulidade estampada no rosto, vendo que suas opções terminavam enquanto a confusão aumentava, com todos perguntando aos gritos o que o imperador havia dito, subindo nas grades e inclusive, coisa insólita, desafiando a autoridade dos soldados que, no outro lado, controlavam as filas. Os membros da defesa civil começaram a inquietar-se, soltaram seu chefe suplicando-lhe que se tranquilizasse e os ajudasse a apaziguar a massa antes que avançasse sobre eles, mas Baiacu aproveitou o desconcerto e correu até um caminhão de cuja cabine tirou uma adaga que colocou com decisão em sua barriga. Ajoelhou-se no chão sentado sobre seus calcanhares e começou a recitar os versos que antecedem o haraquiri.

Kramer estava mais preocupado com a multidão que começava a trepar nas caixas. Precisavam sair dali o quanto antes, porém Kazuo continuava cravado no chão a 2 metros de Baiacu, cujas mãos tremiam sabendo que em alguns segundos teria de pressionar a lâmina em direção a suas entranhas.

Nesse momento, para a surpresa geral, o proprietário do aparelho de rádio resolveu interromper o suicídio ritual — se acreditasse que seu chefe estava de posse de suas faculdades mentais jamais teria interferido —, tirou uma ferramenta da traseira do caminhão e atingiu sua cabeça fazendo com que seu rosto roxo fosse se estatelar no chão coberto de arroz.

— Não! — gritou o menino.

Atirou-se sobre o corpo de Baiacu, quase montando nele. O homem não se mexia, talvez o que tinha lhe dado o golpe tivesse exagerado. Perguntou por Junko uma e outra vez. Ninguém entendia nada. As pessoas famintas passaram por cima das caixas e se esparramaram pelo galpão como o arroz da saca. Kramer arrancou Kazuo do corpo seboso da única pessoa que lembrava ter visto o quimono vermelho depois da explosão. Me solte de uma vez por todas!, gritava, voltando a aferrar-se àquela massa inerte. Quero estar aqui quando despertar! Mas o holandês insistia que não podiam fazer mais nada. Está morto!, tentava convencê-lo apontando o fio de sangue que fluía da cabeça de Baiacu. Talvez outra pessoa se lembre de Junko, soluçava Kazuo. Mas já não havia tempo. Os esfomeados rasgavam com os dentes o tecido grosseiro das sacas e se ouviam os apitos dos soldados que se revezavam no controle da estação.

— Os ocidentais são culpados de tudo! — gritou o do caroço.

Era exatamente isso o que Kramer temia: que alguém os apontasse e insuflasse os ânimos do restante. Puxou Kazuo pelo braço, pela roupa, mas não conseguia nada. O menino se revolvia como um animal e continuava aferrado a Baiacu. O que podia fazer? Não era capaz de abandoná-lo... Não pensou duas vezes. Deu-lhe uma forte bofetada que o deixou tonto durante alguns segundos e aproveitou para agarrá-lo pela cintura, colocá-lo no ombro como se fosse um fardo, começar a correr para a porta metálica e então até os vagões abandonados na via morta. De lá, seguiu a algum lugar qualquer afastado da estação, sentindo a suas costas o desespero de quem havia perdido tudo.

* * *

Depois de ter corrido um bom tempo com o menino no ombro, os músculos das pernas de Kramer se retesaram e foi obrigado a parar. Resolveu se esconder entre as ruínas daquilo que devia ter sido uma pequena mercearia, a julgar pelos restos reconhecíveis de um toldo e de algumas caixas de fruta carbonizada que emergiam no meio dos entulhos. Certificou-se de que ninguém os seguia e deixou Kazuo cair; o menino ficou de joelhos com a cara afundada nas próprias mãos.

— Você sabe que não podíamos fazer outra coisa a não ser sair de lá — justificou-se o comandante.

Kazuo o perfurou com seus olhos entrefechados.

— Para que ia se arriscar? Você já tem o que queria. — disse Kazuo.

— O que você está dizendo?

— O Japão se rendeu. Agora os aliados virão buscar seus homens e o senhor poderá ir procurar sua namorada em Karuizawa.

— A rendição é boa para todo mundo, filho.

— Sim... — assentiu Kazuo, cordato.

Kramer recordou as palavras de Groot. O menino salvara sua vida, merecia um futuro, tinha que dizer isso em voz alta, comprometer-se por completo.

— Você sabe que pode vir comigo se quiser.

Enfim o fizera.

Kazuo reagiu de forma muito diferente da que o holandês esperava. Contemplou-o como aquele que olha através de uma janela para uma vereda vazia, querendo apenas recuar no tempo.

— Não quero ir sozinho — disse finalmente. — Não posso ir a nenhum lugar sem Junko.

— Mas...

— Você não vai continuar me ajudando a procurá-la, não é mesmo?

Kramer respirou fundo.

— Sinto muito, garoto, mas em algum momento você terá de se render à evidência.

Kazuo subiu lentamente na montanha de entulhos que lhes servia de barricada. Permaneceu durante alguns segundos quieto, como um vigia, e de repente começou a correr pelo terreno calcinado. O comandante suplicou que esperasse por ele, que se convencesse de que o melhor era acompanhá-lo a Karuizawa, que pensasse melhor. Mas Kazuo não tinha nada em que pensar. Seu herói holandês o decepcionara quando mais precisava dele, como o resto do mundo ao longo de sua vida: seus pais, sua madrasta japonesa e também, certamente, o Dr. Sato. Sempre terminavam deixando-o sozinho.

Sozinho.

# 12

# Dance para a gente!

*Genebra, 7 de março de 2011*

Mei se afastou por um corredor decorado com fotos de ex-secretários-gerais e cartazes de programas humanitários. Não levou muito tempo para se perder em meio aos grupos de turistas e de diplomatas que entravam e saíam das salas de conferências.

Emilian abaixou a cabeça.

O que podia esperar? Pertenciam a dois mundos diferentes. Tudo o que cercava Mei, e ela própria, parecia fazer parte de um universo de fantasia. Apoiou-se no parapeito de mármore da janela para lhe dar tempo de abandonar o edifício. Seria incômodo sair e encontrá-la na rua, esperando o bonde ou um táxi. Pegou o celular inconscientemente. Quando Mei surgira na porta de sua casa no dia anterior, estava prestes a ligar para Veronique. Para que ficar adiando as coisas? Havia sido ela quem lhe estendera a mão quando se encontraram na Arena de Genebra. Nem tudo estava perdido. Os dois haviam compreendido que mereciam uma última chance. Ainda podia recuperar sua vida. A real.

Seria melhor começar com uma mensagem, resolveu.

Teclou em grande velocidade:

*Poderíamos terminar nossa última conversa em algum lugar sem tênis.*
*Parece que o bate-bola não nos agrada.*

Apertou "enviar".

Antes que o tivesse guardado de novo no bolso, o celular começou a vibrar.

Era ela.

— Olá, Veronique.

— Não esperava sua mensagem.

— Estou interrompendo alguma coisa?

— Pelo contrário. Fico feliz por ter mandado a mensagem. Quando vi você naquele dia na Arena de Genebra, sentado no outro lado da quadra como se fosse um desconhecido, me senti muito mal. Achei que depois de tudo o que vivemos juntos não merecíamos terminar assim. E, na verdade, não sei se fui muito feliz quando conversamos no bar. — Fez uma breve pausa, mas Emilian não interveio. Não queria quebrar aquela sinceridade tão pouco habitual nela e menos ainda quando estava ouvindo de sua boca exatamente o mesmo que havia pensado um minuto antes. Veronique suspirou. — Você está vendo, estou ficando mole.

— Prefiro assim.

— A que se refere?

— Quero convidá-la para almoçar.

— Prefiro jantar. De dia não se pode falar de coisas sérias. Para dizer a verdade, você não imagina o que está me custando dizer tudo isto. Não quero que o nosso encontro seja como os últimos, superficiais e destrutivos.

— Estou de acordo.

— Na minha casa? — sugeriu ela.

— Você tem certeza?

— Sim.

— Chegarei por volta das sete.

— Perfeito.

Lembrou com nostalgia algum de seus melhores momentos juntos. Se não tivesse enlouquecido com meu maldito projeto nada disso teria acontecido, disse a si mesmo, e pensou de novo na pele e nas coxas de Veronique. Sempre há um ponto exato no corpo do outro que leva à excitação sexual ou até mesmo, transcendendo o sensorial, nos faz lembrar por que amamos...

Saiu do edifício, deixou de lado a imponente calçada ladeada pelas bandeiras de todos os países membros e caminhou em direção ao centro do parque. Resolveu voltar a pé para casa. Nem sequer lembrava quando fora a última vez que havia se permitido passear. Durante o trajeto passou por sua mente um sem-fim de pensamentos que analisou sem a ansiedade que o carcomia havia meses. Deteve-se para almoçar um sanduíche e um café em um estabelecimento grego cuja televisão transmitia a todo volume as notícias da CNN. Depois foi à Fahrenheit 451, uma livraria anarquista e alternativa — como rezava o letreiro — da rua Voltaire, que dispunha de um peculiar acervo relacionado à ecologia. Quando já estava perto de casa, sentiu o cheiro que saía da padaria do outro lado da rua e entrou para comprar duas tortas.

Tudo aquilo era sua vida.

Chegou ao encontro cinco minutos antes da hora prevista. Veronique vivia em um edifício moderno do centro. Emilian o achava frio, salvo por umas vigas de ferro aparente que davam um ar industrial aos espaços comuns. Colocou-se diante da porta com uma garrafa de vinho na mão e tocou a campainha. Veronique abriu imediatamente. Exibia sua exuberância e maturidade vestindo uma blusa preta semitransparente e uma saia curta. Não usava relógio nem pulseiras.

Abriu a garrafa e sentaram-se em dois sofás colocados em forma de L em um canto da sala. Tocava "As Time Goes By", a mesma versão de Brian Ferry que ouviram no Park Hyatt de Tóquio na primeira viagem que fizeram juntos ao Japão. Sem dúvida tinha planejado aquilo. Era como se tentasse homenageá-lo ou recuperar o tempo perdido. Deixaram a conversa fluir, evitando, com bom senso, os assuntos delicados. Ele se sentiu confortável e lhe relatou com toda crueza a traição de seu amigo Yozo e o consequente fracasso do Carbon Neutral Japan Project. Ela ouviu sem tomar partido, incentivando-o a avaliar da forma mais natural possível os erros que pudesse ter cometido; queria que chegassem juntos às origens daquilo tudo, porque ela fazia parte daqueles erros, embora também dos muitos acertos.

Desviaram a conversa para temas mais prosaicos e, antes de levar à mesa o prato que gratinava no forno, beliscaram alguns tira-gostos que Veronique comprara em uma delicatéssen. As taças estavam vazias. Abriram outra garrafa; desta vez foi ela quem teve de escolher o vinho. Optou por um que ganhara de presente de um colega recém-chegado à Comissão de Direito Internacional, um sujeito de uns 30 anos, que, sem dúvida, tentava estabelecer uma relação mais íntima com sua chefe, coisa que, segundo Veronique deixou claro para Emilian, jamais aconteceria. Insistiu nisso. Não chegou a afirmar que tinha passado meses sentindo sua falta, mas confessou, sim, que, por alguma razão obscura, desde seu rompimento não fora capaz de deixar sua sexualidade correr solta.

Comentaram as diferenças entre os dois vinhos e, de uma forma muito natural, foram até o quarto e ela se atirou na cama que, no passado, havia sido para os dois ao mesmo tempo um cárcere e um altar.

De manhã encontrou a porta de seu edifício aberta. Dois operários trabalhavam na velha máquina do elevador. Subiu as escadas seguido pela vibração da furadeira. Ao chegar ao seu andar, viu uma pessoa encolhida em um canto do tabuleiro de lajotas verdes e brancas.

Era Mei.

Parecia ainda mais jovem, com a cabeça apoiada na porta do apartamento e a expressão arrependida de uma adolescente que havia sido expulsa da classe. Abraçava as pernas enfiadas em meias grossas, enfurnada na capa de corte militar.

Emilian sentou-se no último degrau, a 2 metros. O chão estava frio. Contemplaram-se em silêncio durante algum tempo. Mei olhava-o como uma gatinha que havia sido deixada do lado de fora da porta.

— Você passou a noite aqui? — perguntou ele, finalmente.

Mei assentiu.

— Não vou conseguir encontrar Kazuo sozinha.

— Eu sei.

— Você está com uma cara péssima — disse ela com suavidade, querendo dar a impressão de que se desculpava.

— Bebi muito ontem.

— Sinto muito.

— Nada disso — corrigiu-a, apoiando as costas na parede. — Não foi por sua culpa. Na verdade, você me ajudou muito.

— Você disse que eu ajudei?

Emilian reprimiu uma incrível vontade de se esticar em casa. Não era o melhor dia para ficar de ressaca.

— Einstein foi, sem querer, o artífice do horror de Hiroshima e Nagasaki — comentou com calma —, porém dizia que o problema do homem não estava na bomba atômica, mas sim em seu coração. Antes de agirmos deveríamos olhar um pouco mais para o nosso interior. Não poderemos ser corretos com os outros se não formos honestos com nós mesmos.

Mei assentiu, satisfeita. Não, não esperava aquela reação.

— Você quer água? — perguntou.

— Se você tiver...

Tirou da bolsa uma garrafinha de água mineral que estava pela metade e jogou-a para ele. Emilian a pegou no ar, abriu-a e bebeu o que sobrava de um gole.

— Você estava mesmo com sede — disse Mei, sorrindo.

— Quando você saiu do palácio, enviei uma mensagem para minha ex-mulher — confessou Emilian, brincando com a garrafinha vazia.

— Não precisa me contar nada.

— Mas eu quero contar. Combinei um jantar com Veronique, fui à casa dela e bebemos quase duas garrafas de vinho.

— Então foi ela a culpada de sua bebedeira...

— Depois fomos para o quarto.

Mei manteve a pose sem fazer nenhum comentário. Quase sem fazer qualquer gesto. Depois se recompôs com solenidade apesar da dormência que sentia nas pernas e se preparou para descer as escadas. Emilian também se levantou e a interrompeu apoiando a mão na grade do elevador.

— Me deixe, por favor — suplicou ela.

— Desabamos na cama — continuou ele —, e no mesmo instante percebi que aquele não era o meu lugar. — O rosto de Mei se transformou radicalmente. — E o melhor de tudo é que com Veronique aconteceu a mesma coisa. Foi emocionante. Não é essa a palavra... Fomos sinceros, com a gente e com o mundo. A partir daí tudo mudou. Ficamos deitados um ao lado do outro sem dizer nada durante horas. E em um dado momento vim embora. Convencido. Também não é essa a palavra... Tranquilo. Sim, saí tranquilo. Mei, você não sabe quanto tempo fiquei pensando de forma obsessiva em meu rompimento com Veronique.

— Fico feliz que tenha se livrado dessa obsessão — comentou ela secamente, como se mantivesse uma distância prudente até ver como terminaria a história.

Emilian apoiou a outra mão na grade, aprisionando-a em seus braços esticados.

— Antes de sair do palácio você me acusou de não saber o que queria. Naquele momento tive medo de responder.

— Você está fazendo outra vez — sussurrou ela, avançando passo a passo.

— O quê?

— O que um japonês nunca faria.

— O que não faria? — perguntou ele, sabendo a resposta.

— Jamais revelaria suas dúvidas.

Suas palavras eram um sopro suave.

Quis beijá-la. Ela fechou os olhos para receber o beijo, mas no último momento, quando seus lábios já estavam se roçando, livrou-se dos braços que a aprisionavam e começou a descer as escadas correndo.

— Mei!

— Não me siga, por favor! — gritou ela.

Emilian não lhe deu ouvidos. Alcançou-a no portal, pulando o último lance e esticando-se para agarrar seu braço.

— Espere, eu imploro...

Um dos operários da manutenção do elevador apareceu de repente e ficou espiando. A lanterna de seu gorro os iluminou como se fosse um foco de luz de um teatro. Mei entrefechou os olhos e afastou Emilian com um movimento brusco.

— Preciso respirar.

Ia sair do prédio, mas neste momento estava chegando o outro operário com um carrinho cheio de material. Fazia manobras para não arranhar a moldura da porta. Mei olhou para todos os lados e cruzou uma pequena porta lateral, com uma janelinha gradeada, que levava ao pátio interno do edifício.

Emilian foi atrás dela com calma. Encontrou-a apoiada no contêiner de lixo, que naquela hora ainda estava vazio, ao lado dos vasos com muitas plantas que a faxineira arrumava todas as terças-feiras como se fosse seu próprio jardim. Olhou para cima. Pelas calhas pintadas de creme desciam murmúrios. Uma das janelas era a fonte de uma música suave. Achou que era a trilha sonora de *A origem*, o filme de Christopher Nolan. Mei cobriu o rosto com as mãos. Emilian se perguntou se estava mesmo diante dele a mesma mulher determinada que havia conhecido na galeria de Tóquio. Aproximou-se e abraçou-a. Ficaram assim durante algum tempo. Ficou desconcertado pelo contraste de seus mamilos endurecidos, livres debaixo da lã, com aquele ingênuo tremor que ia desaparecendo à medida que se sentia protegida.

— É como se a influência desse haicai me perseguisse — confessou ela de repente, sem tirar a cabeça do ombro de Emilian. — Parece o eco das palavras perdidas da minha avó.

— Fique tranquila — sussurrou em seu ouvido.

— Um eco recorrente — continuou, como se tivesse aberto uma tor-neira —, torturador, que ressoa na minha mente desde o dia em que me contou sua história. Sei que estou enlouquecendo, Emilian, mas não posso fazer nada para evitar isso. Me sinto culpada por ser feliz, tanto que acho que nunca conseguirei me entregar a outra pessoa.

Ele apertou-a ainda mais.

— Você não merece sofrer assim.

— Claro que mereço. Eu não seria capaz de suportar seis décadas de espera. Como posso querer, então, ter o direito de amar?

Talvez o que na verdade a aterrorizasse fosse a possibilidade de nunca chegar a sentir um amor tão intenso como aquele que os dois adolescentes manifestavam em cada gesto na colina de Nagasaki. Talvez Emilian, oci-dental como Kazuo, fosse apenas um reflexo melancólico daquela história impossível, própria de uma tragédia do teatro kabuki. Pouco a pouco foi se tranquilizando enfiada nos braços que a estreitavam com firmeza e ao mesmo tempo com extrema delicadeza. E quis lhe agradecer, mas antes de fazê-lo foi assaltada por mais uma pergunta.

— Você acha que estou procurando Kazuo não para ajudar a minha avó, mas para me livrar do meu próprio sofrimento?

E um último tremor percorreu seu corpo como um raio que se enfurece e ataca um tronco de madeira seco e solitário.

Subiram ao apartamento. Os basculantes pareciam querer explodir de tanta luz que pressionava do lado de fora. Emilian deixou as chaves em uma mesa e o paletó no encosto de uma cadeira. Foi pegar um copo de água na cozinha.

— Você quer alguma coisa? — perguntou.

— Não, obrigada.

Bebeu tudo de um gole, como fizera com a garrafinha. Foi ao banheiro e lavou o rosto para se refrescar. Saiu se enxugando com uma toalha. Mei já havia tirado a capa. Parada ao lado da estante, passava o indicador na lombada das revistas e das pastas com documentos. Deteve-se no informe do Protocolo de Kioto que tivera em suas mãos na véspera. Emilian suplicou para que não recomeçasse a discutir a questão nuclear. Ela se virou e respirou como se fosse falar muito.

— Você gostaria que eu preparasse uma cerimônia do chá? — disse na terceira tentativa.

— Como? — surpreendeu-se Emilian, jogando a toalha em um cesto que estava ao lado da máquina de lavar.

— Você tem uma chaleira e todo o resto?

Emilian assentiu e se agachou para pegar em um armário uma chaleira de ferro e um jogo de xícaras que trouxera de uma de suas viagens ao Japão. Depositou tudo na bancada da cozinha.

— Você quer mesmo fazer isso uma hora dessas?

— Vou contar a você toda a história da minha avó — revelou-lhe de repente —, e a cerimônia será uma boa maneira de criar a atmosfera adequada.

A cerimônia do chá era inspirada no budismo zen, assim como a arte floral do ikebana ou mesmo a do arco e flecha; seus movimentos hieráticos — até os mais insignificantes — levavam a um nível tal de concentração em que as prisões do passado e do futuro se desfaziam como castelos de areia, levadas pelas ondas de um presente livre de amarras. O aqui e agora. Era disso que Mei precisava: livrar-se da condenação do relógio da catedral, dos ponteiros que, marcando onze e dois, aprisionaram sua avó Junko, e mergulhar as duas em um novo tempo, em um tempo como sempre havia sido o do império do sol nascente, sem princípio nem fim.

Ao reunir tudo de que necessitava, pediu a Emilian que se sentasse no chão da sala, sobre o tablado de madeira. Tirou os sapatos, ajoelhou-se diante dele e foi apresentando um a um os protagonistas do ritual como se nunca os tivesse visto: o recipiente de água fresca, a tigela, as colheres, o chá verde em pó, a chaleira fervendo e outro recipiente para lavar o resto. Emilian contemplava, fascinado, Mei arrastar os joelhos em meio aos fechos de luz que conseguiam atravessar o basculante. Lavou as colheres e destampou a chaleira, da qual extraiu um pouco de água quente que depositou na tigela de chá para misturar tudo com uma haste de bambu. Sem lhe dar para provar, lavou tudo e recomeçou, permitindo breves degustações precedidas de reverências, sem nenhuma pressa, concentrando-se em desfrutar e compreender o momento que os dois compartilhavam...

Quando a cerimônia terminou, colocou tudo o que havia usado em uma bandeja, afastou-a com cuidado, acomodou-se no chão sentando-se com as pernas cruzadas e começou seu relato. Emilian não conseguia parar de observá-la. Estendeu-lhe a mão e viajou a Nagasaki apoiado em sua voz, inspirada por uma flor de lótus murcha que transpassava o umbral das recordações e revivia naquele apartamento isolado do resto do mundo...


A pequena Junko saiu às escondidas da casa de sua mãe, a professora de ikebana, com o quimono de seda vermelho que acabara de vestir e um par de agulhas para fazer um coque. Afastou-se batucando com suas sandálias de madeira, deixando-a com um arranjo floral nas mãos e sem saber que jamais voltaria a vê-la.

Queria ficar bonita para Kazuo, aquele era o dia em que terminaria o jogo dos haicais que havia idealizado achando que precisava de artifícios para conquistá-lo; finalmente iriam se beijar. Queria viver aquele encontro como se fosse o começo de uma coisa importante, o de toda uma vida que viveriam juntos. Amava o menino ocidental, tão diferente dos outros com seus cabelos louros e aqueles olhos que a subjugavam até mesmo quando paravam de olhá-la e se perdiam nos confins da geografia e das utopias.

Não podia ir ao colégio com o quimono, sabia que seria repreendida e mandada de volta para casa. Por isso procurou um lugar afastado para se esconder sem que ninguém a visse e sentou-se para esperar. Quando chegou a hora e começou a andar para ir ao seu encontro, lembrou-se de um sinal que a vinha preocupando desde a noite anterior. O firmamento povoara-se de estrelas cadentes... Olhou para o céu, atazanada por um mau pressentimento. Estava coberto de nuvens, salvo algum espaço intermitente pelo qual o sol infiltrava seus raios de profecia. O que poderiam significar tantas estrelas cadentes sulcando a escuridão?, repetia Junko para si. Seriam almas vagando pelo além-mundo? Não gostava dos sinais que não conseguia compreender e por isso resolveu ir ao santuário xintoísta e rezar a seus deuses para que velassem seu destino compartilhado a partir daquele beijo no qual Kazuo e ela se transformariam em uma mesma pessoa. Em especial queria orar por ele, para que a guerra não demorasse muitos anos e fosse chamado ao combate.

Por isso, a caminho da colina, entrou em um pequeno templo do centro e sussurrou uma oração que se confundiu com o ruído das sinetas e a fumaça dos incensos. Ficou muito mais tranquila, mas quando saía de novo à rua pisando nas pétalas caídas das bandejas de oferendas lhe ocorreu que ainda podia fazer mais uma coisa. Por que não pedir em sua oração também ao deus dos cristãos que se alçava atrás do altar da catedral de Urakami? Era o deus dos pais holandeses de Kazuo e por isso era possível que lhe desse mais ouvidos que qualquer outro. Assim, naquela manhã de agosto, antes de subir ao seu recanto secreto da colina, passou pela catedral; e por isso aconteceu o que a mente de uma adolescente apaixonada nem sequer podia imaginar.

Correu até o bairro de Urakami pelos becos solitários da zona operária, evitando passar pelo sempre agitado mercado do porto para não chamar atenção. Os entrevados e as viúvas sentados diante das portas de suas casas a viram passar com o sol explodindo no fio de ouro do quimono e acharam que se tratava de alguma espécie de fada. Pouco depois parou diante do portão da catedral, sob o enorme relógio, e viu que faltava pouco para as onze da manhã. Chegaria tarde ao seu encontro e por isso fechou os olhos ali mesmo, sem sequer ter cruzado o umbral, começou a rezar e pediu, das profundezas de seu coração, que nenhuma bala atravessasse o peito de Kazuo, que nenhuma baioneta o ferisse, que nenhuma granada o alcançasse...

Ainda não havia terminado quando ouviu um ruído e vozes a suas costas, cada vez mais presentes, interferindo no ar sonolento do templo. Virou-se lentamente e viu dois soldados parados em cima de uma motocicleta. Desceram ao mesmo tempo, deixando a moto no chão. Um deles tinha uma das mãos enfaixada; o outro, os olhos inchados. As quatro botas claudicantes, como se estivessem bêbadas, arrastavam poeira enquanto as correias do pequeno motor da motocicleta tombada continuavam girando, produzindo um chiado dilacerante. Perguntaram-lhe o que fazia uma gueixa rezando ao deus dos americanos, gaguejaram que era bela, uma gueixa jovem e bela como as que havia em Nagasaki antes da guerra, e com um quimono vermelho de árvores douradas daqueles que já não viam nem no cassino dos oficiais, muito mais sensual que a nudez barata das prostitutas do porto. Junko lembrou-se aterrorizada das advertências de sua mãe: não vista o quimono de seda, é falta de respeito, uma coisa proibida... proibida... proibida... Estava paralisada. Um dos soldados estirou a língua e mandou que tirasse o quimono, para não impregná-lo com o fedor dos cristãos ianques. "Tire-o você mesmo", sugeriu-lhe seu comparsa. Ela começou a correr, mas o outro a segurou a tempo, amordaçou-a e arrastou-a até a moto. "Vamos!", gritou, enquanto o da mão enfaixada empurrava o guidão para cima e se ajeitava para que os três pudessem se acomodar no selim.

Junko quase não ofereceu resistência, tal era o pânico que sentia, aprisionada entre aqueles corpos suarentos que cheiravam a pólvora úmida e a leite coalhado. O soldado que estava atrás roçava seus pequenos seios com uma das mãos enquanto com a outra tapava sua boca muda e desencaixada como a de uma boneca quebrada; o que dirigia também esticava a mão enfaixada para trás procurando suas coxas no meio das pregas da seda. Atravessaram um descampado da ribeira do rio, um lugar ressecado e solitário: a moto não parava de pular e Junko só tentava fixar a vista nas montanhas, esperando que passasse diante de seus olhos a colina, seu recanto secreto, onde Kazuo já estaria esperando por ela, dando voltas sobre si mesmo para controlar os nervos.

Encaminharam-se a uma construção que se avistava ao final do que antes da guerra devia ser um campo de arroz. Quando chegaram, jogaram Junko no chão. Ela rodopiou e levantou depressa, olhou para todos os lados, mas não viu ninguém. O que poderia fazer? Não havia nada ao seu redor, salvo uma casinha de guardar ferramentas colada no que sobrara de uma mureta. Os soldados desligaram a moto e foram até ela com uma repentina calma que se revelou mais aterrorizante que os espasmos etílicos que até então haviam regido seus movimentos. O homem da mão enfaixada tirou a camisa. Não tente escapar ou darei um tiro em você, disse, puxando uma arma que estava presa na parte de trás de seu cinto. Como podia fugir se nem era capaz de se mexer? Aproximaram-se lentamente e bateram em todo seu corpo, as mãos em seu pescoço, não lhe tiraram o quimono, excitavam-se mais assim, os dedos em sua boca, unhas negras arranhando seu rosto; havia perdido as sandálias e se dar conta desse detalhe arrasou-a completamente, estava lá descalça enquanto o soldado sem camisa se atirava no chão para chupar seus tornozelos e esticava o braço até mais além das coxas...

"Dance para a gente!", gritou o outro; "o que você está dizendo?", replicou o comparsa; "não há pressa, temos o dia inteiro para gozar com ela, que dance!"; "sim, que dance", convenceu-se aquele, "se mexa!", obrigou-a com a ponta da pistola; "e dance direito!". Junko abaixou os olhos aterrorizada e tentou imitar os movimentos das gueixas, mas como fazê-lo se nunca havia dançado como elas?. Tentou se imaginar em um salão de uma casa do hanamachi, o bairro das flores, e compôs umas asas com seus braços cheios de arranhões e manchas roxas, controlando o tremor da mandíbula e dos joelhos diante dos dois homens que a contemplavam em pé. "Você não serve pra nada!", gritou o descamisado, e empurrou-a no chão com tanta força que foi cair no outro lado da mureta. Junko achou que havia quebrado o quadril, tentou se recompor e nesse exato momento ouviu uma explosão ao longe,

seguida de uma luz,

mais intensa que o sol,

toda a luz...

Ficou encolhida no meio dos escombros enquanto o imenso cogumelo se revelava e ascendia, cobrindo de poeira e cinza até onde a vista alcançava. O impacto levou Junko a acreditar que aquilo era uma consequência de sua impureza, de sua afronta ao vestir aquele quimono e assim permitir que aqueles soldados fizessem o que tinham feito. Mas pouco depois sua mente foi completamente bloqueada, obstruída pela imagem do relógio da catedral cristã lhe recordando que chegaria tarde ao seu encontro. Nem sequer se deu conta de que metade de seu rosto estava queimada, queimada a única parte de seu corpo que estava acima da mureta no momento da explosão. Sob a chuva de fuligem, descalça e paralisada por um frio repentino que vinha de dentro, passou várias horas com o olhar cravado nos dois corpos queimados que por alguma razão continuavam em pé, como se estivessem esperando que voltasse a dançar.

Kazuo, onde está você?, repetia, esperando que aparecesse de repente. E olhava as colinas, mas não conseguia ver nada porque a fumaça e a poeira cobriam tudo. Onde está você? E chegou um momento em que, para não morrer de amor e dor, esqueceu até quem era. Ou talvez soubesse, mas não queria admitir que sua mãe estava em casa quando o bairro fora destruído pelo fogo. A partir daí tudo transcorreu no incerto ritmo da derrota. Vagou pelos campos e montanhas que circundavam a cidade procurando insensatamente a colina em que havia combinado se encontrar com Kazuo, muitas vezes dando um passo atrás do outro com o único objetivo de não parar para pensar. Uma manhã atreveu-se a ir até um lugar próximo do epicentro para tentar conseguir um vale de racionamento, mas sem sequer ter recebido sua ração saiu correndo afligida pela ansiedade gerada pelo aterrorizante aspecto da multidão que se aglomerava nas longas filas de espera. A partir de então passou a mendigar pelas aldeias dos arredores — de forma quase sempre infrutífera, dada a quantidade de desamparados que suplicavam por alguma coisa que pudessem levar à boca e a precária situação, mais uma consequência da guerra, daqueles que não tinham sido afetados pela bomba — e, com o passar do tempo, a roubar comida. Apesar das dificuldades, sempre havia algum sinal de solidariedade. Um casal de camponeses que a surpreendeu em seu celeiro fuçando em um saco de batatas-doces se compadeceu, deu-lhe de comer e de beber, ofereceu-lhe um espaço em sua casa para que se recuperasse e até aplicaram um emplastro de ervas em seu rosto queimado, emplastro este que deteve a infecção, mas também a fez perceber que ficaria marcada para sempre pela máscara de Nagasaki. Eram boas pessoas e não tinham filhos, por isso não se importariam em mantê-la durante o tempo que fosse necessário. Mas, na primeira noite, Junko despertou de um pesadelo sobre um bebê com duas mães, uma das quais chorava enquanto a outra ria a gargalhadas; afastou a esteira que a cobria e abandonou a casa fazendo coincidir o ranger do tablado com os roncos do senhor.

A partir de então viveu em cavernas, na companhia de um grupo de órfãos que sobreviviam à base de pequenos furtos. Chamavam-na de "a gueixa" devido ao seu quimono — ou melhor, aos farrapos que restavam dele —, um apelido trágico tendo em vista sua meia face queimada, que seria impossível disfarçar nem que recorresse à maquiagem pesada usada pelas mulheres de programa dos bordéis mais seletos de Kioto. Continuou assim por alguns meses, até que um dia apareceram na caverna agentes da polícia, ou talvez fossem do Kempeitai ou fiscais da prefeitura — ela não sabia, só sabia que usavam uniforme, mas não armas, proibidas para os japoneses desde a ocupação do país pelas tropas do general MacArthur — e a levaram para um orfanato que ficava perto de Kokura.

A vida no orfanato foi muito difícil. Lá, o rosto queimado era uma carga mais pesada que a própria morte. Mais de uma vez pensou em acabar com tudo à maneira dos samurais; chegou até a roubar um ferro pontiagudo que o diretor estava usando para consertar uma brecha do muro e a apoiá-lo em seu ventre, ajoelhada em um canto da grande sala de tatames úmidos onde as órfãs dormiam enfileiradas, mas não foi capaz. Continuou suportando a condenação de ter sobrevivido. Quase não saía. Nem sequer ia ao jardim durante o dia. Odiava a luz; a luz que lembrava a explosão e permitia que visse sua máscara refletida nos charcos. Às vezes se consolava com o fato de que Kazuo, onde quer que estivesse, havia se livrado de ter de carregar uma mulher deformada, mas acabava se desesperando ao pensar que só ele teria sido capaz de consolá-la e, no entanto, nunca mais o teria ao seu lado. Então começava a gritar como uma menina selvagem. Ninguém a amaria jamais. Outras garotas do orfanato, sem queimaduras na pele, fugiam à noite para se deitar com os americanos de um quartel próximo em troca de latas de carne e docinhos. Uma delas até conseguiu que seu soldado lhe alugasse uma casa e saiu do orfanato, mas ela não podia pretender algo assim. Estava manchada, dava nojo. Estava marcada. Sabia que nem o velho mais obsceno e carregado de saquê gostaria de beijá-la.

O tempo passou, passou o tempo terreno, porque em sua mente continuava ancorada ao relógio da catedral, e uma mudança na forma de contemplar sua própria realidade ajudou-a a controlar a agonia e seguir em frente. Aconteceu quando pensava de forma obsessiva no sinal que predissera o horror: as estrelas cadentes da noite que antecedeu a explosão. De repente se deu conta de que não haviam cruzado o céu para avisá-la de sua desgraça, mas para lhe mostrar que a beleza estava nas coisas fugazes. O que podia ser mais belo, por efêmero, que uma flor de cerejeira desprendida do galho? Convenceu-se de que aquele menino holandês havia lhe dado em poucas semanas muito mais do que a maioria dos seres deste planeta conseguem ao longo de toda uma vida, e desde então se considerou afortunada por guardar a recordação de seus tempos idos na colina. Não tinha o direito de querer mais; ou pelo menos fez com que os que a cercavam acreditassem nisso. Não queria ferir ninguém, em especial o homem que a desposou.

Conhecera-o quatro anos depois da explosão. Era um empresário de Tóquio que tinha ido a Kokura para fechar um negócio e, antes de voltar à capital, resolvera visitar o diretor do orfanato, um velho companheiro do batalhão de infantaria do qual fizera parte na Manchúria. Naquela época Junko era uma das meninas mais velhas, enfim, uma mulher serena e delicada, renascida da peçonha; estava em seu máximo esplendor, uma flor de lótus — embora sempre tivesse que carregar uma pétala podre que ocultava sob um lenço cruzado no rosto. Na primeira vez em que aquele homem a viu, Junko estava compondo um arranjo floral semelhante aos que vira sua mãe, a professora de ikebana, desenhar. Colocou-se diante dela, acompanhando a sutil dança de seus dedos ajeitando os talos enquanto recortavam, com uma minúscula tesoura, os fiapos desnecessários, e de repente foi aprisionado pelo olhar cativante de seu único olho descoberto. Aproximou-se sem hesitar e a primeira coisa que fez foi afastar o lenço e acariciar a metade queimada de seu rosto...

— Por isso acabou vivendo em Tóquio — concluiu Mei.

— Naquela que agora é a sua casa — murmurou Emilian.

— Sim, é isso.

Emilian estava espantado. Sentado no chão com as pernas cruzadas, limitava-se a observar Mei, que permanecia diante dele na mesma posição. Resfolegou e chafurdou em sua memória.

— Por que naquele dia você me disse que sua avó havia vivido só com meio coração? Seu marido parecia ser um homem bom.

— Sim, de fato era, e é verdade que o amava de seu jeito, mas como se ama um irmão. Usou-o para sair daquele inferno, casaram-se e logo depois nasceu minha mãe. Foi aí que descobriu que sua alma e a de Kazuo continuariam sendo uma só por toda a eternidade. Tentou ser feliz pensando que ele também seria feliz com outra mulher em uma outra vida, uma vida paralela, mas não conseguiu. Amou sua filha, como não iria amá-la, mas nunca tirou da cabeça que não era de Kazuo. E o pior era não poder expulsar essa dor. Sabia que se compartilhasse conosco o seu desassossego destruiria meu avô, e sua máxima aspiração era a de que seus entes queridos desfrutassem uma família diferente da que ela tivera. Mas, apesar de tudo — salientou —, não parou de sonhar que um dia Kazuo viria buscá-la.

— E por que resolveu contar tudo a você? Sei que vocês são muito próximas, mas é uma coisa que não combina com seu comportamento tradicional.

— Ela me contou no dia em que se viu obrigada a deixar sua casa para ir viver com meus pais. Como já disse em Tóquio, aterrorizava a minha avó imaginar que Kazuo batesse em sua porta, encontrasse a casa vazia e achasse que tivesse morrido. Queria deixar uma pista e me pediu para ir morar lá. Além disso, meu avô falecera havia muito tempo; já não carregava o peso de todas aquelas restrições.

Emilian ficou pensativo durante alguns segundos.

— Aparentemente, Kazuo também não tem certeza de que ela queira vê-lo.

— Por que está dizendo isso?

— Resolveu publicar o haicai em vez de procurá-la diretamente ou telefonar. Embora, pensando bem, talvez nem sequer saiba que ela está viva e publicou o poema por outra razão qualquer. Não sei...

— Prefiro pensar que se trata de uma mensagem — resolveu Mei.

— De qualquer maneira, é uma forma muito sutil de enviá-la.

— Uma forma muito japonesa. Em nossa cultura, uma palavra que não é dita é mais importante que todas as pronunciadas.

Emilian contemplou-a abertamente, e Mei pareceu se deixar percorrer por aqueles olhos ansiosos e abaixou os dela. Mudou de postura, apoiando-se em um braço com as duas pernas repousando do outro lado, uma sobre a outra, enfronhadas nas meias, recolhendo para trás os dedos dos pés.

— O fato é que seus cânceres parecem ter disparado desde que encontrei o poema na internet — retomou —, e não posso permitir que pule para a outra vida sem ter se livrado do relógio da catedral.

— Eu vou ajudar a encontrar Kazuo — declarou Emilian com uma convicção melancólica.

— Seu amigo da agência nos disse ontem que não pode fazer nada. E não quero que você coloque em risco, por minha causa, outros contatos que possam ajudá-lo a resolver os seus...

— Eu vou ajudar a encontrá-lo esteja onde estiver, confie em mim — interrompeu-a, aproximando a mão de seus lábios. A expressão de prazer de Mei fez seu corpo tremer. — Como esta mulher conseguiu viver tantos anos, ora, anos!, tantas décadas com um amor desses escondido em seu âmago?

— Alguém disse certa vez que a arma secreta da natureza é a paciência.

— Pois eu não tenho mais paciência.

Atirou-se em cima dela e, enfim, fundiram-se em um beijo que pode ter durado horas ou segundos. Finalmente sem tempo, sem passado nem futuro. Emilian rodou sobre si mesmo até ficar deitado de costas no chão. Ela em cima, segurando seu rosto com as mãos para beijá-lo, fechando os olhos sem precisar procurar sua boca. Ele tinha medo de tocá-la, de repente se sentia inseguro, ouvira mil histórias sobre a reprimida sexualidade nipônica e outras mil sobre seus fetiches mais depravados e não queria quebrar a magia, preferia que ela administrasse a situação. Limitava-se a acariciar seus quadris e suas costas em uma atitude bem puritana, enquanto seu sexo chegava a níveis que havia esquecido; chegava a doer. Mei se ajeitou e roçou nele com a perna e, apesar do tecido de suas calças de brim, comemorou aquele contato com um espasmo. Ela deve ter percebido o estado em que ele se encontrava. Tirou o vestido pela cabeça, atirou-o para trás e seus seios ficaram expostos, firmes como os de uma escultura e ao mesmo tempo com a carne vibrando, exibindo os mamilos que já apalpara antes através da lã no casto abraço. Levou a mão a um deles e ficou durante alguns instantes examinando sua textura, como se precisasse ter consciência de que era real, escuro em contraste à pele do seio, branca mas pálida, um tanto avermelhada pela excitação e suas carícias cada vez menos tímidas. Mei se inclinou para a frente e Emilian colocou o outro em sua boca, e, quando ele começou a lamber, ela esticou o pescoço para trás até ficar em uma postura difícil, como a das mulheres dos desenhos eróticos da antiguidade nipônica, inundados de quimonos abertos e florestas intermináveis de cabelos liberados de coques desfeitos na hora do clímax. Emilian agarrou seu tronco e a virou; ela ficou deitada e ele por cima. Lambeu e beijou seu ventre, e ao encontrar as meias enfiou a mão dentro delas antes de arrancá-las. Excitou-o perceber a pele quente e um leve atrito que significava que o púbis fora depilado, uma coisa que contrariava os costumes japoneses. Vendo que Mei, compartilhando sua excitação, se contorcia com a cabeça virada para um lado e a boca entreaberta, enquanto continuava acariciando-a dos seios até a cintura com os cinco dedos abertos de sua mão esquerda, aproveitou para tirar com a outra a camiseta e se livrar das calças. Sentindo por fim que seu membro se liberara, abaixou ao mesmo tempo as meias e a calcinha, mas as duas se enovelaram na altura dos joelhos. Sem que lhe tivesse pedido, ela se deitou de lado, também não queria esperar, e afastou o quanto pôde as pernas acorrentadas pelo tecido, abrindo um espaço suficiente para que ele a penetrasse por trás. Gritaram em uníssono e permaneceram durante alguns segundos quietos, e depois começaram a se agitar, ele segurando seus seios, ela virando-se para que ele a beijasse enquanto esqueciam o presente e se atiravam em um vazio cheio de água e de fogo e de pássaros esvoaçantes.

# 13

# Uma lágrima púrpura

*Nagasaki, 16 de agosto de 1945*

Kazuo caminhava arrastando os pés.

Desde que tinha se separado, dois dias antes, do comandante Kramer após o que havia acontecido no centro de racionamento, limitara-se a vagar pelo vale procurando Junko. E nada o afetava. Até havia se acostumado com o fedor. Os trabalhos de incineração não cessavam, mas ainda precisariam de muito tempo para conseguir retirar todos os cadáveres. As equipes da defesa civil vindas de outras localidades se esforçavam para levar os sobreviventes aos hospitais de campanha a fim de alimentá-los, fazer curativos e lhes dar apoio psicológico. A dignidade em que a força do povo japonês se apoiava ia aflorando a passos agigantados. Até mesmo naquele ambiente apocalíptico, uma vez passado o estupor inicial, reinavam a disciplina e a submissão ao grupo. Estavam convencidos de que, juntos, seriam capazes de superar o desastre. Kazuo deu de cara com um daqueles improvisados postos médicos. Estava instalado no que havia sido a escola de engenharia, em uma ladeira afastada do centro.

Entre as pessoas que se aglomeravam na entrada reconheceu a figura de uma enfermeira. Estava de costas e uma trança abundante caía até o meio de suas costas. Lembrava Suzume. Obviamente não era ela, mas se aproximou. Estava esticada nas pontas dos pés, escrevendo na fachada branca do edifício com um pedaço de carvão. Prestou atenção. Eram nomes e sobrenomes; tantos que quase cobriam a parede em ambos os lados da porta, do chão até um pouco acima da cabeça dos que se apinhavam para ler. Por que estava fazendo aquilo? Ouviu comentários, viu alguns chorar, e se deu conta de que estava fazendo uma lista meio improvisada das pessoas que haviam falecido naquele lugar. Pelo menos serviria para que alguns dos sobreviventes que perambulavam pela cidade procurando os seus entes queridos soubessem que tudo havia terminado.

Era o seu caso.

Estremeceu ao pensar que talvez o nome de Junko estivesse rabiscado nas paredes de algum edifício.

Foi como se sua alma tivesse envelhecido décadas em um segundo.

Mas pelo menos seu calvário teria terminado.

Dirigiu-se ao Campo 14. Queria se despedir de Kramer antes de voltar à clínica do Dr. Sato. Tinha calafrios só de pensar em enfrentar o momento em que Suzume lhe comunicaria que o doutor havia morrido devido à infecção, mas não tinha outro lugar aonde ir. Estava faminto e exausto.

Contornou os cascalhos da parte destruída do muro e pulou no pátio. Foi a toda velocidade ao barracão. Esperou suas pupilas se adaptarem à escuridão que reinava lá dentro. Havia vários pows espalhados pelo chão, mas não eram tantos quanto os que vira quando o comandante Kramer o levara para lá depois do que acontecera na catedral. Alguns rostos lhe pareceram familiares. Aqueles eram todos os que restavam? Não via Kramer, não via...

— Kazuo! — chamou alguém.

Virou-se. Perscrutou para enxergar melhor na penumbra e se assegurar de que sua mente não o traía. O homem estava de cócoras a poucos metros, ao lado de um dos soldados.

Era ele...

— Doutor!

— Meu filho!

O Dr. Sato se ergueu e o abraçou com força, mas sentiu, imediatamente, os efeitos do esforço que fizera para se levantar de repente, ajoelhou-se no chão e pediu a Kazuo que o imitasse. Ficaram se olhando face a face.

— Como você veio parar aqui? — perguntou o menino, sem conseguir acreditar.

— Supus que você iria querer conhecer os... seus.

— Você e sua esposa são os meus.

— Filho...

— A guerra acabou. — Ocorreu-lhe dizer.

— Estou muito feliz por isso, mas muito mais por saber que você está bem... Teve...?

— Nenhum sintoma, não se preocupe. Nem vômitos nem nada parecido.

— Ainda bem — respirou o doutor, fechando os olhos.

Kazuo agradeceu que não o houvesse recriminado por ter ido embora. Doía-lhe vê-lo tão fraco.

— Você está muito mal?

— Nem tanto como possa parecer — mentiu o doutor, usando a voz mais firme que seus pulmões destroçados permitiam. — É este cansaço...

Procurou esconder com a lapela do jaleco as feridas que haviam surgido na base de seu pescoço. Kazuo achou que o aspecto do doutor ainda estava muito distante do exibido pelos infectados que haviam chegado à fase púrpura, mas a verdade era que estavam muito mais aparentes do que quando as vira pela primeira vez.

— Dói?

— Não se preocupe, as caixas com os novos medicamentos estão para chegar.

— O óleo branco de zinco a respeito do qual você conversou com o médico militar...

— Estou vendo que ainda se lembra. Você vai ver como será a cura de que precisamos.

Queria acreditar.

— Quando estará disponível?

Levou alguns segundos para responder.

— Olá, garoto — interveio o pow com quem o doutor estava quando chegou.

Reconheceu-o por trás de uma fina coluna de fumaça.

— Tenente Groot...

Observou a ferida de seu joelho. Estava tão grande que se via o osso. A pele ao redor começava a abrigar os vermes que tinham tomado conta dos corpos queimados pela explosão. Controlou a emoção e levou instintivamente a mão à perna da calça, ao lugar onde estava o corte do primeiro dia.

— O Dr. Sato é um homem bom — disse Groot. Sua voz era a mesma, mas a cadência das palavras era outra, mais arrastada. Estava fumando um papel enrolado. Vá saber de onde o tinha tirado. — Veio procurá-lo e não hesitou em cuidar dos meus olhos. E, além disso, fala bem holandês.

— Nessa cidade sempre houve holandeses — interveio o doutor. — E eu passei muitas horas com o pai de Kazuo.

— E onde está o comandante Kramer? — perguntou o menino.

— Foi para Karuizawa — respondeu Groot, tossindo como um tuberculoso ao expelir a fumaça.

— É mesmo? Quando?

— Ontem.

— Mas ele me disse que não sairia daqui antes da chegada dos aliados — murmurou Kazuo, desconcertado —, que esperaria até que seus homens estivessem a salvo...

— Estava ansioso para procurar Elizabeth e eu mesmo o incentivei. É verdade que MacArthur e Hiroito ainda têm de assinar uma montanha de papéis para oficializar a rendição, mas o país inteiro ouviu o discurso do imperador, e a maior parte dos japas já depôs suas armas. E os rapazes... Prometi a ele que cuidaria deles. Na verdade, é uma tarefa fácil, até mesmo para um cego. Cada dia restam menos...

Durante alguns segundos nenhum dos três disse nada. Kazuo se virou para o doutor, que continuava ajoelhado diante dele reprimindo um sem-fim de emoções.

— Falhei com você — disse Kazuo, tomando coragem.

— Não volte a repetir uma coisa dessas.

— Devia ter confiado em você. Acho que nunca o fiz... Pelo menos completamente. Sinto muito. Acho que, ao falhar com você, também falhei com meus pais...

O doutor fez um grande esforço para reprimir a vontade de chorar. Levantou-se e pediu ao menino que fosse com ele para o lado de fora. Saíram lentamente. A fumaça de um incêndio provocado para limpar uma região próxima do campo ocultava o céu, já por si só carregado. Sentaram-se em um pedaço de madeira carbonizada que devia ter servido de viga a um dos barracões.

— Você pensa neles?

Então foi Kazuo quem deixou escapar uma lágrima.

— Muito mais que antes.

— Você se lembra da festa que deram no salão de música que ficava ao lado do Fukusaiji, o templo que parecia uma carapaça de tartaruga? — perguntou, esboçando um sorriso. — Aquela que promoveram para comemorar o descarregamento daquele navio que se avariou a caminho de Singapura. Também não se lembra do navio? Foi um dia de loucura.

— Um pouco, sim, embora fosse muito pequeno. Lembro que todo mundo corria de um lado a outro.

— O cargueiro entrou na baía completamente inclinado — lembrou o doutor. — Todos os empregados da empresa se mataram ao longo de vinte horas para transferir a carga para outros navios antes que afundasse. E o melhor de tudo foi que os ferreiros que tentavam, para ganhar tempo, impedir que a água continuasse a entrar acabaram fechando os buracos e com isso evitaram que o navio afundasse. Nunca tinha sido visto por aqui um daquele tamanho!

— E a festa? — instou-o Kazuo a continuar com um brilho espontâneo nos olhos; era evidente que fazia muito tempo que ninguém lhe falava de festas. — Só me lembro de uns panos pendurados no teto e da minha mãe usando um vestido longo.

O doutor sentiu uma pontada de culpa por estar recorrendo à nostalgia para minimizar a tragédia que os cercava. Mas será que o menino não merecia ter pelo menos uma recordação íntima e feliz de seus pais? Logo teria de começar uma vida nova e por isso bem que merecia uma festa, e, se não era possível fazer uma em sua homenagem, pelo menos que fosse resgatada uma de sua breve memória familiar. De repente se deu conta de que estava transformando aquela conversa em uma despedida, e um emaranhado de fios em brasa queimou seu peito por dentro.

— Seu pai resolveu gastar o que tinha ganhado com aquela operação portuária em uma festa; queria gerar uma ligação entre as pessoas que o cercavam — contou o doutor, reprimindo de novo o choro. — Ele convidou muita gente e todo mundo ficou impressionado. Sua mãe cuidou de tudo, inclusive da decoração. Era uma mulher tão doce... Eu também me lembro do vestido longo que usava. E você tem razão quando fala dos panos! Mandou pendurar no teto filós que davam um aspecto mágico ao salão, semelhante ao de um castelo medieval, embora alguns não tivessem compreendido muito bem aquela estética meio europeia — brincou. — Mas o melhor de tudo foi a comida. Teve a ideia de distribuir por toda parte umas caixinhas laqueadas, cada uma com uma surpresa diferente: bolas de arroz impregnadas de chá verde, fugu, *taiyaki*! — exclamou, referindo-se a um bolo em forma de peixe que, no começo do século, uma tradicional confeitaria de Tóquio havia tornado muito popular.

— Com *azuki*? — Kazuo passou a língua pelos lábios, imaginando a pasta de feijão doce que costumava ser usada como recheio.

— Naturalmente! — O Dr. Sato fez uma pausa para recuperar o ritmo da respiração, agitada depois de um esforço mínimo para elevar a voz. — Minha esposa também preparava muito bem a massa do *taiyaki*, inclusive tinha um molde em forma de goraz, aquele peixe...

Kazuo teve, repentinamente, consciência de há quantos anos eram submetidos ao racionamento e do tempo que estava sem comer. Seu estômago rugiu, selvagem.

— Estou me lembrando de outras coisas da festa — murmurou pensativo. — Apareceram alguns oficiais do Exército. O governador da província também não estava lá? Guardo uma imagem dele ouvindo uma das gueixas cantar.

— Claro que estava. Os políticos precisam do apoio das pessoas ricas, e os negócios dos seus pais, sobretudo a patente, permitia que vivessem com muito conforto. Mas nunca deixe de levar em conta que a grandeza de uma pessoa não está em quanto tem, mas sim em quanto dá — salientou. — Seus pais eram muito generosos. Por isso seus empregados gostavam tanto deles.

— Sim...

— No que está pensando?

— Que seus empregados tiveram muito mais contato com eles do que eu.

— Certamente — reagiu a tempo o doutor. — Eu falei a você alguma vez da patente?

— A fórmula.

— Sim, é isso, a fórmula. Ou melhor, os direitos da fórmula. Quando seu pai registrou aquele verniz para o casco das embarcações, começou a receber, periodicamente, uma importante soma de dinheiro. Cada vez que alguém fabrica o produto tem de pagar uma porcentagem ao seu inventor e, no caso de este ter falecido, à sua família.

— Por que você está me falando disso agora?

Chegara o momento. Não havia remédio.

Era uma festa de despedida.

— Porque quando você chegar à Europa deverá reclamar os direitos dessa patente da qual é o único herdeiro. Só precisará administrar bem esse dinheiro para não ter mais problemas na vida.

Kazuo sentiu uma repentina sensação de frio, como se tivesse aberto uma janela em pleno inverno.

— Que história é essa de "quando chegar à Europa"?

— Você precisa alcançar o comandante Kramer e ir com ele a Karuizawa.

Kazuo se levantou de repente.

— Mas o que você está dizendo?

— Não poderia haver uma oportunidade melhor, filho! Agora que o imperador se rendeu, todas as famílias ocidentais que ficaram retidas aqui durante a guerra serão repatriadas! Groot concorda comigo: quando o conhecerem, esses diplomatas brigarão para levá-lo com eles à Europa.

— Mas eu não quero ir para a Europa! E menos ainda com esse homem! Eu estava achando que você tinha vindo me buscar querendo me levar para a clínica.

— Kazuo, olhe nos meus olhos: eu não estou perguntando se você quer ir.

— Eu tenho você e Suzume.

— Suzume é muito jovem, ela já se basta. E eu... O que mais queria era poder cuidar de você como merece. Todos os meus amigos morreram e por isso, quando alguma coisa acontecer comigo, se você tiver sorte será recolhido pelo serviço social.

— Você está falando como se já tivesse morrido! E eu jamais vou viver em um orfanato!

— Eu sei, e por isso não quero imaginar que se alguma coisa acontecer comigo você ficará vagando como um espectro por esta cidade fantasma. O comandante o levará ao lugar ao qual pertence.

— Este é o meu país...

— Não é mais.

— Mas...

— Sei que agora é difícil para você compreender, mas precisa confiar em mim. Você vai viajar para a terra de seus antepassados e levará uma vida próspera, uma coisa que o Japão já não pode oferecer. Antes que perceba, estes anos estarão tão distantes que vão parecer uma história inventada.

— E você, como vai passar estes anos?

— Eu ficarei feliz sabendo que você está bem.

— Não posso acreditar...

— Em quê?

— Que seja capaz de me afastar de você.

O doutor abaixou o olhar.

— Que tipo de pai eu seria se o retivesse aqui comigo sabendo que vou morrer infectado? Os círculos da morte logo devorarão minha clínica.

Kazuo vislumbrou os círculos concêntricos da radiação como se fossem algo físico, anéis de fogo com vida própria, cada um dotado de olhos e boca, que cresciam alimentando-se da alma daqueles que durante alguns dias acreditaram que estavam salvos, aproximando-se, implacáveis, dos bairros altos enquanto as montanhas choravam sua incapacidade de detê-los. Sim, as próprias montanhas que haviam detido heroicamente os efeitos da bomba agora choravam indefesas, sentindo repulsa ao perceber que os círculos subiam como moluscos rastejantes por sua pele, pela terra calcinada que um dia abrigara a relva, os cogumelos e as mariposas.

— Mas...

— Eu trouxe sua bolsa — interrompeu-o antes que replicasse.

Entregou-lhe sua pequena mochila, que usava a tiracolo para carregar o material escolar.

— Você quer que eu vá embora agora? — exclamou Kazuo, angustiado.

— Já tinha preparado tudo...

— Eu estava pensando em mandá-lo para fora da cidade. O que não esperava era que o destino colocasse o comandante em seu caminho. Temos que agradecer.

Kazuo examinou o conteúdo da mochila.

— O que você enfiou aqui?

— Seus documentos e um envelope grande com os certificados da patente de seu pai. É importante que os conserve intactos, pois precisará deles para comprovar seus direitos nos diferentes países em que a fórmula foi registrada e reclamar o que foi se acumulando e o que continuar sendo produzido no futuro. No bolso lateral está todo o dinheiro que havia na clínica.

— Fique pelo menos com ele.

— E como pretende viajar? Você sabe que todas as nossas economias foram queimadas com nossas coisas — continuou o doutor, implacável —, mas esse punhado de notas será útil quando você tiver de enfrentar algum imprevisto.

Kazuo estava aturdido. Olhou o doutor com olhos de gato desvalido.

— Não posso mesmo ficar mais alguns dias?

— Não há tempo a perder. Você tem de alcançar o comandante.

Assentiu, submisso, claudicando, claudicando.

— Está bem. Irei a Karuizawa com Kramer.

— Você vai ver como tudo correrá bem.

Uma profunda expressão de dor tomou conta de seu rosto.

— Vou sem Junko, eu a perdi.

O doutor respondeu com ternura.

— Faça por honrar sua memória. Considere-a um tesouro que ninguém jamais poderá tirar de você. O que é o verdadeiro amor se não isso, entregar-se ao outro sem esperar nada em troca? Pense nos círculos da morte.

— Por que está me pedindo para pensar nisso?

— O amor funciona da mesma maneira que o poder destrutivo da bomba, que vai se expandindo em círculos concêntricos semelhantes aos deixados por uma pedra atirada na superfície de um rio. Todas as ações e todos os sentimentos puros, por menores que sejam, vão criando uma sucessão de ondas cada vez mais amplas que acabam atingindo níveis inimagináveis, e isso para a própria pessoa e os demais. Cada passo que você der honrando a recordação do seu amor por Junko vai criar uma nova família de círculos concêntricos no lago da vida.

Kazuo suspirou.

— E o que vai acontecer com você?

— Ainda tenho muitos pacientes para curar.

Levantou-se e lhe deu um abraço que foi uma espécie de síntese do imenso carinho acumulado, de todo aquele que não tivera oportunidade de entregar nem a ele nem a seus pais. O doutor recordou a primeira vez em que o havia abraçado, ao tirá-lo do ventre da Sra. Van der Veer; sentiu de novo entre seus dedos o sangue que cobria seu corpo, a tesourada no cordão umbilical, a felicidade da parturiente ao recebê-lo em seu peito e os olhos de pânico e a alegria absoluta de seu amigo holandês quando se aproximou de seu primogênito; voltou a cruzar o umbral da porta de casa, quando sua esposa lhe perguntou como havia sido o parto, feliz por seus amigos estrangeiros, mas sofrendo mais do que nunca por sua esterilidade; e, sobretudo, orgulhou-se de ter tomado conta de Kazuo após o acidente que levara seus pais. De repente um filho, estava levando um filho para sua esposa! Um filho. Revolveu tudo aquilo com mais intensidade do que nunca no mesmo instante em que o afastava.

Quando afrouxaram a pressão — pouco a pouco, pois nenhum queria fazê-lo antes do outro —, Kazuo tirou o haicai que guardava no bolso dianteiro da calça, desenrolou-o e leu em voz alta:

> *Gotas de chuva,*
> *dissolvidas na terra*
> *nos abraçamos*

O doutor reteve cada palavra.

Uma lágrima púrpura.

— Esse poema é maravilhoso — disse em um fio de voz —, é maravilhoso...

— Não quer que eu fique um pouco mais com você, não é?

Negou com a cabeça.

— Quero que comece a correr agora mesmo para a estação sem parar por nenhum motivo.

— Não vai até lá comigo?

— Só conseguiria atrasá-lo.

— Se despeça de Groot por mim. E também de Suzume.

— Farei isso, não se preocupe.

— Obrigado por tudo, doutor.

— Você chamou minha esposa de mamãe. — Sorriu.

— Obrigado, papai.

Então o doutor fechou os olhos e respirou profundamente.

Kazuo deu meia-volta, pendurou a bolsa no ombro e começou a andar lentamente. Cruzou pela última vez o pátio que tantas vezes observara da colina. Como o doutor lhe dissera, algum dia se lembraria daquela etapa de sua vida como se fosse uma história inventada. De fato isso já estava acontecendo: era como se a cada passo tudo fosse desaparecendo a suas costas, como se o Campo 14 não fosse mais do que um mundo imaginário que abandonava ao despertar de um longo sono. Subiu nos entulhos caídos do muro e parou no alto. Não conseguiu evitar se virar para olhar. O doutor continuava em pé ao lado do barracão. Sabia que quando passasse para o outro lado nunca mais voltaria a vê-lo, e queria levar alguma coisa dele. Tirou o haicai do bolso e o aproximou lentamente do nariz. Aspirou com força e sorriu. Como esperava, depois de ter passado alguns dias no armário metálico do consultório onde o guardara depois da explosão, aquele papel levava impresso o cheiro dos remédios, o mesmo que o jaleco do doutor desprendia. Aí sim, sabendo que de algum modo o acompanhava na viagem, começou a correr, deixando que a recordação de Junko o guiasse para a estação de trem e de lá a Karuizawa, até onde fosse, mas sempre para ela, quimono vermelho, pele branca e amor, até o dia em que, transformados em duas gotas de chuva, se abraçassem para sempre.

# 14

# O homem com o rosto escondido atrás de uma máscara contra gases

*Genebra, 8 de março de 2011*

Emilian contemplava Mei na penumbra. Nua no chão da sala, como se sentisse saudade do tatame de sua casa em Tóquio, com os cabelos negros espalhados e seu corpo de aquarela respirando com placidez. Olhando-a era simples imaginar como as antigas gueixas dobravam a vontade dos homens e lhes injetavam enormes doses de desejo sem nem sequer fazer sexo, levando-os a um estado de prazer que eles precisavam experimentar repetidas vezes. O que estava acontecendo? Nem imaginava voltar a possuí-la, era mais um desejo de se perder no silêncio de seus movimentos de forma natural.

Ela abriu os olhos.

— Por que você está me olhando assim? — perguntou ela, retornando ao mundo dos vivos.

— Estava observando esse sinal que você tem debaixo da clavícula.

Ela o tocou, como se quisesse se certificar de que ainda continuava no lugar.

— É uma marca de família. Minha avó Junko também tem uma. Você está vendo que desde que nasci estava predestinada, não escolhi ser uma projeção dela... Embora tenha orgulho de ser.

— Tem a forma de um pássaro.

— *É* um pássaro — confirmou Mei, enquanto se espreguiçava no chão como se estivesse dormindo há vários dias, apesar de terem passado vinte minutos. — Quando minha avó precisava, começava a voar e levava para longe todos os problemas.

Emilian olhou a hora.

— Temos que começar a andar.

Ia se levantar, mas Mei se ergueu o necessário para segurar seu braço enquanto o atravessava com seus olhos rasgados. O que havia naquele olhar?

— Mei...

Ela começou a beijá-lo, impedindo-o de falar, ao mesmo tempo que o envolvia com uma perna e se colocava de novo sobre ele para retomar as coisas de onde as haviam deixado. Emilian se afastou da forma mais delicada que pôde, mas mesmo assim ainda pareceu ríspido.

— O que está acontecendo?

Era como se os papéis tivessem sido trocados em relação a seu encontro na escada, quando Mei achava que não era capaz de se entregar.

— É só que...

Parou. Antes de dizer qualquer coisa, precisava traduzir em palavras o que sentia. Não podia se permitir errar.

— Eu garanto que estou bem — tranquilizou ela.

— No dia em que você chegou — decidiu-se, finalmente, Emilian —, quando contei que havia feito por conta própria algumas investigações sobre a empresa de Kazuo, você me disse que a fazendo feliz me transformaria em uma pessoa melhor. Está lembrada?

— Sim.

Pegou suas mãos.

— Eu suplico que me deixe ir até o fim.

— Não estou entendendo.

— Preciso terminar pelo menos uma coisa com a qual tenha me comprometido. Quero encontrar Kazuo para você.

— São duas coisas diferentes.

— Não para mim.

Aterrorizava-o pensar que a paixão que se desatara fosse um reflexo dos arrebatamentos que o levavam a possuir Veronique para dissimular as carências de sua relação. Não queria uma aventura, por mais fascinante que fosse. Precisava saber que compartilhavam alguma coisa verdadeira. E, para que Mei pudesse se entregar com a mesma plenitude que ele estava disposto a oferecer, primeiro teria de fechar aquela janela pela qual ela perdia grande parte de seu calor.

— Não quero viver de desejos, como os das estrelas cadentes que minha avó viu na véspera da bomba — advertiu-o Mei. — Só peço que nunca faça com que me sinta assim.

Levantou-se muito séria, vestiu a calcinha e pegou no chão a camiseta de Emilian. Contemplou-a por um instante. Tinha o emblema do Instituto Tecnológico de Massachusetts onde ele havia sido bolsista. Vestiu-a, tirou um iPad de sua bolsa e foi se sentar no sofá cruzando as pernas nuas.

Ele também se vestiu e acomodou-se ao seu lado.

— Quando nos separamos ontem — começou Mei, enquanto abria o navegador —, fiquei procurando na internet qualquer menção à Concentric Circles, que, segundo você me disse, é o nome da empresa de Kazuo.

Parecia ter deixado de lado qualquer coisa relativa à relação que estavam — ou não — começando para se concentrar na procura do holandês. Emilian ficou feliz ao ver que ela respeitava seus tempos, embora temesse que escapasse entre seus dedos como a água de uma fonte.

— Uma de suas empresas — corrigiu ele. — Marek disse que é bem provável que outras participem da Concentric Circles. Por isso é tão difícil seguir sua pista. Decerto ainda não disse a você que recebi uma mensagem de Sabrina.

Mei se lembrou da guia italiana que conhecera no Palácio das Nações.

— Seu amigo encontrou alguma coisa?

Emilian apertou os lábios e negou com a cabeça.

— O rapaz do orçamento procurou em todas as listas as quais tem acesso, mas não encontrou nenhuma informação que nos possa ser útil.

— Que pena — suspirou Mei. — Estava confiando nesse caminho.

— Eu também. O que é que você ia me mostrar? Eu pesquisei no Google no primeiro dia e não encontrei nada que valesse a pena.

Ajeitou os cabelos atrás das orelhas e voltou a se concentrar na tela que repousava em suas pernas.

— A princípio eu também não. Eram muito poucos os resultados, e todos os que consultei continham as listas de empresas inscritas no registro mercantil e outras mensagens publicitárias de bases de dados de telefonia e coisas do tipo. Mas em um dado momento...

Acessou uma página que tinha guardado no histórico.

— É um blog... — disse Emilian.

— Espere que se abra por completo e aí você vai ver.

Tratava-se do blog de uma associação suíça de famílias que acolhiam meninos e meninas de Chernobil chamada Família e Futuro. Tinha uma aba com vários números de contato, outra com o estatuto, informações para famílias interessadas e anúncios de empresas que contribuíam para enviar encomendas à Ucrânia a baixo custo. Também vários vídeos e artigos.

Outra vez Chernobil, pensou Emilian. Mei percebeu sua expressão de desgosto.

— O que houve?

— Cada vez que alguém quer jogar na minha cara meu apoio à energia nuclear me confronta com este acidente.

— E você acha estranho?

— Se passaram mais de 25 anos, Mei.

— Mais que suficientes para refletir sobre o que aconteceu.

— E mais que suficientes para aprender com os erros do passado. Hoje se constrói de maneira diferente e os padrões de segurança não têm nada a ver com os daquela época. O reator que servia de base a meu projeto, por exemplo, é...

Parou.

— O que está acontecendo?

— Não quero me justificar, Mei, agora não estamos falando de mim.

— É legítimo que tente se justificar. Mais: se o fizer, ficarei mais tranquila.

Emilian refletiu durante alguns instantes.

— No mundo em que vivemos não há nada perfeito — entrou finalmente no assunto. — Temos que lutar e seguir em frente com aquilo de que dispomos. Você acha que não fico arrepiado toda vez que penso nas crianças ucranianas que morreram ou sofreram doenças provocadas pela radiação? Me aterroriza apoiar um programa nuclear capaz de provocar um acidente desses, mas combato a ansiedade pensando em todos os cientistas que dão a pele aperfeiçoando seus protótipos para melhorar as condições deste mundo. É claro que precisamos inventar uma nova fonte energética, mas o que você quer que façamos enquanto isso não acontece?

— Precisamos mudar os modelos de sociedade. É isso o que temos de fazer. Não fechar os olhos e seguir em frente como covardes suicidas nos amparando na doutrina do mal menor.

Ficaram calados durante alguns segundos.

— O que você queria me mostrar? — disse Emilian, mudando de assunto.

Ela aceitou esquecer a questão e voltar ao que tinha nas mãos.

— Você já ouviu falar dos *liquidadores*?

— Acho que a façanha deles é uma das maiores da humanidade. Todo mundo deveria saber o que fizeram. E quem está dizendo isso é um defensor da energia nuclear.

— Fico feliz que você pense assim. Não vai acreditar no que vou lhe mostrar.

Percorreu com o dedo várias notícias reproduzidas pelo blog e parou em uma intitulada de "Homenagem aos liquidadores". Clicou em cima e abriu um texto ilustrado com fotografias em preto e branco; depois vinha uma sucessão de comentários. Era lógico que tivesse provocado reações, pois narrava uma das histórias mais pavorosas e ao mesmo tempo mais assombrosas escrita pela dedicação e compaixão do ser humano.

Como explicava o post, quando o reator 4 da central nuclear de Chernobil explodiu, a primeira coisa a se fazer era apagar o incêndio do cilindro de grafite que, como uma enorme lareira, não parava de jorrar material radioativo nas camadas altas da atmosfera. Mas como o sistema eletrônico havia sido destruído e não era possível levar a cabo os trabalhos de contenção com robôs, a única opção era recorrer a seres humanos, apesar do perigo que correriam todos aqueles que se aproximassem de tais níveis de contaminação, que eram percebidos na boca e na pele sem a necessidade de intermediários. Os primeiros heróis foram os pilotos dos helicópteros que se detiveram sobre o reator para verter areia com chumbo e boro; e também dois engenheiros de elite e um trabalhador da central que mergulharam até o fundo de umas piscinas de esfriamento altamente contaminadas para abrir à mão as válvulas de esvaziamento antes que o reator se fundisse e, em contato com a água, provocasse uma catástrofe muito maior. Todos sabiam que era um caminho só de ida e, no entanto, não hesitaram em se oferecer como voluntários e entregar suas vidas para frear o desastre. Mas nas etapas posteriores dos trabalhos de vedação, o número de heróis se multiplicou até beirar os 700 mil. Foi esse o número de *liquidadores*, pessoas que acudiram, por iniciativa própria ou mobilizadas pelo governo russo, para fazer o trabalho de limpeza mais sujo da história: aproximar-se do núcleo e, durante um tempo nunca superior a dois minutos, lançar pazadas de material para construir o sarcófago projetado para conter a radiação liberada. Apesar da manipulação da informação por parte do regime soviético, quase todos eles sabiam muito bem ao que estavam se expondo. Não eram apenas militares, policiais e bombeiros. Também apareceram operários, funcionários, técnicos e estudantes das faculdades de física e engenharia nuclear que conheciam bem a força destruidora de um reator destripado.

— O que isto tem a ver com a Concentric Circles? — perguntou Emilian.

— Em um dos comentários aparece o nome da empresa.

— É verdade?

— Você não vai acreditar no que diz...

Mei correu o cursor até encontrar o que procurava. Leram o texto em uníssono.

De Oleksander Bodarenko: Quero saudar os membros da associação Família e Futuro. Obrigado por tudo o que estão fazendo pelas pessoas de Chernobil. Vocês são verdadeiros anjos e Deus os recompensará acolhendo-os ao seu lado como estão fazendo com nossos filhos. Li o post dedicado aos liquidadores e me emocionei. De fato, passei milhares de noites me emocionando cada vez que pensava nessas pessoas, sobretudo em uma delas, de nacionalidade suíça. Por isso lhes escrevo, para deixar registrado meu agradecimento a um de seus compatriotas. Na época do acidente, eu tinha 8 anos e vivia com meus pais em Prípiat, a cidade mais próxima da central. Dois dias depois fomos evacuados a toda pressa para Piski, uma aldeia vizinha. Partimos com a roupa do corpo e logo compreendemos que jamais poderíamos voltar ao nosso lar. Todos os nossos pertences, que não eram muitos, mas sim o fruto de toda uma vida de trabalho, apodreceriam em uma cidade fantasma. Enquanto meus pais choravam de impotência, eu ficava vagando pelas ruas da aldeia atrás das brigadas de liquidadores que se organizavam ali antes de serem levadas de ônibus à central. Me fascinavam suas roupas de chumbo e suas máscaras de focinho de porco, como as que são usadas em guerras químicas, tão escandalosas como ineficazes, e aproveitava para mendigar algo que pudesse levar à boca. Na manhã da qual quero lhes falar, estava sentado na beira de uma calçada devorando um pão dormido. Um liquidador se afastou do grupo e se aproximou de mim. Achei que fosse um astronauta. Tirou a máscara e me perguntou por que estava sozinho. Não sei por que menti para ele, mas disse que meus pais haviam morrido e estava esperando que uma tia que vivia em Kiev viesse me buscar. Deve ter sentido muita pena de mim. Perguntou meu nome e eu lhe disse. Então desabotoou as proteções, enfiou a mão no bolso interno de um paletó que usava por baixo e tirou um cartão, que me ofereceu dizendo que se alguma vez ficasse enfermo ligasse imediatamente para aquele telefone, dissesse quem era e alguém trataria de me levar a um bom hospital da região para que cuidassem de mim. Por desgraça, logo depois fui diagnosticado com câncer de tireoide. Mas peguei o cartão daquela empresa, Concentric Circles, e meu pai ligou para o telefone da Suíça que aparecia no verso. Não podia acreditar na nossa sorte. Em 24 horas estava sendo atendido pelos melhores médicos da Ucrânia, que me trataram durante anos até que fiquei completamente curado. Isto é o que queria contar. Espero que minha lembrança sirva como uma humilde homenagem àquele liquidador vindo de tão longe, assim como a todos os demais que apareceram de forma voluntária para transformar um inferno em um verdadeiro céu graças à luz que trouxeram com eles. Que Deus os abençoe.

— Não posso acreditar que Kazuo fosse em pessoa até a Ucrânia — murmurou Emilian, fascinado.

— Eu teria feito o mesmo se estivesse em seu lugar.

— É claro que sim, Mei. Queria dizer que me surpreende que, zelando tanto pelo seu anonimato, pudesse ter deixado uma pista tão clara. Embora não seja estranho que tivesse um deslize em um momento semelhante.

— O que podemos fazer?

— Você tentou localizar a pessoa que escreveu esse comentário?

— Sim, mas não consegui chegar a nada muito claro. Procurei assinantes de telefones com seu nome em Piski, a aldeia a qual sua família foi levada, mas não encontrei nenhum. E no resto da Ucrânia há centenas de homônimos.

— É uma pena. Se tiveram contato direto, deve saber onde Kazuo vivia naquela época ou, no mínimo, o nome que adotou ao vir para a Suíça.

— Poderíamos ligar, um a um, para todos os Oleksander Bodarenko do catálogo telefônico ucraniano até encontrar o que procuramos, mas isso poderia levar semanas. E não temos tanto tempo.

Mei estremeceu ao pensar que sua avó se aproximava de forma inexorável do fim.

Emilian ficou pensativo durante alguns segundos.

— Acho que tive uma ideia.

— Qual?

— O administrador do blog, com um simples clique, poderia saber o IP do computador no qual foi escrito o comentário — explicou Emilian, referindo-se ao número de referência que é atribuído a cada acesso à internet. — A partir desse dado eu mesmo poderia procurar sua localização geográfica com um programa de rastreamento.

— Temos que falar com ele — empolgou-se Mei.

— Vá à aba de contato para ver se diz onde fica a sede da associação. O mais seguro é que seja aqui mesmo, em Genebra.

Mei teclou na tela digital. Sua expressão ficou sombria.

— Ora...

— Onde? — perguntou Emilian, aproximando-se.

— Em Berna.

— Nenhum problema.

— Você está pensando mesmo em...?

Olhou seu relógio.

— Em pouco mais de duas horas estaremos lá. Espero que alguém possa nos atender.


No meio da tarde estavam em Berna. A rua que procuravam ficava na parte antiga da cidade e por isso foram obrigados a deixar o carro em um estacionamento público e continuar a pé. Mei não esperava encontrar aquele cenário de conto de fadas. Em qualquer outra circunstância, teria parado a cada passo para admirar a arquitetura medieval que, *in loco*, não era tão diferente da dos castelos japoneses. Mas, percorrendo os becos repletos de bandeirolas que alternavam os emblemas do cantão e da nação, teve oportunidade de observar o chão de pedras e explorou, tão depressa como pôde, aquele mar de telhados vermelhos do qual emergiam imponentes torres e bastiões.

Pararam diante de um edifício restaurado para habitação que conservava impoluta a fachada de arenito e as sacadas policromadas.

— Tem certeza de que é aqui?

Mei consultou o número e assentiu.

Ali não havia nenhuma associação. Como em qualquer centro histórico, os andares térreos eram destinados ao comércio. À esquerda do portal, uma loja de esportes oferecia descontos em roupas de esqui; à direita, a vitrine de uma confeitaria exibia uma quantidade imensa de chocolates.

— Acho estranho que não haja sequer uma placa — murmurou Emilian. — O blog indicava o andar? — perguntou. Mei negou. — Talvez tenham se mudado...

— Ou talvez nem tenham uma sede fixa. Embora se dediquem a uma coisa tão meritória como afastar crianças durante algumas semanas do panorama pós-nuclear, trata-se apenas de um grupo de pais.

Emilian ficou pensativo, com o olhar perdido nos botões do interfone. Quando finalmente se virou, quase deu de cara com um casal de meia-idade que se aproximava do portal; ele de baixa estatura e vasto bigode e ela redonda e de aspecto feliz.

— Estão procurando alguém? — perguntou o homem.

— Na verdade procuramos a sede de uma associação chamada Família e Futuro.

— Ora! — alegraram-se. — Querem acolher uma criança e estão procurando informações?

— Não, não... — Emilian olhou para Mei. Compreendeu que estavam sendo tratados com se fossem um casal e sentiu uma pontada na boca do estômago. — É outra coisa. O senhor é...

— Desculpe, sou Eduard Villars, presidente da associação. Esta é a minha esposa, Soraya.

— Emilian Zäch — apresentou-se, oferecendo-lhe a mão. — Esta é a minha amiga Mei.

— A senhora é japonesa? — perguntou a mulher.

— Sinto muito, não falo seu idioma — desculpou-se Mei.

— Oh, desculpe! — exclamou a senhora, passando a falar em correto inglês com os erres acentuados. — Perguntei se a senhora é japonesa. — Mei assentiu. — Meus pais são persas. Nós duas viemos de longe! — exclamou com um sotaque bernês nada oriental.

— Costumamos nos reunir toda quinta-feira em um espaço paroquial da Igreja do Espírito Santo, ao lado da estação de trem — disse o Sr. Villars. — Podem aparecer quando quiserem. A melhor forma de conhecer nossa associação é entrar em contato com outras famílias que já têm experiência. Algumas trazem há anos, sempre no verão, as mesmas crianças. Consideram seus filhos.

— Isso é fantástico — assentiu Emilian, cordial. — Mas vivemos em Genebra.

— Ah... E o que os traz aqui?

— Viemos porque precisamos pedir um pequeno favor relacionado ao blog da associação.

— O que está acontecendo com o blog?

— É um assunto... familiar — disse, tentando sensibilizá-lo. — Se tiver um minuto, podemos explicar.

— Sim, mas o problema é que esta aqui é nossa residência — justificou-se o Sr. Villars fazendo um estranho movimento com o queixo. — Aparece como sede da associação, mas apenas para efeitos administrativos. Como falei, as reuniões são feitas na paróquia...

— Posso garantir que não era nosso desejo importuná-los — interrompeu-o Emilian com maestria, e dirigiu a Mei e em seguida à esposa do Sr. Villars um olhar calculado de decepção que surtiu um efeito imediato.

— Não nos importunam absolutamente! — reagiu a mulher acabando com a tensão. — Vão subindo com meu marido. Ele os atenderá em seu escritório enquanto eu compro alguns doces para acompanhar o café.

Dirigiu-se à confeitaria contígua.

— Não é preciso se incomodar de maneira alguma — reteve-a Emilian.

— Monsieur, eu peço que não me prive de uma boa oportunidade de comprar doces. — Ela sorriu com uma expressão divertida, acompanhada de um assentimento forçado de seu esposo.

Subiram ao segundo andar e entraram no apartamento. Era decorado com móveis clássicos, alguns sem dúvida adquiridos nos antiquários da cidade e outros com mais naftalina que antiguidade. Emilian pensou que só faltava uma armadura para completar o pacote. Foram ao escritório dos balcões que se viam da entrada. Mei sentou-se em um sofá chester abandonado enquanto Emilian se acomodava à escrivaninha diante do Sr. Villars. Este aproveitou para ligar o computador com gestos meticulosos.

— Podem dizer. — Ele digitou a senha de acesso e girou a tela para que os três pudessem vê-la.

Emilian lhe mostrou o post em homenagem aos liquidadores e, em seguida, o comentário escrito pelo ucraniano Oleksander Bodarenko.

— Precisamos encontrar o liquidador mencionado aqui. E a única forma de fazê-lo é localizando primeiro a pessoa que escreveu o comentário.

— Entendo, mas como posso ajudá-los?

— Se o senhor, como administrador do blog, nos informar o IP do computador que enviou esse texto da Ucrânia...

— Isso pode ser feito? — surpreendeu-se o Sr. Villars.

— Na verdade é muito fácil. É de um número de identificação que pode ser obtido com uma ferramenta integrada ao gestor do blog. E, quando tivermos essa referência, eu mesmo poderei localizar o endereço físico de que precisamos através de um geolocalizador.

— Um geo o quê?

— Um programa de rastreamento. Não se preocupe — tranquilizou-o Emilian —, já disse ao senhor que se trata de um assunto familiar. Da maior urgência — acentuou —, mas familiar.

— Mas isso que está me pedindo são informações privadas — resmungou o Sr. Vilar abaixando a voz. — Certamente estão protegidas pelas leis.

— Estou convencido de que a pessoa que publicou esse comentário não se importará que entremos em contato com ela.

— Não sei o que dizer...

— Eu lhe asseguro que é de vital importância para nós dois — declarou Emilian com gravidade.

— Qual é o objetivo de tudo isto? — pareceu se irritar o bernês. — A verdade é que começo a não entender nada. Ou, dizendo melhor, vocês estão me deixando tonto com tantas imprecisões.

Mei resolveu intervir.

— O senhor não gostaria de segurar a mão da pessoa que ama quando seus olhos estiverem se fechando pela última vez? — perguntou da poltrona do fundo.

O Sr. Villars lhe dirigiu um olhar de perplexidade.

— Sinto muito, Srta. Mei — falou devagar, sem conseguir afastar os olhos da aura da japonesa. — Estou certo de que suas intenções são totalmente legítimas, mas não posso ajudá-los.

Virou a tela para ele. Emilian sentiu que fugia. Precisava pensar rapidamente em uma saída.

— Dê a eles o que estão pedindo — soou uma voz a suas costas.

Os três se viraram ao mesmo tempo. Era a esposa. Estava parada na porta com uma pequena bandeja de doces na mão e uma expressão muito mais serena do que a que exibira na rua.

— Querida...

— Não sei quanto a você, Eduard — continuou ela, de forma implacável —, mas eu gostaria que você segurasse minha mão quando estivesse morrendo. Por isso dê a eles essa informação e depois venham à salinha tomar o café.

Deu meia-volta e se perdeu no corredor fazendo o assoalho ranger.

Emilian olhou para Mei.

Conseguimos, pensaram ao mesmo tempo.


Saíram do apartamento com o IP do ucraniano anotado em um papel quadriculado que o Sr. Villars havia arrancado de um pequeno bloco espiral.

— Pobre da criança que cair nesta casa — comentou Emilian, quando já estavam na rua.

— A senhora é um encanto — defendeu Mei. — E, além disso, qualquer casa desta cidade será um palácio para elas.

— Só estava brincando. — Deu-lhe um beijo na face. Foi um ato inocente, mas por um instante o tempo pareceu parar. — O que faremos?

Ficaram parados por um momento. Mei também parecia ter ficado perturbada com aquele gesto.

— Voltamos a Genebra? — perguntou ela.

Emilian segurou de novo as rédeas.

— Qual é o fuso horário em relação à Ucrânia?

— Daqui... Não tenho certeza, uma ou duas horas.

— Então ainda dispomos de um tempo para ligar. Vamos procurar algum lugar onde tenha wi-fi e comecemos a trabalhar. Se voltarmos agora para casa, quando chegarmos já será muito tarde. Não acredito que nenhum ucraniano que tenha acabado de ir para a cama queira conversar com uns loucos que ligam do outro lado do mundo perguntando por uma coisa que aconteceu há 25 anos.

Precisavam de um lugar tranquilo para instalar o acampamento. Um estudante lhes recomendou o Café Littéraire, que ficava em uma livraria do centro. Acomodaram-se ao lado das estantes de literatura estrangeira, a uma mesinha redonda que quase ocuparam por completo com o iPad, a chaleira de Mei e a xícara dupla de cappuccino pedida por Emilian. Deu um primeiro gole, reclamou que estava muito quente e digitou durante algum tempo até encontrar a cidade associada ao IP do computador ucraniano.

— Achei.

— Aparece o endereço exato?

— Só consegui a cidade. Se chama Lutsk. — Inseriu-a no site de busca. — É a capital de uma pequena região do noroeste que fica perto da Polônia, mas não parece muito grande. Vamos ver se consta alguém com seu nome...

Apareceram três Oleksander Bodarenko. Ligou para o primeiro sem perder um segundo. Ninguém respondeu. Voltou a discar, de novo sem êxito. Mei cantou o segundo número. Foi ainda pior: respondeu uma secretária eletrônica. Emilian não quis deixar recado. O que tinha a dizer àquele homem não podia ser resumido em uma frase. Tentaram a sorte com o terceiro. Mei apertava a chaleira com as duas mãos como se fosse uma estufa. No estabelecimento fazia calor, mas o sangue mal chegava aos seus dedos devido ao nervosismo.

— *Pryvit* — respondeu uma mulher no outro lado.

— Boa tarde — disse depressa Emilian, virando-se para Mei com os olhos arregalados. — A senhora fala inglês? — A mulher respondeu em ucraniano. — Oleksander está? Oleksander Bodarenko?

— Oleksander? — Ela pareceu entender finalmente.

— Sim, sim, por favor. Pode chamar Oleksander Bodarenko?

Pelo som teve a impressão de que havia deixado o telefone cair em uma mesa.

— Pryvit — soou outra voz, esta mais categórica.

— O senhor é Oleksander Bodarenko?

— Quem está ligando?

— Desculpe abordá-lo desta maneira. Meu nome é Emilian Zäch e estou ligando da Suíça.

— Nós nos conhecemos?

— Ainda não, mas preciso pedir um grande favor ao senhor.

— Da Suíça, disse?

— Sim, o mesmo país de onde saiu o liquidador que salvou sua vida — aventurou-se a dizer.

Oleksander pareceu ter ficado mudo.

— Do que precisa?

Conversaram durante alguns minutos. Emilian mediu bem o que devia lhe dizer para que seu locutor não se sentisse incomodado pelo excesso de informações e, ao mesmo tempo, se dispusesse a ajudá-los.

— Só há um único problema — lamentou-se Oleksander quando Emilian terminou.

— Qual?

— Além de tudo o que relatei no comentário que publiquei no blog, não sei nada desse homem.

— Nada?

— Absolutamente nada. Desde aquele dia, quando me entregou o cartão na rua de Piski, não voltei a trocar uma única palavra com ele. Nem eu nem ninguém da minha família. Nem mesmo quando meu pai telefonou para sua empresa a fim de contar a ele que haviam me diagnosticado a doença. Falou com sua secretária e a partir de então foram os médicos de Kiev que se ocuparam diretamente de tudo e por isso foi cortada qualquer comunicação com a Suíça. Suponho que o liquidador lhes pagava bem, porque fui tratado como um rei.

— E seu pai? Ele também não poderia nos dizer mais nada?

— Meu pai morreu há três anos.

— Sinto muito, não queria...

— Não se preocupe. Eu asseguro que mesmo que estivesse vivo também não poderia ajudar muito.

Emilian recapitulou.

— O senhor ainda tem aquele cartão com o telefone da Concentric Circles?

— Deve estar em alguma gaveta, mas também não servirá para nada. A última vez que tentamos falar com ele para dizer que tudo tinha corrido bem haviam cancelado a linha. A única...

Parou. Durante alguns segundos só se ouviu uma espécie de tempestade de vento dentro do cabo.

— Oleksander? — chamou-o Emilian.

— Veio à minha memória uma coisa que a secretária dele disse na primeira vez que meu pai ligou para a empresa, quando o câncer foi diagnosticado...

— Pense com calma — incentivou-o Emilian.

Virou-se para Mei encolhendo os ombros.

— Talvez esteja me equivocando — continuou o ucraniano —, mas, quando meu pai estava manifestando sua gratidão de todas as formas que sabia, ela disse algo como que não era a primeira vez que seu chefe ajudava os afetados pela radiação. Sim, foi o que ela disse: que seu chefe havia colaborado ao longo de muitos anos com uma associação de familiares de vítimas de Nagasaki, doando dinheiro para que os efeitos da bomba sobre os sobreviventes fossem estudados.

— Uma associação de Nagasaki? — repetiu Emilian em voz alta para que Mei o ouvisse. Ela estremeceu ao se dar conta de que suas pesquisas os conduziam de volta ao lugar no qual Kazuo e sua avó tinham sido arrancados um do outro. — Sabe algo mais? O nome da associação, o de algum responsável...

— Alegre-se por eu ter me lembrado disso que contei. Nem eu mesmo sei explicar de que parte do meu cérebro danificado extraí essa história.

Emilian se despediu transmitindo-lhe o mais sincero agradecimento de Mei e também por tê-los atendido de forma tão amável apesar daquela abordagem. Por sua vez, Oleksander se ofereceu para continuar ajudando-os da única maneira que podia fazê-lo: enviando-lhes da Ucrânia todo o amor que sentia por aquele homem com o rosto escondido por trás de uma máscara contra gases, torcendo para que o universo conspirasse a seu favor e conseguissem encontrá-lo.

Desligou.

Deu um longo gole no cappuccino. Arrependeu-se imediatamente. Muito café. Afastou a xícara para abrir espaço e deixou o celular na mesinha.

— É uma questão de continuar investigando — suspirou. — Nada mal.

— Você tem que me contar com detalhes tudo o que ele disse — pediu ela.

O celular vibrou na mesa.

— Um momento — desculpou-se.

Talvez Oleksander tivesse se lembrado de algo mais.

Não era o ucraniano, mas Marek Baunmann, seu amigo da Agência Internacional de Energia Atômica. Achou estranho quando viu seu nome na tela. Na conversa que mantiveram no Palácio das Nações, deixara claro que não podia se envolver mais naquele assunto. Pressionou a tecla verde.

— Olá, Marek.

— Como vai, Emilian?

Sua voz não tinha nada a ver com a do último dia.

— Percebo que você está alegre.

— É por você. Tenho boas notícias.

— Sobre aquilo que conversamos?

— Não sei em que você está pensando. Eu me refiro ao IPCC.

— Espere um momento. — Tapou o fone, pediu desculpas a Mei e foi falar na rua. Por que agira assim? Não lhe importava que ela ouvisse a conversa e ali fora fazia frio e ouvia pior. Devia se tratar de um reflexo condicionado. — Me perdoe, estou de volta — disse apoiando-se na vitrina da livraria. — Continue, por favor.

— Você sabe que dentro de três dias haverá uma reunião do WG3.

Era assim que chamavam o Grupo de Trabalho III, um comitê do IPCC encarregado de avaliar as possibilidades de mitigar os efeitos das mudanças climáticas limitando a emissão de gases de efeito estufa.

— A verdade é que não me lembrava dessa data. Depois do que aconteceu...

— Pois volte a se lembrar dela.

— O que você quer dizer?

— Conversei com o presidente e aceitaram que você volte a fazer parte do painel de especialistas representando a Suíça.

— Ora, é mesmo uma surpresa...

— Tenho a sensação de que você não está com muita vontade...

— É claro que fico contente, Marek. Só não esperava por isso.

— Só tem um problema. Você terá que se desculpar publicamente.

— Pelo artigo?

— Para ser sincero, creio que aceitaram readmiti-lo apenas para poder oferecer aos meios de comunicação uma desculpa sua oficial. Você sabe melhor do que eu que hoje em dia a influência dos informes do IPCC sobre os governos depende tanto do conhecimento científico das equipes como da certeza de que são íntegras e transparentes. Você não pode sair por aí escrevendo que metade de seus companheiros aceitaria subornos das petroleiras.

— Talvez tenha me excedido um pouco, mas tudo o que disse...

— Tudo o que você disse é verdade — interrompeu-o Marek, adiantando-se. — Você acha que eu não sei? Mas existem coisas que não se podem apregoar assim sem mais nem menos.

— Estava no meu pior momento.

— Esqueça. Por sorte tudo está voltando pouco a pouco ao normal.

— Onde será a assembleia da sexta-feira?

— Na sala de conferências da OMM — informou-o Marek, referindo-se à Organização Meteorológica Mundial, um organismo ligado às Nações Unidas, mas com sede própria, localizada em um moderno edifício construído segundo critérios de sustentabilidade do meio ambiente. — Mas você tem de participar a partir de amanhã.

— A partir de amanhã? Por quê?

— Decidiram que, para que sua desculpa tenha mais repercussão, precisa participar de uma das apresentações. Amanhã chega o restante dos especialistas do comitê que vão intervir na jornada.

Emilian ficou gelado. Isso o obrigaria a deixar Mei investigando sozinha. Ela poderá fazê-lo, disse a si mesmo. Sem dúvida nenhuma. Quem melhor do que uma japonesa para fazer perguntas às associações de vítimas de Nagasaki? Nesse momento, como se percebesse o perigo, o pássaro da clavícula de Mei começou a voar, saiu da livraria e bateu asas como um colibri diante dos olhos de Emilian. Talvez o que ela precisasse nesses momentos não era outra coisa além de tê-lo ao seu lado. Era isso que vinha lhe pedindo desde o primeiro dia, quando tinha aceitado dormir em sua casa ao invés de ir para um hotel...

— Ok — disse, não obstante, afastando de sua mente qualquer conflito; como dizia Marek, tudo estava voltando ao normal. — Estarei lá.

Voltou a entrar na livraria. Mei permanecia sentada na mesinha do Café Littéraire, com a tela do iPad nas mãos e o olhar perdido. Seu rosto perdera o brilho.

— O que aconteceu?

— Acabo de receber uma mensagem da minha mãe.

— Algo vai mal?

— É o câncer de pâncreas da minha avó. A metástase provocou uma encefalopatia hepática nela.

— O que é isso?

— Ela não me explicou.

Toda a emoção contida se concentrou em seus olhos.

— Mas é muito grave?

— Segundo os médicos, não passará de uma semana.

— Meu Deus... Como ela está?

— Não sei, suponho que bem, como sempre. É isso que me dói mais...

Começou, finalmente, a chorar. Emilian foi abraçá-la.

Mei tremia como um cachorro desvalido.

Aterrorizava-a não encontrar Kazuo a tempo, ter de suportar essa condenação pelo resto da vida.

Como sua avó Junko.

# 15

# Está viva

*Nagasaki, 16 de agosto de 1945*

Kazuo teve a impressão de que alguém tamborilava em seu peito, depois no alto da cabeça, subindo como uma legião de formigas desde o peito dos pés. O rangido que as rodas arrancavam dos trilhos perfurava seus ouvidos. Grudou o nariz no vidro sujo da janela para observar. Pareceu-lhe mentira que pudessem girar carregando todo aquele peso. Aquela era sua primeira viagem de trem: de Nagasaki a Fukuoka, onde teria de fazer uma baldeação para a linha que levava a Hiroshima e depois de estação em estação até Karuizawa. Dispunha-se a atravessar o país como uma serpente arrastando-se entre os focinhos dos mísseis, carregando todo seu veneno. Os passageiros infectados eram o veneno.

Apertou com força o bilhete que havia comprado depois de suportar horas de fila entre empurrões, gritos de soldados e lamentos daqueles que, como um magma lento, se aproximavam da estação procurando qualquer vestígio de seus familiares desaparecidos.

Do mar às montanhas. Da água coberta com o pó de cadáveres aos cumes limpos onde não se ouviam bombas, mas o grasnido das aves de rapina. As culturas do Japão antigo equiparavam o mar à morte. Os finados, quando chegava a hora de iniciar a grande viagem, entravam no oceano transformados em pássaros brancos e não paravam de esvoaçar até se perder para sempre entre a água e a bruma e os olhares dos peixes. As montanhas, por sua vez, eram a morada dos deuses. Nascidos do sol, permaneciam nos cumes mais altos contemplando o devir dos mortais. Sim, pensou, rumo às montanhas!

— Se afaste. — Alguém o empurrou, arrancando-o de repente das fantasias.

Virou-se, assustado. Era um jovem de uns 20 anos. Sua camisa estava desabotoada. Atrás dele, outros três, todos magros e com os cabelos raspados, disputavam um concurso de careta mais desagradável enquanto esperavam em pé que lhes cedesse seu lugar. Deviam ser soldados liberados do serviço.

— Você não me ouviu, maldito estrangeiro?

Agarrou o menino pelo ombro com violência e o puxou para fora.

— Me solte! — Kazuo se defendeu, sem avaliar as consequências de seu atrevimento.

— Ele fala o nosso idioma! — exclamou um deles.

— Esqueça-o — pediu outro. — Vamos fazer como o imperador e abaixar a cabeça diante de qualquer babaca ocidental.

— Eu mandei sair do compartimento! — gritou, enfurecido, o líder do grupo enquanto Kazuo segurava com força os ferros do assento. As veias de seu pescoço ficaram inchadas como se estivessem conectadas a uma bomba para bicicletas. Seus comparsas riram, incitando-o ainda mais. — Se tivesse uma arma, daria um tiro em você e espalharia seus miolos pela parede.

Deu-lhe uma bofetada que pegou Kazuo desprevenido. O menino levou a mão ao rosto e pensou em pular do vagão e voltar à clínica para abraçar o doutor, mas avistou pela janela a estação, cada vez menor, perdendo-se no meio da fumaça. Não havia como voltar atrás. Abriu caminho entre aqueles indesejáveis arrastando o olhar pelo chão. O chefe calçava botas militares, abertas como a camisa. Seus capangas, diferentes tipos de chinelos, um deles sandálias de palha como as que eram colocadas nos cadáveres nos enterros para que sulcassem as trilhas do *outro lado* sem machucar os pés.

Caminhou de vagão em vagão procurando um espaço onde pudesse passar despercebido. Era um trem robusto desprovido de qualquer conforto, um antigo blindado da invasão da Manchúria que tivera suas proteções arrancadas para poder ser usado na região devastada, aproveitando que se tratava de uma máquina dura e espartana que podia evitar sem dificuldade os danos que a onda expansiva produzira nas estradas de ferro. Quando chegou ao final, abriu a portinhola que se comunicava com a locomotiva.

Uma lufada de ar voltou a esbofeteá-lo; o ruído era atroz, ferro, peças se atritando, gordura, fumaça. Fechou com uma batida e se encolheu em um canto, cobrindo a cabeça com os braços.

Junko, por que você me deixou sozinho?

Um tempo depois entreabriu os olhos. Havia adormecido? Sem chegar a despertar — era como se estivesse com febre —, viu em pé diante dele um casal de crianças que o contemplava inclinando a cabeça como quem observa um inseto raro em uma folha. Deviam ter uns 9 anos. O menino usava um gorro e ela, os cabelos recolhidos em um coque. Cochicharam e se ajoelharam ao seu lado. Logo depois chegou uma mulher que lhes deu uma bronca por terem se aproximado de um ocidental e obrigou-os a se levantar dando-lhes sopapos na nuca. Kazuo gostaria de ter dito alguma coisa, mas pronunciar cada palavra era como escalar uma montanha e por isso se rendeu de novo aos pesadelos de corpos queimados e vermes que, por desgraça, não eram apenas personagens de sonhos ruins...

— Filho. — Outra voz o arrancou de sua letargia.

Havia passado um minuto ou várias horas? Já era noite, o vagão estava escuro, salvo por um candeeiro que balançava projetando sombras que bruxuleavam nas paredes.

Filho, dissera a voz?

Logo supôs que era apenas uma forma como outra qualquer de tratá-lo. Um homem de meia-idade, de bigode fino e coberto com uma capa, lhe dirigia um olhar tranquilo. Estava de cócoras. Kazuo levou a mão ao bolso para confirmar que o papel com o haicai ainda estava lá e se aferrou a sua bolsa com a ferocidade de um leão, pressionando a parede do vagão com as costas.

— Não tenha medo. Você está bem?

— Sim — respondeu, apaziguado. — Quem é o senhor?

— Pertenço ao Exército imperial.

Reparou no uniforme que vestia debaixo da capa.

— Um soldado...

— Na verdade, um oficial.

— Não sou um inimigo — justificou-se o menino. — Juro que não sou daqueles que atiraram a bomba, sou holandês, mas meus pais...

— Eu li a carta que estava no seu gibão — interrompeu-o. Referia-se a uma espécie de salvo-conduto que o doutor deixara junto a sua documentação, os certificados da patente de seu pai e o dinheiro que, por algum tipo de milagre, ainda continuavam no bolso lateral de sua sacola, o único que afivelara. — Aonde você está indo.

— A Karuizawa.

— Isso fica no outro extremo do país!

— Vou chegar de qualquer jeito.

O oficial riu.

— Tenho certeza de que vai conseguir. — Contemplou-o durante alguns segundos, como se avaliasse se devia ou não lhe fazer a próxima pergunta. — Você gostaria de trabalhar para mim?

— Como?

— Você fala meu idioma como se tivesse nascido aqui.

— Nasci em Nagasaki.

— Agora entendo. Também fala inglês?

— Um pouco — respondeu Kazuo, com reserva. — Meus pais dominavam o inglês por causa do trabalho. Tinham livros em ambos os idiomas e eu li todos, várias vezes — terminou afirmando, com orgulho.

— Não poderia ser melhor. Você será meu tradutor.

— Mas eu não...

— O que está acontecendo?

— Já disse que preciso chegar a Karuizawa o quanto antes.

— E chegará, mas só se confiar em mim. Você sabe onde estamos? Viu alguma vez o mapa do império? Quando chegarmos a Fukuoka vai precisar pegar uma linha que leva a Hiroshima, seguir até Okayama, Kioto, Nagoya... e de lá procurar um meio de transporte que o leve à montanha. Tem um longo caminho pela frente e não sei se dispõe de dinheiro suficiente. Tive o trabalho de contar o que você tem guardado na bolsa e... — Negou com a cabeça, fazendo um gesto condescendente. — Você sabe como estão as coisas em nosso país; a escassez multiplicou por dez os preços de tudo.

— Mas...

— Eu poderia ajudá-lo.

Kazuo examinou seu rosto com cuidado, mas não notou nenhum sinal que pudesse despertar sua desconfiança.

— O que teria que traduzir?

O oficial levou um bom tempo para responder. O menino o olhava esperando, encolhido no chão com uma expressão malandra e uma doçura inaudita que conseguia sobressair em meio à sujeira de seu rosto e dos farrapos em que sua roupa estava se transformando.

— Estou indo para uma aldeia que fica perto de Hiroshima — revelou finalmente com calma, saboreando aquela confissão como se estivesse fumando ópio. — Vou ter uma entrevista com o comandante do campo de pows antes que os aliados enviem as equipes de resgate dos prisioneiros.

Kazuo pensou no Campo 14. Por que você não me esperou, Kramer? Por que me obriga a passar por tudo isto?

— Mas os pows agora são homens livres, o imperador se rendeu.

— Quero apenas conversar com ele. Preciso de uma declaração confirmando que, enquanto fui o oficial encarregado dessa penitenciária, os prisioneiros receberam um tratamento digno de minha parte. MacArthur virá logo para assinar os termos da rendição e com ele chegarão os julgamentos por crimes de guerra.

— Quem é MacArthur?

— Eu também gostaria de saber.

— Por que precisa de mim? Certamente tem a sua disposição um monte de tradutores do Exército imperial.

— Do jeito que as coisas estão, não confio mais em ninguém. Para ser sincero, acho que esses pows se sentirão mais à vontade com um intérprete que não seja japonês.

Kazuo estudou a situação. O oficial queria usá-lo para conquistar a confiança do prisioneiro e em troca conseguiria que viajasse em segurança até Karuizawa. Sua mente fervia. Os mesmos conflitos que o afligiam quando subia à colina para contemplar os holandeses do Campo 14 nublaram sua mente até ficar com a impressão de que o vagão tinha sido inundado pela fumaça da locomotiva.

— Não sei se...

— O que está acontecendo? — interrompeu o oficial, agora mais ríspido. — Ambos conseguiremos o que queremos. Daqui a pouco lhe trarei alguma coisa para comer — prometeu-lhe, levantando-se, dando a conversa por terminada.

— Estou morrendo de fome! — exclamou o menino, percebendo que seu estômago começava a rugir naquele instante.

A princípio duvidou se devia aceitar; aquilo seria como selar um pacto. O oficial percebeu sua desconfiança.

— Você me lembra tanto ele... — murmurou.

— Quem?

— Meu filho. Teria mais ou menos a sua idade. Faleceu no dia da explosão, quando eu estava longe de casa, tentando administrar da melhor maneira esse campo de prisioneiros que agora vai me levar à ruína...

Estava mesmo usando aquela estratégia tão grosseira para convencê-lo? Horrorizou-se imediatamente só por ter pensado aquilo.

— Sinto muito.

— Quando um filho nasce, você pensa que não conseguiria viver mais sem ele. — O oficial desviou o olhar para a janela. A noite tornava ainda mais profunda qualquer dor. — O trágico é que você consegue, sim.

Ouviu-se ao longe o apito de um fiscal aduaneiro, fundindo-se ao tamborilar e os bufos dos pistões.

— Acredito que...

— Em dois dias estaremos em Hiroshima — cortou-o o oficial, enquanto pegava o corredor para ir ao seu compartimento. — Me dê uma ajuda com os pows e procurarei a melhor maneira de você chegar o quanto antes a Karuizawa.

O oficial se afastou passo a passo, apoiando-se nas janelas para compensar o balanço do vagão; mas talvez o que o fizesse hesitar fossem as recordações que se acumulavam em sua mente como bigornas difíceis de carregar. Kazuo voltou a se recostar em seu canto. Quase ninguém ia até lá. Apenas alguns passageiros que queriam esticar as pernas e tinham as mesmas sensações ao vê-lo: ódio espontâneo por seus cabelos louros, compaixão ao entender que não passava de um adolescente perdido, curiosidade de saber o que estava fazendo naquele trem e de novo receio e até indignação porque haviam deixado que embarcasse e ocupasse o lugar de um japonês. Ele, temendo que aquelas reações desembocassem em algo pior, nem sequer os olhava. Passou a noite inteira encerrado em si mesmo, pensando naquele oficial, em seu filho calcinado que tinha sua idade, e ao mesmo tempo no comandante Kramer, vagando por um país estranho em busca de sua amada, a violinista torturada, e na possibilidade de aqueles dois soldados terem apontado sua arma para o outro em alguma batalha do Pacífico, apontado e disparado.

Ao longo do dia seguinte mal saiu de seu canto, nem mesmo quando os passageiros aproveitavam as paradas para sair e fazer suas necessidades ao lado da estrada. Não voltara a ver o oficial. Intuía que estaria envergonhado por sua conversa da noite anterior, na qual se deixara levar a extremos impróprios para um homem de sua condição. Ainda continuava acreditando que o ajudaria a chegar a Karuizawa. Havia decidido que, se para isso tivesse que traduzir as declarações de seus compatriotas, ele o faria sem resmungar. Afinal, não estaria traindo ninguém.

Chegaram a Fukuoka, a cidade da gaivota risonha, aonde seus pais haviam prometido levá-lo um dia para conhecer as praias, para a agora esburacada areia devido aos projéteis que a atingiram durante meses. De lá prosseguiram até Kokura, o primeiro objetivo da bomba de Nagasaki, salva pelas nuvens que cobriam seu arsenal quando o bombardeiro a sobrevoara. Kazuo avistou, no alto de uma colina, os restos do imponente castelo da cidade, destruído em outra guerra bem mais antiga. Quis acreditar que aquilo que seus olhos foram obrigados a presenciar em Nagasaki ultrapassava todos os limites, que não era comparável às velhas batalhas entre clãs, nas quais senhores e samurais respeitavam os códigos de vitória e derrota. O trem se enfiou na região de Honshu a meia velocidade, como se estivesse exaurido pelo lastro de tanta tristeza, e pegou o rumo de Tokuyama, um nome que lembrava a Kazuo grandes desfiles de máscaras. Os tambores e as faixas coloridas que as meninas agitavam no ar imitando o movimento dos dragões voltariam algum dia? A noite caiu novamente. Na manhã seguinte chegariam a Hiroshima.

Os ruídos de seu estômago lhe recordaram que não levava nada à boca havia muitos dias. O oficial lhe prometera alguma coisa para comer, mas não tinha voltado a vê-lo. Estava pensando em ir procurá-lo quando ouviu alguém se aproximar. Talvez fosse ele. Esquadrinhou na escuridão oscilante devido ao balanço de um candeeiro e constatou decepcionado que se tratava de um homem muito mais adoentado. Seu rosto refletia a aterradora marca da infecção que Kazuo acreditara ter deixado ancorada na estação de Nagasaki. Por um instante achou que ia cair em cima dele, mas o enfermo avançou até a portinhola com o tempo exato para abri-la e vomitar nas engrenagens o mesmo fluido esverdeado que Kazuo tivera de remover tantas vezes do chão da clínica. Levantou-se de um pulo, cruzou sua bolsa no peito e pegou o corredor à procura de seu protetor deixando para trás um redemoinho de estrondos e fumaça.

Pela janelinha do primeiro compartimento viu um grupo de mulheres aferradas a uns sacos que lhes serviam de travesseiro; o seguinte era compartilhado por dois casais de anciões e alguns monges; no terceiro, uma mãe e um bebê inquieto — Kazuo percebeu que estava havia horas ouvindo seu pranto mortiço — respiravam a duras penas no pouco espaço que os outros ocupantes lhes deixavam. Continuou avançando de vagão em vagão até que chegou ao último, que só tinha um par de compartimentos. Tinha que estar em um deles. Antes de espiar lambeu os lábios imaginando o oficial com uma tigela de arroz e conservas de pepino e aipo, mas ao grudar o rosto no vidro deu de cara com uma coisa bem diferente: a careta decomposta do animal que pouco depois de embarcar no trem lhe dera uma bofetada. Recuou, mas já era tarde. O soldado saiu em disparada atrás dele. Kazuo tentou fugir, mas o outro o agarrou pelo pescoço na metade do corredor e tapou sua boca. Suas mãos cheias de calos cheiravam a gordura de peixe. Soltou uma risada enquanto pensava no que fazer com aquele menino louro aproveitando a escuridão da noite, o ruído ensurdecedor e o vaivém que mantinha os demais passageiros em estado de letargia. Seus capangas foram saindo ao corredor em procissão, esperando o próximo movimento de seu chefe enquanto contemplavam com sádica passividade os olhos de pânico do menino.

— Jogue-o lá embaixo — sugeriu o das sandálias de palha.

Kazuo deu um grito que não conseguiu ultrapassar a mão que tapava sua boca.

— Isso mesmo, atire-o — incitou outro.

— Antes vejam o que tem na bolsa — ordenou-lhes o chefe.

Kazuo tentou se debater e em troca recebeu um chute nos genitais que quase o fez desmaiar.

— Maldito ocidental — arengou o chefe ao ver o comparsa arrancar a fivela do bolso lateral e tirar um maço de notas. — Quer dizer que você está carregando dinheiro japonês. Certamente obteve saqueando as casas dos mortos.

— Não! — conseguiu finalmente gritar por uma fresta entre os dedos, mas o outro os apertou ainda mais, abafando qualquer explicação.

— Abram o portão antes que alguém apareça!

— Você vai mesmo atirá-lo? — questionou um deles.

— E o que você acha?

— O menino vai voar! — disse rindo o das sandálias de palha.

Kazuo continuou gritando em vão enquanto o levantavam pelas pernas como um porco com o focinho amarrado em plena matança. E depois de uns movimentos desordenados de repente se viu livre e seu grito por fim irrompeu na noite, mas só por alguns segundos, até se estatelar no chão e começar a rolar por uma superfície de pedras afiadas que cortaram seu corpo enquanto o trem se perdia à distância, deixando atrás de si borbotões de fumaça misturados com gargalhadas.

Cri-cri.

Cri-cri.

Cri-cri.

Os grilos...

O silêncio da noite perfurado pelos grilos; e um vaga-lume que desenhava linhas como um avião de reconhecimento em seu corpo, que mais parecia uma rocha inerte jogada de um barranco.

Veio-lhe à mente o poema que sua mãe, a Sra. Van der Veer, cantarolava quando escalavam a escarpa para contemplar a baía do alto:

*Formigas sobre*
*um grilo inerte. Recordação*
*de Gulliver em Lilliput.*

Assim soa o Japão, pensou enquanto o cri-cri puxava sua mão para o submundo dos bichos e das plantas que falavam. Pelo menos os grilos continuam aqui, ainda deve restar alguma razão para cantar...

Foi despertado pelo sol vermelho que era o símbolo do império. Uma recordação efêmera das risadas de seus agressores, que parecia ter esperado durante horas suspensa no ar com a única missão de continuar atormentando-o, desvaneceu-se como uma bolha de sabão que explode deixando uma poça minúscula. Estava sozinho no meio do nada. Todo o seu corpo estava machucado e coberto pelo sangue seco dos cortes. Havia perdido um sapato. Levantou-se para procurá-lo enquanto suplicava que não tivesse ficado no trem. Encontrou-o grudado em um dos trilhos, enfiou o pé com ansiedade e deu uma volta sobre si mesmo.

O longo verão da região meridional estava em seu auge. Apesar de ser muito cedo, fazia muito calor e os montes que se amontoavam em ambos os lados da via férrea começavam a ser cobertos por um véu brilhante. Kazuo só conhecia essa abrupta orografia pelos mapas da escola. Aprendera que as ilhas japonesas eram os cumes de uma imensa cordilheira que nascia nas fossas do Pacífico, 9 mil metros abaixo, e ainda sobressaíam acima da superfície. Atordoou-o imaginar seu corpo magrelo na ponta dessa desmesurada montanha, de pé sobre seus velhos sapatos ao lado de uma via deserta.

Precisava voltar para Nagasaki. Sentia-se estúpido por ter pensado que poderia chegar por seus próprios meios a Karuizawa, no outro extremo de um país em plena demolição de seus valores milenares, mergulhado na incerteza após ter perdido uma guerra. Haviam lhe roubado o pouco dinheiro que tinha. Além disso, o que teria ganhado mesmo que tivesse alcançado seu objetivo? Estivera se alimentado de vagas ilusões nascidas dos medos do Dr. Sato. Como iria convencer o comandante Kramer ou qualquer outro ocidental a levá-lo para a Europa? Tinha vontade de chorar e precisava de um abraço.

Lembrava-se de ter percorrido um longo trecho desde a última aldeia que avistara do trem e por isso resolveu seguir em frente. Tem que haver outra muito perto, animou-se, e começou a andar seguindo os trilhos.

O véu brilhante sobre a ladeira dos montes, uma permanente sensação de vertigem...

Caminhou muitas horas sob o sol. Parecia-lhe incrível não encontrar ninguém pelo caminho. Sempre ouvira dizer que no Japão não restavam zonas desabitadas! Quando estava prestes a cair de joelhos viu, um pouco mais adiante, um cânion sombrio povoado de cedros. Gastou suas últimas forças em uma corrida para chegar a ele o quanto antes. No interior da garganta a umidade era tal que esticou a língua pensando que seria possível beber o ar. Perambulou como bêbado entre as árvores, levou as mãos ao rosto para enxugar o suor e sorveu o musgo de um tronco. Penetrou no bosque. Tinha consciência de que estava cada vez mais longe da via férrea, mas algo o atraía às profundezas, ao lugar onde não havia diferença entre os galhos e as sombras.

Uma trilha se abriu na folhagem espessa.

Estava cercada por uma interminável fileira de Budas de pedra.

Depois do espanto inicial, supôs que aquelas pequenas estátuas eram deidades budistas protetoras dos viajantes. Havia dúzias delas, uma atrás da outra até onde a vista alcançava. Eram praticamente iguais, todas com o mesmo sorriso leve, intrigante e sereno. A única coisa que mudava era a posição de suas mãos. Começou a andar hipnotizado por suas vozes milenares. Aonde o levariam? Após um tempo parou diante de uma que, por alguma razão, lhe pareceu diferente do restante, por sua expressão risonha e seus olhos inclinados de diabinho.

— Você acha surpreendente que esteja rindo de você? — soou uma voz rouca a suas costas.

Virou-se, sobressaltado. Era uma anciã com aspecto de feiticeira.

— Quem é a senhora?

— Esse pequeno bodisatva brinca com os viajantes que tentam contar todas as estátuas do caminho — continuou ela sem responder, soltando uma gargalhada que congelou seu sangue. — Quando vão aprender que são incontáveis?

Kazuo observou-a bem. Talvez não fosse tão velha; sem dúvida as penúrias haviam lhe acrescentado algumas décadas. Tampouco lhe favoreciam suas calças tipo bombachas sujas como um chiqueiro, a camisa masculina e o cachimbo grudado na saliva seca que se acumulava em um canto de sua boca.

— Onde estamos? — perguntou ele, depois de decidir que não se tratava de nenhum demônio.

— No bosque.

— Perto de Hiroshima?

— Hiroshima não existe mais.

Aquela frase o fez estremecer ainda mais que a presença da mulher.

— Na verdade estou indo para Nagasaki — declarou, e sentiu uma pontada ao pronunciar em voz alta aquela frase que confirmava sua desistência.

— Nagasaki? Quem quer ir para lá depois do que aconteceu?

— E o que a senhora faz neste bosque? — defendeu-se Kazuo.

— Ora — disse ela rindo —, sou eu quem deveria lhe perguntar isso! Estava procurando frutos de shii para incrementar uma sopa, mas creio que em vez disso encontrei a pessoa que vai comê-la quando chegarmos em casa.

— Em que casa? Eu não...

Seus joelhos se dobraram, impedindo-o de terminar a frase, e foi obrigado a se apoiar na cabeça do Buda brincalhão. O esgotamento e a sede começavam a dominá-lo.

— Como você se chama?

— Kazuo.

— Homem de paz... Bonito nome para tempos de guerra. Me acompanhe. Se não beber algo logo, vai morrer.

Assentiu docilmente e caminhou atrás dela diante do olhar atento das estátuas. Esperava encontrar uma casinha solitária e por isso se alegrou ao descobrir que a trilha levava a uma aldeia. Parecia deserta. As casas de madeira e os quintais se espalhavam por uma pronunciada ladeira cheia de terraços de diferentes alturas, cada uma com seu jardim à porta, talvez outrora povoados por delicados bonsais, mas àquela altura infestados de galhos secos. O rumor de um riacho descendo lentamente a montanha inundava a quietude do bosque, que espreitava a aldeia com evidente intenção de engoli-la.

Subiu sem resmungar atrás da mulher do cachimbo uns degraus escavados na terra para evitar escorregões na época das chuvas. Ao passar, outras mulheres de diferentes idades começaram a aparecer nas portas de seus lares para espiar. Sustentando uma expressão que em nada se parecia com o sossegado sorriso dos Budas, enxugavam as mãos nos aventais e ajeitavam os lenços da cabeça emanando tal solidão que Kazuo continuava achando que estava em uma aldeia deserta.

— São viúvas da guerra — declarou a mulher como se estivesse lendo seus pensamentos enquanto subia degrau em degrau com dores nos quadris.

Passaram ao lado de uma grande roda de moinho parada, uma pilha de tatames apodrecidos e os restos de um sobrado que, a julgar pelo desconjuntado cartaz preso por um prego na fachada, algum dia fora um salão de chá. Kazuo se perguntou como era possível que a guerra estendesse seu manto de decadência a um lugar tão remoto. A mulher afastou o cachimbo dos lábios e apontou com ele o alto da ladeira.

— Eu moro ali.

De longe não parecia diferente do resto. A mesma estrutura de madeira com casca de cipreste no sótão. Mas à medida que se aproximavam foi distinguindo com mais clareza algo que lhe provocou um calafrio: o papel de todas as janelas e portas corrediças era decorado com aterrorizantes cenas de demônios e seres sofridos. Aquilo parecia tirado de uma alucinação doentia.

— Você não tem nada a temer — tranquilizou-o a mulher enquanto atirava os frutos da cesta em um pote de vidro que parecia esperar no umbral da porta como um cão fiel.

Como se aquelas pinturas fossem uma coisa normal!, pensou o menino, voltando a desconfiar que todas as mulheres da aldeia podiam ser fantasmas do bosque. Teria morrido de sede ao lado da via férrea e estava vagando, sem saber, por um mundo paralelo? De repente percebeu que a mulher não havia feito um único comentário sobre o seu cabelo e seus traços ocidentais. Aquilo também era estranho...

— São representações do reino subterrâneo de Jigoku, o inferno formado por oito regiões de fogo e oito de gelo — explicou-lhe com uma inquietante naturalidade. — Esse daí é Enma-ho — apontou, levantando um dedo torcido —, o soberano que julga as almas dos pecadores e as distribui por uma região ou outra segundo a importância das ofensas que cometeram. E aquele é o espelho que reflete os pecados. É importante que aqueles que os cometeram tenham-nos sempre presentes, até o dia em que os Bosatsu intervenham para livrá-los de suas condenações.

Deixou as sandálias na porta e entrou. Kazuo espiou com apreensão. As portas corrediças que serviam para delimitar diferentes espaços do único aposento da casa também estavam cobertas de desenhos de pesadelo. Tinha que escapar dali o quanto antes.

— Vai entrar ou não? — urgiu ela, vendo que o menino permanecia ancorado na terra do jardim como se fosse um seixo a mais.

— A verdade é que preferiria seguir meu caminho.

— As pinturas se devem ao meu trabalho — apaziguou-o com ar condescendente. — Sou uma miko.

Referia-se às sacerdotisas dos templos xintoístas encarregadas de oficiar as cerimônias de adoração aos deuses da natureza. Isso em parte o tranquilizou, embora as histórias que Kazuo havia escutado sobre as miko costumassem descrevê-las como grandes lutadoras extremamente hábeis com o arco e a katana, e aquela que estava diante dele não parecia uma especialista em artes marciais. Além disso, o que tinham aqueles desenhos a ver com as miko?

— Uma de nossas tarefas é fazer o papel de médium — respondeu ela a sua pergunta não pronunciada. — Quando ingressei no templo, os monges detectaram que eu tinha talento para entrar em contato com os espíritos e nunca mais fiz outra coisa. As pessoas me procuram para que faça a ponte entre os dois mundos, e gostam de pensar que me movo como um peixe na água por este Jigoku que tanto temem. Você está mais calmo?

— Suponho que sim — sussurrou enquanto assimilava a informação.

— Pois entre de uma vez.

Atravessou a porta com cautela. A mulher se agachou diante de um pequeno forno e lhe ofereceu duas tigelas, uma de água e outra de arroz. Kazuo caiu de boca na primeira e depois de saciar a sede se atirou com ferocidade e engoliu os grãos amassados da outra. Enquanto o fazia, não era capaz de afastar os olhos das paredes invadidas por pecadores e ogros.

Entretanto, a miko ia jogando em uma panela os ingredientes da sopa que logo borbulhou enchendo o aposento com um cheiro de terra.

— Você se sentirá bem — disse ela, enquanto remexia a mistura com uma espátula de madeira. — É ótima para evitar enfermidades.

Kazuo recordou a infecção das vítimas de vômitos e diarreias e estremeceu pensando que a anciã dizia aquilo por algum motivo.

— A senhora conhece alguma maneira de chegar a Nagasaki? — perguntou sem parar de engolir arroz.

— Procuraremos a solução dentro de três dias, na festa do Bon — declarou ela, referindo-se a uma importante cerimônia budista em homenagem aos ancestrais que era celebrada todos os verões em alguns enclaves de transcendência espiritual.

— Celebram o Bon nesta aldeia?

— Sim, nesta aldeia — respondeu ela com sarcasmo. — No alto da montanha se ergue o templo onde me transformei em médium. É antiquíssimo e abriga um sokushinbutsu.

O termo fazia alusão a quem se transformava em Buda ainda em vida, mas Kazuo nunca o ouvira.

— O que são os sokushinbutsu?

— Monges budistas do passado que, depois de se consagrarem à oração, se mumificaram em vida.

— O quê?

— O que você está ouvindo. Eram lamas que sabiam que, através do suicídio ritual, atingiam o ápice do caminho para a Iluminação. Só uns poucos conseguiram chegar lá, e em nosso santuário jazem os restos de um deles. É venerado por todos aqui na região. Como poderíamos não venerá-lo depois de semelhante sacrifício! Conseguiu manter intactos seus ossos e sua pele enquanto esvaziava toda gordura do corpo através de um doloroso processo de nove anos em imobilidade absoluta. Imagine o grau de autodisciplina...

— É horrível! — exclamou Kazuo.

— Horrível não é o adjetivo mais adequado. Você vai confirmar o que eu digo quando vê-lo.

— Não creio que seja necessário...

— Claro que é necessário! A procissão do Bon parte do centro da aldeia e culmina no templo onde jaz o sokushinbutsu. O caminho de subida serpenteia através de um imenso cemitério no qual estão enterradas milhares de pessoas, inclusive grandes nobres de todas as estirpes, e essa noite será iluminada com os milhares de velas que nós, os peregrinos, iremos colocando em fila, uma atrás da outra, ao longo de todo o percurso até o santuário. Você vai ver que espetáculo! Vai vir gente de toda a província, os poucos que sobreviveram à guerra — enfatizou —, e de outras partes do Japão, e certamente também da região de Kiushu, onde fica Nagasaki. Eu me encarregarei de que alguém aceite levá-lo nessa direção.

— Muito obrigado — sussurrou o menino.

A miko lhe serviu uma tigela de sopa que Kazuo degustou lentamente, como se tivesse medo de terminar e não voltar jamais a experimentar uma comida quente. Parecia-lhe incrível o fato de, em poucas horas, ter sido atirado de um trem como um fardo e agora estar degustando algo tão saboroso e vislumbrando uma maneira de voltar para casa. Com a viagem de volta resolvida, já não havia mais nada que o amedrontasse, nem mesmo os murais do inferno.

— Você terminou? — perguntou pouco depois a médium. — Precisamos ir.

— Aonde?

— Tenho trabalho. Uma das mulheres da aldeia está enterrando seu filho Koji. O pobre se livrou de ir para a guerra porque era um pouco limitado, mas agora foi levado por uma infecção de estômago. Mais cedo ou mais tarde tinha de chegar o dia em que ficaríamos sozinhas.

— Sozinhas?

— Koji era o último varão da aldeia. Todos os demais morreram ou desapareceram, o que, afinal, é a mesma coisa, embora o governo se empenhe em fazer distinções. Você está vendo, pequeno Kazuo, que, afora o monge que descerá do templo da montanha para oficiar a cerimônia, você será o único representante masculino.

— Talvez devesse esperar aqui.

— Você vai gostar de ver.

— Acho que não, sou ocidental — informou ele, pois ela podia não ter se dado conta.

— Exatamente por isso — frustrou-o a médium. — Primeiro desfrutarão vendo um inimigo tão fraquinho e sujo, perdido e sozinho. E depois, quando você chorar a morte de Koji ao lado dos demais, sentirão compaixão de você e vão querer levá-lo para suas casas. Eu lhe asseguro que durante os próximos três dias você comerá como se encarnasse todos os seus filhos e maridos perdidos. Mas vamos sair de uma vez por todas! A mãe de Koji me espera para que entre em contato com seu filho.

— Então é verdade... A senhora pode falar com os mortos.

A anciã acariciou sua cabeça.

— Quando voltarmos para casa ouvirei sua história — disse ela, e Kazuo soube que lia sua mente de verdade.

A miko saiu sem dizer mais nada, calçando as sandálias ao mesmo tempo que levava as mãos aos quadris.

O cadáver de Koji jazia no centro de um amplo quarto com seis tatames. A vizinha havia afastado todas as divisórias corrediças da casa para que as demais mulheres pudessem se sentar ao redor de seu filho. O altar xintoísta se levantava em um canto, composto à base de tabuinhas com os nomes dos antepassados e pratinhos de arroz, flores secas e outras oferendas que pareciam com a mobília de uma casa de bonecas. Todos os assistentes, inclusive o monge que haviam mandado chamar, voltaram o olhar para os recém-chegados.

A miko, evitando seus rostos de estupefação diante da presença de um menino louro, ajoelhou-se em um canto e pediu a Kazuo que a imitasse. O monge continuou com sua tarefa como se nada estivesse acontecendo, e acendeu uma vela junto ao corpo, que já havia sido lavado e preparado com as mãos enlaçadas sobre o peito com um rosário e um punhal para afastar os maus espíritos. Depois, com aquela calma japonesa que transformava qualquer cerimônia em uma dança sutil, se dispôs a umedecer os lábios do cadáver com a que chamavam de "a água do último momento" enquanto entoava um sutra escolhido para a ocasião, sílaba a sílaba, com voz rouca e profunda.

Kazuo não afastava os olhos do rosto esbranquiçado do morto. Achava inconveniente até mesmo respirar, pois não queria quebrar, com qualquer barulhinho, a frágil beleza da dor e que todos se atirassem em cima dele. Sentia pena daquele menino que jazia inerte, mas, ao mesmo tempo, considerava-o um afortunado por terminar assim, cercado por sua família. Era tão diferente do que fora obrigado a ver em Nagasaki! O monge elogiou a mãe de Koji por ter organizado um funeral que cumpria com tudo o que a tradição mandava apesar das penúrias, visto que era a única forma de assegurar o trânsito ultraterreno do defunto. Kazuo estremeceu ao ouvi-lo. O que aconteceria, então, com Junko, a esposa do doutor e os milhares de vítimas da bomba? Estariam, depois de ter padecido em vida semelhante desgraça, condenadas a sofrer também na morte?

Debatia-se nesses pensamentos quando o monge anunciou que havia chegado o momento de incinerar o corpo. As mulheres mais fortes introduziram-no em um caixão de madeira que tiraram da casa sobre seus ombros, colocaram em uma pira de troncos no jardim e, sem mais espera, acenderam o fogo. Kazuo contemplou calado as chamas abraçarem Koji com paixão. Pouco a pouco foi se reduzindo a nada, apenas cinza... Lembrou-se das pirâmides de cadáveres sem nome que se levantaram por toda Nagasaki depois da explosão, e da grande fogueira da enseada junto ao mar, na qual os esquadrões militares atiravam, servindo-se de seus ganchos, os corpos que transportavam em caminhões. O fogo purificador, dissera aquele soldado.

O monge apagou a fogueira e as mulheres se organizaram para terminar o ritual: metade resgatava das brasas os pedacinhos de osso chamuscado com pauzinhos semelhantes aos de comer e iam passando-os ao resto, que se encarregava de introduzi-los na urna. Um a um, com venerável paciência, começando pelos do pé e terminando pelos do crânio para se assegurar de que o defunto não ficaria deitado de cabeça para baixo em seu féretro de vidro.

Só faltava agora enterrar a urna no cemitério situado às fraldas do santuário. A mãe de Koji comunicou que se ocupariam de fazê-lo na noite do Bon, quando subiriam em procissão com o resto dos peregrinos para acender as velas do caminho. Entrou de novo em casa acompanhada pela miko, apertando a urna contra seu peito. Kazuo seguiu-as a uma distância prudente, como um pajem atrás de um casal de cortesãs, esperando cheio de expectativas o que estava por vir.

Os japoneses costumavam convocar seus mortos para falar com eles como se estivessem vivos. Era comum ver pessoas ao lado dos altares familiares ou dos túmulos conversando com seus ancestrais sobre os novos casamentos, o ritmo dos negócios ou a qualidade das colheitas. Mas daquela vez seria Koji, o falecido, quem faria o papel de voz cantante. Sua mãe queria que lhe contasse como havia encarado aquelas primeiras horas vagando pelo outro mundo. A médium sentou-se no chão e, pouco depois, começou a falar com toda naturalidade.

— Olá, Koji.

Fez um gesto de assentimento, como se o falecido lhe respondesse do outro lado do canal.

"Você sabe como vão ser as coisas a partir de agora. Lembra-se do que dissemos à margem do arroio?"

Sorriu.

"Não se preocupe. Agora vou contar à sua mãe."

— O que lhe disse? — urgiu-a ela. — Está bem?

A miko lhe lançou um olhar condescendente.

— Você não tem com que se preocupar. Tem forças suficientes para aguentar até que chegue o momento de se fundir ao cosmos no infinito...

Continuou por um bom tempo interpretando aquela melodia de palavras e silêncios, interrompida pelas perguntas ansiosas e os choros repentinos da mãe. Kazuo examinava com os olhos arregalados as expressões da médium, que algumas vezes pareciam um espasmo e outras, a resposta gestual a uma carícia. E chegou a sentir que Koji estava com eles, olhando-os de forma mais serena do que jamais devia ter olhado quando estava vivo.

Uma hora depois voltaram para casa e a miko preparou chá, sentou-se no chão e deu umas batidinhas no tatame para que Kazuo a acompanhasse.

— Quem você perdeu? — perguntou-lhe, sem preâmbulos.

O menino respirou fundo e emitiu um suspiro entrecortado.

— Tenho a impressão de que mais cedo ou mais tarde acabo perdendo todo mundo.

— Isso acontece com todos nós.

— Mas não tão cedo como comigo.

— Quando é cedo? Há alguma coisa mais relativa que o tempo? A tragédia da vida não está em sua brevidade, mas no fato de que costumamos desperdiçá-la sem chegar a desfrutar nem uma única das maravilhas que nos oferece. Um único minuto passado em plenitude com seus entes queridos pode ser considerado uma vida inteira. Com quem você gostaria de falar?

Kazuo sentiu um impulso de sugerir sua mãe, mas conseguiu reter seu nome na garganta embora este agitasse suas cordas vocais como se fossem as barras de uma cela. Deu-se conta de que não queria que a miko entrasse em contato com ela; na verdade, aterrorizava-o constatar que, apesar do tempo transcorrido desde o acidente que a arrancara de seu lado, seu espírito ainda continuava vagando por espaços intermediários. Preferia acreditar que já teria submergido em outra dimensão na qual tudo era belo, uma dimensão tão distante que não tivesse conexões com este mundo.

Queria falar com sua princesa.

Não via o momento de fazê-lo.

— Gostaria que se conectasse com... com...

— Fique calmo.

— Seu nome é Junko.

— Morreu no dia da bomba? — supôs a médium com sua habitual perspicácia.

Kazuo abaixou os olhos. Era incapaz de responder.

— Não se preocupe. Tem alguma coisa dela?

— Como?

— Algum objeto que pertenceu a ela.

Enfiou a mão na bolsa e tirou o pequeno papel enrolado no qual estava escrito o haicai. A miko aprovou o gesto, sentou-se em uma posição estudada e apertou o papel com força — o menino temeu que fosse espremer a tinta — enquanto seus olhos se viravam para trás.

Ao longo dos minutos seguintes passaram por sua mente dias de teatro e arranjos florais, corridas pelas colinas de Nagasaki e um quimono vermelho, mas não recebeu nenhuma mensagem, nenhuma voz que precisasse ser traduzida para sílabas terrenas.

— Não posso me conectar com ela.

— O que quer dizer?

— Ela está viva — sentenciou.

Kazuo sentiu um borbulhar que jamais experimentara, queria respirar todo o ar do aposento, mas seus pulmões eram pequenos; sua cabeça explodiu em imagens desencontradas. Levantou-se de repente e foi se grudar em uma das paredes. Passou as mãos pelas pinturas do inferno e logo reconheceu nele uma fotografia de sua cidade depois da bomba, inundada de chamas, corpos disformes e espectros que riam da tortura alheia como se aquilo fosse um recurso desesperado para combater seu próprio padecimento. Junko estava viva, acabara de lhe assegurar a miko, mas só conseguia imaginá-la como em seus pesadelos recorrentes: mutilada, calcinada, sendo consumida pela infecção em algum lugar em meio aos escombros. Não teria sido melhor para os dois morrer com a luz e fundir suas almas em outro mundo, um mundo de jardins e rios de água limpa?

— Ainda continua lá? — perguntou ele sem se virar, deixando um círculo de lágrimas no papel.

— Lá onde?

— Em Nagasaki?

— Não sei.

— Como não sabe? As miko não têm poderes mágicos?

— O que eu faço não tem nada a ver com a magia. É você quem tem de procurá-la.

O menino começou a dar socos no ar e a gritar como um animal ferido. A médium pareceu não se alterar. Limitou-se a esperar até que caiu rendido no chão. Então se levantou em silêncio e, saindo da casa, deixou-o sozinho com sua trágica explosão de felicidade.

Ao longo dos dias seguintes, Kazuo ficou perambulando pela aldeia como uma alma penada. As mulheres, tanto as jovens como as velhas, ficavam observando-o caladas às portas de suas casas. Sem maridos e filhos para alimentar, todas elas — como a miko previra — queriam convidá-lo para entrar e encher a barriga, mas nenhuma se atrevia a invadir a bolha de infelicidade que o menino ocidental carregava com ele. Recriminava-se por estar vivo, quase intacto, e ter se deixado convencer para fugir do inferno em busca de uma suposta felicidade que nenhum de seus entes queridos jamais desfrutaria. Por isso não queria mais nem a comida nem o carinho das viúvas. Só pensava em voltar para Nagasaki o quanto antes, para seu lar, para seu destino compartilhado com sua princesa. No entanto, aparentemente alheia ao seu infortúnio, a miko preparava os palitos de incenso aromático que logo impregnariam de aromas antigos o interior do templo da montanha e até o próprio bosque, tornando ainda mais adocicada a neblina que pousava nas lápides.

Nem sequer se deu conta de que havia anoitecido e amanhecido, e anoitecido e amanhecido, até ver os primeiros peregrinos chegarem.

Em seus rostos esgotados e suas roupas esfarrapadas, qualquer que fosse sua idade ou condição social, percebiam-se as feridas da guerra. Acudiam com devoção, mas sua atitude não era festiva; na verdade se aferravam a seus mitos como um último recurso para que não se esfumasse a identidade de seu país derrotado. O Bon era uma das mais arraigadas tradições japonesas. Acreditavam com fervor que os ancestrais sentiam falta de seus familiares e por isso durante a festividade lhes dedicavam orações para tornar mais leve o trânsito e os convidavam para voltar ao lar por uma noite. Por isso se esmeravam em limpar e decorar casas e túmulos com altares floridos, maçãs, missô e sinetas; e por isso, para guiar os espíritos em sua visita fugaz, colocavam lanternas de papel com escritos ao longo das aleias dos cemitérios.

Ao cabo de algumas horas, o centro da aldeia estava abarrotado de visitantes vindos de toda parte com velas nas mãos, dispostos a acendê-las no caminho que levava ao Buda mumificado quando o sol se pusesse.

— Onde você estava? — quis saber a miko, aproximando-se com sua típica postura inclinada para compensar a dor nos quadris. — Pegue esta caixa de fósforos e vamos escolher um bom lugar.

Quando a noite tomou conta dos galhos mais altos dos cedros, a massa humana que havia esperado calmamente iniciou a marcha. Diante deles ia um casal de peregrinos que, segundo lhes contaram, acabavam de chegar de Oda, uma cidade costeira do norte que abrigava uma velha mina de prata. Começaram a subir passo a passo, sem alterar a ordem da fila. Havia túmulos de todos os tamanhos e formas, estupas, altares e, sobretudo, lápides verticais que ocupavam cada espaço livre da montanha. Conforme a procissão avançava, a fileira ininterrupta de velas ia tomando forma. Os fiéis colocavam-nas com esmero sobre sua própria cera derretida. Kazuo observou que os peregrinos acendiam tanto as que traziam com eles como outras que o vento ia apagando. O importante era manter vivas as milhares de chamas que marcavam o caminho dos espíritos e por isso sem demora acendeu seu primeiro fósforo e se agachou como outro qualquer.

As horas passaram e o templo acabou surgindo em meio à neblina. Era construído com madeira policromada em vermelho e dourado, alçado sobre uma escadaria de pedra e com um grande *tori* — a porta de acesso aos santuários — que convidava a adentrar outra dimensão. Deteve-se para contemplar as figuras dos fiéis que, depois de terem depositado suas últimas orações aos pés do Buda, saíam com um sorriso de satisfação no rosto, com seu contorno iluminado pela vibrante luz das velas.

Por fim chegou sua vez. Subiram com solenidade os degraus, fizeram girar umas rodas de oração e penetraram em uma galeria escura coberta de panos que conduzia à vitrine que protegia a múmia. Estava vestida dos pés à cabeça como o abade de um monastério, livres apenas o rosto e as mãos, com a pele enrugada aderida ao osso. Mesmo estando preparado para o que iria encontrar, Kazuo ficou boquiaberto. Parecia-lhe mentira que um ser humano que estava vivo tivesse se transformado em algo assim.

— Para chegar a ser um sokushinbutsu — explicou-lhe a miko em voz baixa —, este lama teve de superar as três fases de um interminável ritual. Primeiro se colocou na postura de lótus que não variaria mais nem um milímetro até a mumificação e passou mil dias alimentando-se com farinha de trigo, avelãs e noz-moscada para reduzir ao mínimo a gordura de seu corpo e evitar que sua carne se decompusesse antes de finalizar o processo de esvaziamento. Depois passou outros mil na mesma imobilidade com uma dieta ainda mais rigorosa, à base apenas de casca de árvore e alguns bulbos. Nesse momento já parecia uma verdadeira múmia que, no entanto, não parava de recitar os mantras sem descanso. Durante esse tempo também bebia gradualmente um chá venenoso que, além de fazê-lo vomitar, urinar e suar para eliminar os últimos fluídos, depositava em sua carne resíduos tóxicos que espantavam os vermes e escaravelhos, algo necessário tanto durante o longo processo como uma vez mumificado.

— Nunca tinha ouvido nada parecido — murmurou o menino sem afastar os olhos a múmia.

— E ainda restava um terceiro período de outros mil dias.

— Pobre homem! — exclamou ele, amortecendo suas palavras para não chamar a atenção dos outros peregrinos.

— Você tem que entender que o lama não sofria da maneira que imagina; ficava feliz com cada passo dado em sua trilha sagrada — sussurrava a miko, enquanto contemplava-o com orgulho. — Na última fase, os outros monges o colocaram em um ataúde de madeira suficientemente alto para que não tivesse que alterar sua imutável posição de lótus, com provisões suficientes de bulbos e cascas. Em seguida o enterraram 3 metros abaixo da terra, onde permaneceu mais de três anos meditando e respirando através de um tubo de bambu que atravessava a caixa e a terra para chegar à superfície. Também dispunha de um sino que fazia soar uma vez ao dia para informar ao resto que continuava vivo... — Fez uma pausa. — Quando parou de ser ouvido, chegou o momento de tirá-lo; mumificado e incorruptível, como você pode ver.

Recuaram a fim de abrir espaço para os fiéis que iam chegando. Kazuo não afastava os olhos. Não se tratava de uma atração mórbida; era algo mais profundo.

— Por que fez isso?

— Foi a maneira que encontrou de se sacrificar por sua comunidade.

— Não sei o que se pode conseguir com isso.

— Estava convencido de que seu sofrimento aliviaria o dos demais.

Um morcego passou sobre suas cabeças esvoaçando e batendo nas vigas de madeira do teto. Era o sinal de que seu tempo diante do Buda havia terminado.

Saíram a uma extensão de terreno situada ao lado do santuário na qual os peregrinos concluíam a visita antes de voltar aos seus lares. A miko conversou com vários deles. Não lhe custou encontrar um casal que, depois de ter homenageado seus familiares diante de seus túmulos, se preparava para regressar ao sul.

— Me disseram que você pode ir com eles — confirmou. — Viajam em uma carroça puxada por um cavalo e por isso levarão vários dias para chegar à fronteira da região de Kiushu. No último trecho a Nagasaki você terá de se virar sozinho. Mas é melhor do que ir caminhando daqui. Acima de tudo é mais seguro.

— Ótimo — assentiu ele, inclinando a cabeça em sincero agradecimento. — Agradeço imensamente o que fez por mim.

— Você também poderia ir com aqueles outros — sugeriu a médium.

Apontou dois homens, um robusto e o outro muito adoentado, que deviam ser irmãos a julgar pela mesma sobrancelha densa que percorria sua testa.

— Por que está dizendo isso agora? Como eles viajam?

— Têm um caminhão, o único bem que conservam da empresa de transportes que administravam antes da guerra, além de algumas latas de combustível que o Exército não confiscou deles. Mas não se trata de *como* viajam e sim *para onde*. Estão indo para o norte: Hiroshima, Osaka, Nagano, Tóquio.

— E por que a senhora supõe que eu...?

— Se não fosse assim você teria chegado até aqui? — interrompeu-o. — Só quero que saiba que tem a oportunidade de seguir em frente.

Era como se estivesse lhe jogando na cara. O que ela sabia? Ficava com os pelos eriçados só de pensar que era capaz de ler seus pensamentos. Deu meia-volta e adentrou a montanha para além de onde a carícia trêmula das velas alcançava. Mal conseguia ver onde pisava, o mínimo necessário para não tropeçar nos túmulos. Perguntou-se por que desde que a bomba havia caído se via obrigado mais de uma vez a se manifestar sobre questões que deveriam ser reservadas aos adultos. Apoiou-se em uma lápide vertical, permaneceu ali alguns minutos e voltou para o lado do resto.

— Vou voltar para Nagasaki — decidiu.

Começaram a descer. A miko conversava com o casal que iria levá-lo. Eram seguidos por outro grupo mais numeroso em que estavam os dois irmãos de uma única sobrancelha. Chegaram à aldeia em muito menos tempo do que haviam levado para subir. Quase todas as casas estavam fechadas e com as luzes apagadas. A visita dos ancestrais terminara. De lá seguiram a pé até uma esplanada dos arredores, que ficava ao lado da estrada que corria perto da via férrea, onde esperavam os veículos a motor e as carroças dos visitantes. Naquele momento já eram poucos. Kazuo sentou-se na parte traseira da charrete que lhe indicaram. Estava suja, mas não mais do que ele.

As insistentes despedidas nipônicas que os peregrinos trocaram pareciam eternas. Sabia que a miko o observava, mas ele mantinha os olhos em outro lugar. O cavalo, atiçado pelo casal que havia se aboletado no assento dianteiro, iniciou por fim a marcha salpicando de barro quem estava por perto. Kazuo tapou o rosto com as mãos. Não sabia por que não era capaz de se despedir da médium. Quando estavam se afastando, todos os pecadores e ogros do Jigoku que povoavam as paredes de sua casa avançaram sobre ele. O que podia temer? Não vivera um inferno ainda pior? Não estava voltando a ele por sua vontade própria? Em sua cabeça soavam mil vozes ao mesmo tempo, era um zumbido atordoante, mas do meio delas emergiu uma, rouca e profunda: a do lama transformado em sokushinbutsu, uma voz que se limitava a recitar mantras enquanto perdia seus últimos fluidos, enquanto se esvaziava, deixando só carne e osso. Enquanto se esvaziava... Esvaziava-se como os infectados de Nagasaki, diarreias e vômitos e sangue explodindo em cada poro. Como o Dr. Sato. O doutor... Quando abandonou Nagasaki, o doutor estava se esvaziando como o lama que virou múmia e, assim como este, tampouco ele sofria, estava feliz porque seu *filho* pegaria um trem e escaparia a tempo. Seria o destino do doutor se sacrificar por ele, morrer para que ele vivesse? Os outros milhares de infectados estariam se esvaziando para que os sobreviventes vivessem felizes, enfim, depois de tantos anos de guerra? Começou a se dar conta de que não tinha o direito de voltar atrás. Não, não tinha. Mas Junko... Então se lembrou das palavras do doutor, quando lhe dissera que o verdadeiro amor era se entregar ao outro sem esperar nada em troca e que de cada ação que levasse a cabo a partir desse amor surgiria uma família de círculos concêntricos que alcançariam níveis grandiosos. E entendeu que, mais cedo ou mais tarde, em algum lugar deste mundo ou de um dos mundos que ainda haveria de conhecer, seus caminhos voltariam a se cruzar.

Pulou do carro e correu de volta ao lugar onde a miko continuava se despedindo do restante. Segurou suas mãos com força, como se lhe oferecesse sem restrições todos os pensamentos que não era capaz de pronunciar em voz alta. Passados alguns segundos, soltou-a e se aboletou no reboque do caminhão dos caminhoneiros, que naquele momento já vibrava cuspindo fumaça negra.

A miko não lhe disse adeus.

Kazuo não lhe respondeu adeus; dirigiu-lhe um olhar de gratidão e devolveu assim à mulher alguns dos anos de vida que a guerra lhe roubara.

# 16

# Sandálias e carroças no caminho de Isahaya

*Berna, 8 de março de 2011*

Emilian saiu de Berna concentrado nas placas indicativas como se fosse a primeira vez que dirigia. Estava aturdido. As palavras de Marek anunciando sua readmissão pelo IPCC soavam como música celestial fundida à marcha fúnebre de Chopin. Não podiam ter chegado em pior momento. Via-se obrigado a abandonar Mei exatamente quando acabavam de comunicar a ela que sua avó estava prestes a morrer.

Se naquele momento tivesse lhe pedido que a levasse ao aeroporto, tudo teria sido mais fácil. Mei teria certeza de que chegaria a tempo de segurar a mão da anciã, e o conflito interno de Emilian se esfumaria. Mas ela, exibindo uma valentia que, certamente, herdara da avó, parecia mais aferrada do que nunca ao objetivo que a levara à Suíça.

— Não vou parar de procurar Kazuo — declarou.

Talvez, pensou Emilian, quando chegar o momento, os relógios parem, como aquele que parou às onze e dois.

Depois das revelações do ucraniano Oleksander Bodarenko, estava ansiosa para chegar em casa e começar a reunir informações sobre a nova — e talvez última — pista de que dispunham: a associação de vítimas da bomba com a qual Kazuo supostamente colaborara durante anos. O problema era que não tinham a menor ideia a respeito de qual seria, e eram muitas. Depois da explosão se transformaram no verdadeiro lar e única família de muitas das vítimas que haviam perdido tudo. É verdade que muitos seguiram em frente por conta própria, como a avó de Junko. Mas a maioria não teria conseguido ir adiante se não fosse a assistência recebida. A lerdeza da burocracia governamental era tão letal quanto a própria radiação. Fora necessário fazer pressão e batalhar por indenizações dignas e subsídios estatais, insistir na promulgação de leis de assistência médica gratuita, fomentar projetos de compensação a partir das Nações Unidas e de outras organizações internacionais...

— Elas cuidam de tudo — explicou-lhe quando estavam entrando na autoestrada. — Desde organizar a queima massiva de velas nas celebrações até os tratamentos médicos. Têm, inclusive, suas próprias equipes de especialistas. Classificam as vítimas por grupos de acordo com o nível de radiação recebido e aplicam nelas tratamentos individualizados. Os familiares daqueles que eram fetos no momento da explosão e estavam em um raio de 12 quilômetros recebem alimentação gratuita quando os levam às consultas. Você pode imaginar como são importantes. Para fazer tudo isso, precisam da ajuda de um grande número de benfeitores e por isso devem ter algum registro que possamos usar para encontrar Kazuo.

Aquilo deu a impressão de ser um ponto final. De fato, a partir de então um silêncio sepulcral se instalou no carro. Cada um se concentrou em sua própria batalha. De vez em quando Emilian se virava para Mei, que mantinha seu olhar de esfinge voltado para a frente.

— Sua avó faz parte de alguma dessas associações de vítimas? — perguntou-lhe quando já estavam chegando em Genebra.

— Não.

Retomar a conversa depois de quase duas horas foi para ambos uma lufada de frescor, como se tivessem aberto a janela.

— Por que não?

— Ela acha que seria se aproveitar de uma organização que outros precisam mais do que ela.

— Aposto que cuidar de mais uma pessoa não as prejudicaria em nada — comentou Emilian, pegando a pista de saída. — Suponho que devem ser centenas, milhares e não devo estar enganado.

— Na verdade milhares.

— Talvez sua avó pudesse ter se beneficiado de alguma ajuda que nem sequer sabe que existe.

— É uma questão de conceito. Depois de se mudar para Tóquio, nunca mais voltou a Nagasaki, a não ser para a inauguração do Museu da Bomba Atômica.

— Mas foi vítima da bomba da mesma maneira que os outros.

— Sim, mas graças ao meu avô pôde contar, ao longo de toda a vida, com um plano de saúde privado.

— Continuo discordando. Embora, pensando bem, o fato de sua avó nunca ter pedido nada a eles talvez nos sirva agora para que nos deem uma mão. Seria uma bela maneira de compensá-la.

Estacionaram diante da entrada. Antes de descer do carro, Emilian se virou mais uma vez para ela. Desta vez com todo o corpo, apoiando o braço no encosto.

— Amanhã tenho de ir cedo a uma reunião do IPCC — declarou ele, de repente.

— Você me disse que tinha sido expulso.

— Naquela hora em que saí para falar ao telefone era Marek. Tinha boas notícias.

— O trabalho sempre em primeiro lugar — observou ela, lacônica.

— Não sei quando voltarei, mas acho que tarde.

Mei não disse nada.

Quando entraram em casa, era tão tarde que até os móveis pareciam adormecidos. Despediram-se em voz baixa para não alterar a quietude. Emilian não se atreveu nem a lhe dar um beijo casto de boa-noite. Não teria conseguido resistir à tentação de voltar a despi-la no chão da sala. Embora o verdadeiro motivo que o levava a se conter fosse saber que a estava traindo.

Quando Mei acordou, Emilian já havia saído para a reunião do comitê. Olhou a hora. Tinha demorado muito a pegar no sono depois de ter passado um bom tempo tentando adiantar o trabalho e por isso não era estranho que não tivesse acordado cedo.

Foi até a janela. Fazia sol, mas a casa estava fria. O pijama de calça curta e a camiseta sem manga eram mais que suficientes para criar, sob o edredom, um microclima no meio do Ártico, mas para caminhar pela sala jogou uma manta em cima do corpo. Preparou um chá e sentou-se no sofá, com o iPad na mão. Nem sequer esperou para tomar um banho. Abriu o arquivo com os links que havia selecionado à noite e se preparou para fazer as primeiras investigações.

Com qual delas Kazuo teria colaborado? O mais provável é que tivesse doado dinheiro a mais de uma. Era uma questão de ir tentando. Resolveu começar pelas menores. Supôs que seria mais simples ter acesso aos seus responsáveis, mas se enganou. Nas duas primeiras deu de cara com secretárias eletrônicas. Uma se limitava a gravar recados e a outra disparava uma mensagem que encaminhava a um e-mail. A tentativa seguinte começou melhor. Uma telefonista atendeu, mas não pôde transferi-la para o diretor. Aparentemente se tratava de um homem que, como o Sr. Villars de Berna, tinha outro trabalho e só ia à associação algumas vezes por semana para resolver assuntos pendentes. A telefonista se recusou a lhe fornecer a lista de doadores e nem mesmo a das vítimas, que Mei também lhe pediu imaginando que poderia encontrar nela alguma pista circunstancial. Ela resolveu mudar de estratégia e procurar as associações maiores. Ligou para uma que lhe pareceu dispor de uma estrutura mais completa.

— Associação de Vítimas da Bomba de Nagasaki — atendeu imediatamente uma voz que revelava um profissionalismo que a outra não tinha.

— Bom dia — cumprimentou Mei, feliz por estar ouvindo algumas palavras em japonês depois de ter vivido tantas emoções longe de casa.

— A senhora quer dizer boa tarde. — Percebeu que a telefonista ria no outro lado.

— Desculpe, é por causa do fuso horário. Preciso fazer uma consulta.

— Pode me dizer o número do seu cartão?

— Não sou sócia. Na verdade, gostaria de tratar de um assunto pessoal com o responsável.

— De que departamento?

— Não tenho certeza. Talvez o diretor financeiro.

— Esse cargo não existe. Consultou nossa página na internet?

— Está aqui na minha frente — murmurou Mei, e passou o indicador na tela do iPad procurando o organograma.

— Pode ser o responsável pela assistência médica, pela assistência social, pela administração...

— Por favor, me ponha em contato com alguém da administração — decidiu.

Soou o tom clássico de chamada. Mei agradeceu por não ter de ficar ouvindo uma musiquinha de espera.

— Boa tarde — cumprimentou um homem no outro lado.

— Boa tarde. Meu nome é Mei Morimoto. Vivo em Tóquio, embora esteja ligando de Genebra, na Suíça.

— Isso fica muito longe! — exclamou, simpático.

Parecia jovem. Mei se alegrou. Certa cumplicidade facilitaria as coisas.

— Sim, muito longe. Estou com um problema de extrema importância e gostaria de consultá-lo.

— A senhora faz parte da associação?

— Não, não sou. Minha avó é uma das vítimas da bomba, embora também não pertença a sua associação. Sinto muito.

— Não é necessário. Estamos aqui para atender a quem precisa. Perguntei por pura formalidade.

— Agradeço sua amabilidade.

— O que precisa saber?

— Queria informações sobre as doações.

— Como?

— Vocês recebem doações de particulares, não é mesmo?

— Se não fossem eles, não teríamos alcançado nem um milésimo dos nossos humildes resultados — respondeu, solene. Sem dúvida achava que Mei estava ligando para fazer uma contribuição.

— O que vou lhe pedir pode parecer um pouco chocante. — Ela o decepcionou.

— Pode dizer.

— Preciso encontrar um de seus benfeitores e queria saber se vocês poderiam me dar informações atualizadas. Trata-se de uma empresa chamada Concentric Circles. É suficiente um telefone de contato ou um endereço. No entanto, se pudesse me dar o nome do proprietário...

O homem precisou de alguns segundos para responder.

— Faz anos que a gestão dos nossos fundos foi informatizada — respondeu, de repente tão impessoal como os computadores a que se referia. — Não sabemos quem faz os depósitos.

— Na verdade nem sei se o doador colabora com sua associação ou com alguma outra que funciona na cidade — confessou Mei. — Pensei que talvez existisse alguma maneira de acessar algum arquivo comum ou coisa parecida.

— Não disponho dessa informação. E deve entender que mesmo que tivesse acesso a ela tampouco poderia revelá-la assim, sem mais nem menos.

Mei suspirou tentando evitar que ele percebesse. Precisava continuar tentando.

— Trata-se de um caso especial.

— O que está querendo dizer?

Aquela pergunta já era um avanço. Outro japonês, qualquer outro, teria repetido, com irritante paciência, que era obrigado a seguir as normas. Resolveu ser sincera.

— O homem que estou procurando foi o primeiro amor da minha avó. Ele também estava em Nagasaki no momento da explosão. A bomba os separou e desde então estão tentando se encontrar.

— É, naturalmente, uma história muito triste.

Estava sendo condescendente. A derrota parecia estar próxima.

— O homem que procuro é holandês — tentou, desesperada.

— Holandês?

— Se chamava Victor Van der Veer e naquela época tinha 13 anos. Era o único estrangeiro livre em Nagasaki, como gostava de dizer.

— Sinto muito — recuou o outro, resguardando-se de novo no bastião dos formalismos. — Como lhe disse, não estou autorizado a examinar os extratos bancários.

Durante alguns segundos os dois ficaram calados.

— Senhor?

Mei se deu conta de que não havia perguntado seu nome. Se a ligação caísse, seria obrigada a refazer todo o caminho, começando pela pessoa que a atendera.

— Sim, estou aqui.

— Obrigada, desculpe. Achei que tivesse desligado.

— Estava pensando...

— Ocorreu-lhe alguma coisa?

— Não é nada que tenha a ver com doações.

— E então?

— Então talvez possa ajudá-la. — Pensou mais um pouco. — Disse que se tratava de um menino holandês?

— Sim, seus pais eram empresários descendentes dos fundadores de Dejima — explicou-lhe de forma atropelada. — Morreram antes da guerra e seu filho foi adotado por um médico de Nagasaki, o Dr. Sato.

— Deve ser ele — declarou o outro, tranquilo.

Mei ficou arrepiada.

— Sabe de quem estou falando?

— Conhece esses livrinhos financiados pelo Museu da Bomba Atômica?

— Sim, temos alguns em casa. — Mei achou que se referia às publicações históricas editadas com o objetivo de promover a conscientização social, mas não conseguia imaginar o que poderiam ter a ver com aquele assunto. — Mas tem uns quatro anos. Acho que foram comprados no cinquentenário do museu.

— Eu me referia às compilações de testemunhos de sobreviventes.

Não tinha nenhum exemplar desses, mas sabia que haviam sido editados vários. A verdadeira história da bomba atômica escrita por aqueles que dela padeceram.

— Me diga o que lhe ocorreu, eu suplico.

— A senhora sabe que, assim como sua avó, os poucos sobreviventes que ainda restam estão ficando muito velhos — disse ele, com um evidente sinal de simpatia.

— Sim.

— Por isso tivemos que adequar os serviços que prestamos. Não se trata mais apenas de lhes dar assistência médica. Na reta final, precisamos melhorar sua qualidade de vida, dar a eles assistência domiciliar e mantê-los ocupados. Isso é o mais importante, conseguir fazer com que se sintam úteis.

— Isso é ótimo — observou Mei, reprimindo sua impaciência.

— Então veja. Uma das últimas iniciativas da junta de associações foi escolher os mais velhos para que nos relatassem suas experiências, a fim de reuni-las em um livro, e conseguimos que a editora vinculada ao museu o editasse. E entre os selecionados havia uma velhinha muito simpática que em 1945 trabalhava como enfermeira em uma clínica particular da cidade.

— Não me diga que está falando da enfermeira do Dr. Sato... — Mei se emocionou. — Ela está viva?

— Não sei. Mas me lembro de como sua história me impactou. Contou que os queimados e os infectados iam à clínica às dúzias, e que seu único ajudante era um adolescente louro que se encarregava da limpeza e de preparar os emplastos para os curativos.

— Sim, louro! — exclamou Mei, muito nervosa. — É ele! Com certeza é ele! Pode me colocar em contato com essa mulher? Por favor, eu imploro...

— Fique tranquila — disse ele. Notava-se que estava sorrindo abertamente. — Posso fazer isso. Me ligue daqui a uma hora e vou poder dizer alguma coisa.

— Obrigada, obrigada. Um momento! — reteve-o. — Como é seu nome?

— Rio Miyakawa. Peça para a transferirem para mim e eu darei o nome e o telefone dessa mulher para você. Vamos torcer para que continue bem — disse ele, diante da emoção de Mei. — Passou algum tempo desde que o livro foi produzido e você sabe... É possível que, com essa idade...

Mei ficou dando voltas no apartamento. Tentou se distrair com uma revista de decoração, abriu uma lata de Coca-Cola que encontrou na geladeira, foi até a janela para bebê-la contemplando o chafariz do lago sobre os telhados, ligou a televisão. Quando faltavam dez minutos para a hora combinada, voltou a telefonar. Não conseguia esperar mais.

— Não está — informou a telefonista quando Mei perguntou por ele.

— Não é possível.

— Sinto muito.

— A senhora pode verificar?

— Eu mesma o vi sair.

— Sabe quando vai voltar?

— Não.

— Meu nome é Mei Morimoto. Ele deixou alguma mensagem para mim?

— Um momento. — Colocou o fone na mesa. — Sim, aqui está. Pediu para a senhora ligar para o celular.

Deu-lhe o número. Mei o anotou e discou sem perder um segundo. Soou uma música do último álbum do Linkin Park. Talvez aquele rapaz fosse ainda mais jovem do que achara.

— Alô — respondeu.

— Rio?

— Mei? — perguntou de forma muito mais descontraída que antes.

— Sim. Você conseguiu falar com...

— Estou na casa da Sra. Suzume — cortou-a. — Ela não estava atendendo o telefone e aproveitei para fazer uma visita a ela.

— Ela está bem?

— Sim, sim. Só um pouco surda, não é?! — gritou.

Mei estremeceu ao se dar conta de que se dirigia à anciã.

— Você está com ela agora?

— Bebendo um chá excelente que acaba de me preparar. Está delicioso, senhora!

— Ela está bem?

— Melhor do que bem. Ficou contando histórias daquele menino louro.

— Seu nome era Kazuo — observou a anciã com sua voz débil.

— É isso, Kazuo era seu nome japonês — confirmou Mei, que o havia ouvido, enquanto as lágrimas marejavam seus olhos.

— Também se lembra da história de seus pais — comentou Rio —, os comerciantes de Dejima. Disse que era um menino extraordinário. Mas não sabe nada que você não saiba — decepcionou-a.

— Nada? Quando foi a última vez que o viu?

— Naqueles dias posteriores à bomba, os que narrou em seu testemunho. — Voltou a se dirigir à anciã elevando a voz. — A senhora não voltou a ver o menino, não é verdade?

Alguns segundos de silêncio, como se a anciã estivesse precisando de um tempo para pensar. Mei aguçou o ouvido.

— Me lembro do repicar das sandálias de madeira. — Ouviu o que ela começava a dizer. — E também o rangido das rodas das carroças no caminho de Isahaya. Os poucos vivos que restavam iam embora. Em Nagasaki só havia morte. Kazuo também...

Acrescentou mais algumas frases que Mei não conseguiu entender.

— Nada — confirmou Rio pouco depois. — Insiste que a última vez que o viu foi no dia em que foi embora da clínica, pouco antes da morte do Dr. Sato. Foi para Karuizawa e nunca mais voltou.

— Você disse para Karuizawa?

— Foi o que ela disse. — De novo se afastou do fone e falou mais alto para confirmar a informação. — A senhora disse que ele foi para Karuizawa? — Esperou alguns segundos. — Disse que sim. Isso esclarece alguma coisa?

— Pelo contrário. Karuizawa fica no outro lado do país. Você pode perguntar a ela por que viajou para lá?

— Um momento — concordou ele, solícito. Trocou algumas frases com a anciã. — Ela se limita a repetir que já faz muito tempo. Não sei se não lembra ou se nunca soube.

— Ora... Tinha de haver algum motivo.

— Se quiser, posso perguntar a ela de novo.

— Não quero pressioná-la, mas, se você achar que sua memória pode, de repente... Faça o que achar melhor. — Um som metálico invadiu o apartamento. Mei percebeu que era o interfone. — Me perdoe, estão chamando.

— Eu espero.

Foi até o telefone da parede. Estavam trazendo uma encomenda para Emilian.

— Desculpe. Se ela contar mais alguma coisa, lhe peço que faça chegar ao meu conhecimento. Meu número deve ter ficado gravado no seu celular.

— Sim, está aqui.

— Ou melhor, só dê um toque que eu o chamarei de volta. Você já está fazendo muito por mim para, como se não bastasse, tivesse que gastar dinheiro.

— Eu lhe garanto que não foi nenhum incômodo. Nossa assistente social teria mesmo que vir a esta casa. Assim, economizei a ela a visita.

— Fico lhe devendo uma, Rio.

Desligou. Enquanto esperava que subissem com a encomenda, aproveitou para pensar no comentário sobre Karuizawa. Por que diabos viajou para lá? O lógico teria sido esperar na clínica do Dr. Sato a chegada dos americanos. Karuizawa, repetia para si, nos Alpes japoneses... Havia visto um filme que tinha como cenário essa cidade atípica; intrigas de contraespionagem durante a guerra. O que você estava indo procurar tão longe, Kazuo?

Tocaram a campainha.

Mei ajeitou a manta que tinha jogado nos ombros e foi abrir. Mal havia girado a maçaneta, empurraram a porta de forma brutal fazendo com que caísse no chão no meio da sala. Dois homens, um grande como um búfalo e o outro com aspecto de serpente, entraram e fecharam depois de se certificar de que não havia vizinhos espiando.

— O que vocês querem? — gritou Mei, engatinhando para trás.

— Onde está Zäch? — perguntou o mais magro com um sotaque estranho.

— Ele não está! — respondeu nervosa. — Quem são vocês?

O assaltante foi à cozinha enquanto seu comparsa invadia o quarto bufando. Mei se esticou para pegar a manta e cobrir seu corpo seminu. A serpente ziguezagueou com rapidez, segurou uma ponta da manta e atirou-a contra a parede. Ao abaixar a mão aproveitou para lhe dar uma forte bofetada. Todas as defesas de Mei desabaram de repente.

— Não façam nada comigo... — soluçou, encolhendo-se no chão enquanto sentia que seu lábio inchava.

O assaltante ficou em pé diante dela. Em seu rosto surgiu uma expressão de excitação, como se contemplar a pele trêmula lhe causasse um mórbido deleite. Levantou lentamente a perna da calça e puxou um revólver preto. Era pequeno; em outras circunstâncias, até acharia que era de brinquedo. Agachou-se a um palmo de Mei e começou a passar o tambor em suas pernas, fazendo-o girar. O barulhinho que o eixo produzia atravessava seus ouvidos. O atrito progressivo do aço na panturrilha, no joelho e por fim na coxa foi aumentando seus tremores até achar que estava sofrendo espasmos epiléticos.

— Não viemos por sua causa — sussurrou o assaltante —, mas se Zäch não parar de se intrometer seremos obrigados a cuidar deste seu corpo de cadela.

— Se intrometer em quê? — atreveu-se a perguntar, sem levantar o olhos. Ocorreu-lhe que talvez fossem os mesmos homens que haviam encontrado Emilian fuçando no galpão de Rolle.

— Você acha que não iríamos ficar sabendo das grosseiras investigações que fez no sistema de contabilidade da OIEA?

Mei sentiu um calafrio, como se uma onda radioativa tivesse inundado o aposento. Referia-se ao favor que Emilian pedira a sua amiga Sabrina, a guia do Palácio das Nações! Assustou-a se sentir tão vulnerável. Estiveram controlando-os o tempo todo. Mas ao mesmo tempo comemorou o fato de ter descoberto que eram dois capangas de Kazuo. Revolveu seu estômago confirmar que as palavras "Kazuo" e "capangas" cabiam na mesma frase. Seria conveniente lhes revelar os motivos pelos quais estavam procurando seu chefe? Seu coração batia a toda velocidade, não era capaz de falar, como se tivessem lhe enfiado uma calcinha na boca. Precisava se tranquilizar e fazer alguma coisa.

— Não tem ninguém aqui — confirmou o búfalo, voltando para a sala.

Parou na estante. Inclinou a cabeça para ler as lombadas das pastas onde Emilian classificava seus informes e começou a tirá-las uma a uma, deixando-as cair no chão.

— O que é isso? — perguntou a serpente.

— Lixo nuclear — cuspiu o outro, sem parar de atirar cadernos e pastas na pilha disforme que ia se amontoando aos seus pés.

Mei decidiu explicar tudo a eles. Quando Kazuo soubesse da verdade, até lhes agradeceria por terem feito todas aquelas investigações. Conseguia respirar a duras penas.

— Preciso que vocês me levem ao seu chef...

O assaltante agarrou sua mandíbula sem deixar que terminasse a frase e enfiou metade do revólver em sua boca.

— Na próxima vez vamos nos entreter com você enquanto esperamos seu amigo — avisou-a —, e quando aparecer vamos dar um tiro na cabeça dele. O último círculo concêntrico que verá será o cano da minha pistola.

Puxou a arma coberta de saliva.

Mei começou a tossir em meio a ânsias de vômito.

O assaltante enxugou o revólver na própria camisa. Depois acariciou a cabeça de Mei como um pai que consola sua filha. Mas ao chegar às pontas dos cabelos continuou descendo, esmagando um dos seios por cima do fino algodão. Ela permaneceu imóvel. O sabor do ferro na língua. Pequenas escoriações. Nem sequer se deu conta de que o homem havia se levantado.

Quando fecharam a porta, teve a impressão de que o apartamento havia ficado vazio. Lembrou-se da atitude humilhante dos dois soldados que capturaram sua avó diante da catedral de Urakami e começou a tremer de novo.

Emilian surpreendeu-a sentada na tampa da privada. Nua, calada e fria. Os cabelos molhados. Seus cílios negros eram os grandes protagonistas, como os de uma boneca despida. Um fio de sangue seco atravessava seus lábios. Na coxa, uma mancha roxa e um arranhão, resultados da queda provocada pelo empurrão que os capangas deram na porta, levando-a a se estatelar no assoalho. Havia tomado uma chuveirada. Estava há uma hora naquela postura, com as mãos apoiadas nos joelhos.

— Meu Deus, Mei... — Cobriu-a com uma toalha. Estava paralisada. Pegou uma menor e esfregou seus cabelos. — O que aconteceu?

Examinou todo o seu corpo implorando para não encontrar outros indícios de violência.

Finalmente falou, mas de outra dimensão.

— Seus homens estiveram aqui e não fui capaz de dizer nada a eles.

— Que homens? Quem fez isso com você?

— Os capangas do galpão de Rolle. É o que suponho.

— Estiveram aqui?

— Não fui capaz de dizer a eles o que estamos procurando — voltou a dizer. — Enfiaram uma pistola na minha boca.

— Oh, Deus...

Emilian pensou que talvez Kazuo, cuja vida — e era lógico que também seus negócios — girava em torno da política antinuclear, o visse como uma ameaça. Todo mundo no IPCC conhecia suas tendências. Mas o que podia temer a ponto de mandar aqueles dois matadores atrás dele? Era um ativista, mas respeitava quem não compartilhava suas ideias, era uma pessoa moderada... Ou talvez não fosse tanto quanto acreditava? Quem sabe Kazuo só estivesse tentando preservar sua privacidade... Aquilo combinava perfeitamente com o comportamento obsessivo que Marek deixara patente desde o princípio. De repente se deu conta de que estava dando como certo que era Kazuo quem estava por trás do ataque. Poderia se tratar de qualquer petroleiro que quisesse se vingar ou de alguém que, atingido pelas afirmações que fizera em seu temerário artigo, não tivesse aceitado bem sua readmissão pelo IPCC.

— Chegaram a dizer a você que trabalham para ele? — perguntou a Mei querendo afastar as dúvidas.

— Sabiam que o amigo de Sabrina esteve fuçando os extratos bancários.

— Merda!

Mei levantou por fim seus longos cílios e olhou para ele. Emilian sentiu que uma música de violoncelo emergia daqueles olhos. Na verdade o lamento solitário de uma viola da gamba. Limpou seus lábios com um algodão impregnado de água oxigenada, pegou-a pelo braço e a levou para o quarto. Ajudou-a a se vestir e a recostou. Sentou-se na cama ao seu lado.

— Por que voltou tão depressa? — perguntou ela com os olhos fechados.

— Pedi que me liberassem. Não vou participar da reunião do Grupo de Trabalho.

Levantou-se.

— Por que não?

— Não queria deixá-la sozinha.

— Não foi culpa sua. Não podia saber que esses dois iriam aparecer aqui.

Emilian acariciou seu rosto.

— Não se trata deles.

— Você tem de voltar agora mesmo — determinou ela com energia. — Onde era a reunião?

— Está tudo bem, de verdade. Um jornalista do *La Liberté* vai fazer uma longa entrevista comigo na próxima semana. Darei todas as explicações necessárias e pedirei desculpas pelas acusações que destilei no artigo. Ela será reproduzida pelas televisões do grupo para que outros meios de comunicação possam usar as imagens. Está tudo combinado.

— Não se trata apenas de pedir desculpas — insistiu ela de forma atropelada. — Você tem que participar dessa reunião e defender sua posição. É a sua oportunidade de começar de novo.

— É exatamente o que estou fazendo.

— O que você quer dizer?

— Acabamos de começar e já sinto que estou falhando com você a cada momento. Não se trata apenas de dar essa entrevista ou de voltar a trabalhar. Não podemos resolver os problemas pensando da mesma forma que quando foram produzidos. É preciso modificar algo mais profundo, e sei que a mudança está em mim mesmo. E, além disso...

Esteve a ponto de dizer o que sentia por ela, a cada minuto com mais intensidade. Mas talvez aquele fosse o momento de se mostrar mais japonês do que nunca, não de sangue, mas de coração, e demonstrar que os silêncios podem ser um grito tonitruante. Que uma palavra não dita tem mais força que mil frases pronunciadas, porque a palavra pensada fica para sempre, enquanto aquelas que traspassam o umbral da garganta terminam se desvanecendo no mesmo ar de que são feitas.

Abraçaram-se e esfregaram seus rostos como dois gatos que se espreguiçam. Percebia-a um pouco sufocada, como se tivesse recuperado de repente a temperatura corporal. Voltou a deitá-la de costas na cama. Beijou delicadamente o corte do lábio. Ela o deixou à vontade, entreabrindo a boca e fechando os olhos. Ele continuou beijando as pálpebras, o nariz, as orelhas que despontavam no meio dos cabelos negros como se também pedissem para ser amadas. Cercou-a pela cintura, apoiou a cabeça em seu peito e se deixou embalar por sua respiração.

— Encontrei uma coisa — disse ela pouco depois, muito mais serena, como se estivesse se recuperando de um clímax atingido apenas com aqueles beijos.

— Você conseguiu falar com a associação de vítimas? — perguntou ele, interessado em suas pesquisas do dia anterior como se nada tivesse acontecido nesse meio-tempo.

Mei reproduziu a conversa que tivera com Rio e o que este havia conversado com Suzume, a enfermeira do Dr. Sato. Emilian, deitado de lado na cama, ouvia atônito.

— Talvez tenha de sair de novo para que você continue avançando nas investigações — disse. — Brincadeira. Não esperava que avançasse tanto. Pela primeira vez sinto a presença desse homem por perto.

— Eu pensei a mesma coisa. O problema é que a pista de Karuizawa não ajuda em nada. Na verdade, me desconcerta.

— O que você sabe a respeito desse lugar?

— O mesmo que todo mundo no Japão. É um dos pontos turísticos mais sofisticados do país. Você sabe: cascatas, bosques tão cuidados que parecem ervanários, banhos termais, hotéis fazenda de luxo...

— Você já esteve lá?

Negou com a cabeça.

— Não é o que quero para minhas férias. É mais voltado para famílias e pessoas mais velhas. Muitas o frequentam a vida inteira. Houve um tempo em que aqueles que se orgulhavam de pertencer à alta sociedade nipônica tinham que ter uma casa nesse vale. Você sabe, desenho tradicional salpicado de art déco no meio dos Alpes japoneses, perto da capital indo de trem, mas longe do sufocante verão — disse com um tom de slogan publicitário. — Acho que John Lennon e Yoko Ono passaram ali muitas temporadas... O fato é que, durante a guerra, todos os diplomatas que viviam em Tóquio foram confinados em suas mansões e hotéis.

— Para que pudessem controlá-los.

— Suponho que sim. Não se fala muito dessa fase da nossa história. — Parou para pensar. — Na verdade, aqueles diplomatas representavam a história das nações, não a nossa.

— É possível que algum deles tenha trazido Kazuo para a Europa.

— Não faz muito sentido imaginar que ele aparecesse lá dizendo: "Bom dia, sou um órfão de Nagasaki e viajei mil quilômetros. Alguém quer me adotar?" Teve que acontecer algo além disso.

Emilian pulou da cama e foi para a sala sentar-se diante do computador e se conectar à internet com pressa. Mei foi atrás dele. Passaram duas horas navegando sem êxito em inglês e em japonês. A maioria das páginas institucionais de Karuizawa se limitava a descrever suas atrações turísticas e as poucas que se referiam a sua história não mencionavam os anos do conflito, como se não tivessem existido. Buscaram novamente em blogs relacionados à Segunda Guerra Mundial. Encontraram alguns comentários escritos por descendentes de diplomatas que padeceram o confinamento, mas mal forneciam detalhes que fossem além dos biográficos. Eram apenas nostálgicas referências às recordações de seus antepassados. Nenhuma menção a respeito de como haviam vivido nos anos que se seguiram à rendição do Japão. Nenhuma informação acerca de como haviam levado a cabo as repatriações. Nenhuma pista que pudesse ser seguida. Emilian começou a se impacientar. Revisaram vários mapas da cidade procurando um museu que pudesse abrigar documentos a respeito, mas tampouco pareciam existir.

Era exasperante. Emilian foi à cozinha para esquentar água e preparar um chá. Quando voltou, esfregou os olhos cansados e suspirou.

— Por que Kazuo resolveria ir até lá? — perguntou, distraído. — Que tipo de relação um órfão de 13 anos podia ter com as missões diplomáticas? Se ao menos soubéssemos o motivo, poderíamos objetivar a procura.

— Se a enfermeira do Dr. Sato não sabe, como nós vamos saber? — questionou Mei. Levantou-se da cadeira e desabou no sofá. — Só se tivesse ido jogar tênis!

Tapou a cara com uma almofada.

— Tênis? — perguntou Emilian devagar, sentando-se ao seu lado.

Mei ressurgiu.

— Me perdoe por ter dito essa besteira. Acho que estamos mais perdidos que no começo.

— Por que você falou de tênis? — insistiu Emilian.

Mei percebeu que não lhe perguntava aquilo por mera curiosidade.

— O clube de tênis mais antigo do Japão fica em Karuizawa e organiza um torneio internacional desde os anos 1920. É muito popular. Foi lá que se conheceram o príncipe herdeiro Akihito e sua esposa, a imperatriz Michiko. No que você está pensando?

— Acho que Tomomi vai todos os anos a esse torneio. Não acho — corrigiu-se imediatamente. — Tenho certeza. Ela inclusive projetou uma casa nessa região.

— Quem é Tomomi?

Sentiu algo semelhante a um disparo. Fazia tempo que não se lembrava de como gostava dela.

— Minha melhor amiga — respondeu com firmeza, lutando contra uma força interior que o impedia de pronunciar aquelas três palavras. — O escritório de arquitetura que administra com seu marido... — Seu coração se encolheu ao mencioná-lo. — Eles me ajudaram a desenvolver o Carbon Neutral Japan Project, embora os conheça desde muito antes. Desde o Protocolo de Kioto.

— Por que não liga para ela? Certamente ela sabe muito mais coisas que eu.

Uma cortina pareceu se abrir em seu rosto.

— Não estamos em nosso melhor momento. Seu marido me traiu. Foi ele quem impediu que...

Mei pousou os dedos na boca de Emilian.

— Não se preocupe — sussurrou. — Logo estaremos explorando outros caminhos.

Emilian se deu um tempo para contemplá-la. Tê-la ao seu lado compensava tudo. Acabara de sofrer uma terrível experiência com os dois capangas, via como se esfumavam as possibilidades de ajudar sua avó e continuava capaz de pensar no que mais convinha a ele. Emocionou-o sentir-se merecedor daquele respeito reverencial. Eu te amo tanto..., pensou.

— O que você disse? — perguntou ela, como se o tivesse ouvido.

— Nada.

Dirigiu-lhe um sorriso. Ela entrefechou os olhos. Seu celular tocou ao longe. Devia estar dentro de sua bolsa.

— É o meu? — surpreendeu-se.

Foi buscá-lo correndo. Atendeu com uma expressão preocupada e falou durante um tempo em seu idioma. Enquanto esperava que terminasse, Emilian pensou que era uma pena não poder amá-la em sua língua materna. Não eram apenas as palavras que eram diferentes. Até seus gestos mudavam quando submergia naquela torrente de sílabas. Quando desligou, parecia esgotada.

— Era minha mãe.

— Novidades?

— A encefalopatia... Os médicos dizem que morrerá a qualquer momento. Dois ou três dias, no máximo.

— Venha cá.

— Estou bem — mentiu, atirando-se em seus braços.

Ficaram algum tempo abraçados em pé no meio da sala. Uma música de orquestra atravessou a parede. Devia ser o vizinho, que tinha acabado de fazer sua caminhada e se preparava para tomar uma ducha. Era sempre a mesma coisa. Colocava no volume máximo um disco de árias de óperas e cantava debaixo do chuveiro. Depois da entrada suave das trompas, o verdadeiro tenor entoou "Una furtiva lagrima", de *L'elisir d'amore*, de Donizetti. As frequências mais graves da romança correram pelo chão até seus pés, e de lá subiram pelas pernas de ambos até o estômago. "Sentir um só instante o palpitar de seu formoso coração... Confundir nosso suspirar... Céus, se posso morrer de amor...", ouviram, e estremeceram com a cadência final dos violinos.

Emilian enxugou as lágrimas que haviam se detido no rosto de Mei — ele também queria sentir suas palpitações se confundir com seus suspiros — e falou com delicadeza.

— Ligue o iPad e compre duas passagens para Tóquio para amanhã.

— Duas?

— Sim, duas. Enquanto isso vou ligar para Tomomi. Ainda dispomos de algumas horas.

O vizinho iniciou uma versão particular do "Nessun Dorma", de Puccini, na banheira, prometendo-lhe que muito em breve as estrelas abririam caminho para um novo dia.

# 17

# Uma fotografia da família

*Província de Nagano, 30 de agosto de 1945*

Parecia que não iriam chegar nunca. Haviam feito escala em todas as grandes cidades que encontraram no caminho: Okayama, Kobe, Nagoya... Os dois irmãos caminhoneiros que tinham uma única sobrancelha aproveitavam as paradas para fechar quem sabe que tipo de negócios. Esperavam que a noite caísse em bairros já por si só escurecidos pela devastação e o desânimo e discutiam em voz baixa com aqueles que se aproximavam do caminhão. Enquanto isso, Kazuo não saía da caçamba. Limitava-se a esperar que lhe levassem um pouco de arroz e um ovo cozido que devorava com pequenas mordidas de rato para prolongar o momento.

Dois dias depois de se internar nos Alpes japoneses pararam em uma oficina de estrada. Os caminhoneiros abriram o portão e lhe pediram que passasse para a cabine. Precisavam abrir espaço na caçamba para enchê-la de ferro-velho. Kazuo obedeceu, feliz. Quando voltaram a arrancar, enfiou o braço e a cabeça para fora da janela para o vento bater em seu rosto. Como os antigos navegantes holandeses, pensou. A sua maneira, ele também se sentia um expedicionário. A beleza do lugar não era comparável a nada que tivesse visto antes: ladeiras intermináveis exibindo toda uma gama de roxos sobre um verde intenso, flores estranhas que pareciam trazidas dos jardins do primeiro imperador para decorar aquele parque, com as nuvens arqueando-se, sensuais, acima dos cumes.

Cruzaram apenas dois veículos ao longo de toda a tarde. Quantos japoneses haviam morrido? Quantos restariam vivos? Kazuo se lembrou do Dr. Sato conversando em voz baixa com sua esposa sobre os bombardeios que o exército estadunidense fazia a partir de suas bases das Marianas. Os ataques eram precedidos pelo lançamento de panfletos que avisavam da chegada dos B-29. Os aliados pretendiam dar tempo aos civis para que se protegessem, mas não conseguiam nada além de espalhar o pavor como o fogo que depois caía do céu: centenas de milhares de bombas que devoravam fábricas e arsenais, e também as frágeis habitações de madeira e papel. Por que o imperador esperara tanto para se render? Em que estavam pensando seus impávidos ancestrais para aconselhá-lo?

Começou a tremer. Durante os dois últimos dias havia sofrido outros ataques semelhantes na solidão da caçamba, mas este parecia mais forte. O mundo se desfocou e caíram sobre ele os ogros que povoavam as paredes da casa da miko: onis, ladrões de almas com chifres e um terceiro olho na testa; tengus, duendes intratáveis com forma híbrida de humano e ave, habituados a fazer brincadeiras tão cruéis que enlouqueciam suas vítimas; gakis, fantasmas vítimas de sede e fome perpétuas, condenados a ver qualquer alimento que encontravam em seu caminho se consumir em chamas espontâneas...

O irmão que estava sentado no meio lhe dirigiu um olhar distraído.

— Você não vai vomitar... — grunhiu. Kazuo mal conseguia abrir os olhos. Agitou-o para acordá-lo. — Mas você está ardendo!

— Deve ser por causa das mudanças de temperatura nesta região — observou o que dirigia, sem afastar os olhos da ladeira que estavam subindo, com tal expressão de esforço que parecia estar empurrando sozinho o caminhão.

Kazuo colocou os pés no banco e se encolheu. Assustava-o imaginar que a origem das convulsões não era o frio das montanhas próximas.

— Vocês têm algum remédio para febre? — conseguiu articular.

— Remédio? — Os dois caminhoneiros soltaram uma única risada. — Se você tiver dinheiro, me dê que eu me encarregarei de comprá-lo no mercado negro de Nagano. Ou melhor, chamarei um médico, mas você também terá de pagar adiantado. — Kazuo pensou no Dr. Sato e sentiu sua falta. — Volte a enfiar a cabeça na janela. Esse é o remédio que podemos lhe dar!

— Além do mais — acrescentou o motorista —, daqui a pouco você terá que descer.

Iam se livrar dele sem mais nem menos?

— Estou me sentindo bem — mentiu.

— Não me importa como se sinta. O que estou dizendo a você é que estamos perto.

Estavam chegando!

— Não podem me levar até Karuizawa? — atreveu-se a sugerir.

— Não gosto dos agentes do Kempeitai.

— Mas a guerra acabou...

— Lá eu não piso! — gritou, fazendo com que Kazuo voltasse a esconder a cabeça entre os joelhos.

Levou a mão ao bolso onde guardava seu pequeno haicai enrolado. Precisava sentir sua força. Apesar da emoção de saber que estava chegando a seu destino depois do périplo interminável — onde estava a fumaça da locomotiva que escondia a estação de Nagasaki? —, voltava a se afundar no pesadelo da febre.

Gotas no para-brisa.

Em alguns segundos chovia a cântaros. Subiu o vidro a toda pressa. De onde as nuvens haviam saído? De repente se viam obrigados a evitar enxurradas e a resistir ao assédio da tempestade. Então, sim, sentiu vontade de vomitar. De novo os onis, tengus, gakis... Haviam se desviado por alguma vereda que levava ao inferno? Tremores, convulsões. A tormenta ficava mais forte, mas ele ouvia cada vez mais distante o estrondo das gotas crivando a carroceria, cada vez mais longo, até que se viu envolto em um pneu vazio que de repente se encheu de luz. Foi então que viu a pequena Junko flutuando no ar, aproximando-se lentamente. Você veio para me levar contigo?, perguntou emocionado. Mas ela não respondia. Não sorria. O que está acontecendo com você? Estava vestida de branco, com um lenço triangular na testa... Como as yurei! Lembrou-se das lendas xintoístas sobre espectros que vagavam em dor depois de ter morrido em condições trágicas. Aquelas histórias sempre o impressionaram, sobretudo a de Okiku, a criada de um samurai que um dia cometeu a fatalidade de quebrar um dos pratos de porcelana de seu senhor, que acabou com sua vida e atirou seu cadáver no fundo de um poço. A lenda contava que Okiku saía à superfície toda noite para contar os pratos, desfazendo-se em lágrimas quando chegava ao nono... Junko, você não é uma yurei! Você não está morta! Sentia dores só de pensar... Abriu os olhos e se livrou da visão da falsa Junko atormentada. A perna, era isso que lhe doía; a ferida sangrava de novo. Mas nunca iria se fechar? Apalpou por cima da calça e desmaiou batendo o rosto contra a porta do caminhão.

Por fim teve um instante de paz sob a tormenta que não parava de perfurar o teto. Não sentia mais nada, agora sim,

apenas

silêncio.

Acordou em um quarto que parecia tirado das fotografias de sua mãe.

Ficou paralisado durante alguns segundos, examinando tudo o que via ao seu redor. Não tinha motivos para se amedrontar. Estava em uma cama. Isso era tudo, uma cama alta. Quantos anos haviam se passado desde a última vez que dormira em um colchão grosso afastado do chão? Também havia uma mesinha de cabeceira e uma bacia no chão. As paredes estavam pintadas de branco. No centro, um quadro com uma cena de camponesas. Lembrou-se do que acontecera no caminhão e levou a mão à perna. Alguém a enfaixara. Haviam tirado suas calças. Sobressaltou-se, primeiro por simples pudor e depois pensando no haicai que guardava no bolso.

Pulou da cama. Também estava sem camisa. Tinha sido vestido com um calção e uma camiseta sem manga que não eram seus. Havia pouca luz. Estava em uma alcova sem janelas, iluminada pelo reflexo que penetrava pela porta entreaberta. Saiu e se viu em uma salinha. Aquilo era perturbador, na verdade parecia estar passeando em um álbum de recordações de sua própria família holandesa: um sofá com uma grande almofada, uma luminária de pé com uma estranha tulipa cilíndrica, uma estante com livros, cadeiras... inclusive cortinas. Foi à janela. Continuava chovendo. Ao lado da casa se formavam rios, mal distinguia outra coisa.

Ouviu passos e girou a cabeça. Duas mulheres entraram no quarto fazendo gestos espalhafatosos.

— Você se levantou!

Não eram muito jovens nem muito velhas; uma delas era japonesa, magra e sem ombros; a outra, ocidental, mais arredondada e com cabelos grisalhos cacheados. Sentiu uma pontada. Fazia anos que não via uma mulher que não fosse nipônica. Ambas vestiam o mesmo uniforme cinza. Não pareciam militares, talvez fizessem parte de algum corpo médico.

— Onde estou?

— No meio do bosque, perto de Karuizawa — informou a japonesa.

Tinha o nariz tão achatado que parecia impossível que pudesse sustentar os óculos.

— Como está sua perna, Victor? — perguntou a ocidental.

Estremeceu.

— Como me chamou?

— Você não é Victor Van der Veer?

Achou que ouvia a voz de sua mãe pronunciando aquelas seis letras: Victor, Victor, Victor...

— Fique tranquilo, estava escrito nos papéis da sua bolsa. Já vimos que está vindo de Nagasaki. Fez uma viagem muito longa.

— Minha bolsa... — reagiu.

— Está ali.

Haviam-na pendurado no encosto de uma pequena poltrona de veludo verde.

— E a minha calça?

— Estava horrível, estamos tentando salvá-la com uma dose tripla de sabão.

— Não!

— O que houve?

— O haicai! Havia um papelzinho enrolado no bolso!

— Você tem certeza de que havia algo?

— Eu o guardei — tranquilizou-o a japonesa, aproximando-se da gavetinha de um aparador.

Entregou-lhe o papel. Kazuo agarrou-o como se precisasse dele para respirar e se afastou ligeiramente das mulheres.

— É um milagre que você esteja assim tão forte — retomou a outra com ar maternal. — Precisava ver como estava quando aqueles caminhoneiros o trouxeram. Não cuidamos bem de você? Mais de uma vez tivemos que fazer o papel de enfermeiras.

— E não são enfermeiras?

— Depende de como se olhe. — Deixou escapar uma risadinha entrecortada. — Ajudamos sim a curar algumas feridas, porém mais da alma que da carne. Somos missionárias presbiterianas.

— Como as da catedral de Urakami? — ocorreu-lhe perguntar.

— Algo parecido.

— Este paraíso permitiu que todas as congregações convivam em paz — apontou a japonesa, referindo-se aos pastores anglicanos, metodistas, católicos e tantos outros que haviam se estabelecido lá depois que um diácono canadense chamado Alexander Croft Shaw descobriu o lugar meio século antes fugindo do calor de Tóquio.

— Tenho certeza de que você está com fome — disse a ocidental, piscando um olho e apontando uma mesa sobre a qual havia um prato com biscoitos e um pote de geleia. — Eu mesma a preparo, com os morangos da nossa horta.

— Você frequentava a missa da catedral de Nagasaki? — perguntou a japonesa enquanto o menino mastigava.

Negou com a cabeça.

— Vou lhe trazer roupa limpa e depois o levaremos para conhecer nossa capela — decidiu, voltando para o corredor pelo qual viera.

— Agora?

Parou para falar pausadamente.

— Tenho certeza de que você vai gostar, é pequena e de madeira. Mas o importante é que... — acrescentou fazendo voz de mistério — lá uma surpresa o espera.

As duas monjas cochicharam em meio a risadas algo que Kazuo não conseguiu ouvir.

Trouxeram-lhe uma roupa. O tecido da calça era grosseiro, mas do seu tamanho. Também achou a camisa estranha, com botões de cima a baixo, colarinho e um bordado nos punhos. A quem pertenceria? Vestiu-a sem hesitar e acompanhou as duas missionárias até o vestíbulo da casa. Contaram até três e correram debaixo da chuva até a capela, que ficava no outro lado de uma esplanada. Por fora podia bem parecer um palheiro, não fosse pela grande cruz que coroava o portão e a forma ovalada das janelas. Entraram rapidamente e voltaram a fechar com um golpe deixando o vendaval do lado de fora.

Kazuo agitou os braços e sacudiu a água do corpo e do rosto. O lugar estava iluminado por algumas velas que vibravam devido ao deslocamento do ar. Não havia imagens. Todos os bancos estavam vazios, salvo um ocupado por um homem que se virara para olhar. Um homem alto. Aguçou a vista. Tinha que ser...

— Comandante Kramer!

O menino saiu em disparada até ele como se realmente fosse o pai que sempre lhe recordara. Sentou-se ao seu lado e se fundiram em um profundo abraço.

— Por que você fugiu de mim naquele dia, seu moleque? — perguntou o holandês.

— Sinto muito — lamentou-se o menino, que mal conseguia falar devido à emoção e ao esgotamento provocado pela corrida naquele estado de debilidade.

— Como você conseguiu fazer a viagem sozinho? — perguntou atônito. — Não posso acreditar. Quando você apareceu no Campo 14, o tenente Groot disse que você era um menino especial. E é mesmo.

Era verdade. Havia conseguido sozinho. Estava ali com o holandês, como havia prometido ao Dr. Sato.

— Poderia ter escolhido um dia melhor — brincou o comandante, mais tranquilo, afastando-se e passando a mão no cabelo empapado do menino.

— Como soube que eu tinha chegado?

— Você deve ter pronunciado meu nome várias vezes durante o ataque de febre e por isso o pastor enviou esta mulher a Karuizawa para perguntar. — Piscou para a missionária japonesa. — Embora tenha demorado um pouco, acabou me localizando, não é mesmo, irmã?

Ela sorriu orgulhosa; sua companheira segurava seu braço.

— Onde está Elizabeth? — perguntou Kazuo de supetão.

Os olhos do holandês se umedeceram.

— São coisas da guerra...

— Não me diga que voltaram a prendê-la! — exclamou o menino, nervoso. — O tenente Groot me contou sua história, a das acusações de espionagem e das torturas. Para onde a levaram?

O comandante permaneceu sério durante alguns segundos. Apertando os lábios. Entrefechando os olhos.

— Elizabeth não conseguiu superar, Kazuo.

— O quê?

— As surras dos agentes do Kempeitai deixaram tantas sequelas nela que no inverno passado a pneumonia a levou.

— Nem sequer chegou a vê-la...

Respirou fundo.

— Esta guerra nos matou. Menos mal que você tenha se recuperado.

Até então não havia notado o estado do comandante. Seu rosto lânguido parecia estar se derretendo como o de um boneco de cera ao lado de uma fogueira. No primeiro momento atribuiu aquilo à chuva, mas Kramer estava há horas naquela capela, seco. Aquela era sua cor verdadeira, sua expressão afundada. Sua pele estava se descompondo e perdera vários quilos.

— Está... Está...

Não foi capaz de completar a frase. Era a infecção dos que se esvaziavam.

— Estou feliz — completou ele. — Quanto antes terminar, mais cedo me encontrarei com minha amada Elizabeth.

Kazuo ouviu o eco daquela frase se perder no estrondo da tormenta que açoitava a pequena capela. O haicai de sua princesa abriu caminho em meio aos repiques: gotas de chuva, dissolvidas na terra nos abraçamos...

Levantou-se. Não conseguia ficar quieto. Caminhou entre os bancos e foi até o altar. Elevou a vista ao Cristo crucificado que contemplava a cena da parede. Virou-se para as missionárias que aguardavam, discretas, no fundo, em pé junto ao portão. Que tipo de dores da alma eram capazes de curar? Pensou que as feridas da guerra só eram curadas com a morte. Ninguém havia lhe ensinado isso; ele mesmo constatava.

— Quando parar de chover vou levá-lo para a família Ulrich — anunciou-lhe Kramer depois de reunir novas forças. — Eu contei a eles o que você fez por mim, quando salvou minha vida na catedral de Urakami, e pode imaginar qual foi sua reação. Stefan, o irmão de Elizabeth, está querendo conhecer meu grande herói — exclamou em um surto especial de carinho, mas de repente lhe sobreveio uma expressão sombria. — Assim vão deixar de se preocupar comigo. Sou quem menos merece.

— Eles culpam você pelo que aconteceu?

— Quem dera fosse tão fácil. Eu mesmo me culpo.

A tormenta não parava e nenhum dos dois estava em condições de caminhar pelo bosque debaixo daquele manto de água. Por isso resolveram passar a noite na missão presbiteriana. Kazuo agradeceu. Estava esgotado e não lhe importou aproveitar um pouco mais aquela cama, mesmo que fosse só para ficar deitado olhando para o teto e perguntando-se o que iria acontecer com ele.

O dia amanheceu diferente. Céu aberto, cumes de cem colinas com o vulcão Asama ao fundo, trinados na penumbra sob a folhagem, atravessado pelos raios de um sol de verão que tratava Karuizawa com inusitada delicadeza.

Caminharam pela vereda que levava à cidade entre árvores sólidas de bordo e muretas cobertas de musgo. Kramer lhe explicou que era a estrada do correio imperial que no passado ligava Kioto a Edo, a Tóquio atual. Por ali haviam transitado senhores feudais, samurais, comerciantes e peregrinos, inclusive o próprio xogum com seu imenso séquito, mas nunca plebeus, que eram proibidos de pisá-la sem credenciais especiais que eram obrigados a apresentar nos muitos postos de controle que se sucediam ao longo do trajeto.

Mas o que mais impressionou Kazuo não foi nem a natureza espantosa nem a história das pedras polidas que pisava desafiando as ordens dos antigos xoguns. O melhor ainda estava por chegar.

Adentraram o distrito de Kyu, o coração do vale. Os mais espertos políticos, financistas e artistas do início do século, fascinados pela beleza do lugar, convenceram o governo a construir uma estrada de ferro cortando o terreno escarpado que até então se mantivera virgem. Uma vez ligado à capital, transformou-se no ponto de encontro mais seleto do Japão. As residências de verão misturavam o estilo tradicional nipônico com fragmentos de desenho europeu. Adquiriam um aspecto de conto de fadas, como se fosse o jardim botânico de uma exposição internacional. Kazuo e o comandante Kramer chegaram à rua principal onde ficavam as lojas. Então, sim, o delírio explodiu no coração do menino.

Lá pessoas de todas as nacionalidades e idades marcavam encontros. Circulavam a pé, em carros, triciclos e, sobretudo, em bicicletas. Japoneses e ocidentais misturados passavam ao seu lado sem dar atenção aos seus cabelos louros — não podia acreditar, pela primeira vez em sua vida não chamava atenção! Sentia-se em uma espécie de fantasia provocada por uma bebedeira. Talvez houvesse algo disso, talvez estivessem todos um pouco ébrios devido ao final da guerra, após terem passado anos confinados em prisões domiciliares ou em liberdade vigiada pelos agentes do Kempeitai. Nos cartazes das lojas conviviam os caracteres nipônicos e os ocidentais; também havia fusão nas roupas usadas pelos transeuntes: ternos, estamparias em xadrez, suspensórios, gravatas borboleta, chapéus com abas, polainas e chapéus safari assim como yukatas — os quimonos de verão —, sandálias de madeira, sombrinhas e paletós com gola de mandarim.

Naquele ambiente insólito, em meio aos impecáveis diplomatas já oficialmente livres, mas com medo de sair antes do tempo de sua prisão segura, o abatido comandante Kramer pareceu a Kazuo ainda mais doente do que lhe parecera na noite anterior. Não andava, na verdade arrastava suas botas desabotoadas. Começou a achar impossível que naquele estado de deterioração conseguisse sequer falar.

Kramer o conduziu a uma loja de dois andares cujo cartaz anunciava: Padaria Asano-ya. Além de pão francês, aquela mercearia fornecia aos membros das legações um ou outro capricho gastronômico e uísque de malte. Em Karuizawa era possível comprar quase de tudo. O pessoal do Ministério de Relações Exteriores japonês — que havia aberto ali uma delegacia — tinha instruções para fazer vista grossa ao mercado negro, embora no restante do país houvesse tanta carência que os dirigentes de algumas províncias chegaram a eximir a população de comparecer aos funerais com a tradicional porção de arroz destinada aos mortos.

— Me siga — pediu Kramer a Kazuo, abrindo a porta.

— Vamos comprar alguma coisa?

— Eu vi Stefan lá dentro.

Esquivaram-se de um par de mulheres e suas filhas pequenas, que brincavam com duas bonecas de porcelana enfeitadas com as mesmas tranças e laços que elas, e se aproximaram de um menino com expressão entediada que se apoiava no balcão esperando ser atendido. Devia ter mais ou menos a idade de Kazuo, a mesma estatura, também era louro embora nem tanto, nariz afilado, olhos cor de mel — não azuis como os dele — e pele um pouco mais morena, talvez tostada pelo ar da montanha. Virou-se para olhar quem entrava.

— Comandante Kramer...

— Olá, Stefan. Quero apresentar uma pessoa a você.

Os dois meninos sabiam quem era o outro, mas era necessário cumprir os rituais.

— Olá, sou... — começou Kazuo, mas se deteve sem saber qual nome deveria usar para se apresentar.

— Este é Victor Van der Veer — socorreu-o imediatamente o holandês.

— O herói. — Stefan sorriu dando-lhe a mão de forma protocolar. — Eu sou Stefan Ulrich.

— Acho que essa coisa de herói é um pouco exagerada — corrigiu Kazuo com prudência.

— Você tem razão — assentiu Stefan. — Eu o imaginava mais forte.

— Não seja mal-educado — censurou-o Kramer.

— Estou querendo dizer que para levantar um pedação de madeira... — Teatralizou a ação de Kazuo na catedral, inflando as bochechas e fingindo que pegava algo pesado no chão. Era evidente que o comandante havia contado a história com todos os detalhes. — Embora, pensando bem — continuou, dirigindo-se a Kazuo com cumplicidade —, assim o mérito é bem maior. Você está a fim de uma coisa realmente boa?

— O que é?

— Venha.

Deram a volta no balcão e entraram no armazém na parte traseira da loja onde ficava um forno de pedra. Um empregado japonês acionava uma grande roda para tirar uma bandeja. Estava cheia de pãezinhos fumegantes, dourados por cima como se tivessem sido envernizados com gema de ovo. Aproximaram-se para pegar um par sem que o padeiro fizesse nenhuma restrição e saíram jogando-os no ar para não queimar as mãos. Kramer os esperava na rua, apoiado no parapeito de madeira com a pose de um ancião à procura do sol.

— Vamos ao hotel — determinou, recompondo-se.

— A um hotel? — surpreendeu-se Kazuo.

Stefan assumiu a condição de anfitrião e explicou que muitos diplomatas estavam confinados nos luxuosos hotéis da cidade. De fato, algumas embaixadas haviam se instalado neles de forma permanente. Quando o conflito começou, as da União Soviética e da Turquia se transferiram para o hotel Mampei, um edifício simples, mas cheio de histórias que sempre acolhera os membros mais ilustres da alta sociedade nipônica. Por sua vez, alguns membros da representação suíça a que pertencia o Sr. Ulrich haviam levado seus baús em datas mais recentes ao hotel Mikasa, outra joia arquitetônica do início do século.

Enquanto caminhavam para o hotel, Kazuo continuava sem perder nenhum detalhe do desfile multicultural que acontecia na rua comercial e nas adjacentes. Mas, quando o edifício surgiu em todo seu esplendor entre as árvores do jardim dianteiro, arregalou os olhos mais ainda. Stefan vive aqui de verdade?!, exclamou para si. Teve a sensação de estar se aproximando de um dos palacetes coloniais que havia visto no livro de ilustrações da Indochina que sua mãe lhe mostrava quando era pequeno. Sobre o fundo escuro de madeira se destacavam as gelosias e as molduras das janelas, pintadas de branco impoluto. Os toldos tinham detalhes em rosa, assemelhando-se ao edifício com a grande cerejeira da entrada.

— Vou dizer aos meus pais que você está aqui! — gritou Stefan, correndo para a porta.

Kazuo e o comandante Kramer continuaram andando a passos mais lentos pelo jardim. Ninguém dizia nada. Kazuo não sabia o que dizer, e Kramer não se sentia capaz de lhe perguntar pela viagem. De certo modo se sentia responsável por ter sido obrigado a fazê-la sozinho apesar de sua pouca idade. Pararam à beira de um tanque. Kazuo observou as carpas gordas de cor laranja e se convenceu de que elas também o observavam. Chegou até a pensar que se tratava de uma nova forma adotada por alguns vizinhos de Nagasaki mortos na explosão, que o saudavam com as brânquias descoloridas e tentavam conversar com ele com movimentos incessantes de suas bocas de peixe.

Stefan apareceu pouco depois com seus pais. Ao vê-los se aproximar pelo jardim marcando o passo de uma forma harmônica, sentiu certa inveja. O Sr. Ulrich era calvo e não muito alto. Vestia uma calça vincada franzida na cintura e uma camisa escura engomada. Ela, Monique Simonete — seu sobrenome de solteira —, mais alta que ele, de cabelos curtos castanhos e quadris generosos, usava um discreto tailleur bege e pouca maquiagem, conforme determinavam as normas de modéstia e virtude impostas na Europa durante a guerra, embora tivesse se permitido uma gargantilha de pérolas para esse primeiro encontro.

— Então este é o pequeno herói — disse o pai.

— Ele não gosta que o chamem assim — interveio Stefan.

— O que tem de ruim em reconhecer a valentia de um homem? Eu prevejo um bom futuro para você, garoto.

— Você é muito bonito — disse a Sra. Ulrich, segurando suas mãos. — Gostaria de ter conhecido sua mãe.

Kazuo abaixou os olhos.

— Seja forte, filho — retomou o pai com uma ênfase um tanto exagerada. — Nós também perdemos Elizabeth. Este mundo está doente, só nos resta olhar para a frente. A guerra acabou e novos horizontes se abrem.

— Muito bonito — repetiu a Sra. Ulrich, e Kazuo achou que havia passado dos limites.

O Sr. Ulrich resolveu de imediato que o menino devia se instalar com eles. O comandante Kramer não quis subir. Despediu-se de Kazuo apertando seu ombro e o deixou aos cuidados da família. Não disse aonde ia. Ao vê-lo se afastando com seu andar enfermo, Kazuo sentiu um nó na garganta.

A decoração do hotel não desmerecia seu aspecto exterior. Ao lado da recepção se abria um salão que absorvia toda a luz do vale pelas amplas janelas, enviando um facho a cada mesa de chá. No teto brilhava um belo madeirame e por todas as partes havia poltronas confortáveis. Subiram aos seus quartos. O casal ocupava uma suíte na parte traseira do segundo andar, com uma lareira e um estrado de intermináveis lâminas. Era ligada por uma porta interna a outro quarto, onde dormia Stefan. Kazuo ficou chocado ao acender um candelabro elétrico e ver a privada e as patas de leão da banheira. Na época de sua inauguração, o Japão inteiro tinha comentado aquelas inovações. O menino vindo de Nagasaki continuava achando aquilo verdadeiras modernidades.

— Vamos ouvir um pouco de música para comemorar sua chegada! — exclamou a mãe.

Foi até o toca-discos portátil e tirou da capa um disco de Glenn Miller. Antes de colocá-lo para tocar, beijou o vinil. Kazuo não sabia que se tratava de uma homenagem ao músico, que falecera poucos meses antes quando o monomotor em que viajava desapareceu sobre o canal da Mancha. Os primeiros acordes de "In the Mood" inundaram o apartamento. As seções de sopro faziam seu coração pular, provocando uma vontade de rir e de chorar ao mesmo tempo. Soava muito divertido, mas lhe provocava certa ansiedade intuir que aquelas melodias o conduziam a um universo em que sua vida anterior não cabia. Naturalmente não havia espaço para a bomba nem para o horror, mas a possibilidade de que sua amada Junko também tivesse que ficar de fora o fez estremecer...

— Você gosta? — perguntou o pai. — Minha mulher sente falta das sessões de jazz do clube de tênis. Você precisava ver a quantidade de bons músicos que viveram aqui — acrescentou, nostálgico.

Mandaram trazer outra cama para que Kazuo se instalasse com seu novo amigo. Por que o tratavam com tanta amabilidade? Por um instante sentiu-se um mero substituto de Elizabeth, mas se obrigou a afastar a ideia. Essa atitude defensiva só se devia ao fato de que, depois de tudo o que havia passado, tinha dificuldade de acreditar que as coisas começavam a se endireitar, embora fossem por um caminho diferente de todos os que até então considerara viáveis.

Enquanto dois empregados do hotel instalavam a cama suplementar, Stefan sentou-se na dele e começou a interrogar Kazuo a respeito de Nagasaki, da bomba, de como haviam ficado os edifícios, das pessoas. Não era morbidez nem falta de delicadeza. Tratava-se de uma imperiosa necessidade de saber se o que se dizia era verdade.

— Meu pai disse que não era necessário jogar as bombas — comentou Stefan.

— Como?

— Disse que se as tivessem jogado em uma região desabitada do Japão teriam causado o mesmo efeito e a guerra teria terminado da mesma maneira.

Kazuo não sabia o que dizer. Surpreendia-o que Stefan afirmasse uma coisa daquelas com tamanha naturalidade. Desconhecia que Karuizawa havia sido o fervedouro de informações privilegiadas durante a guerra do Pacífico, uma suculenta mina de ouro para os espiões e os diplomatas que negociavam para seus governos com a malícia sutil de um jogador de pôquer. O filho do representante suíço, mesmo sem ter acesso aos telegramas confidenciais, havia respirado esse ambiente e presenciado conversas durante jantares sobre assuntos de interesse internacional. Mas o que tinha dito... Kazuo nem sequer havia pensado até então na possibilidade de que as bombas poderiam ter sido evitadas.

Poderiam ter sido evitadas?

— Poderiam mesmo ter sido evitadas? — perguntou ele com um fiozinho de voz.

O Sr. Ulrich entrou pela porta interna que ligava o quarto à suíte.

— O que você acha do seu aposento? Meu filho está tratando você como merece?

— Não sei o que mereço, mas está me tratando muito bem.

— Como você é esperto, garoto! Não me surpreende que tenha chegado até aqui sozinho. Aprenda com ele, Stefan.

— Sim, papai.

— Certamente o que você carrega nessa mochila são seus papéis, não é mesmo?

— Sim — assentiu, abrindo a fivela.

— Precisarei deles para regularizar sua situação. A estrutura administrativa desta cidade está de pernas para o ar, mas prefiro informar que você chegou antes que nos causem algum problema.

Esvaziou o conteúdo da bolsa na cama de Stefan: sua documentação pessoal, a carta explicativa do doutor e o envelope onde guardava os certificados da patente.

— Isto é tudo o que o Dr. Sato preparou para mim.

— Ah, o médico de Nagasaki.

Notou certo tom de desprezo, mas preferiu não pensar nisso. O Sr. Ulrich deu uma olhada em sua identificação e logo em seguida enfiou a mão no envelope.

— O que é isto?

— A única coisa que conservo do meu pai.

— Uma patente? — surpreendeu-se. Kazuo encolheu os ombros, sem saber se devia lhe contar ou deixar que continuasse lendo. — Me dê um espaço — pediu o Sr. Ulrich ao filho, e começou a organizar os certificados em cima da cama. — Mas esta fórmula está registrada em meia Europa...

— Em todos os países onde o verniz inventado pelo meu pai é fabricado — observou Kazuo, orgulhoso, com a lição bem-aprendida.

— Grande tesouro, garoto. — Sorriu e voltou a colocar os certificados no envelope. — Me alegra saber que você dispõe de uma coisa que está indo tão bem. Quando voltarmos para a Suíça, eu mesmo o ajudarei a regularizar sua situação de herdeiro para que possa receber o que lhe pertence.

Quando voltarmos para a Suíça...

— Então...

— O que foi?

Não se atrevia a perguntar.

— Vão me levar com vocês?

O Sr. Ulrich olhou-o nos olhos como não fizera até então e falou de coração:

— Perdi minha filha, minha pequena, meu amor. Não pude fazer nada a não ser permanecer aqui e chorar por ela quando a levaram. Primeiro, os agentes do Kempeitai e, depois, essa maldita doença que se aproveitou de seu corpo debilitado. Mas agora Deus nos premiou com sua chegada e faremos tudo o que estiver ao nosso alcance para ajudá-lo. — Virou-se para Stefan. — Não é verdade, filho?

— Sim, papai — voltou a assentir, submisso.

Dirigiu-se de novo a Kazuo.

— Ao saber que você havia chegado, o comandante veio me ver e me pediu para pensar na possibilidade de adotá-lo — revelou. — Um filho de holandeses capaz de ter sobrevivido a essa bomba horrível e ter chegado até aqui, e depois do que você fez por ele na catedral de Urakami... A verdade é que não poderia ter me recusado de maneira nenhuma. Mas o que está acontecendo com você? — perguntou o Sr. Ulrich a Kazuo. — Não está feliz? Finalmente chegou ao seu destino.

Seu destino. Junko, Junko, Junko... Mas devia partir, havia prometido ao doutor, um dia a encontraria, ficando ali não conseguiria nada, primeiro devia refazer sua vida e depois procurá-la, procurá-la até encontrá-la.

— E o comandante Kramer? — perguntou sem rodeios.

— O que quer dizer?

— Onde está agora?

— Está internado no hospital, no pavilhão para convalescentes.

— E o que vai acontecer com ele? Virá com a gente?

O Sr. Ulrich inspirou longamente. Kazuo se perguntou o que sentiria por ele. Era óbvio que o holandês havia amado sua filha, mas depois da turbulenta história que o tenente Groot lhe contara...

— O comandante Kramer está muito mal — respondeu finalmente com um gesto de pena. — Nossos médicos têm mantido contato com os hospitais da região bombardeada e acreditam que já passou o que chamam de "período de latência", um tempo morto que os infectados atravessam, mais ou menos longo dependendo da quantidade de radiação recebida. Durante esse período, a evolução do mal não chega a se manifestar ou, se já tinha se manifestado, se detém. Às vezes os pacientes até acreditam que se recuperaram. Mas quando os sintomas retornam, como aconteceu com o comandante, não há nada a fazer. O avanço das infecções se torna incontrolável.

Mais uma morte? Talvez assim fosse melhor. Terminar já com tudo relacionado à radioatividade e às infecções. Não podia suportar a ideia de voltar a passar pelo que teve de viver na clínica: doentes se consumindo, fedor, pus. Mas como poderia lhe dar as costas? Lembrou-se de suas andanças pela Nagasaki calcinada, os dois juntos na catedral de Urakami, no centro de racionamento... Stefan pareceu perceber sua angústia.

— Podemos ir ao onsen? — perguntou ao pai, referindo-se às termas naturais que não ficavam muito longe do hotel.

— Boa ideia — aplaudiu o Sr. Ulrich. — Mas voltem a tempo para o almoço. Você sabe como sua mãe fica quando atrasamos.

E dirigiu a eles uma piscada cúmplice.

Stefan estava encantado com a chegada de Kazuo. As aulas haviam terminado e mal podia se encontrar com outros meninos desde a divulgação da decisão imperial anunciando a capitulação do Japão diante do poder destrutivo do exército dos Estados Unidos. Naquela atmosfera de confusão, com a repatriação tão próxima e cidadãos de nações vencedoras, derrotadas e neutras convivendo em uma cidade tão pequena, não convinha ser muito notado. Havia até circulado o boato de que, quando o imperador assinasse oficialmente os papéis da rendição, todos os estrangeiros da cidade seriam assassinados. Aquilo, que a princípio gerou um ambiente de histeria coletiva, logo foi menosprezado, pois era absurdo, mas alimentava os receios dos diplomatas. Cada comunidade permanecia isolada do restante, e Stefan não tinha nenhum suíço de sua idade com quem passar o tempo.

Primeiro, como Stefan decidira, foram tomar banho no onsen que borbulhava aos pés da montanha. Era um hábito muito difundido em todo o país, mas havia poucos tão belos como aquele. Sua localização, em pleno vale, fazia com que, enquanto o corpo ardia debaixo d'água, a cabeça se mantivesse fria, evitando a sonolência provocada pelo excesso de calor no cérebro. Kazuo mergulhou e se sentiu como novo; foi como voltar ao útero materno. O silêncio era real, era possível ouvi-lo, limpo, sob os trinados dos pássaros e o aplauso das folhas a cada lufada de vento. Chegara a acreditar que qualquer silêncio era como o de Nagasaki após a bomba: um murmúrio como o das abelhas que, na verdade, era dos corpos sendo calcinados. Mas as coisas haviam mudado. As árvores voltavam a ser belos seres vivos, não as queixosas barras de um cárcere carbonizado.

Passaram o resto do dia percorrendo os arredores da cidade. Kazuo seguiu seu novo amigo por todos os lugares, atento às suas longas histórias e lendas sobre espiões que, segundo contava, tinham interferido nos rumos da guerra mais de uma vez.

Na manhã seguinte, pularam da cama ao amanhecer com a mesma vontade de retomar sua particular expedição. Era como se lhes fossem roubar os lugares e o tempo. Alimentaram-se, no café da manhã, com um bolo recém-trazido do forno da padaria Asano-ya e uma caneca de chá em uma louça de porcelana chinesa — como Stefan lhe explicou, quando era olhada de viés, ficava transparente — e se atiraram na rua.

— É mesmo verdade que você nunca ouviu falar do Torneio Internacional de Tênis de Karuizawa? — exclamou Stefan com incredulidade enquanto o conduzia ao próximo território a ser explorado.

— Sim, é verdade.

Kazuo não sabia quando pararia de se espantar. O clube de tênis que o Sr. Ulrich mencionara no dia anterior tinha três quadras alinhadas cercadas por uma grade alta; diante delas, havia uma tribuna com poltronas cobertas. Enfiou-se por uma fresta carcomida da grade e caminhou em silêncio pelas quadras. Aquilo era... como poderia dizer? Tão pouco japonês... Estava em Karuizawa havia apenas um dia e já sentia que ia recuperando sua cultura pouco a pouco. Sua cultura? Era capaz, mesmo, de esquecer em algumas semanas tudo o que aprendera com o Dr. Sato, no colégio, e os ensinamentos da professora de ikebana que Junko se esforçava para lhe transmitir a cada tarde na colina? O poder destrutivo da bomba tinha sido tão potente? Stefan seguia-o a alguns passos atrás.

— Por que não tem ninguém aqui? — perguntou, disparando a primeira coisa que lhe ocorreu para que o suíço não percebesse sua preocupação.

— Se não fosse a guerra, isto pareceria o salão de recepções do palácio imperial — defendeu-se Stefan.

Tinha razão. Como era verão, o normal teria sido encontrar o gramado cortado a tesoura, chapéus inclinados, linho branco, sombrinhas, meninos perambulando com seus sapatos de verniz, apertões de mão e intercâmbio dissimulado de informação restrita por trás da fumaça dos cachimbos. O torneio havia sido inaugurado em 1917 e ao longo de duas décadas fora a principal fonte de contatos para os estrangeiros com interesses no país, além de congregar todos os missionários dos arredores. Afinal, foram eles que trouxeram esse novo esporte e construíram quadras ao lado das igrejas para cultivar o espírito em um corpo são e bem-forjado.

— Eu comecei a trabalhar como gandula no ano em que a guerra explodiu — contou-lhe, fazendo-se de mais velho. — Ganhava boas gorjetas.

— O que é um gandula?

— Um pegador de bolas — explicou Stefan. — O clube empresta bolas a cada jogador antes das partidas e nós nos encarregamos de procurá-las quando batem mal e elas se perdem por aí. Que esportes eram praticados em Nagasaki?

— Nenhum.

Stefan não fez nenhum comentário. Simulou um saque e correu até a rede para devolver o lance imaginário com um golpe de direita.

— Ponto!

— O que vamos fazer?

— Poderíamos espiar os judeus.

— Quem são os judeus?

— Uma gente que fugiu da Europa quando os nazistas ocuparam seus países. É proibido se misturar com eles, mas se você tiver coragem...

— É claro que tenho.

— Vamos pegar o binóculo do meu pai no hotel — sugeriu Stefan, começando a correr.

Kazuo se lembrou do binóculo que usava para vigiar os pows do Campo 14 da colina de Nagasaki. Pensou em Kramer. Depois de apresentá-lo à família Ulrich tinha desaparecido de novo. Tenho que ir vê-lo, pensou. Onde ficaria o hospital onde estava internado? Começou a correr atrás de Stefan. Chegaram ao hotel Kyu-Mikasa, atravessaram a recepção sem se deter, subiram de três em três os degraus até o segundo andar e quando se dirigiam ao seu quarto se detiveram de repente diante de uma porta entreaberta.

— O que está acontecendo?

— É o meu pai — murmurou Stefan, espiando. — Quem são os outros?

— O que estão fazendo? — repreendeu-os o Sr. Ulrich dando-se conta de que estavam xeretando.

— Nada.

— Entrem, mas não perturbem. Nada de guerra. Já tivemos o suficiente com a que acabou hoje.

Os dois homens que estavam com ele sorriram. Pareciam mais descontraídos que o Sr. Ulrich. Eram jornalistas que haviam ficado confinados em Karuizawa desde o início do conflito, onde conseguiram melhores reportagens que aquelas que lhes teriam propiciado o campo de batalha. Um deles era canadense, correspondente da agência Reuters e da rede de televisão norte-americana NBC. O outro era de Hong Kong e trabalhava para a *China*

*Weekly Review*. O canadense fumava um cigarro enquanto aproximava a orelha de um aparelho de rádio Hallicrafters S-20 e se movimentava tentando captar um sinal. Havia outros receptores, enfileirados sobre uma mesa. Kazuo achou aquilo semelhante à cabine de controle de um porta-aviões.

Stefan cumprimentou com educação. Kazuo fez, inconscientemente, uma reveladora reverência.

— Este é o meu filho — explicou o Sr. Ulrich. — O outro é Victor Van der Veer, um jovem holandês que veio de Nagasaki.

— Não vá me dizer que estava lá quando a bomba caiu! — exclamou o canadense virando-se subitamente, deixando a cinza cair na mesa.

— Sim, estava — alardeou o Sr. Ulrich. — Viu a explosão com seus próprios olhos.

— Você tem que me contar tudo! — pediu o jornalista.

Kazuo assentiu levemente.

— Deixe o pobre menino em paz — interveio o outro. — Já viveu o suficiente. Não precisa aguentar você agora.

— Você não percebe a importância do seu depoimento?

— Não sou idiota. — Fez um gesto pedindo-lhe um pouco de delicadeza e se dirigiu a Kazuo. — Amanhã convidaremos você para almoçar e conversar tranquilamente sobre essa terrível experiência. Assim está bem?

— Como quiserem.

— Prefiro assim. E você, continue com isso — ordenou ao canadense. — Desse jeito vamos perder os discursos e depois terei de inventá-los para poder escrever a matéria.

— O que vocês querem sintonizar? — perguntou Stefan apoiando-se na mesa como se fosse um deles.

— Venham aqui os dois — pediu-lhes o Sr. Ulrich. Estava claro que ia fazer uma declaração importante. — Neste exato momento, o comandante supremo das forças aliadas Douglas MacArthur e o imperador Hiroito estão chegando a um encouraçado ancorado na baía de Tóquio para assinar a ata de rendição do Japão. Acabou tudo, filhos.

Filhos?

— Acabou tudo — repetiu Stefan, olhando para Kazuo. — Quando os soldados vão vir nos tirar daqui?

— Muito depressa — respondeu seu pai com um tom esperançoso.

— Ainda me parece mentira que o imperador vá cair de joelhos — comentou o correspondente de Hong Kong. — É a primeira rendição da história do Japão...

— Se eu fosse ele, também estaria mais do que farto do meu exército instável e de ver meu povo sofrer — observou o canadense sem deixar de mexer no dial. — Só precisava do consenso de seus ministros e chefes do Estado-Maior. Bendito piloto do B-29!

— Que piloto? — perguntou Stefan, participativo.

— Há alguns dias interceptamos informações sobre um jovem das Forças Aéreas aliadas capturado pelo Kempeitai — confidenciou-lhe o Sr. Ulrich. — Ao que parece, para parar de ser torturado, inventou que os americanos dispunham de outras cem bombas atômicas que logo lançariam sobre todas as cidades importantes do Japão.

— E não era verdade?

O Sr. Ulrich trocou um olhar repleto de malícia com os dois correspondentes.

— A verdade é que aquela confissão era, exatamente, o que alguns oficiais japoneses precisavam ouvir para justificar seu voto pela rendição. De outra maneira, teriam sido obrigados a lutar até que o último dos seus guerreiros tombasse honradamente. Mas... — Parou e fez que não com a cabeça. — Duvido que os aliados disponham de uma única bomba a mais.

Aumentou o volume. Era uma transmissão da Marinha norte-americana a partir da sala de comunicação do *Missouri*, o navio de guerra onde seria protocolada a rendição. O locutor narrava a chegada dos comandantes aliados, que iam tomando lugar ao redor de uma mesa que haviam colocado na coberta. Faltava apenas isso para que a guerra acabasse, pensou Kazuo: uma mesa de escritório com uma cadeira em cada lado e, em cima dela, alguns papéis e um tinteiro.

Conforme explicava o locutor, a única ornamentação que haviam se permitido eram duas bandeiras dos Estados Unidos. Uma delas era a própria história. Quase cem anos antes ondulara nessa mesma baía, quando o comodoro Matthew Perry abrira a primeira rota comercial entre os dois países. A outra era uma pequena bandeirola que pertencia a um dos soldados que assistiam ao ato sentados nos canhões, movimentando as pernas como crianças.

*"Talvez sua própria simplicidade em meio a um ato de tanta transcendência seja o que a torne tão especial"*, dizia o locutor.

Às oito e quarenta e três, Kazuo, Stefan, o Sr. Ulrich e os dois jornalistas acompanharam mudos a transmissão da chegada do general Douglas MacArthur ao buque. Agora só faltavam os representantes do governo vencido, que chegaram 13 minutos depois. Encabeçava o grupo o ministro das Relações Exteriores, Mamoru Shigemitsu, usando uma casaca de gala, cartola e bastão em riste. Ia assinar na condição de civil junto ao general Yoshijiro Umezu que, ataviado com suas lustrosas botas de ginete e, no peito, borlas e medalhas por ações heroicas já esquecidas, o faria pela cúpula militar.

*"O general MacArthur caminha para a bateria de microfones"*, anunciou o locutor anunciando o breve discurso de boas-vindas.

Durante alguns segundos não se ouviu nada. Os cinco homens aguardavam imóveis o início da solenidade. Mas de repente o rádio levou àquele aposento do hotel Kyu-Mikasa palavras lançadas em ritmo dramatúrgico pelos megafones do buque. E, uma após a outra, foram conquistando seus cinco corações, assim como os dos soldados que na coberta do *Missouri* seguravam a vontade de chorar como se fossem crianças como as crianças que de fato eram.

*"Estamos aqui reunidos representantes das grandes potências em guerra para concluir o acordo que restaura a paz..."*, começou o general, categórico.

Tanto sacrifício, tantos mortos, Junko... O jovem Kazuo se fazia novas perguntas. Havia crescido em uma nação em guerra e quase todas as suas recordações de infância se desvaneceram com o último sopro de seus pais, e por isso lhe era difícil imaginar como seria a paz.

Pouco depois começou a ciranda de assinaturas. Kazuo acreditou que ouvia uma pena roçando o papel. Foi tudo muito rápido. A delegação japonesa abandonou o barco assim que seu ministro se levantou da mesa. MacArthur posou para os fotógrafos que disputavam espaço em um tablado e se aproximou dos microfones para dirigir uma mensagem não mais aos presentes, mas ao mundo inteiro. Seu trabalho como soldado fora concluído. Agora começava outro, ainda mais complexo. As batalhas da paz precisavam de regras.

"*Hoje as armas estão em silêncio*", recomeçou à semelhança dos grandes estadistas, e Kazuo pensou que na verdade estava ouvindo mesmo esse silêncio. "*Quando olho para trás e vejo o caminho longo e tortuoso desde os dias cinzentos das ilhas de Bataan e Corregidor, quando o mundo inteiro padeceu do medo e a civilização moderna tremeu na balança, agradeço ao Deus misericordioso que nos deu a fé, a coragem e o poder com os quais se molda a vitória. Temos diante de nós uma nova era.*"

Stefan olhou para seu novo amigo e assentiu. Kazuo sentiu-se parte dessa nova era. Enfiou a mão no bolso e apertou o papel com o haicai de sua princesa. Naquele momento, queria tê-la mais presente do que nunca.

"*A lição da vitória traz com ela, inclusive, uma profunda preocupação com a nossa segurança futura e a sobrevivência da civilização*", continuava MacArthur, em um tom mais calmo. "*A partir dos avanços progressivos das descobertas científicas, a capacidade de destruição dos equipamentos bélicos mudou os conceitos tradicionais da guerra...*"

Está falando das bombas, pensou Kazuo. E se aproximou sem nenhuma dificuldade do receptor de rádio para não perder uma única palavra.

"*Temos uma última oportunidade!*", preconizou o general. "*Se não idealizarmos agora um sistema melhor e mais equitativo, o Armageddon baterá em nossas portas. E a solução passa por um renascimento espiritual e um crescimento como seres humanos que deverá estar à altura de nossos avanços na ciência, na arte, na literatura e de todo o desenvolvimento cultural dos últimos 2 mil anos. Nos concentremos no espírito se quisermos salvar a carne.*"

Um pequeno problema no microfone.

Vento.

Mutismo absoluto.

— Tudo terminou — sentenciou o Sr. Ulrich reclinando-se em sua cadeira.

De repente todos pareciam cansados.

— Não deveríamos brindar ou algo assim? — sugeriu o canadense da Reuters.

— Por uma guerra vitoriosa na qual perdi minha filha? — lamentou-se o Sr. Ulrich.

Kazuo saiu sem dizer nada, entrou no quarto que dividia com Stefan e desabou de bruços na cama.

Ao longo da semana seguinte, os acontecimentos se seguiram em velocidade vertiginosa. Antes que pudessem se dar conta, todo o vale de Karuizawa foi infestado por soldados norte-americanos. Chegaram em seus jipes, montaram um quartel-general no centro da cidade e vários postos de controle ao longo das estradas de acesso e distribuíram panfletos com as leis baixadas por MacArthur assim que chegara em Tóquio: proibido agredir cidadãos japoneses; proibido comer a escassa comida japonesa; proibido içar a bandeira hinomaru — sol nascente — sem permissão das novas autoridades... Ocuparam o país com tanta rapidez que todos se perguntavam por que não o haviam feito antes.

— O camicase parou de soprar — declarou o Sr. Ulrich numa noite durante o jantar.

Aquela palavra, adotada pelos pilotos suicidas, significava "vento divino" e se referia ao tufão que, sete séculos atrás, arrastara ao fundo do mar 70 mil mongóis que se preparavam para invadir o país.

Stefan soprou com força, agitando as chamas de um candelabro. Depois repetiu a dose: o alvo desta vez foi o rosto de seu amigo.

Kazuo também conhecia a história por tê-la estudado no colégio, mas não entrou no jogo. Limitou-se a comer olhando o prato. Desde sua chegada a Karuizawa sentia-se desconfortável e, por isso, lutava para se conter a todo momento. Talvez fosse coisa de sua educação nipônica. Os japoneses carregavam em seus genes esse extremo comedimento. No Japão do século XVII, durante o mandato do clã Tokugawa, castigava-se com a pena de morte qualquer comportamento grosseiro ou inesperado. Inesperado, sem mais explicação. E uma regra tão imprecisa gerou na população uma psicose insuportável. O povo vivia obcecado em não levar a cabo nenhuma ação, por mínima que fosse, que saísse da norma. Kazuo também estava amedrontado diante da possibilidade de fazer alguma coisa inconveniente e a família Ulrich desistir de levá-lo com ela.

— Quando chegará nossa vez? — perguntou a mãe.

— Os serviços de inteligência estão expatriando primeiro os alemães.

— E por que isso?

— Muitos deles querem ficar, mas todos os que pertenceram ao Partido Nazista são obrigados a voltar ao seu país.

— Na verdade não há pressa — disse para si a Sra. Ulrich. — Não sei como vou suportar voltar para a Suíça sem a nossa filha...

Para a Suíça, foi a última coisa que Kazuo ouviu. Se mal sabia onde ficava a Holanda! Mas não queria perguntar. Não queria fazer nada que fosse inconveniente.

Kazuo e Stefan consideravam os ianques uma diversão. Com eles se sentiam ainda mais crianças do que eram. Deixavam-nos subir nos veículos, sentar-se ao volante e mexer nas alavancas, emprestavam-lhes capacetes — e compartilhavam com eles chicletes e guloseimas. Após alguns dias, quando já iam adquirindo confiança, Stefan se aproximou de um tenente de Dakota do Norte que fumava cachimbo como o general MacArthur e lhe disse que conhecia uma caverna onde havia uma porção de armas. O tenente supôs que alguns soldados japoneses as teriam abandonado lá antes de se dispersar pelas montanhas de volta aos seus lares e lhes pediu que guiassem uma patrulha até o lugar para confiscar o arsenal. A partir de então, os dois amigos nem precisavam mais mendigar chicletes e chocolates. Tinham autorização para ir à tenda de campanha que haviam montado no caminho florestal de Nakasendo e pegar tudo o que quisessem nas caixas de provisões. Foi em uma dessas visitas que os soldados ficaram sabendo que o menino louro falava japonês melhor que o próprio Hiroito. Perguntaram se queria lhes dar uma ajuda e Kazuo aceitou de olhos fechados. Nesse mesmo dia já estava dando seus primeiros passos como tradutor no quartel-general da região, assessorando os oficiais que interrogavam os agentes do Kempeitai detidos. A maioria dos ocidentais que falavam bem japonês era formada por missionários alemães que, pela lógica, não serviam para coisa tão importante. Por isso, qualquer cidadão de uma nação aliada ou neutra que vivesse na cidade era recrutado imediatamente para ajudar as forças de ocupação nessa tarefa. Para Kazuo foi um presente. Havia deixado de ser uma mera estátua. Tinha seu próprio status.

Estava feliz. Ou estaria, se não fosse o permanente apelo do haicai que repousava em seu bolso. Agora que sabia que Junko estava viva, não parava de se perguntar por que lhe fora vetado viver com ela essa experiência. Ela também teria gostado muito de conversar com Stefan e os soldados, contar-lhes tudo o que sabia sobre os poemas do velho Japão, os arranjos florais do ikebana que sua mãe confeccionava e outras coisas relacionadas à cultura nipônica que tanto amava. A única coisa certa era que quanto mais feliz tinha oportunidade de ser, mais dor sentia. Estaremos todos os homens condenados a sofrer proporcionalmente à quantidade de amor que sentimos?, chegou a perguntar a Stefan. Mas este, não entendendo a que se referia, não disse uma palavra.

Uma manhã, a Sra. Ulrich entrou de repente no quarto dos meninos quando ainda estavam dormindo.

— Levantem!

— O que está acontecendo? — assustaram-se, levantando-se ao mesmo tempo.

— Vamos para casa!

Stefan deu um grito agudo que Kazuo mal ouviu. Seu cérebro parecia ter se resguardado em uma cápsula hermética. Os pensamentos quicavam dentro dela.

Vamos para casa...

Vou para a Suíça...

— Seu pai conseguiu passagens para hoje — continuou a Sra. Ulrich. — Temos que estar na estação às dez em ponto. Iremos de trem até Tóquio e de lá nos transportarão a Yokohama, onde nos espera o navio que nos levará de volta à Europa.

Stefan se deu conta.

— Como vamos transportar nossas coisas?

— Cada um só pode levar uma mala — informou a mãe.

— Por quê?

— São as normas — respondeu, sucintamente, evitando pensar em tudo o que teria de deixar. Os responsáveis pelas forças de ocupação haviam deixado bem claro: não se tratava de uma viagem de férias e por isso não estavam dispostos a arcar com as despesas típicas de uma mudança convencional. Seria impossível coordenar os trabalhos dos caminhões, que precisavam de quatro dias para percorrer pela estrada a distância que separava Karuizawa da capital; e de maneira nenhuma queriam lotar os porões de seus navios militares com velhos móveis e vaporosas coleções de vestidos. — Mas venham — chamou-os —, mexam-se de uma vez!

— Eu não tenho mala — recordou-lhe Kazuo.

— Ah, agora mesmo trarei uma para você.

— Não tenho nada para guardar.

— Muito melhor, vou usá-la para as minhas coisas! Você é um encanto — disse com seu ar de alienada enquanto cruzava a porta que ligava os dois quartos.

Stefan dirigiu a Kazuo uma careta de felicidade.

— Não é ótimo? — exclamou, e começou a fazer cálculos mentais. — Se sairmos às dez, às três estaremos em Tóquio e por isso nesta mesma noite teremos embarcado...

— Estamos partindo para sempre?

— Não sei. Mas por que isso agora?

Por sua mente passaram mil imagens. Ouvira dizer que era isso o que acontecia quando alguém morria. Na verdade, uma parte dele estava prestes a morrer. Em algumas horas tudo o que vivera sob o sol nascente se desvaneceria, as luzes de seus amanheceres e as sombras de seus ocasos.

— O comandante... — murmurou.

— O quê?

— O comandante Kramer. Não posso deixá-lo aqui.

Pulou da cama e vestiu rapidamente as calças.

— Você não está pensando em sair agora...

— Você precisa entender.

Colocou a bolsa com toda sua documentação a tiracolo.

— Entender o quê? — perguntou Stefan, angustiado.

Mas Kazuo já estava correndo no corredor.

Chegou ao jardim. Sabia que o comandante estava no hospital. Mas em qual hospital? Havia mais de um? Como era possível que não tivesse ido vê-lo uma única vez durante todo o tempo que havia passado ali? Não parecia combinar com ele. Estivera meio enlouquecido. Parou ao lado do lago.

As carpas que o povoavam — que lhe remetiam a vizinhos de Nagasaki renascidos com escamas — pareciam ter se concentrado em um canto para se despedir. Todas mexiam suas bocas de peixe ao mesmo tempo de maneira desaforada. Saiu em disparada em direção à rua comercial, onde encontrou uma jovem que lhe disse como chegar. Tinha que atravessar toda a cidade até o lago Shiozawa, onde encontraria uma indicação. Continuou correndo em meio às pessoas de cores e roupas diversas, da nuvem adocicada que escapava da padaria Asano-Ya e da nostalgia daqueles que gastavam seu tempo comprando uma última lembrança na loja de talhas de madeira, entre sorrisos de felicidade pela partida já próxima e as expressões circunspectas daqueles que acabaram considerando aquela prisão como um lar, e sabiam que jamais voltariam a ter outro igual, cercado de cascatas e bosques cujas árvores conversavam sob a atenta proteção dos pássaros.

Entrou no hospital com a mesma desenvoltura que teria ao entrar na clínica do Dr. Sato. Procurou nas salas e nos quartos até que recebeu uma ordem para parar.

— O comandante passa muito tempo na igreja — respondeu uma enfermeira quando perguntou por ele.

— Em qual?

Torceu o nariz.

— A verdade é que não sei. Suponho que vai à capela de alguma missão. Tem muitas por aqui!

Kazuo recordou o dia em que acordara na casa do pastor presbiteriano, quando encontrou Kramer na pequena igreja de madeira açoitada pela tormenta. Pensou em ir correndo até lá, mas levaria horas para ir e voltar. Além do mais, não era lógico. Tinha de ser uma mais próxima. Voltou à rua. Olhou para o céu, confiando que avistaria um caminho de cruzes sobre os telhados indicando como balizas o caminho que devia seguir.

— Onde está você, holandês maldito? — Soluçou.

Às quinze para as dez resolveu parar de procurar.

Levou as mãos à cabeça.

Estivera em cada canto de Karuizawa, até mesmo naqueles que não havia visitado com Stefan, em cada rua, em cada igreja.

Caminhou cabisbaixo até a estação. O mais provável era que a família não quisesse vê-lo. O que poderia ser mais incorreto do que desaparecer durante a manhã inteira justamente no dia da partida? Enquanto se aproximava do edifício, através de uma grande janela, viu umas crianças que, no interior, grudavam o nariz no vidro. Diziam-lhe adeus como as carpas do tanque. Deteve-se. Já quase havia decidido entrar quando então reconheceu a família Ulrich em meio às pessoas, ao lado de soldados que examinavam a documentação dos viajantes. Estavam parados embaixo do toldo vermelho da entrada. Em pé no meio de colunas, com as malas ao lado. Uma por cabeça... e mais uma. Aproximou-se muito emocionado e ao mesmo tempo triste. Mas quando estava chegando viu que alguém se unia ao grupo. Era o comandante Kramer. Tinha ido verificar quanto tempo faltava para a partida e saía de novo para esperá-lo. Esperá-lo! Magro como um alfinete, com seu rosto derretido, os olhos ainda mais afundados, mas em pé. Como sempre.

Correram um até o outro e se fundiram em um abraço que resumiu todos os instantes vividos: quando Kazuo observava do alto da colina Kramer enfrentar os guardas do Campo 14; quando, após a explosão, tudo eram escombros e constrangimentos e salvaram mutuamente suas vidas; quando falou pela primeira vez de Elizabeth e prometeu que juntos encontrariam Junko... Naquele abraço cabiam todas as suas esperanças destruídas e outras tantas mais vivas do que nunca. Você vai para a Suíça!, celebrava o comandante. E você?, perguntava-lhe Kazuo sem parar de se apertar contra seu corpo anêmico. Eu fico para esperar outro trem que me levará à mulher que amo.

Atravessaram o edifício e chegaram à plataforma de embarque. Não lembrava a de Nagasaki. Havia muita gente, mas a ordem reinava. O Sr. Ulrich se perdeu durante alguns segundos no meio da multidão. Kazuo o viu conversando com soldados e apontando um dos vagões.

— Estamos prontos — sentenciou ao voltar.

— Chegou o momento das despedidas — disse Kramer com uma doçura que nunca exibira.

— Esperem um momento — exclamou alguém a suas costas.

Todos se viraram.

— Olá, Martin — saudou-o o Sr. Ulrich com uma leve inclinação de cabeça. — Finalmente estamos partindo.

Martin era um fotógrafo profissional britânico que havia ancorado em Karuizawa apenas um ano atrás. No começo da guerra tinha se encarregado de recrutar pessoal para as unidades de fotógrafos de guerra, preparando profissionais em uma escola que o exército abrira em colaboração com os estúdios Pinewood de Buckinghamshire, perto de Londres. Mas um dia sentiu necessidade de tirar suas próprias fotografias nos campos de batalha e embarcou rumo ao Pacífico. Portava uma câmera montada em um tripé que manejava como se fosse uma extensão de seu braço.

— Estou fotografando as famílias que partem — disse a eles. — Se incomodam que tire uma de vocês?

— Claro que não nos incomoda! — exclamou a Sra. Ulrich. — Acho que é a primeira vez que tiram uma foto minha desde que a guerra começou.

Ajeitou o penteado enquanto o Sr. Ulrich pegava seu braço e mandava Stefan ficar ao seu lado. Kazuo e o comandante Kramer se afastaram. Quando o holandês se deu conta, instou o menino com um gesto para que participasse da foto.

Este negou, discretamente.

— Venha, venha você também! — exclamou Stefan, fazendo gestos para que se aproximasse.

Kazuo abaixou os olhos, assustado.

— Ouça o Stefan — pediu a Sra. Ulrich. — Você já é como se fosse nosso filho.

Por fim aceitou. Cada um dos meninos ficou ao lado de um dos membros do casal. O Sr. Ulrich pousou a mão no ombro de Kazuo.

— Preparem-se — pediu o fotógrafo.

Kramer se postou ao lado do tripé.

Seus olhos se ancoraram nos do menino.

A carcaça do flash, redonda e prateada, explodiu em um clarão.

De novo a luz,

cegante.

Mas desta vez tudo seria diferente.

# 18

# Um tsuru para Sadako

*Genebra, 9 de março de 2011*

Mei estava sentada no sofá com as pernas cruzadas na posição de lótus. Concentrada no iPad, quieta como um escriba do antigo Egito submerso naquele pergaminho luminoso, tentava comprar duas passagens que os levassem a Tóquio no dia seguinte. Pagaria o que fosse por um voo direto, mas não encontrava nenhum. Para viajar pela Japan Airlines, teria de voar primeiro para Paris pela Air France e trocar de avião. Não queria depender de conexões entre diferentes companhias. A russa Aeroflot decolava às três e cinco da tarde. Quatorze horas e quarenta e cinco minutos de viagem, incluída a escala em Moscou. Não era ruim. Chegariam em Tóquio no sábado ao meio-dia e cinquenta e, entretanto, ainda disporiam de um dia para fazer uma última tentativa desesperada de achar Kazuo.

Emilian estava há algum tempo tentando entrar em contato com Tomomi por videoconferência. Durante o tempo em que trabalharam juntos no projeto sempre usavam o Skype para se comunicar. E desta vez, mais que em nenhuma outra, queria ver seu rosto quando estivessem conversando. Precisava saber se aquilo que se disseram era real.

Girou mentalmente os ponteiros alaranjados de seu relógio para calcular a hora do Japão. Deve estar no estúdio, reafirmou para si mesmo. Deve estar em reunião. Apertou mais uma vez o botão verde.

Mei ergueu os olhos por um instante e voltou ao seu mundo.

O sinal de chamada soou cinco vezes. Ele não gostou disso. Mas no sexto a chamada foi aceita. Emilian se grudou na tela. Você está aqui, comemorou, ao mesmo tempo que sentia um desassossego subir do estômago à garganta.

Examinou-a calado durante alguns segundos. Cortara o cabelo na altura dos ombros, uma pequena trança repousava em um dos lados. Observou seus olhos um pouco separados. Embaixo do espaço que havia entre os dois se encaixavam com exatidão um nariz largo e uma boca estreita. Era como se os espaços de seu rosto tivessem sido traçados com os instrumentos de precisão milimétrica que usava para desenhar seus projetos. Ao seu redor se distinguiam esboços das paredes de vidro, as lâmpadas de Philippe Stark e reflexos da noite que já se apoderara do Oriente e infiltrava no estúdio as luzes de Tóquio, que na verdade eram estrelas que abandonavam suas galáxias para se estabelecer naquela cidade única. Como podia achar tudo tão distante?

— Olá, Emilian — saudou ela.

— Olá, Tomomi.

Desfrutaram um pouco mais a presença do outro.

— Vejo que você está bem.

— Você está belíssima.

— Cortei o cabelo no sábado.

— Você sempre me surpreende.

Ela arqueou os olhos. Sabia que estava sozinha no escritório, mas olhou para todos os lados como se precisasse confirmá-lo.

— A verdade é que sou eu quem está surpresa. Achava que não queria falar comigo. Fico muito feliz por ter ligado.

— Como as coisas estão indo por aí?

— Desde que você partiu quase não saímos do estúdio, nem para dormir. Certamente pagaremos a reforma antes do prazo... mas com a nossa saúde!

Deixaram passar outros três ou quatro segundos em silêncio.

— Preciso pedir a você uma coisa.

— Houve alguma novidade em relação ao projeto?

— Não se trata disso. Liguei porque... Estou enganado ou você já participou do torneio anual de tênis de Karuizawa?

— Não, não está enganado — respondeu ela, perplexa. — Participo há vários anos. Acho que não faltei a nenhum desde que projetamos aquela casa no bosque, perto do onsen.

— Também me lembrava disso.

— Você precisa de alguma coisa do clube?

— Da cidade em geral. Estou procurando informações de como se vivia lá nos dias posteriores à rendição do Japão.

Tomomi o entendia cada vez menos.

— Você está falando da Segunda Guerra Mundial?

— Sim — respondeu. Ela fez um gesto casual e ele continuou sem trégua. — Preciso saber como foram feitas as repatriações dos membros das representações diplomáticas que estavam confinados no vale. O ideal seria ter acesso a uma lista completa das pessoas que os ianques mandaram de volta para casa, mas não tenho a menor ideia de como encontrá-la. Imaginei que talvez você conhecesse alguém de lá que soubesse de tudo isso.

A imagem pareceu se congelar.

— Tomomi?

— Ainda estou aqui — reagiu ela, meio fria. — Entenda que é difícil para mim falar desse assunto com você depois do que aconteceu. Você me deixou um pouco aturdida.

— É muito importante para mim.

— E eu garanto a você que fico feliz em... poder ajudá-lo de alguma maneira.

— Ouça, você não precisa justificar nada. É minha amiga. E não fez nada. Não tenho nenhuma crítica a fazer. Se não atendi suas ligações, foi porque... Posso garantir que precisava falar com você tanto quanto respirar. Sou eu quem precisa se desculpar.

— Emilian...

— Sim, foi muito difícil entender a atitude do seu marido, Tomomi; a coisa mais difícil do mundo. Pior ainda do que perder as licenças propriamente ditas. Vocês eram um dos pilares que sustentavam minha existência. E você sabe que não me refiro ao fato de estarmos trabalhando juntos. Yozo era meu amigo...

— O problema é que quase não existem informações a respeito desse período histórico — disse ela, retomando a conversa, visivelmente emocionada. — Tudo o que se refere aos anos em que Karuizawa foi usada como cárcere de diplomatas se perdeu ou foi esquecido. Que eu saiba, não há nem sequer um museu.

— Eu já desconfiava.

— Não interessa a ninguém do meu país lembrar essa época.

— Mei disse a mesma coisa.

— Quem é Mei?

Emilian lhe dirigiu um olhar furtivo. Mei continuava concentrada em suas atividades.

— Uma amiga. Esse assunto diz respeito a ela.

— Então é uma japonesa... — Sorriu, encolhendo os ombros como se tivesse vergonha de falar daquilo. — O que eu não sei é onde vamos encontrar o que está me pedindo. Quando nos encomendaram o projeto da casa do bosque, Yozo foi procurar documentos para recriar o ambiente original do vale e fundi-lo com materiais modernos. E asseguro a você que no começo ficou tão louco como você. Encontrou alguma coisa interessante na biblioteca nacional e na municipal de Nagano, mas o que mais serviu a ele foram as fotos de época que encontrou em uma loja da cidade.

— Em uma loja? — Emilian pareceu acordar. Cada vez que Yozo era mencionado sentia-se momentaneamente nocauteado.

— Um estúdio fotográfico. Foi montado por um americano... Ou era inglês? Não tenho certeza. Um correspondente de guerra que resolveu viver lá depois do fim da guerra.

Emilian se virou para Mei. Estava emocionado. Ela também ouvira. Ambos pensaram a mesma coisa: talvez aquele homem tivesse conhecido Kazuo, talvez recordasse a chegada de um menino louro procedente de Nagasaki depois da explosão atômica. Sem dúvida alguma, aquilo era uma coisa digna de se lembrar. Mei deixou o iPad no sofá e se aproximou, evitando entrar no campo de visão da webcam.

— Seria ótimo poder falar com ele — comentou Emilian, contendo-se.

— Isso é impossível.

— Por quê?

— Morreu, não sei quando. Leve em conta que já era adulto nos anos 1940.

— Claro — concordou ele, desanimado. — Quem está à frente do estúdio agora?

— Um homem da cidade. Suponho que vai continuar com o negócio... Já faz cinco anos que projetamos aquela casa, mas não acho que aquela figura tenha saído de lá. Era um sujeito curioso.

— Japonês?

Tomomi assentiu.

— Talvez ele possa lhe dar uma ajuda. As paredes da loja continuam cobertas de velhas fotografias — animou-o. — Você não vai acreditar, mas, através delas, é possível percorrer todo o século passado. E também tem recortes de jornais, cartazes... Você não vai perder nada tentando.

— Vou ligar para ele agora mesmo. Qual é o nome do estúdio?

— Não me lembro. Me deixe procurar Yozo para perguntar a ele.

— Por favor, não diga nada a ele — deteve-a Emilian.

Olharam-se durante alguns segundos.

— Yozo não se atreveu a ligar para você, mas não pensa em outra coisa... É o que ele mais quer.

— Tomomi, por favor...

— Jurou mil vezes que não podia imaginar as consequências do que fez — informou-o um tanto acelerada, como se estivesse esperando o momento apropriado desde o começo da conversa. — Ninguém o subornou, nem pense nisso, e muito menos que queria prejudicar você. Só deu sua opinião, sua opinião a um técnico. É verdade que tinha dúvidas a respeito das soluções técnicas do protótipo do reator; você sabe que ele sempre foi mais cauteloso que você em relação às centrais nucleares e era uma aposta arriscada, mas nem sequer a colocou em dúvida. Foi apenas um comentário...

— Pare, por favor.

— Talvez tenha tido culpa — insistiu —, mas eu garanto a você que não era essa a sua intenção. Desde que você partiu ele não é a mesma pessoa, Emilian. Me deixe passá-lo para ele, eu suplico.

— Neste momento só tenho cabeça para resolver este assunto de Karuizawa. Por favor, Tomomi, pergunte a ele o nome do estúdio de fotografia e não diga que liguei. Por favor...

— Se chama Martin Photo Hall — disse Yozo, surgindo de repente atrás da esposa.

Tomomi se virou, espantada.

Emilian ficou calado, mas não queria usar o silêncio para feri-lo nem se fazer de importante. O cooler do computador começou a funcionar e seu sopro, levíssimo, pareceu um furacão. Parecia que até o aparelho precisava se livrar da tensão que se acumulara na tela.

— Olá, Yozo — disse, finalmente.

— Posso ajudar de alguma maneira?

— Eu já disse a Tomomi que hoje não me sinto em condições de conversar com você. Minha cabeça está em outro lugar.

— Você tem razão. Não é hora de conversar, mas de agir. Deixe que eu ajude — insistiu.

— Só precisava saber o nome do estúdio — interrompeu-o abruptamente Emilian. — Você disse que é Martin Photo Hall, não é mesmo? Agora mesmo vou procurar o número do telefone e ligar para o atual proprietário. Muito obrigado.

— Você sabe que horas são aqui? — argumentou Yozo. — Estamos no começo de março. Deve ter fechado há algum tempo.

— Não tinha pensado nisso.

— Pode ligar amanhã, na primeira hora.

— Não, não posso.

— É tão urgente mesmo?

— Sim, Yozo — disse com gravidade. — É sim.

— O que você quer saber, exatamente?

— Achamos que no final de agosto de 1945 chegou a Karuizawa um adolescente holandês procedente de Nagasaki — disse um tanto apático. — Tinha acabado de experimentar a bomba atômica na própria carne. Quando veio para a Europa não usou seu sobrenome verdadeiro e por isso achamos que talvez tenha sido repatriado com uma das famílias de diplomatas. Tomomi me disse que nesse estúdio fotográfico há jornais daquela época e por isso estamos imaginando que talvez algum deles tenha publicado uma relação de estrangeiros. De qualquer forma não importa mais. — Virou-se para Mei com uma dor imensa. — Está tudo acabado.

— Não se preocupe — animou-o Yozo com naturalidade. — Agora mesmo darei um pulo lá.

— O que você disse?

— O dono da loja dorme em algum lugar, não é mesmo? Vou tirá-lo da cama.

Emilian recuperou um meio sorriso que Yozo recebeu como se fosse um bilhete premiado.

— Você está mesmo disposto a ir até lá agora? — perguntou pelo simples prazer de fazê-lo, sabendo qual seria a resposta.

— Tem trem-bala para lá?

— O Nagano Shinkasen sai de hora em hora até as dez da noite — informou Tomomi. — E para na estação de Karuizawa.

— Então tudo certo — concluiu Yozo, voltando a olhar para a tela. — Me mande os dados desse menino holandês pelo e-mail. Ligo quando chegar... amigo.

Emilian se limitou a assentir. Não queria deixar se arrastar pela explosão de emoção e, logo depois, se arrepender de ter dito alguma palavra infeliz. Logo teriam tempo de conversar longa e pessoalmente. Pelo menos pela primeira vez desde o que acontecera em Tóquio achou que os dois mereciam essa conversa.

A ligação caiu. A imagem de Yozo e Tomomi ficou congelada por um segundo e depois desapareceu, ficando apenas uma tela negra. Mei o abraçou por trás. Grudou o rosto no dele e ficaram assim durante um bom tempo, com o olhar perdido naquela moldura vazia e ao mesmo tempo cheia de esperanças. Pena que Emilian não pudesse ver o rosto de satisfação de Mei. Brilhava mais plácido que nunca, como um mar tão calmo que poderia ser sulcado por uma casca de noz.

Apenas duas horas depois Yozo descia na moderna estação de Karuizawa. Perguntou a um taxista se sabia onde morava o responsável pelo estúdio de fotografia Martin Photo Hall, mas não teve sorte. Pediu que o levasse à loja. Talvez algum vizinho pudesse lhe dar uma indicação.

A cidade estava deserta. Eram poucos os turistas nesta época e o frio convidava aqueles que viviam ali o ano inteiro a ficar em casa. Entreabriu o vidro e sentiu o vento úmido que provinha do lago Kumoba. Tanto silêncio... Pensou na história que Emilian lhe contara. Nunca, nas muitas vezes em que estivera em Karuizawa, tinha parado para pensar que durante a guerra a pequena cidade devia parecer uma espécie de Torre de Babel. Aguçou o ouvido como se quisesse captar os gritos frenéticos dos agentes do Kempeitai, e outros ainda mais fortes em vinte línguas diferentes comemorando o fim da guerra. Pegou o celular e constatou que Emilian lhe enviara uma mensagem com os dados do menino cujos rastros deveria encontrar:

*Victor Van der Veer, 13 anos, olhos azuis e cabelos louros. Nome japonês, Kazuo. Pai adotivo japonês, Dr. Sato, de Nagasaki. Mais uma vez, obrigado.*

Pediu ao taxista que esperasse e desceu diante da loja. Ocupava o andar térreo de um prédio de corte japonês no mais puro estilo do bairro de Gion, em Kioto, com grades de madeira nas janelas do primeiro andar e pequenas tábuas com ideogramas nas paredes. Era fácil distingui-lo em meio às frágeis construções de tijolo geminadas, enfeitadas de maneira exagerada com toldos de cores suaves.

"Esse menino de Nagasaki deveria ver como Karuizawa está agora", confortou-se parado diante da vitrine, tentando representar seu papel. "Bem, sem tantos cartões-postais", corrigiu-se antes de girar sobre si mesmo para resolver por onde começar.

Atravessou a rua. Pela janela de uma das casas viu crianças em plena algazarra. Pensou que algum dos membros da família devia conhecer o lojista da frente. Acertou em cheio. Em poucos minutos estava na sala da casa, observando a mãe de gêmeos vestidos com camisetas do Pokémon discar o número do Sr. Adachi. Quando lhe passou o telefone, Yozo disse ao homem que viera de Tóquio exclusivamente para visitar seu estúdio e que se o procurava em uma hora tão inoportuna era porque se tratava de um assunto de extrema importância. Deu pequenos detalhes daquilo que estava procurando, sem se aprofundar muito para que o Sr. Adachi não ficasse confuso e aceitasse recebê-lo na manhã seguinte. Por um momento achou que estava indeciso e resolveu usar um novo argumento; disse que as fotos do estúdio tinham sido muito úteis quando estava projetando a casa do bosque. O Sr. Adachi não se lembrava nem um pouco de Yozo, mas acabou cedendo.

Vinte minutos depois viu o homem se aproximar pela rua escura e fria. Devia ter uns 50 anos, era magro como uma vara de bambu e avançava cambaleando. É um pouco deformado, pensou Yozo, lamentando-se por tê-lo levado a ultrapassar sua dose diária de caminhada. Já separara a chave correta do molho, como um caubói que entra no saloon com o revólver em punho.

— É muito tarde! — disse ao chegar.

Tratava-se de um comentário objetivo, não de uma crítica.

A porta acionou uns sininhos. Yozo entrou atrás dele. Esperou no meio do estabelecimento que o Sr. Adachi acendesse as luzes. A fluorescente falhou algumas vezes, sem dúvida pelo fato de a terem despertado de um sono profundo, e na terceira tentativa iluminou aquele extravagante universo bidimensional, sem profundidade nem tempo.

Havia fotografias de todos os tamanhos, algumas emolduradas nas paredes e outras dispostas em vitrines laterais. Percebeu que seguiam certa ordem cronológica. Muitas eram do torneio internacional de tênis, com pastores de todas as congregações esgrimindo suas raquetes; de duplas mistas nas festas dos hotéis, as mulheres exibindo deslumbrantes quimonos e elegantes trajes de gala com os quais imitavam as atrizes da época; da própria rua comercial, com casais parados diante das lojas de souvenir. Viu muitas bicicletas e risadas suspensas no ar, e até uma criança desfocada que passou correndo diante da objetiva.

— O que você está procurando?

— Uma lista dos estrangeiros que abandonaram Karuizawa depois da chegada das forças de ocupação.

— Não tenho isso!

— Talvez possa consultar sua coleção de recortes e jornais.

— Também não há nada nela, não, não! Deveria ter me explicado com mais clareza pelo telefone; assim não teria vindo!

— Saiba que só por ter me recebido já lhe sou muito grato, Sr. Adachi. Mas imploro que me deixe ver os recortes. Mesmo que não ache nada, ficarei muito mais tranquilo.

— Por que precisa dessa lista? — perguntou, mais solidário.

— Estou tentando localizar um garoto de uns 13 anos que, acho eu, foi repatriado com uma das famílias de diplomatas.

O Sr. Adachi coçou a barba incipiente.

— Sabe o seu nome?

— Sim.

— Talvez leve tempo — disse simplesmente —, mas sei onde pode encontrá-lo.

— Sério?

— Você acha que a esta hora da noite sou capaz de não falar com seriedade?

— Claro que não. — Yozo sorriu.

O Sr. Adachi se agachou aos pés de um armário embutido. Abriu uma portinha, tirou uma caixa de papelão e a colocou no balcão.

— Aqui estão.

— O que tem aí dentro? — perguntou Yozo com impaciência enquanto o Sr. Adachi arrancava a fita crepe e abria as tampas.

— As fotografias que o Sr. Martin, o primeiro dono da loja, tirou dos diplomatas. São quase todas iguais! Olhá-las é como recitar um mantra. Por isso as guardei. Eu não ligo mais para os mantras.

Yozo não sabia se devia se emocionar muito.

— O problema é que no vale viviam muitos meninos parecidos — gaguejou. — Os nomes estão escritos no verso — acrescentou, sucintamente, o Sr. Adachi, sem ter consciência do que aquilo significava.

Então Yozo deu vazão a sua alegria. Mergulhou as mãos no magma de vidas retidas e espalhou dezenas de fotografias sobre o vidro do balcão tendo o cuidado de não derrubar nenhuma. Estavam amareladas, possivelmente devido à fumaça da locomotiva que servia de pano de fundo, pois haviam sido tiradas na gare da velha estação. À primeira vista pareciam idênticas, como os Budas de pedra que repousavam enfileirados em algum bosque do Japão profundo. Como o Sr. Adachi lhe dissera, cada uma retratava uma família, com todos os seus membros posando ao lado de um vagão segundos antes do início da viagem. Após a impressão inicial, começavam a ser notadas diferenças entre aqueles que apareciam em umas e outras; os vagões e a fumaça passavam a um segundo plano e cada grupo exibia sua singularidade. Havia famílias altas, baixas, mistas, sérias, alegres, escuras, albinas, circunspectas, relaxadas, tensas, afáveis...

Como havia afirmado o Sr. Adachi, no verso de cada uma estavam escritos à pena os nomes dos fotografados. Havia, inclusive, mais detalhes, como a nacionalidade da família e o mês em que tinham sido tiradas. A tinta preta se transformara em uma mistura de cinza e ocre carregada de melancolia. Aquilo era como ler uma carta de amor encontrada no bolso de um soldado morto.

Yozo sentiu alguma coisa borbulhando dentro dele. Na verdade, havia ido até lá para provar a Emilian que podia contar com ele e não porque acreditasse que iria contribuir com sua imprecisa investigação. Queria ligar para ele e contar o que havia descoberto, mas preferia não perder um minuto. Começou a examinar uma fotografia atrás da outra procurando adolescentes. Quando algum se aproximava da descrição, virava a foto devagar, repetindo mentalmente os nomes — Victor Van der Veer e Kazuo — e torcendo para encontrar um deles.

Depois de vinte tentativas infrutíferas — a maioria das famílias com crianças louras era de alemães e não existia nenhuma ligação evidente com o órfão de Nagasaki —, uma das fotografias chamou fortemente sua atenção. Foi invadido por uma agradável sensação não desprovida de certa angústia, como se tivesse ouvido um acorde dissonante de jazz na metade do prelúdio em mi menor de Chopin. Virou-a. O texto dizia:

*O Sr. Ulrich — da embaixada suíça —, sua esposa Monique Simonete e seu filho Stefan. Setembro de 1945.*

Seu filho Stefan..., repetiu Yozo para si.
Um único nome.
Mas dois adolescentes apareciam na fotografia...
Voltou a examinar a foto.

Estavam lá o Sr. Ulrich, sua esposa e dois meninos. Os dois tinham mais ou menos a mesma idade e estatura. Um deles parecia ter cabelos castanhos. Fixou-se no mais louro.

Era você a nota discordante do acorde?, pensou Yozo.

Kazuo é você, menino fantasma?

Examinou-o atentamente. Se naquela época já existisse o Photoshop, teria jurado que fora acrescentado depois. É bem verdade que o senhor apoiava a mão no ombro do menino louro, mas este não olhava para a câmera como o restante da família. Na verdade atravessava com os olhos alguém ou algo que devia estar ao lado do fotógrafo na hora do disparo.

— Posso comprá-la?

— Hum...

— Pense em um preço e eu pagarei o dobro, mas me responda agora, eu imploro.

Entregou-lhe 500 ienes, agradeceu com sinceridade e se ofereceu para levá-lo em casa de táxi. O Sr. Adachi recusou a oferta agitando o braço no ar, empurrou-o para fora, fechou a loja com cuidado e sem dizer mais nada se perdeu com seu andar cambaleante na névoa que havia tomado conta da rua. O taxista enfiou o rosto na janela para avisá-lo de que o taxímetro continuava correndo. Yozo fez um gesto pedindo para que não se preocupasse e ligou imediatamente para Emilian.

Fazia frio. Encolheu-se sem afastar o celular da orelha nem parar de olhar a fotografia que segurava na outra mão. O que fazia aquele menino louro sem nome, tão concentrado em um ponto de fuga?

— Olá, Yozo — respondeu no mesmo instante. — Você já está em Karuizawa?

— Não apenas isso — disse, emocionado. — Acho que já tenho o que você precisa.

— O quê?

Mei levou a mão ao peito como uma mãe que espera o relatório de um cirurgião que acabara de operar seu filho.

Yozo explicou de forma apressada o que havia conseguido.

— Parece ótimo, excelente — murmurou, pensativo, Emilian, tentando se conter. — Qual é mesmo o sobrenome da família que você mencionou?

— Ulrich.

— Victor Ulrich — concluiu.

— O que você quer que eu faça agora?

— Seria ótimo se você pudesse esperar um pouco aí até eu confirmar se há alguém na Suíça registrado com esse nome.

— Não tenha pressa. Passarei a noite aqui, em algum hotel da cidade. Creio que o último trem já tenha passado e, de qualquer maneira, prefiro estar disponível caso você precise de mais alguma coisa.

— Muito obrigado, Yozo.

Desligou. Levou alguns segundos para assimilar a informação. Tinham mesmo encontrado? Mei continuava na mesma posição, sem se aproximar muito dele para não afligi-lo, com a cabeça um pouco caída e olhando-o. Era delicioso vê-la se comportar com tamanha prudência naquele momento. Era incrível! Tinham encontrado!

— Victor Ulrich — disse a ela.

Consultaram imediatamente o registro de usuários de telefones fixos na internet, mas não encontraram ninguém com esse nome. Em seguida ligaram, uma por uma, para todas as empresas privadas de informação, mas aquele trabalho também deu em nada. Sem dúvida haviam se precipitado ao comemorar sua descoberta. Era desesperador desconfiar que acabariam morrendo na praia.

Emilian se atirou no sofá. Não tinha a menor ideia de por onde continuar procurando. Mei se mantinha firme diante da mesa do computador, com os dedos apoiados no teclado, mas sem escrever. Contemplou-a durante um tempo. Partia seu coração vê-la tão indefesa. Era capaz de fazer qualquer coisa por ela, mas de repente sentia-se incapaz até mesmo de se mexer. Começava a sentir os efeitos da montanha-russa em que se enfiara desde o começo daquela aventura.

— O cosmo está empenhado em fazer com que as coisas não corram bem para a gente — disse com pesar.

Ela se virou com uma expressão de interrogação.

— Você está vendo mesmo as coisas dessa maneira?

— Como deveria encará-las? Veja o meu trabalho. Pelo amor de Deus, passei a vida inteira apoiando a energia nuclear. E veja seu histórico familiar de aversão a ela que, logicamente, é a coisa mais natural.

Ela se deu um tempo. Quando por fim começou a falar, Emilian sentiu como se estivesse entrando em um imenso cânion, cruzado por rios e aves de rapina.

— Eu só quero saber se você está aí, Emilian. É a mesma coisa que a minha avó pedia a Kazuo quando subiam à colina para observar o que acontecia no Campo 14. Pedia que cuidasse dela, que velasse por ela para que nunca chegasse a ter ódio dos carcereiros. Que estivesse ao seu lado sem se importar com o que aconteceria depois. E você viu como o cosmo se comportou com eles... Viviam no meio de uma guerra terrível, mas teriam lutado juntos, apesar de suas diferenças, não fosse por aquela bomba. Não tiveram oportunidade de fazê-lo. E nós temos. Podemos trabalhar lado a lado. Não queremos, no fundo, a mesma coisa? Precisamos continuar perseguindo aquilo em que acreditamos com a mesma seriedade que demonstramos até agora. Se agir assim, nunca vou censurar você e sei que você também não vai me censurar. E o mais certo é que mais cedo ou mais tarde confluiremos em algum ponto, como duas lanternas que se atraem na densa escuridão.

Emilian sentiu uma pontada que devia ser de pura felicidade. Após tanto tempo procurando, sabia que ela era seu sonho.

— Tenho que falar com Sabrina — resolveu de repente.

— Por quê?

— Para que volte a ligar para o seu amigo, o do departamento orçamentário.

— Lembre o que aconteceu na vez anterior — preveniu ela. — Tenho medo de que...

Emilian não a ouviu. Discou o número e grudou o telefone na orelha com ansiedade.

— Atenda já, atenda já... Não!

— O que aconteceu?

— Entrou uma mensagem. Deve estar trabalhando. — Olhou a hora. Estavam no meio da tarde. — Se o pessoal da contabilidade terminar o expediente e for para casa, não poderemos ter acesso à informação antes de amanhã, e não teremos mais tempo de fazer nada. Vamos procurá-la.

— No palácio?

— Não perca tempo!

Foram correndo para a rua, pegaram o carro, cruzaram a praça da estação e se dirigiram ao parque Ariana seguindo os trilhos do bonde. Passaram pela enorme cadeira com uma perna quebrada — um monumento contra as minas terrestres que fica no jardim —, deram a volta no Palácio das Nações e chegaram à entrada de turistas. Emilian mostrou ao guarda suas credenciais do IPCC para que o deixasse usar o estacionamento oficial. Por sorte tinha voltado à ativa. Desceram do carro e pagaram uma entrada de visitante para Mei, o que era mais rápido que convencer os encarregados a deixá-la entrar por alguns minutos para tratar de um assunto que não podiam explicar. Teve de passar pelo portão de segurança, que começou a apitar com insistência — eram as fivelas das botas —, e fazer um crachá de visitante, com fotografia digital e tudo. Parecia que o coração ia pular de seus peitos. Cada minuto era importante. Uma vez lá dentro, foram diretamente à encarregada pelo Serviço de Visitas e perguntaram por Sabrina.

— Vão ter de esperar um pouco — disse a mulher. — Está no meio da visita de um grupo recém-chegado da Índia.

— Quanto tempo?

— Uma meia hora. Podem esperar na loja...

Emilian puxou Mei para dentro do complexo, deixando a encarregada falando sozinha. Subiram um andar e chegaram à Sala XIX, onde os tours costumavam começar. Foram à galeria superior da Sala XX, pois era possível que o grupo estivesse contemplando de perto a cúpula de Barceló. Havia uma família de turistas, mas eram negros e outra guia os acompanhava. Saíram apressados e seguiram um roteiro que parecia provável. Atravessaram a ponte que leva ao edifício antigo e se detiveram na antessala do Salão dos Passos Perdidos, um espaço que haviam destinado a uma exposição monográfica sobre o problema da água. Emilian foi pensativo à janela da qual se podia avistar a Esfera Armilar, o símbolo do Escritório da ONU em Genebra.

— Deve estar na Sala das Assembleias ou na Sala do Conselho — ocorreu a ele. — São os únicos lugares onde não procuramos.

— A do Conselho — disse Mei sem saber por quê.

Pegou-a pela mão e, já sem nenhum cuidado, começaram a correr em meio a turistas e funcionários que se afastavam para lhes dar passagem perguntando-se o que estava acontecendo. Entraram de repente no anfiteatro da sala — não era permitido ter acesso ao andar inferior, onde se conservavam as mesas originais dos primeiros países membros. Os murais do artista barcelonês Josep Maria Sert que decoravam paredes e tetos os fizeram parar. A sala estava inundada de alegorias da Paz, do Progresso, da Justiça... Mei ficou paralisada diante da imensa pintura que representava as consequências da guerra, com vencedores e vencidos exibindo em seus rostos as mesmas expressões de dor por seus tombados. Ao fundo, no meio das filas de poltronas de couro verde da plateia, estava Sabrina. Apoiada de costas no parapeito, estava mergulhada de forma tão conscienciosa em seu trabalho que nem sequer os viu entrar. Virou-se para apontar os cinco gigantes do teto que, representando os cinco continentes, enlaçam seus punhos para destruir todas as armas. Então percebeu a presença de Emilian e Mei. Interrompeu no mesmo instante sua explicação e olhou-os, confusa.

— O que vocês estão fazendo aqui?

Emilian abriu caminho entre o grupo que começava a cochichar.

— Você precisa ligar de novo para o cara do orçamento — disse abaixando a voz.

— Você está louco? — exclamou ela, como se estivessem sozinhos.

Emilian agarrou-a pelo braço para afastá-la do restante. Vinte turbantes e sáris se voltaram para eles ao mesmo tempo, como em uma coreografia de Bollywood. Depois se viraram para Mei, de novo todos ao mesmo tempo. A japonesa encolheu os ombros e fez uma meia reverência, tentando minimizar o fato de terem irrompido sua visita.

— Você precisa pedir a ele que volte a entrar nos arquivos — insistiu Emilian.

— Mas ele já olhou e não viu nada da tal empresa!

— Tenho outro nome — sossegou-a pedindo-lhe calma com as mãos. — Tenho outro nome.

— Você vai fazer com que me demitam...

— Por favor...

Ela resfolegou fechando os olhos.

— Por que você sempre me convence? Devo ser idiota.

— Sabia que não ia me decepcionar.

— Philippe — disse pouco depois. Emilian respirou ao ver que pelo menos o encontrara. — Sim, é Sabrina. Você precisa me fazer outro favor. Sim... É o mesmo que pedi a você outro dia, mas agora o nome é outro... Sim, será a última vez... Juro que sim! — grunhiu e dirigiu a Emilian um olhar de reprovação. — Entre no programa. Vou dar outro nome. — Tampou o fone e se dirigiu a Emilian, sussurrando. — Vou matar você. Vamos, me diga como se chama a tal da empresa.

— Agora é uma pessoa física. O nome é Victor Ulrich.

— Victor Ulrich — disse Sabrina ao amigo. — Sim. Isso mesmo. Qualquer transferência feita com esse nome.

— Só precisamos saber a procedência do dinheiro — observou Emilian em voz baixa.

— Me dizer a localização da conta de origem é suficiente — continuou ela ao telefone. — Esqueça os outros dados. Nem quantias nem nada do gênero. Mas se apresse. Sim, espero, espero.

Alguns segundos depois arqueou os olhos e fez uma careta. Deu um sorriso exagerado, exibindo seus dentes perfeitos de puro-sangue, como lhe dizia Emilian quando queria elogiar sua vitalidade e ao mesmo tempo provocá-la.

— Achou alguma coisa? — apressou-a Emilian.

Sabrina pediu que ficasse calmo.

— Obrigada, Philippe — disse. — Depois ligo com mais calma.

Desligou.

— Conseguiu alguma coisa?

— Você me deve uma, e das grandes.

— Diga logo!

— Zermatt.

— Zermatt? — questionou Emilian. — O que diabos faz em Zermatt?

— Ele me disse que há dois anos e meio foi feita uma transferência com esse nome de uma agência do Credit Suisse de lá.

— Zermatt, Zermatt... — repetia Emilian, tentando pensar em alguma coisa. O que Kazuo fazia naquele vilarejo cercado por montanhas do Condado de Valais? Havia fechado enormemente o cerco, mas...

399

— Obrigado por terem esperado, senhores — exclamou Sabrina em tom jovial para reconquistar a cumplicidade do grupo, dando as costas para Emilian. — Meu amigo e sua namorada já estão indo embora.

E voltou a apontar para os punhos enlaçados do teto como se nada tivesse acontecido.

Emilian e Mei saíram da sala.

— Está em Zermatt — disse Emilian assim que cruzaram a porta. Mei franziu o cenho. — É uma aldeia situada a umas três horas de Genebra, ao sul do país — informou ele. — Na base do monte Cervino.

— Aquele que aparece na embalagem dos chocolates Toblerone — observou ela.

— Sim, esse mesmo. Serve de base para uma das estações de esqui mais exclusiva dos Alpes.

— Está aberta agora?

— Sempre há gente lá, inclusive no verão.

— E o que vamos fazer?

A situação ficava cada vez pior. Mais informação, menos tempo, a mesma indefinição.

Refizeram o caminho até o estacionamento sem dizer uma única palavra. Uma vez dentro do carro, Emilian tentou relaxar e pensar. Tinham uma vaga pista que os levava a Zermatt e já estava ficando de noite e no dia seguinte voariam para Tóquio. Grudou a testa no volante e permaneceu assim quase um minuto.

— Você está bem? — perguntou Mei.

— O sobrenome Ulrich é suíço-alemão, tem tudo a ver com a região... — murmurava ele, desfiando os miolos em uma tentativa de estabelecer qualquer conexão que lhe desse uma nova pista. — Certamente sua família adotiva procedia de lá. Mas...

— No que está pensando?

— Tem algo que me escapa. Uma coisa que está aqui, ao alcance das minhas mãos. O que diabos eu fui fazer em Zermatt há alguns anos?

Lembrava-se dos tempos do colégio, quando eram levados de ônibus para esquiar em excursões que duravam um dia. Nunca havia ido até lá com Veronique, disso tinha certeza. O que o ligava àquele lugar?

Continuava prostrado, encurvado para a frente. Mei acariciou suas costas.

— *Mou nakanaide boya* — cantarolou muito suavemente em seu idioma —, *anata wa tsuyoi ko desho u, mou nakanaide boya.*

— O que você está cantando?

— Uma canção de ninar.

— O que quer dizer?

— O normal: não chore menino, você é um menino forte, mamãe está aqui...

O interior do carro parecia o ventre daquela mãe. A quem se dirigia aquela canção, a ele mesmo ou a Kazuo? Talvez a nenhum dos dois e sim a um filho que quisera ter algum dia. Pensou que lhe daria um se ela pedisse. Daria a ela qualquer coisa. Devia começar encontrando o menino de Nagasaki; tinha que lembrar, não devia pensar a partir do presente, devia esvaziar a mente e retroceder do tempo, voltar a vidas anteriores...

Reclinou-se de súbito na direção de Mei.

— A casa sustentável — saiu de sua boca.

— Você lembrou alguma coisa?

— Há muitos anos, quando fui admitido pelo primeiro escritório de arquitetura em que trabalhei... — Espremeu o cérebro para avivar aquela faísca antes que se apagasse. — Foi lá que ouvi falar de certa casa. Tinha sido desenhada por um discípulo de Peter Zumthor — continuou, referindo-se ao renomado arquiteto suíço a cuja escola pertenciam seus chefes da época — e todos tínhamos uma inveja terrível. Não era um projeto grande. Tratava-se de uma residência particular, mas o dono não tinha hesitado em investir em novas tecnologias e em todo tipo de sistemas de autoabastecimento voltados para a preservação do meio ambiente. Naquele momento, era um projeto revolucionário.

— Poderia combinar com seu perfil, embora você mesmo tenha me dito que na Suíça é normal encontrar gente assim.

— Sim, mas me lembro de mais uma coisa que todos comentavam: ninguém nunca tinha visto o proprietário. Especulavam o que ele fazia. Até se dizia que pertencia à máfia. Leve em conta que Zermatt fica a um passo da Itália.

— A mesma atitude arredia doentia — murmurou Mei.

Emilian ficou olhando para a frente durante alguns segundos, aferrado ao volante como se se tratasse dos comandos de um caça.

— Quanto tempo temos até o embarque?

— Umas doze horas.

Para chegar a Zermatt era preciso deixar o carro ao pé da montanha e pegar um trem especial que levava um bom tempo para subir até o vilarejo, pelo qual só circulavam carros elétricos e trenós puxados por cavalos. Sem dúvida era um destino mais do que perfeito para aqueles que queriam passar dias tranquilos de férias, mas aquela complexidade era tudo de que Emilian e Mei não precisavam naquele momento.

— Ponha uma música para me ajudar a relaxar — resolveu ele, apontando o porta-luvas. E ainda tentou brincar. — Vamos buscar nosso presente no reino do Papai Noel.

*Zermatt, 9 de março de 2011*

Levaram umas três horas para chegar a Täsch, a localidade onde estacionavam todos aqueles que se dirigiam ao conjunto montanhoso do monte Cervino. Era noite e havia bastante neve nos acostamentos. Não queria nem imaginar quanta neve encontrariam em Zermatt. Foram diretamente para a estação e subiram em um teleférico que os levou através de fascinantes gargantas ao coração daquela cobiçada joia de montanha.

A gare estava abarrotada. A maioria era de esquiadores que partiam depois de uma jornada esportiva e, naturalmente, de um jantar em um dos restaurantes de fondue. Por todos os lados havia cartazes do festival Zermatt Unplugged que seria realizado alguns dias depois, com artistas convidados do nível de Seal e Roger Hodgson, o vocalista do Supertramp. Emilian olhou o relógio. Ficou angustiado ao constatar que os ponteiros engoliam a uma velocidade vertiginosa suas últimas chances. Consolou-se pensando que se a temporada de shows já tivesse começado teria sido ainda pior.

Emilian não parava de achar estranho que alguém como Kazuo, que queria passar despercebido a qualquer custo, tivesse estabelecido residência em um lugar tão badalado. Embora talvez esse movimento fizesse com que ninguém se preocupasse com o que os locais faziam ou deixavam de fazer. Além disso, uma casa tão peculiar como a sua teria chamado muito mais atenção em qualquer outro lugar da Suíça. No vale de Zermatt não era estranho encontrar edifícios belíssimos em ladeiras afastadas. Os espertos que descobriram o lugar dispunham de mil trilhas na montanha para meditar em solidão, longe dos ecos festivos dos esquiadores que se hospedavam nos hotéis do centro. Não devia se preocupar mais. Certamente estavam na pista certa.

Dirigiu-se ao motorista de um táxi elétrico e lhe fez algumas perguntas sobre a casa que procuravam. Na região quase todas eram de pedra e madeira queimada pelo sol e a de Kazuo era inteiramente de concreto armado. O taxista, depois de examiná-los com receio porque não tinham nem malas nem equipamento de esqui — o que os isentava de pagar a taxa de volume —, disse que a conhecia. Embarcaram sem perder tempo e pegaram a rua principal, em ritmo de tour panorâmico sobre a neve. Emilian se inclinou sobre o motorista e prometeu a ele que lhe pagaria em dobro se conseguisse arrancar um pouco mais de vigor do veículo ecológico.

Passaram ao lado de uma praça ocupada por uma igreja com o telhado tão pontiagudo que parecia fazer parte de um cenário de desenho animado e a agência do Credit Suisse em que fora feita a transferência. Deixaram o centro do vilarejo para trás, atravessaram o rio por uma ponte com arcos de pedra e iniciaram a subida por uma pista sinuosa talhada em uma ladeira. Mei olhou para cima e arregalou os olhos. A lua crescente enfeitava as rochas com seus reflexos prateados.

Um pouco depois, o taxista deteve seu veículo ofegante e se virou para trás.

— Daqui em diante terão que continuar a pé — informou.

Emilian olhou para o lado. O asfalto dava lugar a um caminho de terra. Quando o táxi elétrico partisse, ficariam no escuro. E não estavam usando roupas adequadas para caminhar sob a intempérie dos Alpes. Não tinham gorros nem luvas... Mas não lhes restava o que fazer e por isso desceram do veículo com decisão. Emilian pisoteou o chão com força para desintumescer os pés. Mei fechou o zíper do blusão até em cima, o que a obrigou a ficar com a cabeça reta como se fosse um robô. Olharam-se para se incentivar e começaram a andar.

Mas não foi tão penoso. Mesmo quando constataram que ainda faltava um bom pedaço, depois da primeira curva avistaram a casa em um lugar elevado.

— Sem dúvida é aquela — comemorou Emilian.

Tinham diante deles a residência secreta de Kazuo. De novo sobre uma colina e dominando o vale, embora este não contasse com a baía em que se refletia o de Urakami.

Chegaram à grade que delimitava o recinto. Tinha-se impressão de que uma mão gigante depositara a casa já construída na ladeira branca. Salvo pela ligeira inclinação dos telhados, menos acentuada do que era habitual na região, tinha o aspecto de um bunker. No andar superior se abria uma enorme janela retangular. Não tinha persianas ou cortinas. Viam-se apenas algumas luzes de referência, meras testemunhas destinadas a indicar passagens, degraus e interruptores.

Antes de terem tempo de tocar, alguém no interior acionou a porta automática, que se abriu lentamente. Atravessaram sem hesitar o terreno que os separava do edifício ouvindo seus próprios passos na neve. Quando estavam se aproximando do alpendre, dois homens saíram para recebê-los. Mei abafou um grito. Eram os capangas que haviam assaltado a casa de Emilian e, como constataram, os mesmos que o haviam surpreendido no galpão abandonado de Rolle no dia em que tinha começado a investigar.

— Não se preocupe — tranquilizou-a, passando a mão gelada em seu agasalho.

Na verdade não parecia haver motivo para se preocupar. Até era possível que estivessem esperando por eles. Se na vez anterior ficaram sabendo imediatamente que o amigo de Sabrina acessara os arquivos para xeretar, agora talvez não tivesse sido diferente.

— Me acompanhem — disse o mais magro com seu sotaque amedrontador.

Mei não conseguia olhá-lo. Recordava os momentos que a fizera passar enquanto girava o tambor da pistola em sua pele e quando o enfiara em sua boca... Tentou se controlar. Deram a volta na casa e chegaram à parte de trás. Alguns metros mais acima, no terreno inclinado que fazia parte da propriedade, viram um homem ajoelhado. Vestia calças impermeáveis e botas de alpinista, e estava coberto por um abrigo verde com um grande capuz rematado com pele. Havia cravado na neve um par de velas acesas que suportavam a duras penas os golpes incessantes do vento. Parecia estar rezando.

Os capangas deram meia-volta. Mei respirou. Emilian segurou sua mão e se aproximaram lentamente do homem, que continuava de costas. Era um ancião. Não estava rezando, mas sim podando com cuidado uns talos cuja cor vermelha se destacava sobre o impoluto manto branco. Pararam a pouco mais de um metro de onde estava. Emilian percebeu um leve tremor em suas mãos.

— Consegui transplantá-lo para cá — comentou o ancião ao se virar. — Tem tanta força, tanta vontade de viver... Chama-se *Corydalis conorrhiza* e foi descoberta nas montanhas do Cáucaso russo há pouco mais de dois anos. — Então sim, virou-se para eles. Puderam ver sua tez pálida. Jogou o capuz para trás e deixou descoberta uma calva castigada pelo clima inóspito e continuou falando como se os conhecesse desde sempre. — Em vez de perfurar o solo, suas raízes crescem para cima atravessando as camadas de neve. Sua capacidade de adaptação não é fascinante?

— O senhor é Victor Ulrich? — avançou Mei sem rodeios. — O senhor é Kazлo?

O ancião recolheu do chão com calma o par de velas, como se precisasse ganhar tempo para pensar.

— Não são perguntas fáceis de responder — disse.

— Eu acho que são sim — replicou Mei, confusa.

O silêncio que cercava o lugar permitia que os rangidos distantes das geleiras fossem ouvidos. A neve também produzia seus ruídos particulares, estendendo sob seus pés um tapete que parecia tecido com os cochichos dos espíritos do bosque.

— Vamos entrar — determinou o ancião. — Não quero que adoeçam por minha culpa.

Entraram na casa por uma porta da parte traseira do bunker. Seguiram por um corredor mal-iluminado por luminárias cúbicas incrustadas no cimento, pegaram uma escada sem corrimão e chegaram ao andar de cima. O ancião caminhava lentamente, mas com segurança. Todo o andar, diáfano, era ocupado pela sala. Uma janela imensa exibia a paisagem em toda sua negrura sob a fraca luz da lua. Dominando o aposento, uma grande lareira recém-alimentada com dois troncos aquecia o ambiente. Não havia outras lâmpadas, pelo menos acesas. Diante do fogo, encaravam-se dois sofás; em uma mesa baixa se espalhava um leque de documentos com parágrafos marcados em amarelo. Ao fundo, junto a uma ilhota que servia de cozinha, havia outra mesa de ardósia e pés de metal com quatro cadeiras de madeira de estilo japonês, como Mei detectou imediatamente. Os dois capangas, assumindo o papel de mordomos solícitos, se apressavam para arrumá-la para o jantar, com pratos grandes e copos de cristal grosso colorido que contrastavam com o cinza que imperava no restante do espaço. Aquele que lembrava um boi se aproximou do ancião e ajudou-o a tirar o casaco.

— Obrigado. Agora nos deixem a sós, por favor.

— Tem certeza? — perguntou ele com evidente intimidade.

O ancião assentiu e eles desapareceram na escada.

—· São trabalhadores fiéis — disse. — Hoje em dia seria impossível encontrar gente assim. Trouxe-os da Ucrânia em 1986. Naquela época eram uns rapazolas, mas já tinham coragem de sobra para enfrentar o acidente do reator sem se importar com o que pudesse acontecer.

— Então são liquidadores de Chernobil — comentou Emilian, resolvendo falar. — Poderia ter me ocorrido quando ouvi seu sotaque no galpão de Rolle.

— Naquele dia você me deixou perplexo — confessou o ancião. — Depois de rastrear sua placa e descobrir quem era...

— Eu desconfiava que havia me localizado assim.

— Compreenda que não costuma ter muitos carros estacionados lá. E tampouco é muito normal encontrar estranhos xeretando no porão — disse com um esgar de ironia.

— O que o senhor esconde naquele lugar? — perguntou Emilian sem rodeios. — Estou me referindo a umas caixas retangulares que vi entre os barris.

— Pouca coisa. Velhos documentos e papéis da patente sem valor, mas que tive pena de jogar fora. Comprei o galpão com o único objetivo de ter um endereço social que não fosse o desta casa e acabou me servindo mais de quarto de despejo do que qualquer outra coisa. Como pode ver, não quero tralha ao meu redor. — Esticou as mãos apontando o amplo salão.

— Prefiro desfrutar os espaços no mais puro estilo japonês. Vocês sabem, aquilo que a pessoa mama quando é criança permanece em seu coração para sempre.

Então era ele mesmo, comemorou Mei. Tinha diante dela Kazuo, o grande amor de sua avó. Seu único amor. Sentiu uma torrente descontrolada em seu âmago.

— A que velhos documentos se refere? — arriscou-se a perguntar, pensando nos haicais da avó. Parecia que aquele homem, embora esquisito, ia se abrindo para eles.

— Como ia lhe dizendo, Sr. Zäch — respondeu o ancião sem responder à japonesa —, no início pensei que estava me procurando porque me transformara em um de seus alvos. Todo mundo conhece suas ações a favor da energia nuclear.

— Acho que está exagerando — defendeu-se Emilian, depois de constatar que no dia anterior havia acertado quando especulara sobre os possíveis temores de Kazuo.

— Não entremos em detalhes. A verdade é que minha colaboração com a Agência de Energia Atômica das Nações Unidas não visa apoiar essa fonte energética, mas a combater seus efeitos até que seja possível erradicá-la. E imaginei que talvez o senhor se sentisse ameaçado. Sabemos que hoje em dia o que é estritamente verde, ecológico, não é rentável. E como haviam desistido de seu projeto de Tóquio... Acredite em mim — disse em tom confidencial, e balançou a cabeça franzindo o cenho —, conheço bem esse reator submarino que queria usar, e posso garantir ao senhor que traria mais problemas que benefícios.

— Mas...

Emilian engoliu sua réplica. Não era o momento de entrar naquele debate. O que mais o surpreendia era o alcance dos tentáculos daquele homem.

— Por isso lhe mandei o aviso — continuou o ancião. — Só queria que me deixasse em paz. É a única coisa que exigi durante toda minha vida: paz. Lamento, de verdade — dirigiu-se a Mei —, a violência dos meus homens. Fiquei sabendo que não foram muito educados com a senhorita. Eu mesmo havia ordenado a eles que revirassem tudo e deixassem uma mensagem contundente. Mas não esperava que fossem encontrá-la na casa do Sr. Zäch. O fato é que quando soube hoje que estavam tentando me localizar através do nome Victor Ulrich... Como poderia imaginar que na verdade estavam me procurando por uma coisa que aconteceu há 65 anos?

— Por que nunca procurou minha avó?

Não queria que aquilo parecesse uma crítica. Só estava pedindo a ele uma explicação.

— Então a senhorita é neta de Junko — murmurou o ancião com admiração. — Já desconfiava. Ela ainda está viva?

O coração de Mei se encolheu. Talvez nesse mesmo momento sua avó estivesse fechando os olhos para sempre.

— Sim — conseguiu responder —, ainda está viva.

— Vamos sentar e conversar calmamente, senhorita — pediu-lhe, apontando a mesa do fundo. — Hoje temos uma sopa típica da região. É feita à base de leite, cebola e vinho branco, polvilhada de canela. Uma delícia!

— Não temos tempo para jantar — respondeu ela, seca.

— Se não gostam da sopa, posso pedir que lhes preparem umas salsichas caseiras de cabra...

— Por que não nos explica de uma vez o que quis dizer lá fora? — explodiu Mei, desesperada. — Por que é tão difícil responder as minhas perguntas? O senhor é Kazuo, o órfão holandês de Nagasaki? Preciso ouvir da sua boca! Publicou o haicai para mandar uma mensagem à minha avó Junko? Por favor, pare de brincar comigo. Não seja tão sádico, não aguento mais... — soluçou.

O ancião deu a impressão de que se compadecia. Aproximou-se dela. Tanto que Mei sentiu os sinais de uma colônia com toque de menta que sobrevivia entre os pontos da lã de seu suéter. As chamas da lareira iluminaram diretamente seus olhos. Sugestivos, desprovidos da velhice que atingira o restante do corpo. Eram olhos que convidavam a entrar e ao mesmo tempo exibiam certo perigo, como uma caverna submarina. Mei deslizou pela íris cor de mel.

Então se deu conta.

Não eram azuis como sua avó havia dito que eram os de Kazuo.

— O senhor não é ele — constatou, tragicamente.

Não

é

ele.

Quase desmaiou.

O ancião respirou fundo. O ruído de agonia que saiu de seus pulmões rasgou o silêncio que de repente se apoderara da casa.

— Digamos que sou alguém que precisou se adaptar — explicou por fim, pausadamente —, como as raízes caucasianas da minha *Corydalis conorrhiza*.

A mente de Emilian trabalhava a todo vapor e mesmo assim não era capaz de encontrar nenhuma solução para aquela charada inesperada.

— Quem diabos é o senhor então? — perguntou ele, vendo que Mei era incapaz de falar.

— Meu nome verdadeiro é... Meu Deus, como me custa pronunciá-lo depois de tantos anos. — Respirou fundo como se estivesse preparando para cruzar uma piscina debaixo da água. — Meu verdadeiro nome é Stefan. Stefan Ulrich.

Emilian sentiu um calafrio percorrer sua coluna fazendo uma breve pausa em cada vértebra. Era o nome que aparecia atrás da fotografia que Yozo havia visto em Karuizawa.

— O filho do diplomata que adotou Kazuo? — quis se assegurar.

— Dizer que meus pais o adotaram seria dizer muito. E não porque não tivessem gostado de fazê-lo.

Mei permanecia calada. Havia levado as duas mãos à boca.

— O que aconteceu com ele? — perguntou, chorosa. — Onde ele está?

— Senhorita, meu querido amigo Kazuo nem sequer chegou à Europa.

— O que está dizendo?

Antes de continuar, o ancião foi sentar-se em um dos sofás. Colocou as mãos nas pernas e adotou um ar pesaroso. Emilian pegou Mei pelo braço e a instou a imitá-lo. Sentaram-se diante dele na beira de uma almofada, sem chegar a se acomodar.

— Morreu no navio — disse Stefan com a mesma dor que exibiria se aquilo tivesse acontecido na noite anterior. — Aconteceu duas semanas depois de zarparmos de Yokohama.

— Meu Deus... — lamentou Emilian, passando o braço sobre os ombros de Mei e apertando-a contra seu corpo.

— Não pode ser — afligiu-se ela. — Está morto há tantos anos...

410

— Foi levado pela mesma radioatividade que vitimou o comandante Kramer, o holandês que o incentivou a ir a Karuizawa. — Emilian e Mei não sabiam de quem falava, mas não quiseram interromper. — Tinha uma ferida na perna que nunca conseguia curar. Ao final ficou realmente feia, mas o pior foi a recaída que teve depois de um período de latência. Já vinha sofrendo ataques de febre desde que saíra de Nagasaki, mas foi pouco depois de ter embarcado que começaram as náuseas e os vômitos. No princípio meus pais acharam que se tratava de um simples enjoo causado pela travessia. Naquela época ninguém conhecia com exatidão os efeitos da radiação desprendida pela bomba. Mas logo intuíram o que estava acontecendo. A redução de seus glóbulos brancos abriu caminho para as infecções mais horrendas, seu cabelo caiu, urinava sangue, começaram aquelas terríveis diarreias... Eu lhes garanto que nunca vi nada igual. Mas ainda teve forças para abandonar este mundo com dignidade — acrescentou o ancião recuperando seu sorriso agradável. — Partiu suplicando a todos os deuses, tanto aos milhões do xintoísmo como ao único dos cristãos, uma única coisa: que lhe permitissem reencontrar sua amada Junko no templo de cristal.

— Que templo é esse? — soluçou Mei, sem saber se vertia suas lágrimas pelo menino ou por sua avó.

— Nunca soube com certeza. Creio que se referia a algo que o Dr. Sato contou a ele quando sua esposa faleceu depois da explosão. Sinto muito mesmo, senhorita. Podem acreditar quando lhes digo que para mim foi uma perda irreparável. Quase tanto como a da minha irmã. Nas semanas que Kazuo e eu convivemos virou meu melhor amigo.

— Como pode ser tão cínico? — irritou-se Mei, levantando-se de repente. — O senhor usa o nome dele! Se apoderou de sua identidade! Como pôde fazer uma coisa dessas?

Não conseguia encará-lo. Foi até a janela. O vale estava negro, e não apenas devido à noite. Era a única cor que podia pintar o mundo neste momento.

— Foi ideia do meu pai — defendeu-se o ancião. — Por causa da patente.

— Também já havia falado disso — interveio Emilian, tentando acalmar os ânimos para esclarecer tudo. — A que patente se refere?

— Quando chegou a Karuizawa, Kazuo trazia os documentos de uma patente que seu pai havia registrado em meia Europa. A fórmula de um verniz que na época revolucionou a indústria naval, para o qual foram encontradas logo muitas outras aplicações. — Parou por uns segundos, vencendo a nostalgia. — Aqueles papéis enrugados que carregava em sua mochila eram a única conexão com direitos milionários que permaneciam válidos em cada um dos países em que a fórmula fora registrada. Se os tivesse perdido durante seu périplo desde Nagasaki, meus pais jamais teriam sabido que tinham esse tesouro ao alcance das mãos.

— E trocou de identidade para se apoderar dela.

— Sim — admitiu ele. — Sei que foi uma coisa horrível, mas seria uma pena que aquela fortuna se perdesse. E mais ainda naquele momento, recém-saídos da guerra. A patente estava registrada em todos os países que, naquela época, tinham frotas comerciais importantes. O pai de Kazuo acreditou em sua ideia e não hesitou em apostar nela.

Emilian olhou ao seu redor.

— Tudo o que o senhor tem provém dessa patente.

— Nem tudo. Os direitos prescrevem alguns anos depois de seu registro, dependendo, mais ou menos, das leis de cada país. Mas eu também acreditei na ideia do Sr. Van der Veer, estudei engenharia e quando concluí meus estudos cancelei os contratos com as empresas que fabricavam o verniz e comecei a produzi-lo eu mesmo. Fundei minha própria companhia e depois veio outra, e outra... Até aprimorei a fórmula original e assim evitei que a concorrência me engolisse quando ela caiu em domínio público.

Mei escutava da janela.

— Como seus pais puderam agir assim? — provocou-o. — Aquele pobre menino tinha acabado de morrer em seus braços! Não sentiram nojo de si mesmos?

O ancião lhe respondeu com certa severidade.

— Meus pais haviam perdido minha irmã, que morreu em consequência das torturas que sofreu dos agentes do Kempeitai. Pode imaginar como estavam sofrendo? Eles não mataram Kazuo, senhorita! Já chegou morto de Nagasaki. Tinham acabado de adotá-lo. Abriram a ele as portas da sua casa e do seu coração sem saber que isso só lhes traria mais tristeza. Por isso lhe suplico que nunca fale assim dos meus pais. Só queriam o melhor para mim. Naquele momento acharam que o dinheiro de Kazuo resolveria minha vida. Não podiam imaginar que, na verdade, estavam me arruinando.

— Não acho que esteja tão arruinado.

— Acredita mesmo que tive uma existência feliz? — Levantou-se e caminhou até ficar ao seu lado, derramando também suas dores no vale negro. — Estou recluso há 65 anos. Jamais suportei que alguém visse meu rosto. Na verdade, não sei de quem é este rosto. — Percorreu-o com a palma da mão, de cima a baixo. — Não tem nem ideia do que isso significou para mim. Eu tinha 13 anos, era pouco mais que um menino... — Virou-se para ela. — Agora, na minha idade, pelo menos posso falar a respeito. Mas lhe asseguro que na minha casa jamais houve um espelho.

— O senhor é o único responsável por ter vivido uma mentira — disse Mei sem se emocionar.

— O que é mais frágil que a verdade? — questionou o ancião. — A verdade nem sequer existe. Vejam o que aconteceu com a bomba que matou Kazuo. O presidente Truman alegou que serviu para salvar milhões de vidas, todas as que a guerra teria levado a partir daquele momento se não tivessem obrigado o Japão a se render; disse também que Hitler estava prestes a fabricar uma bomba com a mesma potência, algo que se revelou mais do que improvável; e se atreveram, inclusive, a argumentar que só queriam acabar com as fábricas de armamento da baía de Nagasaki, e por isso o dano a civis foi um efeito colateral. Colateral! — Ficou pensativo por alguns segundos. — Ora, Truman lançou aquela bomba por motivos políticos. A única coisa que queria era dobrar o Japão antes que os russos entrassem no conflito do Pacífico e reforçassem ainda mais suas posições no mar asiático. Precisava acabar a guerra imediatamente, a qualquer preço, e demonstrar ao mundo quem mandava.

— Por que está dizendo isso agora? — perguntou Mei, aturdida.

— Porque 200 mil almas ainda vagam pelo firmamento se perguntando o que a espécie humana fez de tão ruim para permitir algo assim. Então não mereço o perdão da sua avó por minhas ações? Pelo menos fiz um bom uso do dinheiro. Veja todos os projetos que financiei para a OIEA...

— Não podemos pisar em nossos princípios por mais legítima que consideremos a cruzada — interrompeu-o Mei, serena.

— Não existem mais princípios nem cruzadas. Só existe um dia a dia com o qual lutar, a necessidade de caminhar para a frente em um mundo maldito. Nem sequer as bombas mudaram alguma coisa. Violaram a Convenção de Haia e tiveram de ser consideradas crimes contra a humanidade. Mas os pilotos que as lançaram foram condecorados. Aquelas explosões destruíram todos os depósitos de esperança que a humanidade poderia ter de reserva.

— Me tire daqui — pediu Mei a Emilian. Não queria receber lições de compaixão de um homem como aquele.

— Por que se irrita comigo? — espantou-se o ancião.

— Não se dê tanta importância. Vou embora porque não tenho mais nada a fazer aqui.

Começaram a andar para a escada.

— Espere — reteve-a. — Pelo menos me deixe fechar o círculo.

Mei se virou.

— Que círculo?

— Deixe que eu lhe entregue o haicai. Assim poderá entregá-lo a sua avó. — Mei lhe dirigiu um olhar repleto de interrogações. — Quando publiquei esses versos, a última coisa que esperava era que as palavras de Kazuo fossem chegar a ela. Me conformava em lançá-las ao ar antes que, com a minha própria morte, se perdessem para sempre. Nunca tive coragem de fazê-lo.

— Disse as palavras de Kazuo?

— Sim.

— Está enganado — contradisse-o Mei com frieza. — O haicai foi escrito pela minha avó.

— Isso não é verdade — corrigiu-a o ancião ao mesmo tempo que negava com a cabeça para enfatizar o que dizia. — Eu mesmo estava com ele quando dava voltas e mais voltas no poema.

— Estou lhe dizendo que os versos que o senhor publicou no prefácio do concurso da OIEA foram escritos pela minha avó na véspera da bomba — insistiu Mei, nervosa.

— Ora... — O ancião abaixou os olhos, pensativo. — Talvez eu tenha escolhido o poema errado.

— E há outro?

Vendo que havia recuperado o controle da situação, o ancião foi até uma estante na qual repousava uma caixa de metal. Abriu-a e tirou com cuidado um rolinho de papel.

— Alguns dias antes de morrer — contou, com o papel na mão —, Kazuo admitiu que não havia nada a fazer. A infecção avançava, incontrolável. Ele mesmo tinha visto aquilo nos outros doentes durante os dias que passou na clínica do Dr. Sato. E a partir daí se dedicou a escrever um haicai para sua princesa, como ele a chamava. Eu lhes garanto que passei dias ao lado de sua cama escutando-o sussurrar um verso atrás de outro até que uma manhã finalmente se decidiu e me pediu uma caneta. Na noite em que morreu tive de arrancar o papel de sua mão. Protegia-o como se fosse o maior tesouro jamais conhecido.

Ofereceu-o a Mei.

Ela o pegou com cuidado.

Era o maior tesouro jamais conhecido.

Estava enrugado e manchado de sangue. Mei não podia saber tudo o que havia acontecido. Enrugado desde que a miko o apertara para entrar em contato com sua avó Junko na sessão parapsicológica; manchado de sangue desde que Kazuo se ferira na perna depois da explosão.

Desenrolou-o. Primeiro leu os versos de sua avó Junko. Ouvira-os mil vezes, mas nunca imaginou que chegaria a ter em suas mãos os originais, escritos de próprio punho.

> *Gotas de chuva,*
> *dissolvidas na terra*
> *nos abraçamos.*

Virou o papel. Seu coração batia descontroladamente. Ali estava um outro poema. Passou os dedos na tinta, 65 anos depois. Recitou-o devagar.

> *Vou buscá-la,*
> *na espiga ou no sol*
> *que a ilumina.*

Kazuo, mesmo morrendo, havia escrito um haicai que celebrava a vida. Como gostaria que o fizessem todos.

Mei fechou os olhos por alguns segundos. Ao abri-los dirigiu a Emilian um olhar que continha toda a luz daqueles versos. Em seguida disse ao ancião:

— Está vendo? Neste mundo continua havendo lugar para os princípios sólidos e as grandes cruzadas. Seu amigo Kazuo demonstrou isso escrevendo estes versos depois de saber que a bomba o matara. O senhor viu alguma vez semelhante sinal de esperança?

O ancião não disse nada.

— Vamos, Mei. — Emilian segurou suavemente seu braço. — Sua avó nos espera em Tóquio.

Foram até a escada.

— A senhorita acredita que sua avó poderá me perdoar? — perguntou o ancião a Mei com voz lastimosa.

Mei parou por um instante e olhou para cima. Concentrou-se pela última vez nos olhos de Stefan. Extraiu deles aquele momento que haviam presenciado tempos atrás, com um Kazuo apaixonado escrevendo os três versos para sua princesa. O momento da tinta secando no papel. Como o próprio haicai, um brilho fugaz que revelava a essência das coisas.

— Tenha certeza de que já o perdoou — respondeu.

*Tóquio, 11 de março de 2011*

O avião aterrissou no aeroporto internacional de Narita ao meio-dia e cinquenta, apenas meia hora após o previsto. Enquanto os passageiros recolhiam sua bagagem de mão, Mei ligou para sua mãe. Havia sido uma viagem muito longa; dava-lhe pavor pensar que talvez já fosse muito tarde. "Ainda está viva", foi a resposta. Atirou-se nos braços de Emilian, toda dolorida devido à tensão.

A forma mais rápida de chegar ao centro da cidade era de trem. Emilian se dirigiu ao balcão da JR, a companhia que controlava a maioria das linhas do país, mas Mei o deteve e o puxou para o da Keisei.

— Este vai diretamente à estação de Ueno, a um passo de onde vamos — informou-o enquanto tirava alguns ienes da carteira.

A Sra. Junko estava internada no Tokyo Metropolitan Komagome Hospital, um centro médico que ficava algumas quadras ao norte de sua casa, ao lado do templo de Kichijoji no qual tantas vezes fizera suas orações. Foi fundado no último quarto do século XIX para isolar os infectados de uma epidemia de cólera, mas depois de sua reconstrução nos anos 1970 se especializou no tratamento de câncer. Os médicos e as enfermeiras mais antigos conheciam bem a sobrevivente de Nagasaki. Haviam cuidado dela ao longo de anos e conheciam cada linha da história de seus tumores: o da tireoide já superado, o linfoma que batera à sua porta oito anos antes e, por desgraça, o mais recente do pâncreas que havia provocado a metástase múltipla e a encefalopatia hepática que estava prestes a apagar a chama de suas esperanças. Para eles, era um ícone. Representava a grandeza daquele país capaz de ressurgir das cinzas, até mesmo das produzidas por uma bomba atômica.

As luzes fluorescentes do hospital pareciam estar a meio gás diante da iminência de sua partida.

Quase não conversaram durante a viagem de trem. Emilian se limitou a segurar sua mão e a olhar pela janela. Pensava em como as coisas haviam mudado desde a última vez que estivera ali. As cerejeiras estavam a ponto de cobrir a cidade com pétalas cor-de-rosa. Ocorreu-lhe que seriam as lágrimas mais dignas para chorar a morte da anciã.

Saíram pela porta principal da estação de Ueno e foram diretamente ao primeiro táxi da fila. O motorista, um jovem de pele morena com um gorro de lã enfiado até as sobrancelhas e óculos escuros, abriu a porta com o controle remoto.

— Precisamos ir o mais rápido possível ao hospital Komagome — apressou-o Mei depois que entrou.

— Sem problema — respondeu, solícito, enquanto apertava o cinto. — Iremos com a pressa que a mecânica e a lei permitirem.

Emilian lhe dirigiu um gesto de cumplicidade que o outro percebeu pelo retrovisor.

Deram a volta no parque de Ueno e pegaram a avenida de Shinobazu-Dori em direção ao cemitério de Yanaka. Emilian lembrou a cena no restaurante de kaiseki na noite em que conhecera a Sra. Junko. Enterneceu-o pensar que a anciã voltara ao seu bairro para comemorar seu aniversário e, de novo, para iniciar uma grande viagem. Aquele sentimento de pertencer a um lugar era mais do que lógico em seu caso. Não se tratava de um apego material, mas de algo muito mais íntimo. Fora arrancada de seu primeiro lar quando tinha 13 anos e por isso a casa ao lado do riokan Sawanoya na qual vivera desde sua chegada a Tóquio era a confirmação de que, apesar de tanto sofrimento, havia conseguido seguir em frente. Para ela, o fato de ter que abandoná-la para ir viver na casa de sua filha havia sido mais duro que o próprio câncer. Emilian tentou imaginar como o bairro seria visto pelos olhos de uma pessoa que sabe tão próxima a chegada da morte: o lago do parque Ueno, com seus pedalinhos em forma de cisne; os vizinhos carregados de bolsas das feiras livres, apinhadas de barracas de frutas e flores sob um emaranhado de letreiros; os cartazes do zoológico com seu casal de ursos panda... Como contemplaria pela última vez aquelas pequenas coisas que a haviam acompanhado durante tantos anos? Mais alheias do que nunca, ou como uma parte dela própria que ficava aqui?

— O que está acontecendo? — perguntou Mei, assustada.

— Eu não disse nada.

— Não é possível — continuou ela —, não agora.

Emilian ainda levou alguns segundos para perceber que o solo havia começado a ondular como se estivessem em um brinquedo de parque de diversão.

— Uhhhh! — gritou o taxista.

— O que está acontecendo? — gritou Emilian.

— Um terremoto!

— Um terremoto? O que você está dizendo?

— Tivemos tremores durante toda a semana — exclamou o taxista pisando no freio —, mas este vai ser forte!

Pararam no meio da via. Mei abraçou Emilian. Parecia mesmo forte. Havia sentido muitos abalos sísmicos sob seus pés e sabia reconhecer aqueles diante dos quais devia se assustar. O taxista continuava proferindo gritos entrecortados, grudado ao volante enquanto seu corpo se agitava de forma cada vez mais enérgica. Não era possível que estivesse vivendo aquilo, pensou Emilian. Tinha de ser um pesadelo. Quando abrisse os olhos, constataria que continuava sentado na cadeira do avião. Mas aquele tremor que subia por sua coluna até a base do crânio... Kazuo deve ter pensado a mesma coisa quando recuperou a consciência depois da explosão e contemplou os restos de Nagasaki do alto da colina. Tem de ser um sonho, deve ter dito. E também a Sra. Junko, quando viu o cogumelo subir e, a seus pés, os corpos queimados de seus raptores. Não eram sonhos. Era uma coisa verdadeira, como o que estava acontecendo agora. Os pedestres que estavam nesse momento da rua fincavam os joelhos na terra e apoiavam as palmas das mãos no asfalto como se acariciassem um imenso dragão que tentassem domar. Os edifícios começaram a cuspir seus ocupantes. Alguns executivos que saíam correndo dos escritórios de uma empresa de informática se livraram por um fio de cabelo de ser esmagados pelas pedras desprendidas de uma marquise. Os postes e os semáforos se agitavam como juncos na ribeira de um rio. Os fios elétricos pareciam uma leve teia de aranha agitada por um furacão. Quanto tempo dura um terremoto? Junto ao meio-fio se abriu uma fenda pela qual começou a brotar água. Os canos subterrâneos deviam ter explodido. Os edifícios mais altos balançavam como joões-bobos. Nem sequer Emilian, que havia dedicado sua vida à arquitetura, teria se atrevido a afirmar que conseguiriam suportar uma oscilação semelhante. O táxi continuava rebolando. Embora talvez com menos intensidade que antes...

— Está parando? — perguntou Mei, percebendo que estava.

— Uohhh! — exclamou, nervoso, o taxista. — Vocês estão bem?

— Sim, sim — respondeu Mei e disse a Emilian com urgência: — Não saia do carro até que tenhamos certeza de que tudo passou.

Estava incrivelmente tranquila. Devia ser verdadeira a história de que a primeira coisa que as crianças japonesas aprendem no colégio é como se comportar durante os sismos. Parecia a Emilian que a terra continuava movendo-se. Ou talvez se tratasse da mesma sensação de tontura que se experimenta ao pular de um veleiro no cais. Foi dominado por uma estranha sensação, como de alívio e ao mesmo tempo de certa frustração, como se depois de tudo tivesse imaginado que viveria algo mais épico. Saíram do táxi. Soavam alguns alarmes. As pessoas deram os primeiros passos na via encharcada, esticando os braços como crianças aprendendo a andar. Falavam de forma atropelada umas com as outras. Contavam como os armários, os quadros, os aparelhos de chá haviam caído. Mas ninguém gritava. Não havia ataques de histeria ou de ansiedade. Salvo alguns que não paravam de filmar aqui e acolá com os celulares, quase todo mundo parecia seguir ao pé da letra o manual de sobrevivência para movimentos sísmicos. No armazém de uma loja de sapatos próxima, um curto-circuito provocara um incêndio. Os donos tentavam contê-lo esvaziando um extintor através de uma janelinha pela qual saía fumaça negra. Emilian deu uma volta sobre si mesmo. As infraestruturas, pelo menos as daquela região da cidade, não pareciam ter sofrido grandes danos. Passado o susto inicial, todo mundo pegou seus telefones. As linhas entraram em colapso.

— Onde terá sido o epicentro? — perguntou Mei.

Estava um pouco atordoada.

— Venha cá — pediu Emilian.

Abraçou-a até que se transformaram em um único corpo. Gostaria de lhe dizer que sempre a protegeria, mas o que podia fazer contra semelhante acaso? É possível que só tivessem percebido o reflexo da verdadeira sacudida. Angustiou-o compreender que, agora que haviam encontrado o amor verdadeiro, estavam expostos a situações que transcendiam a vontade e inclusive esse próprio amor. Mas ao mesmo tempo ficou feliz ao se dar conta de que, ao seu lado, não havia sentido nenhum medo. Junto a ela, teria aceitado o final com uma dignidade que nunca sonhou possuir. Haviam feito bem indo procurar aquele haicai.

Dois homens tiraram um outro a cavalo de um portal próximo. Sua cabeça sangrava. Usavam um trapo para conter a hemorragia enquanto explicavam que a prateleira de madeira de um arquivo o atingira. Pediam um carro para levá-lo ao hospital.

— Vovó — gemeu Mei.

Entregou ao taxista uma nota de valor muito superior ao da corrida e começou a correr por um beco estreito em meio a bicicletas tombadas e roupas que haviam voado dos varais das casas térreas. Emilian seguiu-a. Foram parar em uma grande avenida, com muitas lojas e pessoas. Surpreendeu-o se dar conta de que, apesar do fato de só terem transcorrido alguns minutos desde o abalo — estava convencido de que o chão ainda se movia —, os habitantes de Tóquio tentavam voltar pouco a pouco à normalidade. Assim como na outra área, não havia sinais de histeria nem de pânico. Só dignidade e uma ordem perturbadora. Alguns até comemoravam que o tremor não havia sido aquele que, como tinham aceitado, mais cedo ou mais tarde acabaria engolindo a ilha. Outros permaneciam sentados nos pontos de ônibus como se nada tivesse acontecido, sem dúvida esperando para chegar em casa e aí então soltar o grito que, convenientemente, retinham nos pulmões. Atravessaram a rua e continuaram correndo pela outra calçada até que deram de cara com o estacionamento traseiro do hospital Komagome.

Deram a volta na mureta que o circundava. Por cima dos tijolos sobressaíam as copas das árvores daquilo que parecia um jardim interno. Pelo menos é um lugar agradável, confortou-se Emilian. Chegaram à entrada principal. Um grupo de funcionários se esforçava para organizar os documentos que haviam caído das estantes. Havia montanhas de papéis sobre os balcões. Também nas macas. Outros examinavam os equipamentos de informática. Percebia-se certa agitação geral, embora os médicos e as enfermeiras parecessem desempenhar suas tarefas alheios ao caos.

Mei perguntou pelo número do quarto de sua avó. Enquanto a recepcionista o procurava no fichário, informou-a de que alguns hospitais da cidade haviam ficado sem eletricidade, mas que ali tudo estava funcionando perfeitamente. Estava no primeiro andar. Subiram pela escada para chegar mais depressa. Pouco antes de entrar, Mei tentou se acalmar. Esticou-se e apontou o chão com a testa e as palmas das mãos, a fim de se livrar de sua ansiedade. Então, sim, abriu a porta.

Lá estava o clã completo. Um novo arranjo floral, pensou Emilian. Não como no dia do jantar kaiseki, mas harmônico, de qualquer forma. Os pais de Mei, seu irmão Taro, o casal de amigos da avó e a própria Sra. Junko, deitada na cama ao fundo. Todos se atiraram em cima deles. Emilian saudou de forma discreta, evitando demonstrar qualquer protagonismo. Mei ia beijando-os e abraçando-os um a um, com muito mais efusividade do que a que teria exibido em qualquer outra circunstância.

— Onde o tremor os pegou? — perguntou, preocupado, o pai de Mei a Emilian.

— Em um táxi.

— Como estão as coisas na rua?

Apontou a janela do quarto, através da qual só se viam as árvores do jardim.

— Suponho que será necessário dizer que bem, dentro do possível.

— Aqui foi horrível — relatou. — Parecia que o edifício ia desabar. O carrinho com os remédios começou a tremer, os frascos pulavam, o aparelho de soro caiu. Horrível, horrível.

Mei se aproximou por fim da cama onde sua avó estava deitada. Seus olhos se encheram de lágrimas. Mesmo naquele estado, amarela devido à icterícia e com o rosto meio queimado mais exposto do que nunca por sua extrema magreza, inspirava a paz que passara toda a vida pregando.

— Por sorte não ficou sabendo de nada — observou a mãe.

— Está dormindo?

— Na verdade, está inconsciente.

— Há quanto tempo está assim?

— Desde que falei com você ao telefone. Quando diz algo é para delirar. Fala de vacas e coisas assim. Disseram que não há mais...

— Não há mais o quê?

— Só resta esperar, filha.

— Vou pedir que a reanimem — decidiu Mei.

— O que está dizendo?

— Tenho que mostrar a ela uma coisa que trouxe.

— Por que vai fazê-la sofrer sem necessidade?

— Confie em mim, mamãe — disse enquanto saía para procurar o médico. Parou um instante na porta. — Se tiver que sofrer, pelo menos desta vez será por um bom motivo.

Perguntou às enfermeiras do posto de controle. Informaram-lhe que o Dr. Sho era o plantonista do andar. Bateu na porta de sua sala e esperou que a autorizasse a entrar. O médico lhe dirigiu seu olhar mais agradável. Mei compreendeu imediatamente que a apoiaria. Disse-lhe o que queria fazer e o Dr. Sho lhe explicou que era possível reanimar Junko com soros, mas que seria algo provisório, antes do coma hepático definitivo. Todo o fígado já era tecido tumoral. Mei não hesitou. Afirmou com uma angustiante segurança que sua avó lhe seria eternamente grata e saiu da sala.

Enquanto esperavam que os medicamentos fizessem efeito, foram chegando notícias sobre os danos causados pelo terremoto e o tsunami posterior. As primeiras imagens inundaram as televisões do hospital, vertendo nos corredores e nos quartos pavor, incredulidade e impotência. Talvez fosse um castigo, quem sabe um teste. Os 8 milhões de deuses do xintoísmo haviam aprovado um novo Apocalipse. Nenhum outro povo, salvo o japonês — devem ter pensado em seu debate divino —, seria capaz de superar uma chicotada semelhante. Não haviam glorificado suficientemente a dor e o sacrifício durante 65 anos de dedicação, de corpo e alma, à reconstrução de seu país? Médicos e pacientes haviam ficado mudos. A onda devastadora varrera a fala e inclusive a capacidade de pensar. Mas sob a água, a força nipônica ganhava a batalha dos redemoinhos que arrastavam árvores e uralitas. Quando se soube dos danos provocados pelos reatores de Fukushima, em todos os lugares surgiram voluntários que queriam colaborar imediatamente com os trabalhadores da central.

Emilian não parava de pensar no que havia acontecido. Sem dúvida era um sinal, uma luz como a que um dia explodira no céu de Nagasaki. Já dissera a Mei: no mundo em que vivemos não há nada perfeito, é preciso lutar e seguir em frente com aquilo de que dispomos. Havia defendido durante anos o uso de uma fonte energética perigosa, tinham que fazer algo até que se inventasse outra mais viável para o futuro do planeta, até que as realmente limpas e seguras se tornassem rentáveis... Estava claro que, como lhe respondera Mei naquele dia, a solução não estava em mudar as fontes energéticas, mas os modelos de sociedade. Talvez pudesse se dedicar a esse trabalho no futuro, trabalhar a partir de seu cargo nas Nações Unidas para conscientizar o mundo da necessidade de se chegar a uma nova era, a era de um homem que é propriedade da Terra e não o contrário. Tinha muitas coisas em que pensar. Agora pelo menos sabia que, com Mei ao seu lado, tudo fluiria de forma natural.

— Mei...

Era a voz de sua avó.

Havia despertado.

Mei se atirou sobre ela para abraçá-la.

— Onde você esteve? — perguntou-lhe a anciã enquanto apertava suas bochechas com as duas mãos como se fosse uma menina. Parecia estar bastante desperta.

— Na Suíça, vovó.

— Na Suíça? E o que você foi fazer lá?

— Fui procurá-lo.

A avó examinou Emilian, que permanecia em pé afastado com prudência ao lado do resto de flores do arranjo.

— Sem dúvida valeu a pena — disse, sorrindo.

Mei negou, mal movendo a cabeça.

— Sou muito feliz com Emilian, vovó. Mas não me referia a ele.

Junko entendeu imediatamente. Havia vivido com a certeza de que as partículas de Kazuo não haviam se dispersado pelo universo como as de tantos vizinhos de Nagasaki. Ouvia sua respiração no vento, seu riso na chuva, percebia seu pulso na terra, sabia que a chamava aos gritos de algum lugar, talvez da Europa da qual décadas atrás haviam emigrado seus pais...

Acariciou de forma sutil a parte queimada de seu rosto, o qual foi sendo coberto por um véu de gravidade.

— Passaram-se mais de 65 anos... — murmurou com a textura da brisa que arrasta a areia de uma praia solitária quando o sol se põe.

Mei se deitou ao seu lado e apoiou a cabeça em seu peito. O débil coração de sua avó fervia de recordações. Quase podia ouvi-las através da camisola de algodão e da pele muito fina. Narravam-lhe os primeiros meses no orfanato, quando, ainda adolescente, aterrorizava-a pensar em uma vida sem Kazuo. Quando seu único consolo era saber que estava poupando-o do dissabor de amar uma mulher com o rosto deformado. Quando compreendeu que precisava que estivesse ao seu lado porque seu amor mútuo transcendia este mundo de padecimentos. Kazuo, naquele punhado de tardes na colina, lhe dera muito mais do que a maioria dos seres deste planeta consegue ao longo de toda uma vida. Isso é o que se repetira durante décadas. Por que precisava questionar aquela verdade em seus últimos instantes? Então o regresso de Kazuo quebraria sua alma em vez de iluminá-la? Uma vida, um minuto, 65 anos. Como se mede o tempo quando se trata de amor?, perguntou-se. E se dobrou diante de sua última recordação. A primeira, na verdade. Quando, vagando pela cidade calcinada, viu o relógio da catedral marcando as onze e dois. Quando, atraída por seu chamado repleto de agonia vindo dos escombros, aproximou-se muito e ficou presa em seus ponteiros.

Uma lágrima percorreu a pele queimada.

— O que aconteceu com ele? — perguntou, finalmente.

— Sobreviveu à explosão, vovó. E conseguiu chegar a Karuizawa, onde foi adotado por uma família de diplomatas suíços. — A anciã sorriu, sentindo-se orgulhosa de seu jovem namorado. — Mas morreu no navio, a caminho da Europa.

— Por causa da radiação?

Mei assentiu. Junko acariciou de novo o rosto da neta, dizendo-lhe em silêncio que amasse enquanto pudesse tudo o que ela não tivera a oportunidade de amar.

— Mas há mais uma coisa.

— O que mais pode haver? — perguntou sua avó com carinho.

— Ele deixou algo escrito.

Os olhos da anciã se entrefecharam.

Mei tirou o haicai de sua bolsa e o entregou. A avó segurou o rolinho de papel como se segurasse um filhote de pássaro. Desdobrou-o pouco a pouco. Não podia acreditar. Na verdade era o mesmo papel em que ela escrevera na véspera da bomba. Agora estava enrugado e manchado de sangue, como um reflexo de seu coração atormentado. Mas era ele mesmo. E, como Mei lhe dissera, tinha algumas palavras de Kazuo escritas no verso. Leu-as. Era outro haicai. Um haicai que celebrava a vida, como ele teria gostado que tivessem sido os outros quatro.

*Vou buscá-la,*
*na espiga ou no sol*
*que a ilumina.*

Você me encontrou, disse a anciã para si. Você me encontrou.

Emilian ficou observando sua expressão. Seu rosto não exibia nenhuma emoção. Talvez fosse porque manifestasse todas ao mesmo tempo, como a luz branca que contém todas as cores.

— Me leve ao jardim — pediu à neta.

— Ao jardim?

— Ao lago da parte de trás.

— O que está dizendo? — reagiu a mãe de Mei.

— O da cerejeira — explicou a anciã.

— Já sei a que lago se refere, mamãe. Mas isso não é possível.

A avó fez um gesto condescendente enquanto arrancava o soro.

O restante da família a contemplava atônita. Mei sorriu e dirigiu uma súplica a Emilian. Este se aproximou da cama e pegou a anciã nos braços.

Levantou-a com facilidade. Parecia uma pluma, só espírito.

Mei foi à frente. Saíram ao corredor. Enquanto esperavam que o elevador chegasse, as enfermeiras os olhavam estupefatas. O restante do clã foi para a janela, esperando vê-los surgir no jardim. Não demoraram a aparecer.

A avó apontou uma poça com algumas flores de lótus. Emilian colocou-a com cuidado na relva, apoiada no tronco da cerejeira que crescia na margem. Mei cobriu suas pernas com uma manta que havia trazido do quarto. A anciã lhes dirigiu um sorriso tão amplo que quase fez florescer antecipadamente os brotos da árvore. Afastaram-se dela alguns metros para lhe proporcionar certa intimidade.

Viram que desdobrava o rolinho de papel do haicai. Em seguida, apoiou-o em suas pernas e começou a dobrá-lo com movimentos precisos, como se praticasse origami.

— Está fazendo um tsuru — comentou Mei, emocionada, segurando o braço de Emilian.

— Por que está fazendo isso?

— É um tsuru para Sadako Saski.

— Não sei quem é — sussurrou.

— Sadako foi uma sobrevivente de Hiroshima — explicou Mei. — A bomba a surpreendeu aos 2 anos, mas cresceu forte e saudável. Ninguém podia imaginar que, depois de uma década, a radiação voltaria em forma de leucemia. Internaram-na no hospital e sua melhor amiga contou a ela uma velha história sobre alguém que, depois de fazer mil tsurus de papel, conseguiu que os deuses lhe concedessem um desejo. Pediu para ficar curada e começou a fazer um tsuru atrás do outro. Mas uma noite, quando caminhava pelos corredores do hospital, conheceu um menino que estava prestes a morrer da mesma doença e compreendeu que não era justo pedir só para ela. Mudou seu desejo e pediu paz e cura para todas as vítimas do mundo. E, com essa nova esperança, retomou sua tarefa. Confeccionou mais e mais grous com todos os papéis que encontrava: dos vidros de remédio, das receitas... Até que depois de fazer o de número 644 foi levada pela morte.

— Nossa...

— Seus colegas de escola terminaram fazendo todos os que faltavam até chegar a mil. E depois conseguiram que fosse construída uma estátua no Parque da Paz de sua cidade dedicada a Sadako e a todas as outras crianças vítimas das bombas. Foi uma maravilha. Ainda continua lá, com a legenda: "Este é o nosso grito, esta é a nossa oração: paz para o mundo."

Emilian olhou a avó de Junko.

Continuava sentada na relva macia. Havia terminado seu tsuru e o acariciava como se estivesse vivo.

Para ela estava. Completamente vivo.

— É uma história muito bonita — disse.

A anciã se inclinou sobre o lago e pousou seu tesouro na água.

Ao primeiro contato surgiu uma série de círculos concêntricos.

Um atrás do outro, ao redor do pequeno pássaro.

Ao final os círculos haviam triunfado. Não os círculos da morte que partiam do epicentro e subiam as ladeiras das montanhas de Nagasaki, mas os círculos do amor. Como tinha dito o Dr. Sato a Kazuo no dia em que se despediram, cada diminuto ato de amor era capaz de alcançar níveis insuspeitos. Lá estavam eles: Junko, sua neta Mei e Emilian, mais de meio século depois, percebendo no coração o estímulo do último círculo do amor de Kazuo. Aquele que lhes dizia que tudo era possível, que seguiriam em frente como sempre haviam feito.

A avó de Junko fechou os olhos e voltou a se apoiar no tronco da cerejeira. Respirava com inusitada placidez.

— Mei... — sussurrou Emilian.

— Diga.

— Estava pensando no dia em que nos conhecemos em sua galeria, quando você me disse que seu nome significava broto, começo. Tenho cerca de 40 anos. Onde você esteve durante todo este tempo?

— Não há mais nada a lamentar, Emilian — consolou-o ela segurando sua mão —, nem nada a temer. Temos todo o tempo do mundo. O tempo do país do sol nascente, sem começo nem fim.

— Sem começo nem fim — repetiu ele enquanto contemplavam em silêncio o tsuru bater suas asas de papel e nadar em direção ao centro do lago.

# Agradecimentos

Quero começar agradecendo a meu editor Alberto Marcos, que ama tanto quanto eu a cultura e a tradição japonesa; e a meu agente Montse Yáñez, que não para de viajar pelo mundo com meus romances debaixo do braço.

A Tomomi Miyakawa, Yozo Kawabe, Elizabeth Handover, Marel Kirszenbaum e Veronique Vincent, por me dar muito mais que seus nomes para alguns dos personagens. Não consigo ver um Japão e uma Suíça sem vocês.

A Manami Morimoto e a seu pai, por me colocar em contato com a inextricável história recente de Karuizawa; e ao Dr. Dietrich Buss, da Universidade de Lamirada (Califórnia), por suas recordações na primeira pessoa da repatriação de diplomatas depois da rendição japonesa.

A Ema López, por me abrir as portas da desconhecida história de Nagasaki. A Florencio Manteca, por me assessorar em desenvolvimentos tecnológicos compatíveis com o futuro de nosso planeta, reservando-se sua opinião pessoal sobre as usinas nucleares e qualquer outro debate dos abordados neste romance. E a Carmen Capel, por me conduzir pelos bastidores do Palácio das Nações da ONU, deserto em um domingo. Ainda não acredito!

Também àqueles a quem fiz perguntas traiçoeiras para aproveitar seus conhecimentos, como os estudiosos do Japão Alfonso Falero e Rosa Morrente; e a Dorota Maslanka e Tote Grande. E a Miren Arsuaga e seus companheiros da paróquia da Sagrada Família, que inspiraram a associação de acolhida de crianças afetadas por Chernobil que criei na ficção. Cada grão de arroz tem a mesma importância nesta tigela.

Obrigado ao jornalista George Weller, vencedor do Prêmio Pulitzer e o primeiro ocidental a colocar os pés na Nagasaki destruída, por suas crônicas resgatadas do fogo. À equipe do filme *Furyo: em nome a honra*, por nos mostrar as intimidades dos pows. A José Juan Tablada, poeta mexicano amante da lírica japonesa, pelos versos do grilo. A Haruki Murakami, por seu universo literário (dirijo um piscar de olhos às lanternas que se atraem na densa escuridão). E a Buda, que iluminou vários parágrafos de meu guardião da flor de lótus, pela frase pronunciada pelas pedras do jardim zen.

Obrigado em geral a todos os japoneses que me ajudaram a escrever uma obra em que tentei modelar sua delicada cultura, com minhas desculpas antecipadas por qualquer erro que tenha cometido ao ocidentalizar seus mitos. E, sobretudo, obrigado aos sobreviventes que, superando o agonizante peso das recordações, colocaram suas histórias pessoais à disposição da humanidade, em especial a todos aqueles cujas vozes ouvi no Museu Atômico de Nagasaki. E, como não, a Keiji Nakazawa por seu comovente testemunho gráfico.

A minha família e a meus amigos de toda a vida — como dizem por aqui —, não vou mencioná-los individualmente. Na verdade não acredito que venha a fazê-lo em nenhum dos muitos livros que esperam que venha a escrever, porque nenhum critério de seleção ou ordem é o mais correto. Todos vocês fazem parte de minha vida e de meus romances porque sem vocês não teriam sido escritos — nem minha vida nem meus romances —, e por isso continuarei fazendo até que nos caiba dar o passo em direção ao distante mundo dos ancestrais. Aqui ou lá, sempre juntos.

Este livro foi composto na tipologia Minion Pro,
em corpo 11/15,6, e impresso em papel off-white
no Sistema Cameron da Divisão Gráfica
da Distribuidora Record.